장경환의 MOM❶
Magnum Opus Mystery

구부러진 경첩

존 딕슨 카 글 | 이정임 역

(주)고려원북스

I

7월 29일 수요일
한 남자의 죽음

마술사 지망생이 명심해야 할 첫 번째 규칙은 다음과 같다.
절대 관객들에게 무엇을 할 작정인지 미리 말하지 마라.
그렇게 하면 재빨리 몸을 피하는 데 절대적으로 필요한 위치를 관객들이 곧 주목하게
되므로 간파될 가능성이 10배 증가하게 된다.
실례 하나를 들어보겠다.

─호프만(HOFFMANN) 교수의 「현대의 마술(Modern Magic)」 중에서

제1장

켄트(Kent : 잉글랜드 남동부의 주—옮긴이)의 한 정원이 내다보이는 창가에서 필기용 탁자에 어수선하게 펼쳐진 책들에 둘러싸여 앉아 있는 브라이언 페이지는 이미 작업에 흥미를 잃은 상태였다. 양쪽 창문으로 들어온 7월 말의 햇빛은 방바닥을 황금빛으로 물들였다. 졸음이 쏟아지게 하는 더운 공기 탓인지 오래된 목재와 헌책에서 특유의 냄새가 났다. 말벌 한 마리가 정원 뒤편의 사과 과수원에서 날아와 공중에 정지해 있었다. 페이지는 활기 없는 손짓으로 그것을 쫓았다.

그의 집 정원 담장 너머로 '황소와 푸주한(Bull and Butcher)' 여인숙을 지나 과수원 사이로 도로가 수백 미터 구불구불 이어져 있었다. 그 길은 판리 클로스(Farnleigh Close) 장원의 출입문을 지나가는데, 페이지는 나무들 사이로 줄줄이 솟아 있는 장원의 가느다란 굴뚝들을 볼 수 있었다. 그 다음에 그 길은 '걸개그림(Hanging

Chart)'이라는 시적인 이름으로 알려진 숲을 지나면서 오르막길이 된다.

연한 초록색과 갈색을 띠는 평평한 켄트 주의 대지는 좀처럼 현란한 색깔을 띠는 법이 없었지만, 지금은 붉게 타오르고 있었다. 페이지는 클로스 장원의 벽돌 굴뚝들에도 한결같은 색깔이 있다고 생각했다. 클로스 장원에서 그 도로를 따라 빠르게 달리는 것은 아니었지만 너대니얼 버로스의 자동차가 상당히 멀리서도 들릴 정도로 소음을 내며 이동하고 있었다.

브라이언 페이지는 몰링포드 마을이 지나치게 흥분 상태에 있는 것 같다고 멍하니 생각했다. 이 주장이 너무 터무니없는 소리처럼 들려서 신뢰할 수 없다면 그것을 입증할 수도 있다. 작년 여름, 쾌활하고 건강한 데일리 양 살해사건이 있었는데, 어느 떠돌이에게 목이 졸려 살해된 사건이었다. 그 떠돌이는 나중에 철길을 가로질러 달아나다가 극적으로 죽었다. 그 다음에는 7월의 지난 주 오늘, '황소와 푸주한'에 낯선 이들 두 명이 들어와서 머물고 있었다. 한 손님은 예술가이고 다른 한 손님은 탐정일지도 모른다고 하는데, 이 소문이 어떻게 시작되었는지는 아무도 모른다.

마지막으로 오늘은 페이지의 친구로 메이드스톤(Maidstone : 잉글랜드 동남부 켄트 주의 주도 ─ 옮긴이)에서 온 사무 변호사인 너대니얼 버로스가 어떤 이유인지 동분서주하고 있었다. 아무도 그 의미가 무엇인지 몰랐지만 판리 클로스에 뭔가 막연한 동요와 불안감이 감돌고 있는 듯했다. 브라이언 페이지는 정오에 일을 쉬고 '황소와 푸주한'으로 건너가서 점심 식사 전에 맥주 1파인트를 마시는 습관이 있었다. 그런데 그날 아침 선술집에서 아무런 소문도 떠돌지 않았다는 건 뭔가 불길한 징조였다.

하품을 하면서 페이지는 책 몇 권을 옆으로 밀어냈다. 그는 판리 클로스를 혼란스럽게 하는 게 무엇일까 멍하니 생각했다. 제임스 1세 치세에 이니고 존스(Inigo Jones : 영국의 화가·건축가·디자이너—옮긴이)가 첫 번째 준남작을 위해 판리 클로스를 지은 이후로 그곳에서는 혼란스런 상황이 벌어진 적이 좀처럼 없었다. 그곳은 판리 가(家)의 장구한 가계를, 여전히 강건하고 유력하게 이어져 온 그 가계를 기억하고 있었다. 현재 몰링포드와 소앤(Soane)의 준남작 작위를 소유한 존 판리 경은 확실한 영지뿐만 아니라 상당한 재산도 물려받았다.

페이지는 우울하고 다소 신경과민인 존 판리와 그의 솔직한 성격의 아내 몰리 두 사람 다 좋아했다. 이곳 생활은 판리에게 잘 맞았다. 그는 이곳에 어울리는 사람이었다. 고향에서 그토록 멀리 떨어져 있었음에도 불구하고 그는 타고난 대지주였던 것이다. 판리의 일화에는 페이지의 흥미를 끌었고, 현재의 견실하고 평범하다시피한 판리 클로스 준남작과 일치시키기 어려워 보이는 낭만적인 이야기 같은 것이 있었다. 1년 남짓 전에 몰리 비숍과 결혼하고서 떠난 그의 첫 번째 항해 여행으로도 페이지가 생각하기에 몰링포드 마을이 온통 흥분으로 술렁거렸었다.

씩 웃고서 다시 하품을 한 뒤에 페이지는 펜을 집어 들었다. 그리고 작업을 시작했다.

'오 이런.'

그는 바로 곁에 있는 소책자를 주시했다. 자신이 쓰고 있는 〈영국 재판장들의 삶〉에서 그는 학술적인 면과 대중적인 면을 모두 취하려 하고 있는데, 생각만이 아니라 실제로도 그렇게 진행하고 있었다. 지금 그는 매튜 헤일(Matthew Hale : 영국 코먼 로의 역사에 관한 가장 위대한 학자의 한 사람—옮긴이) 경에 대해 논하는 중이었다. 그런데 온갖 부수적인 내용들이 끊임없이 생각 속으로 슬며시 들어왔다. 그것들은 슬며시 들어올 수밖에 없었고 브라이언 페이지도 구태여 막고 싶지 않았기 때문이다.

사실대로 말한다면, 페이지는 자신의 독자적인 법률 연구들을 끝내지 못했던 것처럼 〈영국 재판장들의 삶〉도 결코 끝내지 못할 거라고 예상했다. 그는 진지한 학문을 하기에는 너무 게을렀지만 부단히 활동하는 성격인데다 지성에 관해서는 빈틈이 없는지라 그것을 그냥 내버려 둘 수 없는 것뿐이었다. 그가 〈영국 재판장들의 삶〉을 끝내든 못 끝내든 그것은 중요하지 않았다. 하지만 그는 작업을 하고 난 다음에 한시름 놓는 기분으로 그 주제의 각종 흥미진진한 부차적 측면들을 살펴봐야 한다고 스스로에게 다짐하듯 단호히 말했다.

옆에 놓인 소책자에는 다음과 같이 씌어 있었다.

1664년 3월 10일, 서펵(Suffolk) 주 베리 세인트 에드먼즈(Bury St. Edmonds)에서 열린 순회 법정에 회부된 마녀 재판. 앞서 매튜 헤일 경은 기사작위를 받고 국왕 폐하의 재무법원 수석 남작이 됨. 1718년에 D. 브라운(D. Brown), J. 월도(J. Walthoe), M. 워튼(M. Wotton)을 위하여 발행됨.

이전에 그는 논점을 벗어나서 부차적 측면을 연구한 적이 있었다. 물론 매튜 헤일 경과 마녀들과의 관계는 미미했다. 하지만 그렇다고 해서 브라이언 페이지가 흥미를 갖는 어떤 주제에 대해서든 여러분의 원고를 반 장(章) 정도 못 쓸 이유는 없었다. 기꺼이 그는 선반에서 글랜빌(Glanvill : 1636~1680, 영국의 자칭 회의론자, 왕립학회의 대변자. 영혼이 육체에 앞서 존재하고 마법과 유령이 실재한다고 주장—옮긴이)의 낡은 책 한 권을 내렸다. 그가 막 그것에 대해 곰곰이 생각하려고 할 때 정원에서 발소리가 나더니 누군가 창문 밖에서 '어이'하고 부르는 소리가 들렸다.

사무 변호사답지 않은 몸짓으로 서류 가방을 앞뒤로 흔들며 나타난 것은 다름 아닌 너대니얼 버로스였다.

"바쁜가?"

버로스가 물었다.

"그렇지 뭐."

페이지는 인정하고 하품을 했다. 그는 글랜빌의 책을 내려놓았다.

"들어와서 담배나 한 대 피우게."

버로스는 정원으로 통하는 유리문을 열고서 어둑하고 아늑한 방으로 들어왔다. 그는 자신을 잘 통제하고 있었지만 더운 오후에 냉랭하고 다소 핼쑥해 보일 정도로 흥분한 상태였다. 그의 아버지, 할아버지, 증조부 모두 관리 가의 법률문제를 처리해 왔다. 그의 열정과 이따금 격정적인 말투 때문에 너대니얼 버로스가 고문변호사로 적합한 사람인지 의문이 있었을지도 모른다. 게다가 그는 젊었다. 하지만 대개 그는 이 모든 것을 잘 통제했다. 그러나 페이지가 생각하기에, 그는 본의 아니게 널빤지 위에 놓인 큰 넙치보다도 더 얼어붙은 얼굴을 하고 있었다.

버로스의 검은 머리는 가르마가 넓었고 더할 수 없을 정도로 반지르르하게 손질되어 있었다. 그는 높은 코에 조개껍데기 테 안경을 걸치고 있었다. 안경 너머로 페이지를 응시하고 있었는데, 그 순간 그의 얼굴에 평소보다 더 많은 안면 근육이 움직이고 있는 것처럼 보였다. 그는 검정색 옷을 아주 세련되게 차려 입고 있었지만 어딘지 불안해 보였다. 장갑 낀 손은 서류 가방을 꼭 움켜쥐고 있었다.

"브라이언, 오늘밤에 집에서 저녁 식사를 할 건가?"

그가 물었다.

"그럴 거네. 나는――"

"안 되네." 버로스가 대뜸 말했다.

페이지는 깜짝 놀랐다.

버로스가 계속 말했다.

"관리 가족들과 식사를 하세나. 어쨌든 나는 자네가 거기서 식사를 하든 안 하든 상관은 없네. 하지만 어떤 일이 일어난다면 자네가 그 자리에 있으면 더 좋겠구먼."

그는 평소의 격식 있는 태도를 다소 회복했다. 그의 마른 가슴이 부풀어 오르는 게 보였다.

"자네에게 지금 하려는 얘기를 말할 권한이 내겐 있네. 다행히도 말이네. 자, 말해 보게. 지금까지 존 판리 경이 겉으로 나타나 보이는 모습과 같지 않다고 생각할 이유가 있었나?"

"겉으로 나타나 보이는 모습과 같지 않다고?"

"그 존 판리 경은 사기꾼이며, 존 판리 경이 아니면서 그런 척하는 거라고 말이네."

버로스는 신중히 설명했다.

"자네 일사병에라도 걸린 건가?"

똑바로 앉으면서 페이지가 물었다. 그는 깜짝 놀랐고 짜증이 나다 못해 갑자기 화가 치미는 모양이었다. 그것은 나른한 더운 날에 갑자기 꺼낼 그런 종류의 얘기가 아니었다.

"물론 난 그렇게 생각할 이유가 없었네. 왜 그렇게 생각해야 하나? 대체 무슨 말을 하고 있는 건가?"

너대니얼 버로스는 의자에서 일어나더니 서류 가방을 그곳에 놓왔다.

그가 대답했다.

"실은 진짜 존 관리라고 주장하는 남자가 나타났기 때문일세. 새로운 일은 아니네. 몇 개월 동안 이어진 일인데 이제 막바지에 이르렀지. 에……"

그는 머뭇거리며 주위를 둘러보았다.

"여기 누구 다른 사람이 있는가? 그 부인이 이름이 뭐더라…… 자네 집안일을 맡고 있는 그 부인이나 아니면 다른 사람이라도?"

"아무도 없네."

버로스는 완전히 입을 다물고 말을 하는 것 같았다.

"난 이 사실을 자네에게 말해서는 안 되네. 하지만 자넨 믿을 수 있는 사람이라는 것을 알고 있네. 그리고 우리끼리 이야기지만 나는 지금 미묘한 입장에 놓여 있네. 이 일이 세상을 소란케 할 걸세. 틱본(Tichborne) 사건(1854년 항해 중 바다에서 실종된 로저 찰스 틱본을 가장하고 준남작으로 행세한 아서 오턴이 위증죄로 실형을 받은 사건—옮긴이)도 이것에 미치지 못할 거네. 물론…… 에…… 공식적으로 아직 내가 도움을 주는 그 사람이 존 관리 경이 아니라고 믿을 만한 근거는 없다네. 그러니 나는 존 관리 경을 돌봐야 할 의무가 있어, 진짜 존 관리 경을 말이네. 하지만 그게 바로 논점일세. 여기 두 남자가 있네. 한 사람은 진짜 준남작이고, 다른 한 사람은 준남작인 체 행세하는 사기꾼이라네. 두 남자는 비슷한 점이 없어. 전혀 닮지도 않고. 그런데 누가 누군지 내가 결정할 수 있겠나."

그는 잠시 멈췄다가 덧붙였다.

"그러나 다행히도 그 사건이 오늘밤 해결될지도 모르겠네."

페이지는 생각을 바로잡아야 했다. 손님에게 담배 상자를 밀어

주고서 그는 담배에 불을 붙이고 버로스를 유심히 바라보았다. 그가 말했다.

"이건 천둥이 잇따라 쿵쿵대는 것 같구먼. 아무튼 그 일이 어떻게 시작됐나? 사기꾼이 그 자리를 차지했다고 생각할 이유가 언제부터 있었던 건가? 이미 그 문제가 논의에 오른 건가?"

"아니 논의에 오르지 않았네. 그리고 자네도 그 이유를 알 테지."

버로스는 손수건을 꺼내 온 얼굴을 조심스럽게 닦고서 마음을 침착히 가라앉혔다.

"난 다만 그게 별 일이 아니기를 바랄 뿐이네. 나는 존과 몰리, 아니 존 경과 레이디 판리를 좋아하네. 그들을 대단히 좋아하지. 만약에 이 주장자가 사기꾼이라면 나는 마을 복판에 사람들이 연극을 하는 광장에 나가서 춤이라도 출 걸세. 그런데 어쩌면 그렇지 않을 수도 있고, 그러면 존 경이 위증죄로 아서 오턴보다 더 무거운 징역형을 선고받도록 내 일을 해야겠지. 그래서 말인데 자네가 오늘밤 그것에 대해 듣게 되기 전까지 모든 배경과 왜 지독한 혼란이 일어나게 됐는지 아는 편이 나을 걸세. 자네 존 경의 내력에 대해 알고 있나?"

"명확히는 아니라도 대강은 알고 있네."

"명확히 알지 못하고 대강만 알고 있다면 자넨 아무것도 모르는 거나 마찬가지네."

버로스는 못마땅한 듯 고개를 가로저으며 쏘아붙였다.

"그것이 자네가 역사책을 기술하는 방식인가? 그렇지 않기를 바라네. 내 말을 들어보게. 그리고 이 단순한 사실들을 단단히 기억해 두게.

현재의 존 판리 경이 열다섯 살이었을 때인 25년 전으로 거슬러 올라가려고 하네. 그는 1898년에 더들리 경과 레이디 판리의 둘째 아들로 태어났네. 그 당시에는 그가 칭호를 물려받는 것에는 의문의 여지가 없었네. 그리고 큰아들 더들리는 양친의 자랑거리이자 기쁨이었네.

그런데 그들은 두 아들에게 상당한 기품을 요구했네. 난 그분을 평생 알고 지냈는데 더들리 경은 정말 진정한 후기 빅토리아 시대 사람이었다네. 오늘날의 그런 허식적인 사람들보다는 나았지. 어렸을 때 그분이 내게 6펜스를 주실 때마다 깜짝 놀랐던 기억이 있네.

큰아들 더들리는 착한 소년이었어. 하지만 존은 그렇지 못했네. 사악하고 말이 없고 제멋대로인 소년인데다 너무나 뚱해서 그가 저지른 아주 작은 무례조차도 아무도 눈감아 주지 않았지. 사실 그에겐 손해될 것이 없었네. 단지 그는 준비가 되지 않았고 어른이 되기 전에 어른 취급을 받고 싶지 않았던 것뿐이네. 1912년에 열다섯 살이었을 때 그는 메이드스톤의 술집 여자와 성숙한 관계를 가졌네."

페이지는 휘파람을 불었다. 마치 판리를 볼 거라 기대한다는 듯이 그는 창밖을 흘끗 보았다.

"열다섯 살에 말인가? 아, 원기가 왕성했었군!"

페이지가 말했다.

"그랬지."

페이지는 머뭇거리다 말했다.

"그런데 줄곧 해 온 생각인데 내가 본 바로는 판리가……"

"대단히 청교도적이라고?"

버로스가 덧붙였다.

"그렇지. 어쨌든 우리는 열다섯 살의 소년에 대해 얘기하고 있는 중이네. 그가 마법과 악마 숭배를 포함하여 초자연적인 현상을 공부

한 건 꽤 나쁜 일이었지. 이튼(Eton : 1440년에 설립된 영국의 전통 있는 사립학교─옮긴이)에서 퇴학 처분을 받은 건 더 나쁜 일이었고. 하지만 술집 여자가 임신했을 거라는 추문이 그 최후를 장식했네. 더들리 판리 경은 아들이 완전히 타락해서 판리 가문을 악마 숭배자로 후퇴시켰고 아무것도 그를 바꾸지 못했으니 아들을 다시는 보고 싶지 않다고 간단히 결정해 버렸네. 그 시절엔 양자로 보내 버리는 게 통상적인 방식이었지. 마침 레디 판리에겐 미국에서 성공한 사촌이 한 명 있었고, 그렇게 해서 존은 미국으로 쫓겨났던 거네.

그를 다룰 수 있는 유일한 사람은 케넷 머레이라는 가정교사였네. 당시 스물두세 살쯤의 젊은이였던 가정교사는 존이 학교를 그만둔 뒤 판리 클로스에 왔네. 중요한 이야기인데 케넷 머레이의 취미는 과학적 범죄학이었네. 그 때문에 소년이 처음부터 머레이에게 끌렸던 거지. 그 당시에는 그것은 고상한 취미가 아니었네. 하지만 더들리 경은 머레이를 좋아했고 인정했기 때문에 별말을 하지 않았네.

그런데 이 시점에 마침 머레이는 고향에서 아주 멀리 떨어진 곳으로 갈 마음이 있다면 버뮤다의 해밀턴에 있는 학교의 교감으로 와 달라는 제안을 받았네. 그는 그 제안을 수락했네. 어쨌든 클로스에서 더 이상 그가 필요하지도 않았으니까. 그렇게 해서 소년에게 난처한 상황이 생기지 않도록 머레이가 그와 동행하여 뉴욕까지 가는 것으로 정해졌네. 머레이는 레디 판리의 사촌에게 소년을 인계하고 나서 다른 배를 타고 버뮤다로 가야 했지."

너대니얼 버로스는 과거의 사건을 곰곰이 생각하느라 잠시 말을 멈췄다.

그가 이어 말했다.

"개인적으로는 그 당시 일이 별로 기억이 나지 않네. 우리 같은 어린애들은 심술궂은 존을 멀리했었지. 하지만 당시 예닐곱 살밖에 안 된 꼬마 몰리 비숍은 그를 굉장히 좋아했어. 그녀는 존에 대한 나쁜 말을 듣지 않았지. 그러므로 그녀가 그 후 존과 결혼한 것은 아마 의미심장한 일일 거야. 존이 납작한 밀짚모자를 쓰고 케닛 머레이와 함께 4륜 마차를 타고 철도역으로 떠난 날이 어렴풋하게 기억나네. 다음 날 그들은 항해를 떠날 예정이었으니 여러 가지 이유로 특별한 날이었지. 말할 필요도 없겠지만 그들이 탄 배는 '타이타닉'이었네."

이제 버로스와 페이지는 둘 다 과거를 돌이켜보았다. 페이지는 그때를 고함소리와 모퉁이마다 놓여 있던 신문 호외와 근거 없는 이야기가 난무하던 혼란스런 시대로 기억했다.

버로스는 계속 말을 이었다.

"가라앉지 않는다던 타이타닉이 빙산에 충돌하고는 1912년 4월 15일 밤에 침몰했다. 혼란 통에 머레이와 소년은 헤어지게 됐네. 머레이는 두서너 명의 사람들과 나무 창살 하나를 붙잡고 차가운 바닷물에서 18시간을 표류했네. 이윽고 그들은 버뮤다로 가는 화물선 콜로폰 호에 발견돼 구조되었어. 그렇게 해서 머레이는 자기가 예정했던 장소로 가게 됐네. 존 판리가 안전하다는 무선을 들은 후 그는 더 이상 걱정하지 않았고, 나중에 그 사실을 확인할 수 있는 편지까지 받았네.

존 판리, 아니 존이라 주장하는 소년은 뉴욕행 에트루스카 호에 구조됐네. 뉴욕에서 레이디 판리의 사촌인 어느 서유럽인이 그를 마중했지. 상황은 종전대로였어. 더들리 경은 소년의 생사를 확인하기는 했지만 여전히 아들을 용서하지 않았네. 게다가 더들리 경은 소년과 마찬가지로 괴로워하지도 않았지.

존 팬리는 미국에서 성장했고 거의 25년간을 그곳에서 살았네. 그는 가족들에게 편지 한 줄 쓰지 않았네. 사진이나 생일 축하 전보도 보내지 않았어. 다행히도 그는 부모님의 빈자리를 대신하는 렌윅이라는 미국의 친척을 곧 좋아하게 됐네. 그런데 그는…… 어…… 사람이 바뀐 것 같더군. 그는 꼭 그곳에 살았던 사람처럼 넓은 토지에서 한 사람의 농부로 조용히 살았단 말이지. 전쟁 후반기에는 미군으로 복무했지만 영국에는 한 번도 가까이 오지 않았고, 전에 알던 사람들 중 누구와도 만나지 않았네. 심지어 머레이와도 다시 만나지 않았어. 머레이는 성공하지는 못했지만 버뮤다에 살고 있었네. 그는 존을 만나러 여행을 갈 여유가 없었어. 특히 존 팬리가 콜로라도에 살고 있을 때 말이네.

고향으로 돌아오는 데에는 아무것도 방해될 게 없었네. 소년은 사실상 잊힌 존재였어. 그의 어머니가 1926년에 세상을 떠난 뒤 그는 완전히 잊혔네. 어머니에 이어 4년 뒤에 아버지도 세상을 떠났네. 이제 그리 젊지 않은 큰아들 더들리가 작위와 영지를 모두 물려받았지. 그는 결혼을 하지 않았네. 결혼할 시간이 충분하다고 말했었는데…… 하지만 그렇지 못했어. 새 더들리 경은 1935년 8월에 프토마인(단백질의 부패로 생기는 유독물—옮긴이) 중독으로 세상을 떠났네."

브라이언 페이지가 반사적으로 말했다.

"그러면 내가 여기 오기 직전이잖나. 하지만 이보게! 더들리 경이 언제라도 동생에게 연락을 해 보려고 하지 않았었나?"

"했었지. 하지만 편지들은 개봉도 되지 않은 채 돌아왔네. 더들리가…… 음, 옛날엔 좀 융통성이 없었지. 형제가 너무 멀리 떨어져서 성장했기 때문에 존은 어떤 가족 관계도 느끼지 못했을 거네. 그런

데 더들리의 죽음으로 존이 작위와 영지를 물려받는 것이 문제화되
자――"

"존이 받아들였군."

"받아들였지. 흠, 바로 그거네."

버로스는 격정적으로 말했다.

"자네가 그를 알고 있으니 이해할 수 있겠지. 그가 여기에 돌아온
건 옳은 일인 것 같았네. 거의 25년간이나 떠나 있었는데도 그에겐
낯설지도 않은 것 같았지. 그는 서먹해하지도 않았네. 여전히 판리
가의 상속자처럼 생각하고 행동했고, 어느 정도는 판리 가의 상속자
처럼 말을 했네. 그는 1936년 초에 이곳에 왔어. 로맨틱한 얘기를
덧붙이자면 그는 어른이 된 몰리 비숍을 만났고, 같은 해 5월에 그
녀와 결혼했네. 이곳에 자리를 잡은 건 1년이 좀 넘었어. 한데 이
일이 벌어진 걸세. 이 일이 벌어진 거야."

확신이 없는 듯 페이지가 말을 꺼냈다.

"그러면 타이타닉 호의 대참사 때 사람이 바뀌었다는 말인가? 그
때 바다에서 다른 소년이 구조됐는데, 어떤 이유에선지 존 판리인
체 행세했다는 건가?"

버로스는 한결같은 보조로 천천히 왔다 갔다 하고 있었는데 지나
가면서 모든 가구에다 삿대질을 했다. 그러나 그의 행동이 우스꽝스
러워 보이지는 않았다. 그에게는 의뢰인들을 안심시키고, 심지어 매
혹시키는 지적인 힘이 있었다. 지금처럼 그는 고개를 비스듬히 돌리
고서 커다란 안경 옆으로 상대를 응시하는 버릇이 있었다.

"정확하네. 바로 그걸세. 현재의 존 판리가 사기를 치고 있었다면
알다시피 진짜 상속자가 때를 기다리고 있는 동안 그는 1912년 이
후로 사기를 치고 있었다는 말이잖은가? 그럼 충분히 익숙해졌겠지.

배가 난파된 뒤 구명정에서 구조됐을 때 그는 판리의 옷을 입고 판리의 반지를 끼고 있었네. 그리고 판리의 일기장을 지니고 있었어. 그는 미국에서 렌윅 아저씨의 추억담을 접하게 됐겠지. 그러다가 돌아왔고 옛날 방식으로 자리를 잡았네. 그런데 자그마치 25년일세! 필적도 바뀌고 얼굴도 상처 자국도 다 바뀌었네. 더군다나 기억도 분명치 않아졌고. 어려움을 이해하겠나? 때때로 그가 실수를 하더라도 어딘가 기억에 공백이 있고 모호하더라도 지극히 당연한 일이잖은가. 안 그런가?"

페이지는 고개를 저었다.

"이보게, 마찬가지로 이 주장자도 신임을 얻으려면 아주 충분한 근거가 있어야 하잖나. 법정이 어떤지 알고 있지. 그는 어떤 주장을 하나?"

팔짱을 끼고서 버로스가 대답했다.

"주장자는 자신이 진짜 존 판리 경이라는 확고한 증거를 제시할 수 있다고 하네."

"그 증거를 봤나?"

"오늘밤 우리가 볼 수도 있고, 보지 못할 수도 있네. 주장자는 현재의 소유주를 만날 기회를 달라고 부탁하더군. 아니네, 브라이언. 내가 이 일에 거의 열중하고는 있지만 난 결코 어수룩한 사람이 아닐세. 주장자의 이야기가 설득력이 있는 것만은 아니네, 그렇다고 그가 하찮은 증거들만 제시한 것도 아니네. 이렇게 말해서 안됐지만 그가 법률 대리인인 그 비열한 인간과 함께 내 사무실로 걸어 들어와서 존 판리만이 알 수 있었던 것을 말해준 것도 아니네. 오로지 존 판리만이 아는 것 말이네. 하지만 그는 자신과 현재의 소유주가 결정적인 어떤 테스트를 받을 것을 제안했네."

"어떤 테스트인가?"

"알게 될 걸세. 아, 알게 될 거야."

너대니얼 버로스는 서류 가방을 집어 들었다.

"지독히 혼란스런 사태 전반에서 그나마 한 가지 위안이 되는 게 있었네. 말하자면 지금까지는 소문이 돌지 않았다는 것이네. 주장자는 아무튼 신사네. 홍, 두 사람 다 말이야. 그는 소동을 일으키고 싶어하지 않는다네. 하지만 내 손으로 진실을 규명하면 엄청난 소동이 일어날 테지. 아버지가 살아계셔서 이런 소동을 보시지 않는 게 다행이지 뭔가. 그건 그렇고 7시에 관리 클로스에 오게나. 저녁 식사를 위해 일부러 정장을 차려입을 건 없네. 아무도 그러지 않을 테니. 단지 구실일 뿐이네, 아마 저녁 식사도 없을 걸세."

"그런데 존 경이 이 모든 것을 어떻게 받아들이고 있나?"

"어느 존 경 말인가?"

"명백히 편의상 우리가 줄곧 존 관리 경으로 알고 있던 그 남자 말이네. 그런데 이거 재미있군. 그럼 자네는 그 주장자가 진짜라고 믿는다는 뜻인가?"

페이지가 쏘아붙였다.

"아닐세. 그렇지 않네. 당치 않아!"

버로스가 반박했다. 그는 자세를 바로하고 위엄 있게 말했다.

"관리는 그저 흥분하여 지껄여대고 있을 뿐이네. 내 생각에는 좋은 신호인 것 같아."

"몰리는 알고 있나?"

"알고 있네. 관리가 오늘 그녀에게 이야기했네. 자, 상황이 이러하네. 변호사로서 해서는 안 되고, 또 지금까지 하지 않은 말들을 자네에게 했어. 하지만 내가 자네를 믿지 못한다면 아무도 믿을 수 없겠지. 아버지가 돌아가시고 이 일을 처리하면서 좀 불안했었네. 이제 어려운 일을 겪어내야 하네. 내 정신적 고통을 자네가 한번 해결해 보게나. 판리 클로스에 7시에 오게. 우리는 자네가 증인이 돼 주었으면 하네. 두 후보자를 면밀히 살펴보게. 자네의 지혜를 발휘해 보라고. 그리고 본론으로 들어가기 전에 누가 누군지 부디 내게 말해 주게."

서류 가방 모서리로 책상을 치며 버로스가 말했다.

제2장

걸개그림이라는 숲의 아래쪽 비탈에는 어둠이 짙어지고 있었지만 그 왼쪽 평지는 아직 환한 기운이 가시지 않고 뜨거운 열기도 남아 있었다. 담장과 병풍처럼 늘어선 나무들 뒤로 도로에서 떨어진 곳에 있는 그 저택은 오래된 그림에서 튀어나온 것 같은 암적색 벽돌 건물이었다. 짧게 자른 그곳의 잔디만큼이나 손질이 잘 되고 정돈되어 보이는 곳이었다. 직사각형 보석 무늬 창유리를 끼운 창문들은 키가 높고 폭이 좁았다. 자갈 깔린 일직선 차도가 현관으로 이어졌다. 그곳의 가느다란 굴뚝들은 태양의 마지막 빛을 배경으로 다닥다닥 붙어 서 있었다.

건물 정면에는 담쟁이덩굴도 우거지게 두지 않았지만 저택 뒤에는 너도밤나무들이 한 줄로 바짝 붙어 서 있었다. 중심 건물에서 증축되어 새로 지어진 부속 건물이 하나 있었는데 알파벳 T를 거꾸로 세워 놓은 형태였다. 그것이 네덜란드 풍 정원을 두개의 정원으로 나누고 있었다. 저택의 한쪽 정원은 서재의 뒤쪽 창문에서 내다보였고, 다른 쪽 정원은 존 판리 경과 몰리 판리가 지금 기다리고 있는 방의 창문에서 바라보였다.

이 방 안에서는 시계 소리만이 똑딱거리고 있었다. 18세기에 음악실이나 숙녀들의 응접실이라고 불렀을 법한 곳으로 이 세계에서 저택의 위상을 보여주는 것 같았다. 이곳엔 피아노 한 대가 놓여 있었는데 광택 있는 거북이 껍질처럼 보이는 오래된 나무로 만들어진 것이었다. 연륜과 우아함이 묻어나는 은빛으로 장식되어 있었고, 북쪽으로 난 창문들에서는 걸개그림이 바라보였다. 몰리 판리는 이곳을 거실로 사용했다. 햇빛이 잘 들고 똑딱거리는 시계소리 외에는 조용한 곳이었다.

몰리 판리는 커다란 문어 모양의 너도밤나무 가까이에 있는 창문 옆에 앉아 있었다. 그녀는 소위 옥외 생활을 즐기는 여성이었는데 튼튼하고 균형 잡힌 몸과 각이 지긴 했어도 아주 매력적인 얼굴을 지녔다. 짙은 갈색 머리는 짧게 손질돼 있었다. 몰리는 구릿빛으로 탄 진지한 얼굴에 엷은 갈색 눈을 갖고 있었고, 상대의 손을 마주 잡아 악수를 하는 것처럼 상대의 눈을 똑바로 바라보았다. 입이 너무 큼지막하다고 할 수도 있지만 웃을 때면 가지런한 치아가 드러났다. 그녀는 전혀 예쁘지는 않았으나 건강하고 활기찬 모습에서 그 이상의 강한 매력을 발산했다.

하지만 지금 몰리는 웃고 있지 않았다. 그녀의 시선은 총총걸음으로 방 안을 왔다 갔다 하고 있는 남편에게서 떠나지 않았다.

"걱정하는 건 아니죠?"

그녀가 물었다.

존 판리 경은 잠시 멈춰 섰다. 그러고는 거무스름한 손목을 무의미하게 움직이다가 다시 왔다갔다하기 시작했다.

"걱정이라고? 아니. 천만에. 그래서가 아니요. 단지…… 제기랄, 빌어먹을!"

존은 그녀에겐 이상적인 배우자인 것 같았다. 그가 천성적으로 시골 유지로 보인다고 말한다면 그릇된 인상을 전달하는 것이다. 왜냐하면 그 말은 100년 전에 술 마시며 흥청거리던 우람한 몸집의 사람들과 관련되어 있기 때문이다. 하지만 그래도 전형적인 시골 유지 타입의 사람이 있다. 판리는 중키에 근골이 단단하고 활동적인 느낌을 주는 마른 몸매였다. 어쩐지 밭고랑을 가는 반짝반짝 빛나고 탄탄한 금속 날이 달린 손질 잘 된 쟁기를 연상시켰다.

그의 나이는 아마 마흔 살이었을 것이다. 얼굴빛이 거무스름하고 짧게 깎은 짙은 콧수염이 있었다. 흰머리가 드문드문 섞여 있는 머리칼은 검었고 날카로운 짙은 눈 가장자리에는 주름이 잡혔다. 바로 지금 정신적으로나 육체적으로 한창때이며 억제된 엄청난 활력이 있다고 할 수 있을 것이다. 그는 작은 방에서 큰 걸음으로 이리저리 걷고 있었지만 화가 나거나 흥분했다기보다는 오히려 마음이 편치 못하고 거북한 듯 보였다.

몰리가 자리에서 일어섰다. 그녀는 큰소리로 말했다.

"맙소사, 왜 내게 말하지 않았어요?"

"당신이 걱정해 봐야 소용없는 일이니까. 이건 내 일이오. 내가 처리할 수 있소."

그녀의 남편이 말했다.

"언제부터 알고 있었던 거예요?"

"한 달쯤. 그쯤 됐소."

"그럼 지금껏 내내 당신이 걱정한 게 그거였어요?"

그녀는 다른 걱정으로 눈빛이 어두워진 채 물었다.

"얼마간은."

관리는 불퉁거리듯 대답하고서 그녀를 재빨리 쳐다보았다.

"얼마간이라고요? 그게 무슨 뜻이에요?"

"여보, 내 말은 조금은 그렇단 말이오."

"존…… 매들린 데인과 아무런 관계도 없는 거겠죠, 네?"

그는 멈춰 섰다.

"맙소사! 절대 아니오. 왜 그런 질문을 하는지 모르겠군. 당신 매들린을 정말로 좋아하지 않는 거요?"

"그 여자의 눈빛이 마음에 들지 않아요. 기묘한 눈빛이에요."

몰리는 이렇게 말하고서 약간의 자존심과 또 다른 생각으로 자신을 억제하고는 다시 이름을 들먹이려 하지 않았다.

"미안해요. 이런 일들이 일어났다고 해도 그런 식으로 말하는 게 아니었어요. 기분 좋은 일은 아니라서요. 하지만 사실이 아니죠, 그렇죠? 물론 그 남자가 증거를 갖고 있진 않겠죠?"

"그자는 정당한 자격이 없소. 그가 증거를 갖고 있는지 어떤지는 모르겠군."

관리는 퉁명스럽게 말했고 몰리는 그런 남편을 유심히 보았다.

"그런데 왜 그렇게 안절부절못하고 쉬쉬하는 거예요? 그자가 사기꾼이라면 그자를 내쫓고 신경 쓰지 않으면 되잖아요?"

"버로스 말이 그건 현명한 방법이 아니라고 했소. 아무튼 아직은 아니라고 그랬어. 우리가…… 어…… 그 사람이 하는 말을 들어볼 때까지는 말이오. 그리고 나서 조치를 취하면 돼요. 실질적인 조치를 말이오. 게다가……"

몰리 관리의 얼굴에서 표정이 점차 사라졌다.

그녀가 말했다.

"당신을 돕고 싶어요. 내가 아무것도 할 수는 없을 테지만 어찌된 영문인지만이라도 알고 싶어요. 이 남자가 자신이 당신임을 입증할 수 있게 해 달라고 요구하고 있다는 건 알고 있어요. 물론 모두 허튼 소리죠. 나는 당신을 여러 해 전에 알았어요. 그런데 당신을 다시 만났을 때 나는 당신을 알 수 있었어요. 내가 얼마나 쉽게 당신을 알아봤는지 알면 당신은 놀랄 거예요. 아무튼 당신이 냇(너대니얼의 애칭—옮긴이) 버로스와 또 다른 변호사와 함께 이 사람을 여기로 오게 해서 대단히 은밀한 일을 벌일 거라는 것도 알고 있어요. 그런데 뭘 하려는 거예요?"

"내 옛날 가정교사였던 케넷 머레이를 기억하오?"

이마에 주름을 잡으며 몰리가 말했다.

"어렴풋이요. 좀 큰 편이고 해군이나 예술가처럼 짧은 턱수염이 있는 쾌활한 사람이었죠. 그 당시에는 정말로 젊었을 테지만 나이가 들어 보였던 것 같아요. 근사한 이야기들을 들려주었잖아요."

"그의 포부는 항상 명탐정이 되는 거였소. 그런데 그 상대측이 버뮤다에서 그를 데려왔소. 그가 진짜 존 판리의 신원을 확실히 확인할 수 있다고 말한다는군. 지금 그는 '황소와 푸주한'에 있소."

상대방이 퉁명스럽게 대꾸했다.

"잠깐만요! 그곳에 '예술가처럼 보이는' 남자가 머물고 있대요. 그 때문에 마을이 술렁대고 있는데. 그 사람이 머레이예요?"

몰리가 말했다.

"그 사람이 머레이요. 가서 그를 만나보고 싶지만 그래서는 안 될 거요. 음, 그건 정정당당하지 못한 일일 테니까."

일종의 몸부림과 내적 고뇌를 나타내며 그녀의 남편이 말했다.

"내가 그에게 영향을 미치려는 것처럼 보일 수도 있고. 뭐 다른 것이 있을 수도 있고 말이오. 그가 우리 둘을 보러 이곳에 올 거요, 그리고 내가 누구인지 확인할 거요."

"어떻게요?"

"그는 이 세상에서 나를 정말로 잘 알고 있는 유일한 사람이오. 당신도 알고 있듯이 가족들은 거의 세상을 떠나지 않았소. 나이 든 하인들도 우리 부모님과 마찬가지로 세상을 떠났고, 내니를 제외하고 말이오. 그런데 그녀는 뉴질랜드에 살고 있잖소. 놀스도 이곳에 있은 지 10년밖에 되지 않았소. 막연히 아는 사람들은 많이 있지만, 알다시피 내가 비사교적인 사람이어서 친구들을 사귀지 못했잖소. 범죄를 연구하는 불쌍한 머레이가 확실히 바람직한 사람이오. 그는 중립을 지키고 있고 어느 쪽과도 전혀 관계가 없소. 하지만 만약에 그가 일생에서 명탐정 역할을 한번 해 보고 싶다면……."

몰리는 숨을 크게 들이쉬었다. 그녀의 햇볕에 탄 건강한 얼굴과 건강한 온몸이 그녀의 솔직한 이야기에 생명력을 불어넣었다.

"존, 난 이해할 수가 없어요. 이해가 되지 않아요. 당신은 마치 이것이 일종의 내기나 게임인 것처럼 말하고 있어요. '정정당당하지 않을 거요', '어느 쪽과도 전혀 관계가 없소'. 그가 누구든 당신은 이 남자가 뻔뻔스럽게 당신이 소유한 것을 전부 자신의 소유라고 선언하고 있다는 걸 알고 있는 거예요? 자신이 존 판리라고 하는 것을요? 자신이 준남작 작위와 연간 3만 파운드의 상속자라고 하는 것을요? 그리고 그가 당신한테서 그것을 뺏으려고 하는 것을요?"

"물론 알고 있소."

"그런데 그게 당신한테 아무런 의미도 없어요?"

몰리가 소리쳤다.

"당신은 그게 아무 의미도 없는 것처럼 대단히 신중하고 정중하게 그 사람을 대하고 있잖아요."

"그건 내게 무엇보다 중요한 것이요."

"그럼 누군가 당신에게 와서 '내가 존 관리요'라고 말하는 경우에 경찰을 부르지 않을 거라면 '어, 그래요?'라고 말하고서 더 이상 아무것도 생각하지 말고 그 사람을 그냥 발로 차서 내쫓았어야 했어요. 바로 그렇게 했어야 했다고요."

"여보, 당신은 이 상황을 이해 못하고 있소. 버로스 말이……"

그는 천천히 방 안을 둘러보았다. 그는 조용히 똑딱거리는 시계 소리에 귀를 기울이며 북북 문질러 닦은 바닥과 새 커튼에서 나는 냄새를 음미하면서 현재 자신이 소유한 비옥하고 평온한 토지 전체에 쏟아지는 햇살에 손을 내밀고 있는 것처럼 보였다. 기이하게도 그 순간 그는 가장 청교도적으로 보였다. 그리고 또한 불안스러워 보였다.

"이 모든 것을 지금 잃는다는 건 상당히 불쾌한 일이겠지."

그는 천천히 말했다.

방문이 열리자 그는 차분함 속에 드러냈던 격렬한 태도를 바꾸고 자세를 바로 했다. 대머리의 나이 든 집사 놀스가 너대니얼 버로스와 브라이언 페이지를 안으로 안내했다.

이곳으로 걸어오는 동안 페이지가 지켜본 바로는, 버로스는 지금 극히 말이 없고 넙치 같은 표정을 짓고 있었다. 페이지는 그가 이날 오후의 같은 사람이라고는 생각할 수 없었다. 하지만 본질적으로 어색한 분위기 때문일 거라고 추측했다. 최악의 상태란 느낌이 들었다. 주인과 안주인을 흘긋 보면서 그는 이곳에 오지 않았으면 좋았을 텐데 하고 생각했다.

사무 변호사는 고통스러운 듯 의례적으로 주인과 안주인에게 인사를 했다. 판리는 마치 결투를 하려는 것처럼 자세를 꼿꼿이 했다.

"곧 일에 착수할 수 있을 겁니다. 우리가 바라는 대로 페이지가 기꺼이 증인이 돼 주겠답니다."

버로스가 덧붙였다.

페이지가 애써 말했다.

"그런데 말입니다. 아시다시피 우리는 지금 성채에 포위당해 있는 게 아닙니다. 경은 켄트에서 가장 도량이 넓고 존경받는 지주 중 한 사람입니다. 버로스에게서 방금 들었는데……"

그는 판리를 바라보았고 그 문제를 더 이상 언급하지 못했다.

"잔디는 붉고 물은 높은 쪽으로 흘러간다는 식의 이야기를 들었습니다. 대부분의 사람들의 관점에서 보면 어쩐지 그럴듯한 얘기잖습니까. 경이 수비 태세를 더 갖춰야 하지 않았을까요?"

판리가 천천히 말했다.

"그 말이 맞네. 내가 바보가 된 것 같다네."

그는 인정했다.

"맞아요."

몰리가 맞장구쳤다.

"고마워요, 브라이언."

"머레이를……"

멍한 눈길로 판리가 말을 꺼냈다.

"그를 만나봤나, 버로스?"

"아주 잠깐 만나봤습니다, 존 경. 공식적으로는 아니고요. 상대방도 마찬가집니다. 분명히 말하자면 그는 테스트에 전념해야 할 입장이므로 그 사이에는 아무 말도 할 수 없어서 말입니다."

"그가 많이 변했던가?"

버로스는 좀 더 인정미 있게 말했다.

"별로 변하지 않았던데요. 나이가 들어서 그런지 좀 완고하고 까다로워진 것 같더군요, 그리고 수염도 반백이 다 됐고요. 옛날에——"

판리가 말했다.

"옛날이라고. 오, 하느님!"

그는 머릿속으로 뭔가를 곰곰이 생각했다.

"한 가지 자네한테 물어보고 싶은 게 있네. 머레이가 정직하지 않다고 의심할 무슨 근거가 없던가? 잠깐! 이런 말을 하는 것이 부당하다는 건 알고 있네. 머레이는 언제나 너무 정직했으니까 말이네. 시원스러울 정도로 말일세. 하지만 우리는 25년간이나 그를 만나지 못했네. 그건 오랜 시간일세. 나는 바뀌지 않았나. 부정직한 행동을 할 가능성은 없겠나?"

버로스가 단호히 말했다.

"그럴 가능성은 없으니 안심하셔도 됩니다. 이미 그것에 관해서 서로 이야기했던 것 같은데요. 당연히 제게 가장 먼저 떠오른 생각이었습니다. 그런데 우리가 조치를 취할 방도를 강구할 때 경 자신이 머레이 씨의 정직성을 확신하셨잖습니까. 그런 게 아니었나요?"[1]

"음, 그랬지."

"그런데 왜 이제 와서 그 문제를 꺼내시는 건지 여쭈어 봐도 될까요?"

---

[1] 신문 독자들은 비극적인 판리 가 사건에 이어진 신랄한 논쟁들에서 비전문가들이 종종 이 문제를 제기했던 것을 기억할 것이다. 그 수수께끼를 해결하기 위해서 많은 헛된 가설들에 시간을 허비하고 나니, 나는 이쯤에서 그 문제를 마무르는 편이 낫다는 생각이 든다. 케넷 머레이의 정직성과 성실성은 진실로 받아들여도 좋을 것이다. 진짜 상속자의 신원을 확인하는 데 있어서 그가 가지고 있는 증거는 객관적인 것이었다. 기억하고 있듯이 나중에 진실을 입증하기 위하여 그것이 사용되었다. -J.D.C.

"나한테 호의를 베풀어 주면 고맙겠군."

별안간 버로스의 태도를 철저히 흉내 내어서 냉담한 태도로 관리가 응수했다.

"내가 사기꾼이고 악한이라고 생각한다는 듯이 나를 보지 않았으면 하네. 자네는 내내 그러고 있어. 부인하지 말게! 정확히 그렇게 행동하고 있으니까. 평화, 평화, 평화. 나는 온 세상에서 마음의 평화를 찾고 있네, 그런데 내가 어디에서 그것을 얻을 수 있겠나? 머레이에 대해서 왜 묻는지 말해 주지. 만약에 머레이에게 부정직한 점이 전혀 없다고 생각한다면 자네는 왜 사설탐정에게 그를 감시하게 한 건가?"

커다란 안경 뒤에 버로스의 눈이 깜짝 놀란 듯 휘둥그레졌다.

"뭐라고 말씀하셨지요, 존 경? 저는 사설탐정에게 머레이 씨나 다른 누군가도 감시하라고 시킨 일이 없습니다만."

관리는 몸을 꼿꼿이 세웠다.

"그럼 '황소와 푸주한'에 있는 다른 남자는 누군가? 은밀히 상관도 없는 여담이나 캐고 질문을 하고 돌아다니는 젊은 축에 드는 그 뻔뻔스러운 사내 말이네? 마을 사람들 모두가 그가 사설탐정이라고 말하더군. 자신이 '민속학'에 관심이 있고 책을 쓰고 있다고 떠들고 다닌다고 하던데. 민속학이라니 어림없는 소리지! 그는 머레이에게 착 달라붙어 떨어지지 않고 있단 말이네."

그들은 모두 서로 얼굴을 쳐다보았다.

"아, 그 민속학자라는 사람 얘기와 그가 사람들에게 관심이 있다는 얘기는 들었습니다. 아마 웰킨이 보냈을 겁니다."

버로스는 생각에 잠겨 말했다

"웰킨?"

"그 주장자의 변호사죠. 그렇지 않으면 십중팔구 이 일과는 아무런 관계도 없을 겁니다."

"그럴 리가."

관리가 반박했다. 피가 눈 밑으로 쏠린 것처럼 그의 얼굴이 더 어두워졌다.

"그는 흥미만 있었던 게 아니네. 그러니까 그 사설탐정 말일세. 내가 들은 바로는 그가 그 가엾은 빅토리아 데일리에 대해서 온갖 질문들을 묻고 다녔다고 하던데."

브라이언 페이지에게는 문제의 중요성이 좀 바뀌고 모든 익숙한 것들이 생소해지는 것처럼 생각됐다. 연간 3만 파운드의 가치가 있는 소유지 권리에 대해 토론하는 중에 관리는 지난 여름에 발생한 잔인하기는 해도 흔해 빠진 사건에 더 정신이 팔린 듯했다. 그건 그렇고 서른다섯 살의 순진한 독신녀 빅토리아 데일리가 자신의 집에서 구두끈과 칼라 단추를 파는 행상 행세를 한 떠돌이한테 교살됐었지? 기묘하게 구두끈으로 교살됐어. 그리고 그 떠돌이가 선로에서 죽었을 때 그의 주머니에서 그녀의 지갑이 발견됐었지?

침묵 한가운데서 페이지와 몰리 관리가 서로 쳐다보고 있을 때 방문이 열렸다. 놀스가 한결같은 모호한 태도로 들어왔다.

"두 신사분이 주인님을 뵈러 와 있습니다. 한 분은 변호사인 웰킨 씨입니다. 다른 분은……"

놀스가 말했다.

"그래? 다른 분은?"

"다른 분은 자신을 존 관리 경이라고 전해 달라고 하셨습니다."

"그자가 그랬어? 그래?"

몰리는 조용히 일어났지만 입가의 근육들이 팽팽해졌다.

그녀는 놀스에게 지시했다.

"존 관리 경의 이 메시지를 전해요. 존 관리 경이 인사를 전한다고 말하고 만약에 손님이 그 이외의 이름을 대지 않는다면 존 관리 경이 손님을 만날 틈이 날 때까지 하인 방이나 구경하면서 기다려야 할 거라고 전해요."

"안 됩니다, 자, 자! 견디기 어려운 상황이죠…… 현명해질 필요가 있어요…… 그를 무시하고 싶은 건 알지만……"

일종의 법률적 고뇌로 괴로워하며 버로스는 말을 더듬었다.

희미한 미소가 관리의 거무스름한 얼굴에 지나갔다.

"좋아, 놀스. 그 메시지를 전하게."

"뻔뻔스러워."

몰리가 씨근거리며 말했다.

놀스가 되돌아왔을 때 그는 전령이라기보다는 오히려 코트의 다른 구석으로 날아가 버린 불안정한 테니스공 같았다.

"주인님, 그 신사분 말씀이 성급하게 그런 메시지를 전한 것을 깊이 사죄드리고 그 점에 노여운 감정이 없으시길 바라신답니다. 그리고 수년간 패트릭 고어 씨로 통했다고 하셨습니다."

"알겠네. 고어 씨와 웰킨 씨를 서재로 안내하게."

관리가 말했다.

제3장

　주장자가 의자에서 일어났다. 직사각형 보석 무늬가 있는 수많은 유리로 이루어진 창문이 서재 한 면을 다 차지하고 있음에도 불구하고 햇빛이 사라지면서 나무들이 짙은 그림자를 던졌다. 석재가 깔린 바닥에는 양탄자가 짧게 깔려 있었다. 묵직한 책장들이 지하 예배실의 단처럼 둘러싸고서 소용돌이 모양으로 꼭대기를 향했다. 창문을 통해 푸른 음영을 드리운 빛이 바닥을 가로질러 수많은 창유리의 그림자를 길게 잡아 늘여서 탁자 옆에 일어서 있는 그 남자한테까지 뻗쳤다.

　그 후 몰리는 문이 열렸을 때 자신은 겁에 질려 있었으며 거울에 비친 것처럼 남편과 꼭 닮은 사람이 그 뒤에서 나타나지 않을까 생각했다고 털어놓았다. 하지만 이 두 사람 사이에는 별로 닮은 점이 없었다.

　서재에 있는 그 남자는 판리보다 몸집이 크지도 않았고 강인하지도 않았다. 그의 짙고 숱 많은 머리에는 흰머리는 전혀 없었지만 정수리 부분이 조금 듬성해지고 있었다. 얼굴은 검었지만 수염을 말끔히 깎았고 비교적 주름도 없었다. 이마와 눈가에 난 얼마간의 주름들은 완고해 보이기보다 오히려 활기차 보였다. 주장자는 암회색 눈빛과 끝에서 약간 위로 올라간 성긴 눈썹으로 여유와 냉소와 기쁨 가운데 하나의 표정만을 얼굴에 드러냈다. 그는 관리의 낡은 트위드 옷과 대조적으로 도시적인 스타일로 잘 차려입고 있었다.

"죄송합니다."

남자가 말했다.

그의 목소리도 귀에 거슬리는 관리의 거친 테너음과 대조를 이루어 바리톤이었다. 그의 걸음걸이는 엄밀히 말해 절뚝거리는 것은 아니었지만 다소 불편해 보였다.

"죄송합니다."

그는 진지한 태도로 예의바르게 말했지만 애매모호한 기쁨의 표정을 띠고 있었다.

"제가 너무 다급히 고향으로 돌아온 것 같아서 말입니다. 하지만 저의 참뜻을 이해해 주시기 바랍니다. 에…… 제 법적 대리인 웰킨 씨를 소개하지요."

다소 돌출한 눈을 가진 뚱뚱한 남자가 탁자 맞은편 의자에서 일어났다. 하지만 그들은 그를 쳐다보지 않았다. 주장자는 흥미를 가지고 그들만 유심히 보고 있는 것은 아니었다. 마치 사소한 것 하나하나 기억을 떠올리며 정신이 팔린 것처럼 방 안을 흘깃거리고 있었다.

"본론으로 들어갑시다. 버로스는 만나보셨다고요. 이쪽은 페이지입니다. 이 사람은 내 아내고."

판리가 퉁명스레 말했다.

"만났지요……"

주장자가 말하고서 머뭇거리다가 몰리를 똑바로 바라보았다.

"당신 아내라고요. 용서하세요, 당신 아내를 어떤 호칭으로 불러야 할지 잘 모르겠군요. 레이디 판리라고 부를 수도 없고. 그렇다고 그녀가 장식용 리본을 달고 다닐 때 제가 불렀던 대로 몰리라고 부를 수도 없으니 말입니다."

판리 부부 모두 아무 말도 하지 않았다. 다만 몰리는 평정을 잃지는 않았지만 얼굴이 확 붉어졌고 눈에는 불쾌한 긴장감이 감돌았다.

주장자가 계속 말했다.

"그리고 이 거북하고 불쾌한 일을 이토록 선의로 해석해 주셔서 감사드립니다."

판리가 날카롭게 말했다.

"그렇지 않소. 나는 이 일을 극악무도하고 터무니없는 악의로 해석하고 있소이다. 그러니 당신도 그렇게 알고 있는 게 좋을 거요. 내가 당신을 이 집에서 내쫓지 않는 단 한 가지 이유는 우리가 품위 있게 행동해야 한다고 내 고문 변호사가 생각하는 것 같기 때문이요. 좋소, 말해 보시오. 할 말이 뭐요?"

웰킨 씨가 탁자에서 자리를 옮기며 헛기침을 했다.

"제 의뢰인 존 판리 경은――"

그가 입을 열었다.

"잠깐만요, 부탁이 있는데 편의상 당신 의뢰인을 다른 이름으로 언급해 주셨으면 합니다. '패트릭 고어'라는 이름을 알려 주셨지요."

버로스가 한결같은 정중한 태도로 이의를 제기했다. 법의 칼날을 갈며 변론인들이 소매를 걷어붙이고 이 신사들이 받아들일 수 있게 대화를 조정하는 동안 페이지는 어렴풋이 불만스런 헛 소리를 들은 것 같았다.

"차라리 그냥 '제 의뢰인'이라고 부르는 게 좋겠습니다. 괜찮겠지요?"

웰킨이 말했다.

"좋습니다."

웰킨이 이어 말하며 서류가방을 열었다.

"감사합니다. 여기 제 의뢰인이 법정에 제출하려고 준비한 신청서가 있습니다. 제 의뢰인은 공정한 결정을 원하고 있습니다. 불가피하게 현 소유주가 작위와 영지에 대한 자격이 없다는 점을 지적하고는 있지만 제 의뢰인은 사기 행위가 시작됐던 상황을 유념하고 있습니다. 또한 현 소유주의 유능한 관리 능력과 그로 인해 가명(家名)의 명예가 됐다는 점을 인정합니다.

그러므로 만약에 현 소유주가 이 문제를 법정으로 가져갈 필요가 없도록 즉시 물러난다면 당연히 고발할 일은 없을 겁니다. 반대로 제 의뢰인은 현 소유주에게 기꺼이 재정적 보상을 할 겁니다. 이를테면 평생 연간 일천 파운드의 연금을 말입니다. 제 의뢰인은 현 소유주의 부인, 구성(舊姓) 메리 비숍 양이 부모로부터 재산을 물려받았으므로 재정적으로 곤란을 받는 문제는 일어나지 않을 거라는 것도 확인했습니다. 물론 현 소유주의 부인이 사기 결혼의 합법성 문제에 관심을 가져야 한다고 생각합니다만."

다시 관리의 눈 밑으로 피가 쏠렸다.

그가 말했다.

"맙소사! 참으로 뻔뻔스럽고 파렴치한……"

너대니얼 버로스가 발언을 제지하는 소리라고 하기엔 너무 공손한 소리를 냈지만 관리는 감정을 억눌렀다.

"웰킨 씨, 지금 이 자리에서는 당신 의뢰인의 자격 여부만 결정할 것을 제안해도 되겠습니까?"

버로스가 항변했다.

어깨를 거들먹거리며 웰킨이 말했다.

"좋으실 대로. 제 의뢰인은 단지 다툼을 피하고 싶은 것뿐입니다. 잠시 뒤면 케넷 머레이 씨가 여기 올 겁니다. 그러면 결과는 이미 결정 난 게 아닐까요. 만약에 현 소유주가 자신의 태도를 고집한다면, 그때 사건의 결말이 걱정되는군요."

"이보시오, 서론을 생략하고 바로 본론으로 들어갑시다."

관리가 다시 끼어들었다.

주장자가 미소를 지었는데 비열한 농담을 던지려고 눈을 모들뜨는 것처럼 보였다. 그가 말했다.

"보다시피 가짜 상류 출신 행세가 그에게 찰싹 접목이 돼서 아무래도 손을 떼겠다고 말할 마음이 나지 않을 겁니다."

"어떤 경우든 그에게 모욕적인 야비한 언사를 삼가 해 주시죠."

몰리가 말했다. 이번에는 얼굴을 붉힌 쪽은 주장자였다.

주장자가 말했다. 그의 어조가 다시 바뀌어 있었다.

"죄송합니다. 괜한 말을 했군요. 하지만 내가 위험한 도브 샘가에 살았다(윌리엄 워즈워스의 영시 '인적 없는 곳에 그녀는 살았네 She Dwelt Among the Untrodden Ways'에서 '그녀가 살던 도브 샘가는 인적 드문 외딴 곳이었네'를 인용한 것임—옮긴이)는 것을 기억해야 합니다. 그럼 내 방식대로 내 자신의 주장을 말해 볼까요?"

"좋소."

관리가 말했다. 그리고 두 변호사에게 덧붙였다.

"입 다물게. 이제 이건 개인적인 문제이니."

이의 없이 그들은 모두 탁자로 가서 의자에 앉았다. 주장자는 커다란 창문을 등지고 앉았다. 그는 잠시 생각에 잠긴 채 검은 머리의 정수리에 숱이 좀 성긴 부분을 멍하니 톡톡 두드렸다. 그러다가 눈가 주름에 냉소를 머금은 채 쳐다보았다.

"나는 존 판리입니다."

그는 아주 담담하면서도 명백히 진지하게 말문을 열었다.

"부디 지금은 법률적인 모호한 말로 나를 방해하지 마십시오. 내 주장을 진술하는 것이니 내가 그러고 싶으면 자칭 타타르(Tartary : 동부 유럽에서 서부 아시아 일대―옮긴이)의 칸이라고 말할 수도 있는 겁니다. 하지만 나는 정말로 존 판리이니 이제 내게 무슨 일이 있었는지 말씀드리지요.

어렸을 때 내가 좀 야비했을지도 모르겠습니다. 지금도 내 태도가 옳지 않았다고 생각하지는 않지만 말입니다. 돌아가신 내 아버지 더들리 판리 경이 지금 살아계신다면 마찬가지로 내 화를 돋우셨을 겁니다. 아니, 내가 잘못했다고는 말하지 못하겠습니다. 내가 타협하는 법을 배웠어야 했다는 것 말고는 말입니다. 나는 어리다고 지적한다는 이유로 손윗사람들과 다퉜고 내가 관심 없는 과목들을 모두 거부했기 때문에 가정교사들과 싸웠던 겁니다.

본론으로 들어가면, 내가 왜 이곳을 떠났는지는 알고 있을 겁니다. 나는 머레이와 타이타닉을 타고 항해를 떠났습니다. 그런데 처음부터 나는 3등실 승객들과 가능한 많은 시간을 보냈습니다. 이해할 테지만 내가 특별히 3등실 승객들을 좋아했기 때문이 아니고 단지 내가 속한 1등실 사람들이 싫었기 때문입니다. 아시다시피 변명이 아닙니다. 심리적인 이유라는 게 적절할 겁니다.

3등실에서 나는 혼자서 미국으로 가고 있는 내 또래의 루마니아계 영국 소년을 만났습니다. 그는 내게 관심을 갖더군요. 그의 말로는 결코 찾아낼 수 없는 그의 아버지는 영국 신사였답니다. 그의 어머니는 루마니아 여성으로 술을 마시지 않을 때에는 영국의 한 순회 서커스에서 뱀춤을 추는 댄서였고요. 그런데 진짜 뱀춤과 가상의 뱀춤이 어울릴 수 없는 때가 왔고, 결국 그 여인은 지저분한 서커스 텐트에서 파트타임 요리사 일을 하는 신세가 되고 말았습니다. 그러다 보니 아들이 성가신 존재가 되었죠. 마침 그녀의 옛날 애인이 미국에서 소규모 서커스로 성공을 거두고 있었고, 그래서 여인은 아들을 그에게 보내기로 했던 겁니다.

그 아이는 팽팽한 밧줄 위에서 자전거 타는 법을 배울 것이고, 또…… 그 아이를 얼마나 부러워했는지. 아, 내가 그 아이를 얼마나 부러워했는지! 심지 바른 아이나 어른이라도 나를 비난할 수 있을까요?"

주장자는 의자의 방향을 조금 바꿨다. 그는 냉소적이지만 어떤 만족감을 가지고 과거를 되돌아보는 듯했다. 다른 사람들은 아무도 움직이지 않았다. 정중하지만 위선적인 웰킨 씨가 의견을 제기하려고 하다가 사람들의 얼굴을 재빨리 살펴보고서 침묵을 지켰다.

손톱을 살펴보며 주장자가 이어 말했다.

"그런데 기묘한 건 이 소년이 나를 부러워했다는 겁니다. 그는 자신의 이름이 상당히 발음하기 어려워서 어감이 마음에 드는 '패트릭 고어'로 바꿨다고 했습니다. 아무튼 그 애는 서커스 생활을 싫어했어요. 잦은 이동과 변화, 시끄러운 소음과 혼란스런 상태가 마음에 들지 않았던 겁니다. 아침에 천막을 칠 곳에 밤새 말뚝을 박고 무료급식소에 가는 것을 몹시 싫어했습니다. 어디서 이런 것을 익혔는지 모르겠지만 그는 말수가 적고 냉정한 얼굴을 한 예의 바른 꼬마 악당이었습니다. 처음 만났을 때 우리는 서로에게 덤벼들어 싸웠는데 3등실 승객 절반이 나서서 우리를 떼어놓아야 했습니다. 나중에 난 너무나 화가 나서 접칼을 가지고 그 애에게 달려들고 싶을 정도였지요. 하지만 그 애는 그저 내게 고개를 숙이고 걸어가 버리더군요. 나는 지금도 그를 보면 알 수 있습니다. 이봐요, 지금 당신에게 말하고 있는 거요."

그는 판리를 흘긋 쳐다보았다.

"이건 사실이 아니야."

판리가 느닷없이 소리치고서 이마에 성호를 그었다.

"믿을 수가 없군. 이건 악몽이야. 진정으로 말하는 거요?"

"그렇소."

상대가 단호히 인정했다.

"우리는 서로의 신분을 바꾸면 얼마나 재미있을지 얘기를 나눴습니다. 물론 그 당시에는 그저 흉내 내기 놀이와 같은 허황한 생각일 뿐이었지요. 내 신분을 얻기 위해서라면 나를 죽이고 싶은 것 같았지만 당신은 절대 잘 될 수 없는 일이라고 했죠. 나는 그런 일이 실제로 행해질 거라고 보지 않았습니다. 그런데 재미있는 건 당신은 그럴 셈이었다는 겁니다. 아무튼 나는 당신에게 나에 관한 정보를 주었습니다. '아무개 아주머니와 이런저런 사촌을 만나면 그들에게 꼭 말해야 하는 건 이거야'라고 알려주면서 당신에게 거만하게 굴었었죠. 돌이켜 생각하고 싶지도 않군요. 그때 내 행동에는 어떤 정당성도 없으니까요. 나는 당신이 융통성이 없는 사람이라고 생각했고 그 생각에는 지금도 변함이 없습니다. 나는 당신한테 내 일기장도 보여주었어요. 난 항상 일기를 썼어요, 이 세상에서 이야기할 사람

42

이 아무도 없다는 단순한 이유 때문이었죠. 지금도 한 권을 간직하고 있습니다."

여기서 주장자는 묘한 시선으로 쳐다보았다.

"나를 기억합니까, 패트릭? 타이타닉이 가라앉은 그날 밤을 기억합니까?"

이야기가 잠시 중단됐다.

판리의 얼굴에 분노의 표정은 떠오르지 않았다. 단지 어리둥절한 얼굴이었다.

그가 말했다.

"정말 당신은 미쳤어."

주장자는 조심스레 말을 이었다.

"빙산에 충돌했을 때, 정확히 내가 뭘 하고 있었는지 말씀드리지요. 머레이가 흡연실에서 브리지 게임을 하는 동안 나는 그와 같이 쓰는 선실에 누워 있었습니다. 머레이는 외투 하나에 휴대용 브랜디 병을 넣어 두고 있었는데, 바에서는 내게 술을 주지 않기 때문에 나는 그걸 맛보고 있었습니다.

배가 충돌했을 땐 나는 아무 느낌도 없었습니다. 만약에 누군가 어떤 느낌이 있었다고 한다면 의심스러울 겁니다. 아무튼 살짝 부딪치는 정도라서 탁자 위에 놓인 찰랑찰랑한 칵테일 잔도 거의 엎질러지지 않았죠. 그리고 엔진이 멈췄습니다. 내가 통로로 나갔던 건 오로지 엔진이 왜 멈췄을까 궁금해서였습니다. 처음 깨달은 건 웅성거리는 소리가 점점 더 크고 가까워지고 있다는 것이었죠. 그때 갑자기 어깨에 파란색 누비이불을 두른 한 여자가 비명을 지르며 옆으로 달려갔습니다."

처음으로 주장자가 머뭇거렸다.

"그 일에 대해 더 이상 말해서 그 해묵은 비극을 상기시킬 생각은 없습니다."

그는 손을 폈다 접었다 하며 말했다.

"용서해 주신다면 이 말만은 해야겠군요. 어렸을 때다 보니 나는 오히려 그런 상황이 즐거웠습니다. 조금도 무섭지 않았어요. 오히려 들떠 있었죠. 그건 뭔가 보통과 달랐고 일상생활의 변화 없는 단조로움을 날려 버리는 일대 사건이었지요. 나는 줄곧 그와 같은 일을 찾고 있었어요. 그래서 너무 흥분한 나머지 패트릭 고어와 신분을 바꾸는 데 덜컥 동의를 했던 겁니다. 그가 오랫동안 그 문제를 생각했던 건 아닌지 궁금하지만, 아무튼 내 입장에서는 갑자기 결정을 내린 일이었습니다."

집주인을 계속 쳐다보며 주장자가 설명했다.

"나는 고어를, 바로 당신을 뒤쪽 갑판에서 만났습니다. 당신은 밀짚으로 만든 작은 여행 가방에 소지품을 모두 챙겨 갖고 있더군요. 상당히 침착한 태도로 내게 배가 가라앉고 있다고, 빠르게 가라앉고 있다고 말했어요. 그러면서 만약에 내가 정말로 신분을 바꾸고 싶다면 혼란 통에서 일이 잘될 수도 있을 거라고 말했지요. 어느 쪽이든 살아남는다면 말입니다. 그래 내가 머레이는 어떻게 됐냐고 물었어요. 당신은 머레이가 물에 빠져서 이미 죽었다고 거짓말을 했죠. 나는 기꺼이 멋진 서커스 공연자가 되기로 했고, 그래서 우리는 옷과 신분증명서, 반지 등 모든 것을 바꿨던 겁니다. 당신은 심지어 내 일기장까지 가져갔어요."

관리는 아무 말도 하지 않았다.

주장자는 어조의 변화 없이 덧붙였다.

"그 후 당신은 아주 교활하게 행동했어요. 우리가 막 보트에 뛰어

들려고 준비하고 있을 때였죠. 당신은 내가 등을 돌릴 때까지 기다렸다가 승무원에게 훔쳐 놓은 나무 망치를 꺼내서 내 뒷머리를 때렸고, 일을 잘 마무리하려고 연거푸 세 번을 더 내리쳤어요."

판리는 여전히 아무 말도 하지 않았다. 몰리는 의자에서 일어났다가 남편의 손짓에 다시 자리에 앉았다.

탁자에서 먼지를 털어내는 듯한 몸짓을 하면서 주장자가 힘주어 말했다.

"잘 들어요. 당신에게 이런 말이나 하려고 여기 온 게 아닙니다. 25년은 긴 세월이고, 그때 당신은 소년이었어요. 하지만 당신이 어떤 남자가 됐을까 궁금하더군요. 사람들은 날 망나니라고 생각했었죠. 당신이 나를 경멸해서 자신의 행위에 정당성이 있다고 생각했을 수도 있습니다. 당신은 주의 깊게 행동할 필요가 없었어요, 어쨌든 내가 당신인 체했을 테니까요. 그러나 설사 내가 가족의 골칫거리였다고 하더라도 나는 그렇게 나쁜 놈은 아니었습니다.

당신이 봐도 그 나머지 상황은 명백할 겁니다. 천만다행히도 나는 다치기는 했지만 살아서 발견됐고 마지막 구조 보트에 밀어 넣어졌어요. 처음에는 희생자 명단이 명확하지 않은 데다 미국이 워낙 큰 나라다 보니 얼마 동안 나는 죽은 것으로 처리됐습니다. 존 판리와 패트릭 고어 두 이름 다 실종자로 나타났기 때문에 내가 죽었다고 당신이 생각한 것처럼 나도 당신이 죽었다고 생각했지요. 내 소지품과 신분증명서를 보고서 당신을 한 번도 본 적이 없는 서커스단 경영자 보리스 옐드리츠(Boris Yeldritch) 씨는 나를 패트릭 고어로 취급하더군요. 나는 그 상황에 전적으로 만족했습니다.

만약에 그 생활이 마음에 들지 않으면 언제든 내 이름을 밝히면 된다고 생각했지요. 아마 죽었다가 기적적으로 살아 돌아왔다고 하면 더 나은 대우를 받을 거라고 생각했을 겁니다. 그런 예상을 하며 즐거워했어요. 그건 상황을 뒤집을 극적인 카드였으니까요. 정말이지 그 생각으로 밤마다 많은 위안을 받았습니다."

"그럼 당신은 서커스의 자전거 곡예사가 됐나요?"

하찮은 관심인 것처럼 몰리가 물었다.

주장자는 고개를 비스듬히 돌렸다. 그의 암회색 눈이 은밀한 즐거움으로 빛났고 그는 교활한 소년처럼 보였다. 그는 다시 손을 들어 올려 정수리에 듬성한 부분을 문질렀다.

"아니, 아니요, 서커스에서 눈부신 첫 성공을 거두긴 했지만 나는 다른 일을 했습니다. 지금 당장은 그것이 무엇인지 말하지 않는 편이 좋겠어요. 대단히 비밀스러운 일이기도 하고, 또 그 이후의 내 삶에 대해 세세히 설명해서 당신을 지루하게 만들고 싶은 생각도 없답니다.

정말로 나는 어느 날 고향에 돌아가서 무덤에서 살아 돌아온 애물단지를 본 사람들을 깜짝 놀라게 할 작정이었습니다. 맹세코 내가 성공해서 그로 인해 더들리 형이 몸부림치며 괴로워할 거라고 생각했기 때문입니다. 하지만 훗날을 위해 이 극적인 일을 남겨두고 있었습니다. 그래 별 관심을 갖지 않고 영국을 방문하기도 했던 겁니다. '존 판리'가 살아 있다고 의심할 이유가 전혀 없었으니까요, 알겠습니까. 나는 그가 죽었다고 생각했지 콜로라도에 살아 있다고는 생각지 못했습니다.

그러니 6개월 전쯤에 아주 우연히 사진이 많은 신문을 집어 들었다가 존 판리 경과 레이디 판리의 사진을 보았을 때 내가 놀란 것을 이해할 수 있을 겁니다. 나는 더들리 형이 칠성장어를 폭식해 사망했다는 사실에 주목했습니다. 그런데 그의 '동생'이 상속자가 됐다고 나와 있더군요. 처음엔 틀림없이 신문에서 착오를 일으켜 먼 친척을 동생이라고 쓴 것이라고 생각했습니다. 하지만 몇 가지 조사를 통해서 진실이 밝혀졌지요. 아시다시피 어쨌든 나는 상속인입니다. 아직 젊고 여전히 원기 왕성하지만 복수심에 불타지는 않는 상속인이죠.

그런 건 아주 희미해집니다. 한 세대의 사람들은 이제 성장해서 어른이 됐습니다. 선원의 나무 망치로 상속권을 바꾸려고 했고, 그 후로 쓸모 있는 시민이 됐다고 전해지는 그 아이와 나 사이에는 많은 즐거운 기억들이 있습니다. 나무들은 다 옛날 그대로인데 내 눈은 변했습니다. 내 집에서 서먹하고 익숙지 않은 느낌이 드는군요. 내가 지역 크리켓 클럽과 보이스카우트의 후원자에 잘 어울리는 사람이 될 수 있을지는 모르겠습니다. 하지만 보다시피 나는 연설하는 것을 병적으로 좋아하니 아마 잘 해 나갈 겁니다. 자, 패트릭 고어, 당신은 내 제안을 들었소. 그 정도면 관대하잖소. 내가 당신을 고소하면 당신의 은신처는 내 것이 된다는 것을 경고하는 바요. 어쨌든 신사분들, 나를 알고 있는 사람 누구의 질문이든 기분 좋게 받아들일 겁니다. 그리고 내가 질문할 게 몇 가지 있는데 당신이 대답할 수 있으면 대답해 보시죠."

그가 이야기를 끝낸 뒤 잠시 동안 어둑한 방 안은 조용해졌다. 그의 목소리에는 최면적 성질이 있었다. 그들은 판리를 바라보고 있었는데, 그는 자리에서 일어나 주먹을 탁자에 대어 버티고 서 있었다. 방문객을 유심히 볼 때 판리의 거무스름한 얼굴에는 평온함과 안도감, 그리고 약간의 호기심이 교차됐다. 그는 한 손으로 짧게 깎은 수염 밑을 쓰다듬었다. 그는 미소를 짓고 있었다.

몰리는 그 미소를 보고서 숨을 크게 들이쉬었다.

"당신도 할 말이 있잖아요, 존?"

그녀가 재촉했다.

"물론이오. 이 사람이 왜 여기 와서 이런 이야기를 하는지, 그렇게 해서 뭘 얻으려는지 모르겠소. 아무튼 이 남자가 말한 건 처음부터 끝까지 모조리 거짓이오."

"싸울 작정입니까?"

흥미를 가지고 주장자가 물었다.

"당연히 싸울 작정이오. 아니 정확히 당신이 싸움을 걸게 내버려둘 생각이오."

웰킨 씨가 크게 헛기침을 하고 나서 두 사람 사이에 막 끼어들려고 했지만 주장자가 그를 막았다.

그는 기분 좋게 말했다.

"아니, 아니에요. 참견하지 말아요, 웰킨. 당신 같은 법률가들은 '법 전문'에 비추어 '신중히 소송을 일으키는 일'이나 해야지 이런 개인적인 작은 논쟁에는 어울리지 않습니다. 솔직히 말하면 나는 이걸 즐기고 있어요. 자, 우리 몇 가지 테스트를 해 봅시다. 당신 집사를 이곳으로 불러도 괜찮겠소?"

관리는 얼굴을 찡그렸다.

"하지만 이보시오, 놀스는……"

"그가 요구하는 대로 하는 게 어때요?"

몰리가 상냥한 어조로 제안했다.

관리는 그녀와 시선을 마주쳤다. 만약에 재미없는 유머라고 할 수 있는 모순된 말이 있다면, 그의 날카로운 얼굴이 그것을 드러내고 있었다. 관리는 벨을 울려 놀스를 불렀다. 놀스는 조금 전과 다름없는 모호한 태도로 들어왔다. 주장자는 생각에 잠긴 채 그를 주시했다.

주장자가 말했다.

"우리가 여기 왔을 때 나는 자네를 알아보았네. 자네는 우리 아버지가 살아계실 때 이곳에 있지 않았나?"

"네?"

"자네는 우리 아버지이신 더들리 판리 경 시절에 이곳에 있었지. 아닌가?"

혐오스런 표정이 판리의 얼굴에 스쳤다.

너대니얼 버로스가 날카로운 어조로 끼어들었다.

"이렇게 되면 당신의 주장은 효력이 없겠군요. 더들리 판리 경 시절에 집사는 이미 세상을 떠난 스텐슨이었습니다."

"그렇지요. 알고 있었습니다."

곁눈질로 쳐다보며 주장자가 말했다. 그러고는 의자에 깊숙이 앉아 힘들여 다리를 꼬고서 집사를 응시했다.

"자네 이름은 놀스네. 우리 아버지 시절에 자네는 프리텐든에 있는 마데일 대령 댁의 집사였네. 자네는 토끼 두 마리를 길렀지, 대령님은 그것에 대해서 모르고 계셨고. 자네는 그것들을 과수원 가까이 있는 마차 차고의 한 구석에서 키웠네. 그 토끼 중 한 마리는 이름이 빌리였지."

그는 쳐다보았다.

"이 신사에게 다른 토끼의 이름을 물어 보게."

놀스는 얼굴이 좀 붉어졌다.

"물어 보게?"

"바보 같으니!"

판리가 날카롭게 말하고서 다시 품위를 되찾았다.

"아, 대답할 수 없단 뜻인 거요?"

주장자가 물었다.

"대답하지 않기로 결정했다는 말이요."

하지만 여섯 쌍의 눈이 그에게 쏠려 있었는지라 그는 압박감을 느꼈다. 관리는 시선을 돌리고 눈을 감아 버렸다.

"누가 25년이나 지나서 토끼 이름을 기억하겠어? 좋아, 알았어. 잠깐! 내 기억으로는 바보 같은 이름이었는데. 어디보자. 빌리와 윌…… 아니, 그게 아냐. 빌리와 실리(Silly), 바로 그거야. 아니 그거였나? 확실하지는 않네."

"맞습니다, 나리."

놀스가 안심하며 말했다.

주장자는 당황하지 않았다.

"그럼, 다시 한번 해 봅시다. 자, 놀스. 내가 떠나기 전 해 어느 여름날 저녁에 자네는 어떤 이웃에게 서신을 전하러 아까 말한 그 과수원을 지나가고 있었네. 자네는 내가 열두세 살쯤 되는 숙녀와 사랑을 나누는 것을 보고 깜짝 놀랐지, 아니 더 정확히 말하면 충격을 받았지. 자네 고용주에게 그 숙녀의 이름을 물어 보게."

관리의 표정이 어두워졌고 우울해 보였다.

"난 그런 일은 기억나지 않소."

주장자가 말했다.

"타고난 기사도 정신 때문에 말하지 못한다는 인상을 전하려는 건가요? 아니, 친구, 그러지 않아도 될 거요. 그건 오래 전의 일이었으니 명예를 손상시킬 일이 전혀 없다는 것을 내 엄숙하게 말할 수 있소. 놀스, 자네는 사과 과수원에서 무슨 일이 있었는지 기억하지 않나?"

"나리, 저는……"

곤혹스러워하며 집사가 말했다.

"자네는 기억해. 하지만 이 남자는 기억하지 못할 걸세, 왜냐하면 내가 소중한 일기장에 그 사실을 기록하지 않은 것 같거든. 그 숙녀의 이름이 무엇이었나?"

판리는 고개를 끄덕였다. 그는 대수롭지 않은 일이라는 듯이 대답했다.

"좋소, 그 숙녀는 데인 양이었소, 마데일 데인 양."

"마데일 데인……"

몰리가 입을 열었다.

처음으로 주장자가 좀 당황한 듯 보였다. 그는 재빨리 사람들을 돌아보았는데 그의 예리한 직관도 시선과 함께 움직이고 있는 것 같았다.

주장자가 대꾸했다.

"그녀가 미국에 있는 당신에게 편지를 쓴 게 틀림없군. 더 깊이 파고들어가야 할까. 그런데 미안합니다만 내가 어떤 중대한 실수도 하지 않았기를 바랍니다. 분별 있는 나이가 된 그 숙녀가 더 이상 이 지역에 살지 않기를 바라고, 또 내가 불편한 주제를 언급한 게 아니길 바랍니다."

판리가 불쑥 말했다.

"빌어먹을. 이 상황을 더 이상 참을 수 없구먼. 더 이상 화를 억누를 수가 없어. 그러니 부디 여기서 나가 주시겠소?"

상대가 대꾸했다.

"그럴 수는 없지요. 난 당신의 허세를 꺾어 버릴 생각이거든요. 왜냐하면 아시다시피 그건 허세니까요. 게다가 우리는 케넷 머레이를 기다리는 데 동의한 것 같은데요."

관리는 애써 평정을 잃지 않고 말했다.

"머레이를 기다린다고 칩시다. 어떤 점에서 우리를 확실하게 알아볼 수 있겠소? 우리 둘 다 대답을 분명히 알고 있는 이런 실없는 질문들 외에 무엇을 증명할 수 있는 거요? 더욱이 당신은 허세를 부리고 있으니 그 대답을 모르지 않소. 당신이 던진 질문처럼 무의미한 질문들을 나도 던질 수 있소. 하지만 그건 무의미한 일이요. 이런 일을 어떻게 입증할 작정이었던 거요? 어떤 이유로 여전히 그것을 입증할 수 있다고 생각하는 거요?"

주장자는 깊숙이 앉아서 충분히 자신의 처지를 즐겼다.

"논쟁의 여지가 없는 지문이라는 증거에 의해서요."

그가 말했다.

제4장

그 남자는 이것을 예비로 남겨두고서 말을 꺼낼 적절한 순간을 기다리며 승리감을 미리 맛본 것 같았다. 그는 바랐던 것보다 덜 극적인 상황에서 너무 일찍 최후 수단을 내보이게 돼 다소 실망한 듯했다. 하지만 다른 사람들은 그것을 극적 효과라는 점에서 생각하고 있지 않았다.

브라이언 페이지는 버로스가 거의 떨리는 소리로 숨을 들이쉬는 것을 들었다. 버로스가 일어섰다.

"나는 이것을 통지받지 못했습니다."

변호사는 사납게 말했다.

"하지만 짐작은 하셨겠죠?"

살찐 웰킨 씨가 미소를 지었다.

"뭔가를 추측하는 건 내 일이 아닙니다. 다시 말하지만 나는 이것을 통지받지 못했습니다. 지문에 대해선 아무 말도 듣지 못했어요."

버로스가 반박했다.

"공식적으로는 우리도 듣지 못했어요. 머레이 씨는 자신의 생각을 털어놓지 않았습니다. 그런데 말입니다."

대단히 정중한 태도로 웰킨이 물었다.

"현 소유주에게 말할 필요가 있을까요? 진짜 존 관리 경이라면 머레이 씨가 1910년이나 1911년에 소년의 지문을 채취한 일을 틀림없이 기억하고 있을 텐데요."

"다시 말하지만——"

"다시 말하겠소, 버로스 씨. 당신이 그것을 통보받아야할 필요가 있습니까? 현 소유주는 하실 말씀이 없습니까?"

관리의 얼굴에 표정이 사라지고 무표정이 된 것 같았다. 정신적으로 과민한 상태에 있을 때 늘 그렇듯이 그는 두 가지 행동을 했다. 총총걸음으로 방 안을 걸어 다녔고, 그리고 주머니에서 열쇠고리를 꺼내서 집게손가락으로 빙빙 돌렸다.

"존 경!"

"에?"

"웰킨 씨가 언급한 것과 같은 그런 상황을 기억하고 계십니까? 머레이 씨가 경의 지문을 채취한 적이 있습니까?"

버로스가 물었다.

그다지 중요한 일이 아니라는 듯이 관리가 말했다.

"아, 그것. 음, 이제 기억이 나네. 잊고 있었네. 좀 전에 자네와 집 사람과 얘기할 때 문득 생각이 났네. 어쩌면 그것일 수도 있지 않을까 생각했네. 그래서 마음이 아주 편안해졌지. 그랬어, 예상했던 대로 머레이가 내 지문을 가지고 있었어."

주장자가 돌아보았다. 그는 좀 놀란 표정뿐만 아니라 다소 뜻밖이고 의아스럽다는 표정을 지었다.

"알다시피 이것으로는 안 될 거요. 당신은 지문 검사에 직면하는 것을 주장하지 않을 테니까 말이오."

주장자가 말했다.

"지문 검사에 직면한다? 지문 검사에 직면한다?"

소름끼치는 만족감을 나타내며 관리가 되풀이 말했다.

"이봐요, 그건 일이 잘 될 수 있는 최선이오. 당신이 사기꾼이니 더 잘 알잖소. 머레이가 옛날에 한 지문 검사는…… 아, 이제 생각해 보니 그 일의 세세한 것까지 기억이 나는군……! 그걸로 결말이 날 거요. 그럼 난 당신을 내쫓을 수 있겠군."

그리고 두 적수는 서로를 쳐다보았다.

잠시 동안 브라이언 페이지는 오르락내리락하는 저울에 무게를 가늠해보려고 했다. 우정도 편견도 없이 어떤 점에 사기 행위가 있는지 확인하려고 했다. 논점은 간단했다. 만약에 패트릭 고어(사람들에게 알려진 이름으로 부르면)가 사기꾼이라면, 그는 다른 사람의 집에 걸어 들어온 가장 낯 두껍고 뻔뻔스러운 사기꾼들 중 한명인 것이다. 만약에 현재의 존 관리가 사기꾼이라면, 그는 고지식하고 솔직한 가면 뒤에 숨은 교활한 범죄자일 뿐만 아니라 살인자도 되는 것이다.

잠시 이야기가 중단됐다.

마치 흥미를 되찾은 것처럼 주장자가 말했다.

"있잖소, 친구, 당신의 뻔뻔스러움에 감탄 안 할 수 없군요. 잠깐만 기다리겠소. 빈정대거나 말다툼을 벌이려고 이런 말을 하는 게 아니니. 실제로 카사노바도 필적할 수 없는 세 배 이상의 뻔뻔스러움에 감탄한다는 말이오. 한데 당신이 지문 채취한 것을 '잊었다'고

해도 난 놀랍지 않군요. 그건 내가 일기를 쓰기 전에 채취된 것이니. 하지만 그걸 잊었다고 말하는 건…… 그걸 잊었다고 말하는 건……"

"그래 그게 어떻다는 거요?"

"존 판리라면 그것의 상세한 내용을 잊지 않았을 거요, 아니 잊을 수 없었을 거요. 존 판리인 나는 확실히 잊지 않았소. 그건 케넷 머레이가 이 세상에서 나를 좌우할 힘이 있는 유일한 사람이었기 때문이오. 머레이의 족적 분석, 머레이의 변장술, 머레이의 시체 처리법…… 와! 그리고 특히 머레이의 지문 분석 말이오, 그건 그 당시에 최신 유행하던 과학적 경향이었소. 내가 알기로……"

그는 이야기를 중단했다가 목청을 돋우며 사람들을 둘러보았다.

"지문 분석법은 1850년에 윌리엄 허셜(William Herschel) 경에 의해 발견되었고 폴즈 박사(Dr. Faulds)에 의해 1870년대 후반에 재발견되었소. 하지만 1905년까지 영국 법정에선 법적 증거로 인정되지 않았고, 그때까지도 재판관은 미심쩍어했어요. 그것이 자리를 잡기까지는 수년간의 논쟁이 이어졌어요. 그런데도 당신은 머레이의 확실한 '테스트'인 지문 검사에 대해 생각해 본 적이 없었다고 말하는 거요."

"말이 정말 많군."

다시 감정이 격해져 험악해진 얼굴로 판리가 말했다.

"당연하잖소. 당신이 한 번도 지문에 대해 생각해 보지 않았다고 하지만 이제 전부 기억이 떠올랐으니 어디 말해 보시오. 지문을 채취했을 때 그것들은 어떻게 채취되었소?"

"어떻게?"

"어떤 방식으로 말이오?"

판리는 깊이 생각했다. 그가 말했다.

"유리 한 장에……"

"어처구니가 없군. 그것들은 그 당시에 상당히 인기 있는 놀이도구이자 장난감이었던 섬오그래프(Thumbograph)라는 작은 책에 채취되었소. 작은 회색빛 책에. 머레이는 다른 많은 사람들의 지문도 채취했소. 우리 아버지, 어머니, 그리고 그가 입수할 수 있는 사람들 누구의 것이든 말이오."

"잠깐 멈춰요. 잠깐만. 책이 한 권 있었소. 우리는 저 창틀에 앉아 있었고."

"그래, 이제 기억이 나는 체하는 거요."

판리가 조용히 말했다.

"이봐요, 당신은 내가 누구라고 생각하는 거요? 내가 뮤직홀에 있는 그런 사람이라고 생각하는 거요, 그러니까 당신이 질문들을 퍼부으면 마그나카르타에 법률 조항 번호나 1882년에 더비 경마에서 어떤 말이 2등을 했는지 즉시 대답하는 그런 사람이라고 생각하는 거요? 꼭 그런 투로 말하는군요. 잊어버리는 게 더 나은 쓸데없는 것들이 많이 있는 법이오. 사람들은 변해요. 달라진단 말이오. 정말이오."

"하지만 당신이 주장하는 것처럼 근본적인 기질까지 바뀌는 건 아니죠. 내가 입증하고자 하는 것이 바로 그 점이에요. 보다시피 당신의 영혼을 완전히 바꿀 수는 없는 법이니까."

이 논쟁이 진행되는 동안 웰킨 씨는 그의 돌출된 눈에서 대단히 진지하지만 확실히 만족스런 빛을 뿜어내며 의자에 깊숙이 앉아 있었다. 그런데 그가 손을 들어올렸다.

"여러분, 여러분. 외람된 말씀이지만 이런 논쟁은…… 에에……

결코 품위 있는 행동이 아닙니다. 다행히도 이 문제는 금세 해결이 날 겁니다."

너대니얼 버로스가 날카롭게 말했다.

"나는 이 지문에 대한 사실을 통보받지 못했다는 점을 계속 주장하고, 존 판리 경을 위해서――"

주장자가 침착하게 말했다.

"버로스 씨, 설사 우리가 당신한테 말하지 않았다고 하더라도 당신은 틀림없이 짐작했을 거요. 나는 당신이 처음부터 짐작을 했고, 그래서 이런 요구를 묵인한 게 아닌가 생각되는데요. 당신 의뢰인이 사기꾼으로 판명되든지, 아니면 그 반대이든지 당신은 양쪽 모두에서 체면을 잃지 않으려고 하고 있군요. 자, 빨리 우리 편이 되는 게 나을 겁니다."

판리가 서성거리던 것을 멈췄다. 그는 열쇠고리를 던져 올렸다가 손바닥에 철썩 소리 나게 잡아서는 긴 손가락들로 단단히 쥐었다.

"그게 사실인가?"

그는 버로스에게 물었다.

"존 경, 만약 그게 사실이라면 저는 다른 조처를 강구할 수밖에 없었을 겁니다. 그렇지만 조사를 하는 것이 제 임무――"

판리가 말했다.

"됐네. 내 친구들의 입장을 알고 싶었을 뿐이네. 나는 별로 말할 게 없네. 내 기억들에는 유쾌한 것도 불쾌한 것도 있네. 그중 어떤 기억들은 밤마다 날 잠 못 들게 만든다네. 하지만 마음속에 담아둘 생각이네. 당신의 지문을 가져오시오, 어디 봅시다. 그런데 중요한 건 머레이는 어디 있소? 그는 왜 여기 없는 거요?"

주장자는 악마적인 쾌감의 빛을 띠고 있었는데, 교묘하게 악의를

품은 눈초리를 드러냈다.

그는 유쾌하게 대꾸했다.

"만약에 이 모임이 관례대로 진행됐다면 머레이는 이미 살해되어 정원에 있는 연못에 그의 시체가 감춰졌을 거요. 아직 저기에 연못이 있지 않나요? 그랬던 것 같은데. 실은 이곳으로 지금 오는 중일 거요. 또 누군가에게 헛된 망상을 품게 하고 싶지는 않군요."

"헛된 망상이라고요?"

관리가 물었다.

"그렇소. 옛날 당신의 생각 같은 것 말이오. 재빨리 곤봉으로 때리고 안락한 삶을 사는 것 말이오."

그의 말투는 불쾌한 냉기를 돌게 했다. 관리의 목소리가 귀에 거슬릴 정도로 높아졌다. 흥분하여 감정을 억제하지 못하는 것처럼 손을 들어 올려서 낡은 트위드 코트의 옆구리 부분을 문질렀다. 비상한 능력으로 상대는 그를 자극하는 말을 정확히 골라낸 것 같았다. 관리는 다소 목이 길었는데, 지금은 그것이 확실히 두드러져 보였다.

"누가 저 말을 믿지? 몰리, 페이지, 버로스, 저 말을 믿나?"

관리가 말했다.

"아무도 믿지 않아요."

흔들리지 않는 시선으로 몰리가 대답했다.

"바보같이 저 사람 때문에 평정을 잃지 말아요, 저 사람이 의도하는 게 바로 그거예요."

주장자가 그녀에게 흥미로운 시선을 돌렸다.

"당신도 그렇습니까, 부인?"

"나도 뭘 그러냐는 거죠?"

몰리가 물었다. 그러고는 자신에게 몹시 화가 나는 모양이었다.

"목청을 높여서 유감이지만 내 의도는 아시겠죠?"

"당신 남편이 존 판리라고 믿습니까?"

"그럼요."

"어째서요?"

"아무래도 여자의 직관이라고 대답해야겠네요."

몰리가 냉정하게 말했다.

"내 말은 직관적으로 어떤 것을 느낄 수 있다는 거예요. 그 나름 대로 그 범위 내에서 어떤 것이든 늘 들어맞는단 말이에요. 남편을 다시 만난 순간에 나는 알았어요. 물론 기꺼이 이유를 들을 테지만 그것들은 타당한 이유여야 해요."

"남편을 사랑하고 계신지 여쭤 봐도 될까요?"

이번에는 몰리의 햇볕에 탄 얼굴이 붉어졌지만 그녀는 늘 하던 대로 질문에 응대했다.

"음, 괜찮으시다면 내가 남편을 상당히 좋아한다고 말하면 어떨까요."

"그렇죠, 바로 그렇죠. 당신은 그를 '좋아하죠'. 내 생각에 당신은 언제나 그를 '좋아할' 거예요. 당신은 잘 지내고 있고, 앞으로도 매우 원만하게 지낼 겁니다. 하지만 당신은 그를 연모하고 있지도 않고 그와 사랑에 빠지지도 않았어요. 당신은 나와 사랑에 빠졌던 거예요. 바꿔 말하면 당신은 '내가' 집에 돌아왔을 때 그 사기꾼을 에워싼, 당신의 어린 시절에서 떠오른 상상의 내 이미지와 사랑에 빠졌던 겁니다."

"여러분, 여러분!"

떠들썩한 연회의 사회자처럼 웰킨 씨가 말했다. 그는 좀 놀란 듯 보였다.

브라이언 페이지는 집주인의 마음을 가라앉히려고 장난스럽게 대화에 합류했다.

"한데 우리가 지금 정신분석을 하고 있는 건가요. 이보게, 버로스, 이런 수사적인 말을 가지고 뭘 하는 건가?"

페이지가 말했다.

"나는 우리가 반 시간 동안 불편한 상황에 처해 있다는 것만 알고 있네. 게다가 또 다시 주제에서 빗나가고 있고."

버로스가 냉담하게 대꾸했다.

"그렇지 않습니다."

주장자는 그를 안심시켰다. 주장자는 진정으로 호감을 사려고 애쓰는 듯 보였다.

"또 내가 누군가의 기분을 상하게 하는 말을 하지 않았길 바라야 하는 건가요? 서커스에서 생활해 보세요. 얼굴이 점점 두꺼워질 테니."

그는 페이지를 바라보았다.

"그렇지만 내가 이 여성에 대한 타당한 의견을 말하면 안 되는 겁니까? 당신은 반대하는 것 같군요. 그녀가 나이가 좀 더 든 건 틀림없으니, 그러니까 매들린 데인 양 같은 나이가 됐으니 그녀의 감정을 어린 시절의 내게 국한시키기 위해서 그렇게 말하는 건가요? 당신이 반대하는 이유가 그거였나요?"

몰리는 재미있어했다.

"아닙니다."

페이지가 대답했다.

"나는 찬성도 반대도 생각하고 있지 않았습니다. 나는 분명치 않은 당신 직업에 대해 생각하고 있었습니다."

"내 직업이라고요?"

"당신이 언급한 불특정 직업 말입니다, 당신이 서커스에서 첫 성공을 거뒀던 그 직업이오. 첫째 당신이 점쟁이인지, 둘째 정신분석의인지, 셋째 기억 전문가인지, 넷째 마법사인지, 아니면 이것들 모두를 결합한 것이 당신의 직업인지 결정을 할 수 없군요. 당신에게는 그 직업 모두의 특징이 있고, 그리고 그것 말고도 많은 특징이 있는 것 같아서요. 당신을 보면 켄트에 나타난 메피스토펠레스(Mephistopheles : 파우스트 전설의 후반부에 나오는 유명한 악마—옮긴이)가 좀 연상되는군요. 이곳은 당신이 올 곳이 아니에요. 아무튼 당신은 혼란한 상황을 만들어서 날 불쾌하게 하고 있어요."

주장자는 만족스런 것 같았다.

"내가요? 당신들 모두 자극을 좀 받을 필요가 있습니다."

그가 분명히 말했다.

"내 직업에 관해선 아마 그것들 모두가 조금씩 해당될 겁니다. 그렇지만 확실하게 나라고 할 수 있는 한 사람이 있지요. 나는 존 판리입니다."

방 건너편에서 문이 열리고 놀스가 들어왔다.

"케넷 머레이 씨가 오셨습니다, 나리."

그가 말했다.

이야기가 잠시 중단됐다. 저무는 햇빛이, 마지막인 듯 찬연하게 빛나는 저녁놀이 시시각각 위치를 바꾸며 나무들과 높은 창유리를 통해 들어왔다. 답답하던 방 안이 환해졌다. 그리고 그저 얼굴과 모습이 보일 정도의 은은하고 부드러운 빛으로 약해졌다.

케넷 머레이는 그 한여름의 어스름 속에서 많은 것을 떠올리고 있었다. 그는 큰 키에 야윈 체격으로 다소 비틀거리며 걸었다. 그는 최고의 지성에도 불구하고 어떤 것에서도 특별한 성공을 거두는 데 알맞은 사람이 아니었다. 아직 쉰 살도 되지 않았지만 바싹 깎아서 그루터기처럼 보이는 멋진 콧수염과 턱수염이 희끄무레했다. 버로스가 말한 대로 그는 나이를 먹었다. 그는 더 여위었고 예전의 사람 좋은 온후한 기질을 잃고 꽤 까다로워 보였다. 하지만 그럼에도 온후한 기질이 아직 많이 남아 있었는데 서재로 느릿느릿 걸어 들어올 때 그의 얼굴에 드러났다. 그는 뜨거운 태양 아래서 생활한 사람처럼 눈을 가늘게 치뜨고 쳐다보았다.

그러고는 멈춰 서서 책을 보는 것처럼 눈살을 찌푸리다가 자세를 꼿꼿이 했다. 영지를 놓고 다투는 경쟁자들 중 한 사람에겐 지난 시절이 옛 추억과 죽은 사람들에 대한 지독한 슬픔과 함께 되살아났다. 하지만 머레이 자신은 과거를 돌아보고 있지 않았다.

머레이는 자신의 앞에 있는 사람들을 유심히 보며 서 있었다. 그는 얼굴을 찡그리다가 묘한 표정을 떠올리더니 변함없는 가정교사의 엄한 표정이 되었다. 그는 소유주와 주장자 사이의 중간 부분에 시선을 고정했다.

"어, 조니?"

그가 말했다.

제5장

잠깐 동안 두 경쟁자 어느 쪽도 움직이거나 입을 열지 않았다. 우선 각자 상대방이 어떻게 행동하는지 확인하려고 기다리는 것 같았다. 그런 다음 각자 다른 방식으로 행동했다. 판리는 마치 경쟁하는 것처럼 나서지 않겠다는 듯 어깨를 살짝 움직였지만 동의의 뜻으로 고개를 끄덕이고는 손짓을 했고, 심지어 어색한 미소도 지었다. 머레이의 목소리에는 권위가 담겨 있었던 것이다. 하지만 주장자는 약간 망설이다가 그런 모습을 전혀 드러내지 않았다. 그는 차분하고 상냥하게 말했다.

"안녕하세요, 머레이."

브라이언 페이지는 학생들이 자신의 옛날 선생님들을 대하는 태도를 잘 알고 있었으므로 갑자기 저울의 접시가 판리 쪽으로 기우는 느낌을 받았다.

머레이는 주위를 둘러보았다.

"누군가…… 에에…… 나를 소개해 주는 편이 좋겠군요."

그는 유쾌한 소리로 말했다.

냉담한 태도를 누그러뜨리고 소개에 나선 것은 판리였다. 머레이는 웰킨보다 훨씬 젊었지만 모여 있는 사람들의 '우두머리' 격이었다. 그에게는 어딘지 '우두머리'다운 데가 있었다. 무뚝뚝하고 당당하지만 종잡을 수 없는 사람이었다. 그는 빛을 등지고 탁자의 상석에 앉았다. 그런 다음 차분히 올빼미 테 독서용 안경을 끼고 그들을 유심히 바라보았다.

그가 계속 말했다.

"비숍 양과 버로스 씨를 곧 알아보지 못했어요. 웰킨 씨는 조금 알고 있지요. 내가 오랜만에 진정한 첫 휴가를 얻을 수 있었던 건 다 그의 너그러운 배려 때문이었죠."

의심할 나위 없이 매우 만족한 웰킨은 지금이야말로 자신이 주도권을 잡고서 본론으로 들어갈 때라고 생각했다.

"그렇죠. 자, 머레이 씨, 제 의뢰인은――"

다소 퉁명스럽게 머레이가 말했다.

"오, 쯧쯧쯧! 더들리 경이 늘 말씀하셨던 것처럼 잠시 숨이나 돌리고 나서 얘기하도록 하죠."

몇 차례 숨을 크게 들이쉬는 것으로 판단하건대 그는 말 그대로 숨을 돌리고 싶은 것 같았다. 그는 방 안을 빙 둘러보다가 두 대항자를 보았다.

"아무래도 당신들은 아주 난처한 곤경에 처해 있는 것 같군요. 누구나 아는 일이 되지는 않았겠지요?"

"네, 그렇습니다. 그리고 물론 선생님도 그 일에 대해서 아무 말씀 안 하셨겠지요?"

버로스가 말했다.

머레이가 얼굴을 찡그렸다.

"그 점에서 내 죄를 인정해야겠군요. 한 사람에게 얘기를 했답니다. 하지만 그 사람의 이름을 들으면 당신도 이의가 없을 거예요. 아마 탐정 일과 관련해서 들어보았을 텐데 나와 같은 전직 교사인 기드온 펠 박사한테 말했어요. 런던을 지나는 길에 그를 만났어요. 그런데…… 음…… 한마디 경고의 말을 해야겠군요."

머레이의 선의에도 불구하고 그의 가늘게 뜬 잿빛 눈빛은 부정할 수 없는 흥미를 가지고 반짝였다.

"펠 박사가 조만간 이 지역에 올지도 모르겠어요. '황소와 푸주한'에 나 외에 꼬치꼬치 캐묻는 버릇이 있는 또 한 사람이 머물고 있다는 것을 알고 있나요?"

"그 사설탐정 말인가요?"

판리가 날카로운 어조로 묻자 주장자는 분명히 의외로 생각하는 눈치였다.

머레이가 말했다.

"그럼 당신도 속았군요? 그는 런던 경찰청에서 나온 형사예요. 펠 박사의 아이디어였죠. 펠 박사는 형사가 사설탐정처럼 행세하는 것이야말로 신분을 숨기는 최상의 방법이라고 주장했어요."

머레이는 대단히 만족스런 듯 보였지만 그의 눈빛은 여전히 조심스러웠다.

"켄트 경찰 서장의 보고로 런던 경찰청은 작년 여름 이곳에서 발생한 빅토리아 데일리 양의 죽음에 호기심이 있는 것 같더군요."

홍분이 일었다.

너대니얼 버로스는 얼굴에 불안한 표정을 띠고서 애매한 몸짓을 했다.

"데일리 양은 어느 떠돌이에게 살해됐는데요. 사건 뒤에 경찰을 피해 달아나다 죽은 떠돌이한테요."

버로스가 말했다.

"그러기를 바랍니다. 하지만 펠 박사에게 혼란스런 신원 증명 문제를 언급했을 때 지나가는 말로 들은 얘기예요. 그는 흥미로워하더군요."

다시 머레이의 목소리가 날카로워졌다. 그 말이 유용할 수도 있지만 의미가 분명치 않았다.

"이제 조니……"

방 안의 공기마저도 기다리고 있는 것 같았다. 주장자가 고개를 끄덕였다. 집주인도 고개를 끄덕였는데, 페이지는 그의 이마에서 땀이 좀 번질거리는 것 같다고 생각했다.

"빨리 시작하면 안 될까요?"

관리가 요구했다.

"고양이가 쥐를 놀리듯 해야 소용없습니다, 음…… 그래 봐야 소용없어요, 머레이 선생님. 이건 점잖지도 않고 당신과도 어울리지 않는 행동이에요. 지문을 갖고 있다면 그것들을 꺼내서 보도록 하죠."

머레이의 눈이 커졌다가 가늘어졌다. 그는 불쾌한 것처럼 보였다.

"그러니까 그것을 알고 있었군요. 내가 그걸 갖고 있으리라는 걸 말이에요. 그럼 하나 물어도 될까요."

직업상의 침착하고 냉소적인 목소리가 되어 그가 말했다.

"두 사람 중 누가 최종 테스트가 지문일 거라고 생각한 거죠?"

"내가 그 영광을 받아야할 할 것 같군요."

묻는 것처럼 주위를 둘러보며 주장자가 대답했다.

"여기 내 친구 패트릭 고어는 나중에 기억이 났다고 주장하더군요. 하지만 그는 당신이 유리 한 장에 지문을 채취했다고 생각하는 것 같던데요."

"그렇게 했어요."

머레이가 말했다.

"그건 거짓말이에요."

주장자가 말했다.

예상치 못한 목소리의 변화였다. 브라이언 페이지는 그의 관대하고 냉소적인 태도 아래 주장자가 격한 성미를 감추고 있었다는 것을 문득 깨달았다.

그를 위아래로 훑어보며 머레이가 말했다.

"이봐요, 나는 그런 버릇이 없어요."

그때 마치 옛날이 다시 돌아온 것 같았다. 주장자는 무심결에 뒤로 물러서서 머레이에게 용서를 빌려는 것처럼 보였다. 하지만 그는 이것을 억눌렀다. 그의 얼굴에서 주름이 퍼지더니 다시 평소의 조롱하는 듯한 표정이 나타났다.

"그럼 난 다른 의견이 있다고 하죠. 당신은 '섬오그래프'에 내 지문을 채취했어요. 당신은 섬오그래프를 몇 권 가지고 있었지요. 턴브리지웰스(Tunbridge Wells : 영국 잉글랜드 켄트 주에 있는 특권도시-옮긴이)에서 당신이 사 온 거였죠. 같은 날 당신은 내 지문과 더들리 형의 지문을 채취했어요."

"당신 말대로예요. 지문들이 찍혀 있는 섬오그래프를 여기 가지고 있어요."

머레이가 동의했다. 그리고 스포츠 재킷의 가슴 주머니 안쪽에 손을 댔다.

"피 냄새가 나네요."

주장자가 말했다.

기묘한 분위기가 탁자에 앉아 있는 사람들을 에워싸고 있는 것이 사실이었다.

머레이는 이 말을 듣지 못했다는 듯이 계속 말했다.

"그렇지만 지문에 관한 내 첫 번째 실험은 작은 슬라이드글라스를 사용했어요."

그는 더욱 불가해하고 교활해졌다.

"자, 이제 주장자, 즉 원고로서 내게 몇 가지를 말해 줘야 합니다. 만약에 당신이 존 판리 경이라면 아무에게도 알려주지 않은 어떤 것을 내게 알려준 것이 있을 겁니다. 그 당시에 당신은 닥치는 대로 책을 읽는 사람이었어요. 당신도 인정할 테지만 현명하신 더들리 경은 당신이 읽을 수 있는 도서 목록을 작성하셨지요. 당신은 다른 사람들에게 이 책들에 대한 자신의 생각을 말한 적이 없었어요. 더들리 경이 당신의 견해에 악의 없이 조롱의 말을 하신 적이 있었는데, 그 상처 때문에 당신은 그 후로 입을 열지 않았어요. 하지만 내겐 당신이 느낀 바를 분명하게 말했어요. 그것을 다 기억합니까?"

"네, 그럼요."

주장자가 대답했다.

"그러면 그 책들 중 어느 것을 가장 좋아했고, 그리고 어느 것에 가장 감명을 받았는지 말해주세요."

"좋습니다."

눈을 치뜨고 주장자가 대답했다.

"셜록 홈스 시리즈 전부. 포(Poe)의 모든 책. 〈수도원과 벽난로(The

Cloister and the Hearth)〉. 〈몽테크리스토 백작〉. 〈납치(Kidnapped)〉.
〈두 도시 이야기〉. 온갖 유령 이야기들. 해적, 살인 사건, 황폐한 성
등을 다룬 모든 이야기들, 또――"

"그만 하면 됐어요."

머레이가 애매하게 말했다.

"그러면 몹시 싫어한 책들은요?"

"모든 행이 따분한 제인 오스틴과 조지 엘리엇. 코멘소리를 내는
'학교의 명예'에 관한 학원 소설들. 기계 장치를 만드는 방법과 작동
법을 알려주는 '실용적인' 책들. 온갖 동물 이야기들이지요. 대체로
내 사고방식이 여전히 그렇다는 걸 덧붙여야겠군요."

브라이언 페이지는 주장자가 좋아지기 시작했다.

머레이가 이어 말했다.

"이 부근에 있었던 손아래 아이들을 예로 들어 볼까요. 가령 내가
꼬마 · 몰리 비숍으로 알았던 현재의 레이디 판리 말입니다. 당신이
존 판리라면 그녀를 부르는 개인적인 애칭이 무엇이었나요?"

"'집시'였죠."

주장자가 즉시 대답했다.

"이유는요?"

"그녀가 늘 햇볕에 그을려 있었고, 또 걸개그림 맞은편에서 천막
을 치곤 했던 집시 부족 아이들과 항상 어울렸기 때문이었죠."

그는 화난 몰리의 얼굴을 흘긋 보고서 살짝 미소를 지었다.

"그럼 버로스 씨는요, 그를 부르는 애칭이 무엇이었죠?"

"운카스(Uncas : 모히칸 인디언―옮긴이)였어요."

"이유는요?"

"술래잡기 게임이나 뭐 그런 것들을 할 때 그는 소리를 내지 않고

관목 숲을 미끄러지듯 움직였거든요."

"감사합니다. 그럼 이번에는 당신 차례입니다."

머레이는 판리에게 얼굴을 돌리고 그에게 넥타이를 똑바로 하라고 막 말하려는 것처럼 그를 노려보았다.

"고양이가 쥐를 놀리듯 한다는 인상을 전하고 싶지는 않군요. 그래서 지문을 채취하기 전에 딱 한 가지 질문만 할 겁니다. 사실상 지문 증거를 확인하기 전에 이 질문이 내 개인적인 판단을 좌우하게 될 거예요. 자, 질문은 이겁니다. 〈애핀의 레드북(Red Book of Appin)〉이 뭡니까?"

서재는 거의 어두컴컴했다. 열기가 여전히 강했지만 해가 지면서 산들바람이 살랑대고 있었다. 바람은 열려 있는 한두 개의 창유리를 통해 이동했다. 나무들도 바람에 흔들렸다. 판리의 얼굴에 다소 불쾌한 쓴웃음이 스쳐 지나갔다. 그는 고개를 끄덕였다. 그리고 주머니에서 수첩과 작은 금빛 연필을 꺼내더니 종이 한 장을 뜯어 뭔가를 썼다. 그런 다음에 반듯하게 접어서 머레이에게 내밀었다.

"그것이 내 주의를 끈 적은 없었습니다."

판리가 말했다. 그리고 물었다.

"그게 정확한 답변인가요?"

"정확합니다."

머레이가 동의했다. 그는 주장자를 바라보았다.

"이번에는 당신 차렙니다. 같은 질문에 대답해 주시겠습니까?"

처음으로 주장자는 확신이 없는 것처럼 보였다. 페이지가 읽을 수 없는 표정을 담은 그의 시선이 판리한테서 머레이에게로 스치듯 지나갔다. 아무 말도 하지 않고 그가 활기 없는 손짓으로 수첩과 연필을 달라고 신호하자 판리가 건네주었다. 주장자는 단지 두세 단어를 적고 나서 한 페이지를 죽 찢어내 머레이에게 주었다.

머레이가 일어서면서 말했다.

"자, 여러분, 이제 지문 채취를 해야 할 것 같군요. 여기 본래의 섬오그래프가 있습니다. 보시는 바와 같이 몹시 오래된 것이죠. 스탬프와 하얀색 카드도 두 장 여기 있습니다. 당신들은 그저…… 불 좀 켜 주시겠어요?"

방을 가로질러서 문 옆에 전기 스위치를 켠 것은 몰리였다. 서재에는 샹들리에가 있었는데 예전엔 연철로 층층이 지탱된 왕관 모양의 촛대가 있었지만 지금은 작은 전구들이 있었다. 하지만 그것들 모두 불이 들어오지는 않아서 불빛이 그다지 밝지는 않았다. 하지만 여름밤의 어둠을 밀어낼 수는 있었다. 백여 개의 작은 전구 불빛이 창유리에 반사됐다. 키 큰 책장들에 있는 책들은 한층 더 칙칙해 보였다. 머레이는 탁자에 여러 가지 도구를 펼쳐 놓았다. 그들 모두가 처음 본 섬오그래프는 너덜해진 잿빛 종이 표지로 된 낡은 작은 책이었다. 붉은 글씨로 된 제목이 있고 그 밑에 커다란 붉은색 엄지손가락 지문 모양이 있었다.

"오랜 친구죠."

머레이가 그것을 가볍게 두드리며 말했다.

"자, 신사분들. 평평하게 찍는 것보다 '굴려서' 찍는 게 더 좋습니다. 하지만 옛날과 같은 상황을 재연하려고 지문 채취용 롤러를 가져오지는 않았어요. 왼손 엄지손가락 지문만 필요합니다. 비교할 지문은 하나만 있으면 됩니다. 여기 벤진(benzine. 석유를 증류하고 정제하여 얻는 공업 휘발유의 하나—옮긴이)에 끄트머리를 적신 손수건이 있어요. 이것이 땀을 제거해 줄 겁니다. 사용하도록 하세요. 그 다음에……"

다 끝났다.

지문 채취가 진행되는 동안 페이지는 마음이 조마조마했다. 왜 그런지 말할 수는 없었다. 하지만 그들 모두가 엄청난 흥분 상태에 있었다. 어떤 이유에서인지 관리는 수혈을 하려는 사람처럼 지문을 찍기 전에 소매를 걷어 올리자고 주장했다. 페이지는 그 자리에서 지켜볼 수 있어서 기뻤지만 양쪽 변호사들은 입을 다물지 못했다. 주장자도 기분 좋게 손수건을 사용하고 나서 탁자에 기대섰다. 하지만 페이지가 무엇보다 감명을 받은 건 두 경쟁자의 자신감이었다. 엉뚱한 생각이 페이지의 머리에 떠올랐다. 두 사람의 엄지손가락 지문이 똑같은 것으로 판명된다면 어떻게 될까?

그의 기억으로는 이런 일이 일어날 가능성은 640억분의 1이었다. 여전히 한 사람도 테스트를 하기 전에 머뭇거리지도 포기하지도 않았다. 한 사람도……

머레이의 만년필은 상태가 좋지 않았다. 광택 처리를 하지 않은 각각의 하얀색 카드 밑에 이름을 적고 표시를 할 때 득득 긁히는 소리가 났다. 경쟁자들이 손가락을 닦는 동안 그는 그것들을 조심스럽게 압지로 눌렀다.

"그럼?"

관리가 물었다.

"그럼 이제 15분간 나 혼자 있을 수 있게 해 준다면 작업을 시작할 수 있을 겁니다. 내 비사교성을 용서해 주세요. 하지만 당신들만큼이나 이 일의 중요성을 깨닫고 있답니다."

버로스가 놀란 눈으로 보았다.

"하지만 선생님은 할 수 없다…… 그러니까 우리에게 분명히 말해 주지 못할 거라는 건가요?"

머레이가 입을 열었는데 그도 바짝 긴장하고 있는 것 같았다.

"이봐요, 이 지문을 흘긋 보는 것만으로 충분히 비교할 수 있다고 생각하는 겁니까? 특히나 25년 전의 빛바랜 스탬프로 남아 있는 소년의 지문을 가지고 말이오? 일치점이 많이 있어야 하는데요. 하지만 할 수 있습니다, 15분은 그리 길지 않은 시간이에요. 진실이 가까이 있다는 것을 의심하지 말아요. 이제 일을 시작해도 될까요?"

주장자의 입에서 낮게 낄낄거리는 소리가 새어나왔다.

그가 말했다.

"그런데 경고하지만 그건 현명한 생각이 아닐 겁니다. 피 냄새가 나고 있어요. 당신은 살해당할 수 있어요. 아니, 얼굴을 찡그리지 마세요. 25년 전이라면 당신의 위치를 기쁘게 생각하고 당신의 중요성을 한껏 즐길 수 있었겠죠."

"이 일에선 아무것도 의심스러운 게 보이지 않는군요."

"실제는 아무것도 의심스러운 게 없지요. 하지만 당신은 여기 어두컴컴한 정원과 나무로 된 차단벽에 면한 창문들로 둘러싸인 불켜진 방 안에 앉아 있고 모든 나뭇잎 뒤에서 악마가 속삭이고 있는 상황이란 말입니다. 그러니 정신을 바짝 차리세요."

콧수염 주변에서 턱수염 가장자리로 희미한 미소가 번지며 머레이가 대답했다.

"음, 그러면 최대한 조심하도록 하지요. 걱정이 되면 창문을 통해 내게서 눈을 떼지 마세요. 그럼 이제 나가 주시지요."

그들이 복도로 나가자 머레이가 그들 뒤에서 문을 닫았다. 문이 닫히자 여섯 명의 사람들은 서로의 얼굴만 멀뚱하니 쳐다보며 서 있었다. 쾌적한 긴 복도에는 이미 불이 켜져 있었다. 놀스가 식당 입구에 서 있었는데, 식당은 저택의 중앙 뒤편에 머리 쪽이 저택에

면한 알파벳 T자의 몸통처럼 증축된 '새' 부속 건물에 있었다. 몰리 관리는 흥분하고 긴장한 얼굴이었지만 차분하게 말하려고 애썼다.

"무얼 좀 먹는 게 좋지 않을까요? 차게 한 음식을 뷔페식으로 준비하라고 지시해 놨어요. 어쨌든 우리가 평소대로 행동하면 안 될 이유도 없잖아요."

그녀가 말했다.

"감사합니다. 저는 샌드위치를 하나 먹고 싶군요."

웰킨이 안도하며 말했다.

"감사합니다. 하지만 저는 배가 고프지 않네요."

버로스가 말했다.

"감사합니다."

덩달아 주장자가 말했다.

"내가 받아들이든 거절하든 똑같이 불쾌하게 생각하실 겁니다. 나는 어디 가서 독한 길쭉한 블랙 시거나 한 대 피워야겠어요. 그 다음에 저기 머레이에게 아무런 해도 없는지 보러 갈 생각입니다."

관리는 아무 말도 하지 않았다. 그의 바로 뒤편 복도에는 서재 창문에서 내려다보이는 정원 쪽으로 난 문이 있었다. 그는 손님들을 오랫동안 꼼꼼히 살폈다. 그런 다음 유리문을 열고 정원으로 나갔다.

페이지는 곧 자신이 거의 혼자 남겨졌다는 것을 깨달았다. 보이는 사람은 불빛이 흐릿한 식당에서 실로 침착하게 어묵 샌드위치를 먹고 있는 웰킨뿐이었다. 페이지의 손목시계는 9시 20분을 가리키고 있었다. 그는 머뭇거리다가 관리를 뒤따라서 어둑해진 시원한 정원으로 나갔다.

정원의 이쪽은 세상과 차단된 것처럼 느껴졌는데 세로 24미터, 가로 12미터 정도의 직사각형 형태를 이루고 있었다. 한쪽은 새 부속 건물로 막혀 있었고 다른 쪽은 쭉 늘어선 높은 주목 울타리로 막혀 있었다. 좁다란 직사각형 공간에서 보니 너도밤나무 사이로 서재 창문에서 희미한 빛이 어른어른 퍼져 나왔다. 새 부속 건물에는 위쪽 침실 창문들에서 그곳이 내려다보이는 발코니와 함께 식당에도 이쪽으로 열린 유리문들이 있었다.

17세기에 관리 가의 선조님은 윌리엄 3세의 햄프턴 코트(Hampton Court : 런던의 옛 왕궁 － 옮긴이)에서 영감을 받아 엄격한 커브와 각도로 이루어진 주목 울타리와 그 사이에 모래를 깐 넓은 산책길이 있는 정원을 설계했다. 울타리는 허리 높이로 되어 있다. 사실상 미로의 기본 원리와 아주 흡사했다. 실제로 정원에서 길을 찾는 데는 지장이 없지만 울타리 아래로 몸을 낮추면 숨바꼭질 놀이에 안성맞춤인 장소일 거라고 페이지는 줄곧 생각해 왔다. 정원 한가운데에는 장미 나무들로 둘러싸인 넓게 툭 트인 원형 공간이 있었다. 그리고 이 공간은 아주 낮은 갓돌이 있는 지름 3미터 정도의 장식용 연못을 둘러싸고 있었다. 저택에서 나오는 어슴푸레한 빛과 서쪽에서 비치는 희미한 저녁놀이 합쳐진 불확실한 빛 가운데서 그곳은 은밀하고 은은한 분위기를 내는 장소였다. 그럼에도 어떤 이유에선지 페이지는 그 정원의 분위기가 마음에 들지 않았다.

이런 생각이 더 불쾌한 다른 생각으로 이어졌다. 단조로운 정원에는 울타리, 관목, 꽃, 흙 약간밖에는 아무것도 없었는데 그것이 마음을 불안하게 했다. 이곳에 모든 사람들의 마음과 생각은 서재에 온통 집중되어 있을 것이고 창유리에 모여든 나방들처럼 그 불 켜진 상자를 향해 움직이고 있을 것이다. 물론 머레이에게 무슨 일이 생길 수 있다고 생각하는 건 어리석은 일이었다. 어떻게든 그와 같은 일이 일어날 수 있는 상황이 아니었다. 그렇게 좋은 형편이 아니었다. 그것은 단지 암시만으로 고통을 줄 수 있는 주장자의 최면적 기질에서 비롯된 것이었다.

"아무리 생각해도 창가를 지나가면서 슬쩍 봐야 할 것 같아."

페이지는 거의 큰 소리로 말했다.

그리고 그렇게 했다가 불경스런 말을 중얼거리며 급히 뒤로 물러섰다. 누군가 딴 사람도 들여다보고 있어서였다. 그는 다른 사람이 누구인지는 보지 못했다. 그 사람은 서재 창문을 배경으로 늘어선 너도밤나무들 뒤로 몸을 빼고 있었기 때문이다. 하지만 페이지는 케넷 머레이가 안에서 창문을 등지고 서재 탁자에 앉아 있는 모습을 보았다. 머레이는 잿빛이 도는 책을 막 펼치고 있었다.

터무니없는 생각이지.

페이지는 걸음을 옮겨서 급히 그 자리를 떠나 시원한 정원으로 갔다. 그는 연못 언저리를 지나다가 새 건물에서 줄줄이 솟아 있는 굴뚝 바로 위로 보이는 외로이 반짝이는 별 하나(매들린 데인이 그 것에 시적인 이름을 지어주었다)를 쳐다보았다. 복잡한 생각에 잠긴 채 그는 낮은 미로 정원을 천천히 걸어서 한쪽 끝에 도착했다.

그러면 판리가 사기꾼일까, 아니면 상대방이 사기꾼일까? 페이지는 정말 알지 못했다. 지난 두 시간 동안 그의 생각은 몇 번이나 바뀌었다. 그는 추측을 하는 것이 싫었다. 게다가 매들린 데인의 이름이 매번 뜻하지 않게 튀어나오고 있지 않는가.

정원의 이쪽 끝에는 월계수 울타리가 있어서 저택에서 돌 벤치가 보이지 않게 가려져 있었다. 그는 앉아서 담뱃불을 붙였다. 가능한 한 공정하게 생각을 더듬어 올라가다가 그는 이 우주에서 자신의 불만의 일부는 매들린 데인의 이름이 끊임없이 상기되는 것임을 인정했다. 매들린 데인은 그녀의 성씨에서 연상되는 날씬하고 매력적인 금발의 여성인데 페이지의 생각 속에서 〈대법원장들의 삶〉과 그 밖에 여러 가지 것과 뒤섞여 있는 인물이었다. 그는 자신에게 좋은 것보다 그녀에 대해서 더 많이 생각하고 있었다. 지금 그는 초라한 독신 남자에 가까워지고 있었던 것이다.

그때 브라이언 페이지는 돌 벤치에서 벌떡 일어섰고 더 이상 매들린도 결혼에 대해서도 생각하지 않았다. 오로지 정원 뒤쪽에서 들린 소리만 생각했다. 큰 소리는 아니었지만 어두침침한 낮은 울타리 쪽에서 예사롭지 않은 소리가 또렷하게 났던 것이다. 숨 막히는 듯한 소리가 아주 지독했고, 그 다음에는 발을 질질 끌고 간신히 나아가는 소리가 나더니, 또 그 다음에는 첨벙 떨어지는 소리에 이어 몸부림치는 소리가 났다.

잠시 동안 그는 뒤돌아보고 싶지 않았다.

아무 일도 일어나지 않았다고 정말 믿은 것은 아니었다. 그는 절대 그렇게 믿지 않았다. 하지만 페이지는 잔디에 담배를 떨어뜨리고 뒤꿈치로 꽉 밟고서 집을 향해 거의 뛰다시피 걸어갔다. 그는 집에서 멀리 떨어져 있었다. 그 바람에 미로 같은 통로에서 두 번이나 잘못된 방향으로 돌았다. 처음에는 그 헷갈리는 장소가 텅 비어 있는 것 같았다. 하지만 다음 순간 그는 버로스의 키 큰 형체가 그를 향해 힘차게 걸어오는 것을 보았다. 회중전등의 불빛이 울타리 너머로 그의 얼굴에 스쳤다. 불빛 뒤에 버로스의 얼굴이 보일 정도로 그가 가까이 다가갔을 때 정원의 시원함이나 향기는 이미 느껴지지 않았다.

"아, 일이 일어났네."

버로스가 말했다.

바로 그때 페이지가 느낀 건 약간의 메스꺼움이었다.

"그 일이 일어났을 리 없다는 것 외엔 자네가 무슨 말을 하는지 모르겠네."

그는 거짓말을 했다.

"내가 말할 수 있는 건 그뿐이네."

창백한 얼굴의 버로스가 참을성 있게 대답했다.

"자, 빨리 같이 가서 그를 끌어내는 것을 도와주게. 그가 죽었을 거라 단언할 순 없지만 그는 지금 연못에 엎드려 있네. 틀림없이 죽었을 걸세."

페이지는 그가 가리키는 방향을 응시했다. 울타리에 가려 있어서 그는 연못을 볼 수 없었다. 하지만 지금 저택의 뒤편은 잘 보였다. 서재 위에 불 켜진 방 창문에서 집사인 놀스 영감이 창문에 기대 서 있었다. 그리고 몰리 관리는 그녀의 침실 창문 밖 발코니에 있었다.

페이지는 주장했다.

"정말이지 아무도 감히 머레이를 공격하지 못했을 거네! 불가능해. 미친 짓이고…… 또, 그런데 머레이가 연못에서 뭘 하고 있는 건가?"

"머레이라고?"

상대가 그를 빤히 보며 반문했다.

"머레이가 왜? 누가 머레이에 대해 무슨 말을 했나? 여보게, 저건 관리네. 존 관리. 내가 도착하기 전에 모든 것이 다 끝나 버릴 거야. 이미 너무 늦은 게 아닐까 두렵네."

제6장

"하지만 도대체 누가 관리를 죽이려고 하겠는가?"

페이지가 물었다.

그는 생각을 수정해야 했다. 나중에 그는 처음에 살인이라고 생각한 건 단순한 연상에 불과했다고 인정했다. 하지만 다른 연상이 그것을 대신했을 때도 그는 처음 생각을 떠올렸다. 만약에 이것이 살인이라면 교묘하게 구상되었을 것이다. 마치 마술에서 날랜 손재주의 효과처럼 모든 눈과 귀가 케넷 머레이에게만 집중돼 있었다. 이 집안에 어떤 사람도 머레이 외에는 아무도 생각하지 않았다. 아무도 머레이 외에는 누가 어디에 있는지 몰랐을 것이다. 그런 진공 상태에서 행동한 사람은 머레이를 공격하지 않는 한 눈에 띄지 않고 공격할 수 있었다.

"관리를 죽인다고?"

버로스가 기묘한 목소리로 되풀이 말했다.

"여보게, 그건 아닐 걸세. 정신 차리게. 잠깐. 침착 하게. 자, 가세."

여전히 자동차를 후진시키기 위해 지시하는 사람처럼 말하면서 그는 큰 걸음으로 앞서 걸었다. 회중전등 불빛이 의지가 됐다. 하지만 그는 연못에 도착하기 전에 회중전등의 스위치를 껐다. 아직 하늘에 충분한 빛이 있었기 때문이거나 아니면 바로 그때 똑똑히 진상을 보고 싶지 않았기 때문일 것이다.

연못 주위에는 대략 150센티미터 넓이로 모래가 채워진 테두리가 있었다. 사람의 형체도, 심지어 얼굴도 흐릿하게나마 아직 눈에 보였다. 판리는 정원 뒤쪽을 향한 것처럼 약간 오른쪽으로 고개를 돌린 채 연못에 엎드려 있었다. 연못은 그의 몸이 물에서 흔들릴 수 있을 정도로 충분히 깊었다. 물은 여전히 갓돌 가장자리에 낮은 곳 위로 넘쳐흘러서 단단한 모래를 가로질러 흐르고 있었다. 그들은 판리 주변에서 물결쳤다 흩어지는 물빛이 좀 더 어둡다는 것을 깨달았다. 하지만 그 물결이 시체 가까이 떠있는 하얀색 물백합들에 닿을 때까지 그들은 이 짙은 물빛을 보지 못했다.

페이지가 판리를 세게 끌어당기자 다시 물결이 출렁거리기 시작했다. 판리의 뒤꿈치가 낮은 갓돌 가장자리에 닿았다. 하지만 나중에 결코 기억하고 싶지 않은 짧은 시간이 흐른 뒤에 페이지는 몸을 일으켰다.

"우린 아무것도 할 수 없네. 그는 목을 베였네."

페이지가 말했다.

충격이 아직 가시지 않았지만 그들은 둘 다 침착히 말했다.

"음. 그것을 걱정했는데. 그럼……"

"살인이지. 아니면 자살이거나."

페이지가 불쑥 말했다.

그들은 어스름 속에서 서로를 쳐다보았다.

공적인 태도와 인간적인 태도를 함께 취하려고 애쓰며 버로스가 주장했다.

"어느 쪽이든 상관없이 우리는 그를 저기서 끌어내야 하네. 아무것도 만지지 않고 경찰을 기다려야 한다는 규칙이 이치에 맞기는 하지만 그를 저기 내버려 둘 순 없네. 예의가 아닐세. 게다가 지금 상태로는 그의 자세가 불안해서. 같이……?"

"그러세."

그의 트위드 양복은 이제 시커메지고 불룩해진 것으로 보아 엄청난 물을 담고 있는 것 같았다. 그들은 작은 물결을 반대편으로 밀어내면서 판리의 몸을 어렵게 가장자리로 굴렸다. 평온한 저녁에 정원에서 나는 향기, 특히 장미향이 이런 현실 속에서만큼은 극적으로 낭만적으로 느껴지지 않았다. 페이지는 계속 생각을 하고 있었다. 이 사람은 존 판리이고 그는 죽었다. 이건 있을 수 없는 일이다. 매초마다 점점 명백해지는 한 가지 생각을 제외하면 있을 수 없는 일이었다.

"자살이란 말인가."

손을 닦으며 버로스가 말했다.

"우리는 살인사건에 대한 망상을 갖고 있었네, 하지만 이게 더 마음에 들지 않는군. 무슨 의미인지 알겠나? 이건 결국 그가 사기꾼이었다는 뜻이네. 그는 할 수 있는 데까지 허세를 부려 곤경에서 벗어나려 했고, 그리고 머레이가 지문을 갖고 있지 않을 수도 있다는 요행을 바랐던 거네. 하지만 테스트가 끝나고 나자 그는 그 결과에 대담하게 맞설 수 없었을 거네. 그래서 여기로 나와 연못 가장자리에

서서……"

버로스는 한 손을 자신의 목에 갖다 댔다.

모든 게 딱 들어맞았다.

"아무래도 그런 것 같군."

페이지는 인정했다. 두려움? 두려움? 그랬다. 그것이 죽은 친구에게 불리하게 작용하고 이제 말을 할 수 없는 그에게 모든 책임을 집중시키는 최악의 비난이 아닐까? 무지근한 아픔이 느껴지며 분노가 치솟았다, 존 판리는 그의 친구였던 것이다.

"하지만 우리가 생각해 봐야 할 게 한 가지 있네. 대관절 여기서 무슨 일이 있었던 걸까? 자네는 그가 그렇게 하는 것을 보았나? 그가 무엇을 가지고 그렇게 했나?"

"모르겠네. 말하자면 정확히 그를 보지 못했네. 나는 저기 복도 뒤쪽 문에서 막 나오는 중이었네. 이 회중전등을……"

버로스는 버튼을 찰칵 눌러 불을 켰다 껐다 하고서 그것을 위로 치켜들었다.

"홀에 있는 서랍 달린 탁자에서 꺼냈네. 어둠 속으로 나갈 때 내 눈이 얼마나 무력한지 알잖나. 문을 막 열었을 때 나는 존 판리가 저기 서 있는 것을 보았네. 알다시피 아주 희미하게 보였는데 연못 가장자리에서 내 쪽으로 등을 돌리고 있었네. 그때 그는 뭔가를 하고 있는 것처럼 보였네, 아니 약간 움직이고 있었던 것 같네. 내 시력으로는 구별하기가 아주 어려워서. 하지만 틀림없이 자네도 그 소리를 들었을 걸세. 텀벙거리는 소리가 들린 뒤에 더욱 나쁜 건 몸부림치는 소리가 들린 거였네. 이보다 더 노골적이고 고약한 상황은 없었네."

"그런데 누군가 그와 함께 있지 않았나?"

"없었네."

버로스가 말하고는 손가락을 활짝 펴서 이마에 대고 그 끝으로 이마를 눌렀다.

"아니 최소한…… 반드시 그렇지는 않네. 이 울타리는 허리 높이니……"

페이지는 꼼꼼하고 신중한 너대니얼 버로스가 말한 "반드시 그렇지는 않다"는 말의 속뜻을 물어볼 시간이 없었다. 집 방향에서 목소리와 발소리가 뒤섞여 나자 그는 재빨리 말했다.

"자네는 권위를 가진 사람일세. 사람들이 모두 몰려오고 있어. 몰리가 이것을 봐서는 안 되네. 자네의 권위를 이용해서 그들을 저지할 수 없겠나?"

버로스는 막 연설을 시작하려는 긴장한 연설자처럼 두세 번 헛기침을 하고서 어깨를 폈다. 회중전등의 스위치를 켜서 그 방향으로 빛을 비추며 집 쪽으로 걸어갔다. 회중전등 빛에 몰리와 그 뒤에 오는 케넷 머레이가 드러났지만 불빛이 그들의 얼굴을 비추지는 않았다.

"유감스럽게도……"

버로스는 높고 부자연스럽게 날카로운 어조로 말머리를 꺼냈다.

"존 경에게 사고가 있었습니다, 그러니 저쪽으로 가지 않는 게 좋겠습니다."

"어리석게 굴지 말아요."

몰리가 언성을 높여 말했다. 침착한 태도로 힘껏 그를 밀어제치고 연못 옆에 어두운 곳으로 갔다. 다행히도 그녀는 일이 벌어진 곳까진 볼 수 없었다. 그녀는 침착한 인상을 주려고 했지만 페이지는 산책로에서 그녀가 발을 돌리는 소리를 들었다. 그는 몰리를 안정시키기 위해서 그녀의 어깨에 팔을 둘렀다. 그녀가 어깨에 기댔을 때 그는 불안정한 숨소리를 감지했다. 하지만 그녀가 흐느끼며 내뱉은 말은 완전히 수수께끼처럼 들렸다. 몰리는 이렇게 말했다.

"허, 그가 옳다는 건가!"

뭔가 그 어조에서 페이지는 그녀가 남편을 언급하고 있지 않다는 것을 알았다. 하지만 잠시 동안 그는 몹시 놀라서 그 말을 이해할 수 없었다. 그때 그녀가 어둠에서 얼굴을 돌리고 서둘러 집을 향해 걷기 시작했다.

"부인을 가게 놔 둡시다. 그러는 게 그녀에게 더 좋을 거요."

머레이가 말했다.

하지만 머레이는 이런 일에 직면했는데도 사람들이 생각했던 것만큼 능력 있는 사람처럼 보이지 않았다. 그는 머뭇거렸다. 버로스의 손에서 회중전등을 가져가서는 연못 옆에 시체를 향해 빛을 비췄다. 그리고 짧게 깎은 콧수염과 턱수염 사이에 이를 드러내며 휘파람을 불었다.

"존 판리 경이 존 판리 경이 아니라는 것을 입증하셨습니까?"

페이지가 물었다.

"응? 뭐라고 말했지요?"

페이즈는 질문을 되풀이했다.

"전혀 입증하지 못했어요. 지문을 비교하는 것을 끝마치지 못했단 말입니다. 사실 아직 시작하지도 않았어요."

머레이는 대단히 진지하게 대답했다.

"그런 생각이 드셨나보군요."

버로스는 다소 무기력하게 말했다.

"구태여 끝낼 필요가 없다는 생각 말입니다."

정말로 그랬다. 모든 사실과 동기 면에서 판리의 자살을 의심할 만한 것이 별로 없었다. 페이지는 머레이가 이따금 애매한 태도로 고개를 끄덕이는 것을 보았다. 그는 그 문제에 대해 전혀 생각하고 있지 않았다는 듯 고개를 끄덕였다. 그러면서 옛 추억을 기억해 내려는 사람처럼 수염 난 뺨을 어루만졌다. 육체적 몸부림은 아니었지만 그런 인상을 주었다.

"하지만 선생님은 확신하고 있으신 거죠?"

페이지는 지체 없이 질문을 던졌다.

"그들 중 어느 쪽이 가짜라고 생각하셨습니까?"

"내가 이미 알려주지 않았소."

머레이는 날카롭게 말했다.

"네, 압니다만 저는 다만 선생님이 그들 중 어느 쪽이 사기꾼이라고 생각하셨는지 묻고 있는 겁니다. 두 사람과 이야기한 뒤에 선생님은 틀림없이 어떤 의견을 가지셨을 겁니다. 어쨌든 사기에 대한 것이든 이 사건에 대한 것이든 정말로 중요한 단 하나의 의견이잖습니까. 그런데 선생님은 확신하실 수 있습니까? 만약에 관리가 사기꾼이라면 그에게는 자살을 할 타당한 이유가 있었고 우리는 그가 자살을 했다는 것에 동의할 수 있습니다. 하지만 만약에 놀랍게도 그가 사기꾼이 아니었다면……"

"가정을 하는 겁니까?"

"아니, 아니, 단지 질문일 뿐입니다. 만약에 그가 진짜 존 관리 경이라면 자기 목을 찌를 이유가 없을 겁니다. 따라서 그는 틀림없이 사기꾼일 겁니다. 그렇지 않습니까?"

머레이는 신랄한 토론과 편안한 토론의 중간에 해당하는 말투로 입을 열었다.

"자료를 조사하지도 않고서 성급히 결론을 내리려는 경향은 비학

구적인 의식구조가 강한 사람에게서 나타나는 겁니다."

"선생님 말이 맞습니다. 질문을 철회하죠."

페이지가 말했다.

"아니, 아니에요, 내 말을 오해한 것 같군요."

이때에 머레이는 최면술사처럼 손을 흔들었다. 그는 토론의 균형이 깨져서 거북하고 당황한 것처럼 보였다.

"당신은……. 어……. 우리 앞에 있는 불운한 신사가 진짜 존 판리라면 자살을 하지 않을 거라는 이유로 이것이 살인사건일지도 모른다고 암시하고 있어요. 하지만 그가 진짜 조니든 아니든 누가 왜 그를 살해하겠습니까? 만약에 그가 사기꾼이라면 왜 그를 살해하겠어요? 법이 알아서 다 해 줄 텐데 말이에요. 만약에 그가 진짜라면 왜 그를 살해하겠습니까? 그는 아무에게 해를 입히지 않았는데 말입니다. 어, 나는 단지 그 두 가지를 다 고려하고 있는 것뿐이에요."

버로스는 침울하게 말했다.

"이 모든 대화에서 갑자기 런던 경찰국과 가엾은 빅토리아 데일리 양이 나타나네요. 나는 줄곧 나 자신이 똑똑한 사람이라고 생각했어요. 그런데 머릿속에서 깨끗이 없애 버려야 될 온갖 잡생각들만 자리 잡고 있으니. 그건 그렇고 나는 이 빌어먹을 정원을 좋아해 본 적이 없었어요."

"자네도 그렇게 생각했나?"

페이지가 물었다.

머레이는 노골적인 흥미를 나타내며 그들을 바라보았다.

"잠깐만이요, 정원이 왜 마음에 들지 않는 겁니까, 버로스 씨? 혹시 정원과 관련된 기억들이 있습니까?"

그가 말했다.

"그런 기억이 있는 건 아닙니다."

버로스가 곰곰이 생각하며 말했다. 그는 거북한 것처럼 보였다.

"단지 누군가 유령 얘기를 말했을 때 이곳에서 듣는 것이 다른 곳에서 듣는 것보다 두 배는 효과가 있다는 의미로 한 말일 뿐입니다. 한 가지 기억나는 게 있지만 별로 중요한 건 아니에요. 여기에서 소동을 일으키는 것이 아주 쉬울 거라고 생각했었죠. 그렇다고 제가 소동을 일으킬 작정은 아닙니다. 그런데 이건 요점에서 벗어난 얘기예요. 우리는 해야 할 일이 있어요. 여기 서서 이렇게 이야기만 하고 있어서는 안 됩니다."

머레이는 흥분했다. 거의 들뜬 상태였다. 그가 말했다.

"아, 네. 경찰요. 그렇지요……. 에에…… 현실 세계에서 처리해야 될 일들이 많이 있지요. 내가 책임을 맡게 허락해 줘야 할 것 같군요. 나와 같이 가시겠소, 버로스 씨? 페이지 씨, 당신은 우리가 돌아올 때까지…… 에에…… 시체 옆에 있어 주겠습니까?"

"어째서요?"

실제적인 페이지가 물었다.

"그것이 관례입니다. 그렇고말고요. 정말 절대적으로 필요한 일입니다. 이봐요, 페이지 씨에게 회중전등을 주세요. 자, 이쪽입니다. 내가 여기 살았을 땐 클로스에 전화가 없었습니다만 이제 한 대 있지 않나요? 좋아요, 좋아, 좋았어요. 그리고 의사도 있어야 됩니다."

그가 버로스를 재촉해 데리고 가자 페이지는 존 관리가 있는 연못가에 남겨졌다.

충격이 차츰 사라지자 페이지는 어둠 속에 서서 점차 증대하는 이 비극적인 사건의 비실제성과 복잡성을 곰곰이 생각해 보았다. 하지만 사기꾼의 자살이란 측면은 간단했다. 그를 심란하게 하는 건 머레이게서 아무것도 알아낼 수 없었다는 사실이었다. 머레이가 '네, 저 사람은 틀림없이 사기꾼입니다. 나는 처음부터 그것을 알았습니다'라고 말하는 것 또한 아주 간단한 일이었을 것이다. 실제로 머레이의 분위기는 그의 생각이 그렇다는 것을 시사했다. 하지만 그는 아무 말도 하지 않았다. 단지 그가 미스터리 애호가인 때문이었을까?

"판리! 판리!"

페이지는 큰 소리로 말했다.

"나를 불렀습니까?"

거의 바로 곁에서 어떤 목소리가 물었다.

어둠 속에서 들린 그 목소리에 페이지는 소스라치게 놀라서 뒷걸음질 치다 시체에 걸려 넘어질 뻔했다. 그런데 사람의 형체와 윤곽은 완전히 어둠 속에 잠겨 있었다. 모래가 깔린 길을 걷는 발소리 뒤에 성냥을 긋는 소리가 났다. 손으로 감싼 성냥갑에 그은 성냥에서 불꽃이 일었다. 그리고 주목 울타리의 한쪽 통로에서 주장자 패트릭 고어, 아니 존 판리의 얼굴이 나타나서는 연못가에 그곳을 들여다보았다. 그는 약간 어색한 걸음걸이로 앞으로 다가왔다.

주장자는 반쯤 태운 불 꺼진 얇은 블랙 시거를 들고 있었다. 그는 입에 그것을 물고 신중히 불을 붙이고 나서 쳐다보았다.

"나를 불렀습니까?"

그는 되풀이 물었다.

"당신을 부르지 않았습니다."

페이지는 단호한 어조로 말했다.

"하지만 당신이 대답을 해서 다행이군요. 무슨 일이 일어났는지 압니까?"

"네."

"당신은 어디 있었습니까?"

"그냥 돌아다녔어요."

성냥불이 꺼졌다. 하지만 페이지는 그의 숨소리를 희미하게 들을 수 있었다. 그 남자가 그곳에서 움직이고 있다는 것은 의심의 여지가 없었다. 그는 엉덩이에 주먹을 대고 입 가장자리에 빨갛게 타들어가는 시거를 물고 가까이 다가왔다.

"가엾은 사기꾼."

주장자가 내려다보며 말했다.

"그렇지만 그는 존중받아야 할 점도 많이 있어요. 이렇게 돼서 상당히 유감입니다. 그가 영지를 꼭 붙잡음과 동시에 선조들의 청교도적 신념으로 되돌아가서 여러 해 동안 뉘우치며 살았다는 것을 의심치 않아요. 어쨌든 그는 계속 사람들을 속일 수 있었고, 나보다더 나은 지주가 될 수 있었을 거예요. 하지만 사악한 관리의 특성이사라졌기 때문에 그는 이런 일을 저지른 겁니다."

"자살이란 말인가요?"

"의심할 여지가 없지 않습니까."

주장자는 입에서 시거를 빼고 자욱한 연기를 내뿜었는데, 그것은어둠속에서 유령의 형상과 같은 기묘한 효과를 나타내며 소용돌이쳤다.

"머레이가 지문을 대조하는 것을 끝냈을 거예요. 당신은 머레이가한 그 우스꽝스런 심문에 참석했잖습니까. 말해 보세요. 우리의……죽은 친구가 무심결에 실수를 해서 자신이 존 관리가 아니라는 것을 드러낸 정확한 순간을 눈치 챘습니까?"

"아니요."

그때 페이지는 주장자의 동요된 분위기가 다른 감정 못지않게 안도감 때문이라는 것을 불현듯 깨달았다.

그는 다소 무미건조한 어조로 말했다.

"만약에 함정이 있는 질문을 하지 않았다면 머레이는 머레이가 아니었을 겁니다. 그는 늘 그랬어요. 그 점을 예상하고는 있었지만, 한편으로는 걱정도 됐지요. 정말로 함정이 있는 질문이 아니고 뭔가 내가 잊어버린 질문인 경우도 있을 수 있으니까요. 하지만 질문이 나왔을 때 상당히 명백한 함정이라는 걸 알았어요. '〈애핀의 레드북〉이 무엇입니까?'라는 질문을 기억하지요."

"네. 두 사람 모두 뭔가를 적었잖습니까."

"물론 그런 건 없습니다. 죽은 내 경쟁자가 그것을 설명하기 위해서 무슨 뚱딴지 같은 소리를 썼는지 보고 싶었죠. 머레이가 몹시 근엄한 얼굴로 그의 답이 옳다는 것을 확신시켰을 때 더욱 흥미진진해졌어요. 하지만 당신도 보았듯이 바로 그 확신이 내 경쟁자를 거의 파멸로 몰았습니다. 에잇, 빌어먹을."

그는 갑자기 말을 중단하고서 기묘하게도 물음표 모양 같은 불이 붙은 시거 끄트머리로 손짓을 했다.

"자, 저 불쌍한 친구가 자신한테 무슨 짓을 했는지 어디 볼까요. 그 손전등 좀 주시겠습니까?"

페이지는 그것을 건네고서 상대가 손전등을 들고 쪼그려 앉아 있는 동안 떨어져 있었다. 이따금씩 중얼거리는 소리를 제외하면 오랫동안 침묵이 흘렀다. 그런 다음 주장자가 일어났다. 그는 천천히 움직였고 손전등 버튼을 껐다 켰다 했다.

"이봐요, 이런 일은 있을 수 없어요."

그는 달라진 목소리로 말했다.

"무슨 일이 있을 수 없다는 겁니까?"

"이런 일 말이오. 유감스럽지만 내가 말하려는 일 말이오. 그러나 맹세코 이 사람은 자살하지 않았어요."

연상이나 직관, 혹은 저물녘에 특정 정원의 영향력 때문인가.

"어째서요?"

페이지가 물었다.

"그를 가까이서 보았습니까? 그렇지 않으면 와서 지금 자세히 보시죠. 어떤 사람이 자신의 목을 세 번이나, 그것도 모두 경정맥을 절단할 정도로 베겠습니까, 어느 것이든 그 때문에 죽음에 이르렀을 텐데요? 그렇게 할 수 있을까요? 잘 모르겠지만 그렇지 않을 겁니다. 내가 서커스에서 자력으로 성공했다는 것 기억하지요. 표범에게 죽은 미시시피 강 서쪽 최고의 동물 조련사 바니 풀 이후로 이런 걸 본 적이 없어요."

밤바람이 미로 정원을 지나가자 장미꽃이 살랑거렸다.

"흉기가 어디 있을까요?"

그가 계속 말했다. 그는 흐릿한 물 위로 회중전등 빛을 비췄다.

"필시 여기 연못에 있을 테지만 그것을 찾아나서는 게 좋을 것 같지는 않군요. 이런 일에서는 우리가 생각하는 것보다 경찰이 더 필요할 겁니다. 보기에 따라서는 내가 우려하는 문제들을 바꾸어 놓을 수도 있는 일이니."

마치 양보한다는 듯이 주장자가 말했다.

"사기꾼을 왜 죽인 걸까요?"

"그 문제라면 어쩌면 진짜 상속자일 수도 있지요."

페이지가 말했다.

그때 페이지는 상대가 날카로운 시선으로 자신을 보고 있는 것이 느껴졌다.

"당신은 아직 믿지 않는 건가요?"

집 방향에서 젠체하며 걸으면서도 빠르게 다가오는 발소리에 이야기가 중단됐다. 주장자는 손전등 빛을 변호사 웰킨에게 향했다. 페이지는 식당에서 어묵 샌드위치를 먹고 있던 그를 마지막으로 보았던 것이 생각났다. 이제 명백히 겁에 질린 웰킨은 연설을 하려는 것처럼 조끼 안쪽의 하얀색 상의 가장자리를 꽉 붙잡았다. 그러다가 그는 마음을 바꿨다.

그가 말했다.

"신사분들, 집 안으로 들어가야 됩니다. 머레이 씨가 두 분을 보고 싶어합니다. 원컨대……"

그는 이 말에 심상치 않은 강세를 두면서 주장자를 응시했다.

"두 신사분 어느 쪽도 이 일이 일어났을 때 집 안에 있지 않았기를 바랍니다."

패트릭 고어가 홱 돌아섰다.

"다른 일이 일어났다고 말하는 건 아니겠지요?"

"그게 누군가 이 혼란을 기회로 삼은 것 같습니다. 머레이 씨가 자리를 비운 사이에 누군가 서재에 들어가서 우리의 유일한 증거가 담겨 있는 섬오그래프를 훔쳐갔어요."

웰킨이 무뚝뚝한 어조로 말했다.

II

7월 30일 목요일
자동인형의 삶

그러자 모두 잠잠해졌고,
얼마쯤 뒤에 목슨이 다시 나타나서 다소 유감스러운 미소를 지으며 말했다.
"갑자기 자리를 떠서 죄송합니다. 저기에 흥분하면 난폭하게 구는 기계가 하나 있어서요."
나는 네 줄로 나란히 생채기가 난 핏자국이 보이는 그의 왼쪽 뺨에
시선을 고정한 채 물었다.
"기계가 어떻게 손톱을 다듬을 수 있죠?"

－앰브로즈 비어스(AMBROSE BIERCE)의 〈목슨의 주인(Moxon's Master)〉 중에서

제7장

다음 날 오후 일찍 음울하고 성가신 빗줄기 속에서 마을에 어둠
이 내려앉는 동안 페이지는 서재 책상 앞에 다시 앉아 있었다. 하지
만 이번에는 전혀 다른 생각을 하고 있었다.

형사과 경위 엘리엇은 빗소리만큼이나 지루하게 방안을 왔다 갔
다 하고 있었다.

그리고 기드온 펠 박사는 제일 큰 의자에 마치 그것이 왕좌인 양
앉아 있었다.

박사는 우레같이 울리는 낄낄거리는 웃음소리를 오늘만큼은 자제
하고 있었다. 그는 그날 아침 몰링포드에 도착했는데 자신이 확인한
상황이 마음에 들지 않는 모양이었다. 커다란 의자에 깊숙이 앉아서
조용히 숨을 씨근거리고 있었다. 그의 리본 모양의 폭넓은 검정 안
경 너머의 두 눈은 책상 모서리를 뚫어져라 바라보고 있었다. 산적
스타일의 콧수염은 마치 입씨름을 할 준비가 돼 있는 것처럼 곤두

서 있었고, 희끗희끗한 더벅머리는 한쪽 귀에 축 늘어져 있었다. 옆 의자에는 그의 챙 넓은 모자와 상앗빛 목다리 손잡이가 달린 지팡이가 놓여 있었다. 바로 곁에 1파인트 컵에 담긴 맥주가 놓여 있었지만 그는 그것엔 관심조차 없는 듯 보였다. 게다가 박사의 불그스름한 얼굴은 7월의 열기 속에 더욱 붉어졌고, 평소 같은 유쾌한 표정도 얼굴에 나타나지 않았다. 페이지는 그의 신장과 체격 모두 듣던 것보다 훨씬 크다고 생각했다. 처음에 박스스타일(box style. 허리가 들어가지 않아 상자 같은 느낌을 주는 스타일—옮긴이)로 주름을 잡은 어깨 망토를 걸치고 그가 집에 들어섰을 때 그의 존재가 집 안을 가득 채우고 가구마저도 밀어내는 것 같은 느낌이 들었다.

아무도 몰링포드와 소앤 지역 내부의 상황을 마음에 들어 하지 않았다. 지역 사람들은 자체적으로 그 사건에서 한 발 물러나 있었다. 그렇지만 확실하게 침묵하지도 않았다. 이제 모두 '황소와 푸주한'에 투숙한 '민속학 대가'로 알려진 낯선 사람이 형사과의 경위라는 것을 알았다. 하지만 그것에 대해 아무 말도 하지 않았다. '황소와 푸주한' 바에 모닝 맥주를 마시러 온 사람들은 낮은 목소리로 수군대다가 곧 가 버렸다. 그뿐이었다. 펠 박사는 객실 두 개가 모두 찬 까닭에 의례상 여인숙인 선술집에서 숙소를 잡을 수 없었다. 그래서 페이지가 아주 기꺼이 그의 집에서 숙박을 제공한 것이었다.

페이지는 엘리엇 경위 역시 마음에 들었다. 앤드류 맥앤드류 엘리엇은 민속학 대가로도 런던 경찰청의 일원으로도 어울리지 않는 사람이었다. 엷은 갈색 머리에 뼈만 앙상한 경위는 아직 젊었고 진지한 사람이었다. 그는 논쟁을 즐기고 해들리 총경을 불쾌하게 하는 다소 난해한 사건을 좋아했다. 그가 받은 교육은 최대한 문제를 최대한 상세히 다루는 철저한 스코틀랜드 식이었다. 그래서 그는 음울하게 비가 내리는 동안 페이지의 서재에서 서성거리며 자신의 입장을 분명히 하려고 했다.

"흠, 그런데 지금까지 정확히 무엇을 했나?"

펠 박사가 불퉁거리며 말했다.

엘리엇은 곰곰이 생각하고 나서 말했다.

"경찰서장 캡틴 마치뱅크스가 오늘 아침에 런던 경찰국으로 전화해서는 사건에서 완전히 손을 뗐다고 말하더군요. 물론 보통은 경감을 보냈을 겁니다. 하지만 제가 마침 그 자리에 있었고, 또 이 사건과 연관이 있을지도 모르는 어떤 것을 이미 조사하는 중이었기 때문에――"

페이지는 빅토리아 데일리 살인사건을 생각했다. 하지만 어떤 관련이 있을까?

"기회를 잡은 거로군. 멋지군."

펠 박사가 말했다.

"예, 맞습니다. 기회를 잡았지요."

엘리엇은 동의하고서 주근깨 난 손을 탁자에 조심스럽게 올려놓고 그것에 의지하여 섰다.

"그래서 가능하면 이것을 이용할 작정입니다. 기회니까요. 그게…… 다 아시겠지만."

그는 숨을 토해 냈다.

"그런데 아시다시피 제가 정보를 입수하는데 애를 먹고 있습니다. 이 부근 사람들은 창문보다 더 단단히 닫혀 있어서 말이죠. 안을 보려고 애써 보지만 도통 저를 들여놓으려고 하지 않네요. 사람들은 맥주 한 잔을 마시고 보통 때와 같이 얘기를 나눕니다. 하지만 그 사건에 대해 무슨 이야기든 꺼내면 곧 흩어져 버린다니까요. 소위

전 지역의 패거리화인 셈이죠."

그 말을 하는 그의 말투에는 약간의 경멸감이 배어 있었다.

"상황이 더 어려워졌습니다, 이 사건이 일어나기 전보다도 말입니다."

"그러니까 자네는 다른 사건에 대해서 말하는 건가?"

한쪽 눈을 뜨며 펠 박사가 물었다.

"네, 맞습니다. 도움이 되는 사람은 데인 양, 매들린 데인 양밖에 없더군요."

엘리엇 경위는 신중하고 조심스럽게 힘주어 말했다.

"진정한 여성이에요. 그녀와 이야기하고 있으면 참으로 유쾌하더군요. 시시한 얘기나 늘어놓고 명함을 전하자마자 변호사에게 전화를 거는 현실적인 여성이 아니에요. 그럼요. 진정한 여성이에요. 고향에서 예전에 알았던 소녀가 생각난다니까요."

엘리엇 경위가 이 말을 하면서, 말하자면 주근깨 난 얼굴로 안절부절 못하고 있을 때 펠 박사가 두 눈을 모두 떴다. 하지만 브라이언 페이지는 이해가 갔고 공감도 됐다. 심지어 터무니없는 격렬한 질투심까지 느껴졌다.

경위가 다시 이야기했다.

"그렇지만 박사님은 판리 클로스에 대해 알고 싶으시겠지요. 지금으로서는 하인들을 제외하고 지난밤 그곳에 있던 모든 사람들한테 진술을 받은 상태입니다. 간단히요. 그들 중 몇 사람을 불러 모아야 했지요. 오늘 일을 준비하기 위해서 버로스 씨는 간밤에 클로스에 남았습니다. 하지만 그 주장자 패트릭 고어와 웰킨이라는 이름의 그의 변호사는 둘 다 메이드스톤으로 돌아갔거든요."

그는 페이지를 돌아보았다.

"페이지 씨, 약간의 소동이 있었던 걸로 아는데요. 음, 말하자면 이 섬오그래프가 도난당한 뒤에 상당한 긴장 상황이 벌어졌겠지요?"

페이지는 열렬히 인정했다.

"특히 섬오그래프가 도난당한 뒤에요. 이상한 점은 몰리 판리를 제외하고 모두에겐 판리가 살해된 것보다, 만약 그가 살해됐다면 말입니다, 증거물을 도난당한 것이 더 중요한 일처럼 여겨졌다는 겁니다."

그가 대답했다.

펠 박사의 눈에서 호기심의 빛이 번득였다.

"그런데 자살과 살인이라는 문제에서 일반적인 의견은 어떤 것이었소?"

"말을 아주 아껴서요. 의견이 많지 않은 게 놀라울 정돕니다. 그가 확실히 살해됐다고, 사실상 절규하여 말한 유일한 사람은 몰리, 그러니까 제 말은 레이디 판리뿐이었습니다. 그렇지 않고 제가 기대한 대로 뒤틀린 비난이 난무했다면 오늘까지 기억하지도 못할 겁니다. 기꺼이 말씀드리지만 그 절반도 기억하지 못할 겁니다. 아무튼 지극히 당연한 상황이었던 같습니다. 이미 우리 모두가 긴장해서 부자연스럽게 행동을 조심하고 있던 터라 좀 무기력한 상태였으니까요. 변호사들도 인간적으로 보이던데요. 머레이 씨가 주도권을 잡으려고 했지만 밀려났지요. 하지만 지역 경찰서의 경사도 별로 낮지는 않았습니다."

자신의 말을 강조하려는 듯 엄격한 얼굴을 하고서 펠 박사가 말했다.

"나는 이 문제를 용이하게 하려고 노력중이네. 경위, 자네는 이것이 살인사건이라는 것을 의심치 않는다는 건가?"

엘리엇은 단호히 말했다.

"네, 그렇습니다, 박사님. 목에 깊은 상처가 세 개나 나 있는데다 지금까지 연못과 근처 어디에서도 흉기를 찾을 수 없었습니다."

그는 조심스럽게 말했다.

"들어 보세요, 저는 의학보고서를 갖고 있지는 않습니다. 한 남자가 자신에게 그런 상처를 입히는 게 불가능하다고는 말하지 않겠습니다. 하지만 흉기가 발견되지 않는 것으로 보아 그런 결론이 가능하다고 생각합니다."

잠시 동안 그들은 빗소리와 펠 박사의 색색거리는 불안한 숨소리를 들었다.

박사가 말을 꺼냈다.

"자네는 생각지 않는단 말이지. 나는 단지……"

그는 헛기침을 했다.

"제안을 하는 것뿐이네. 자네는 그가 자살을 했을지도 모른다고는 생각지 않는 건가, 경련을 일으키는 바람에 자살에 쓰인 흉기가 그에게서 떨어졌고, 그래서 자네가 찾을 수 없었다고는 말이네? 과거에도 그런 일이 있었던 것 같은데."

"가능성이 희박합니다. 그렇다면 그가 정원에서 그것을 던져 버렸을 리가 없습니다. 만약에 정원 어딘가 있다면 버턴 경사가 찾아내겠지요."

엘리엇의 굳은 얼굴에 호기심에 찬 표정이 떠올랐다.

"그런데 말입니다, 박사님, 박사님은 이것이 자살이라고 생각하시는 겁니까?"

"아니, 아니, 아니네."

다소 충격적이라는 듯 펠 박사는 진심으로 대답했다.

"하지만 살인사건이라는 것을 믿는다고 해도 여전히 우리의 문제가 무엇인지 알고 싶군."

"우리의 문제는 누가 존 판리 경을 살해했냐는 겁니다."

"동감이네. 자네는 그 사건이 우리를 끌어들인 지옥의 이중 길을 아직 파악하지 못한 게로군. 이 사건이 걱정이네, 모든 규칙이 어긋났으니. 엉뚱한 사람이 희생자로 선택된 바람에 모든 규칙이 어긋났단 말이네. 머레이가 살해됐다면 좋았을 텐데! 이론적으로 하는 말이라는 걸 이해하겠지. 제기랄, 머레이가 살해됐어야 했어! 잘 구성된 음모에서라면 그가 살해됐을 거네. 그의 존재가 살인을 필요로 하잖는가. 여기 애초에 지극히 중요한 문제를 결정지을 수 있는 증거를 가지고 있는 사람이 있네. 여기 십중팔구 그 증거 없이도 신원 문제를 해결할 수 있는 사람이 있네. 그러면 그 사람은 치명적인 타격을 입을 만한 확실한 후보자잖나. 그런데도 그는 해를 입지 않은 채 남아 있고, 신원 문제는 주장자들 중 한 사람의 죽음으로 인해 더 불가사의하게 되었어. 이해하겠나?"

"네."

엘리엇 경위가 단호히 말했다.

"쌓인 덤불을 좀 치워 없애 보세나."

펠 박사가 주장했다.

"가령 모든 일이 살인자 측의 실수일까? 존 판리 경은, 아 현재의 이름으로 그를 부르도록 하겠네, 존 판리 경은 결코 희생자가 될 예정이 아니었던 걸까? 살인자가 그를 다른 사람으로 잘못 알고 살해했을까?"

"그럴 것 같진 않은데요."

엘리엇이 말하고서 페이지를 보았다.

"불가능합니다. 저도 그 생각을 해 봤습니다. 그런데 다시 말씀드리지만 불가능합니다. 불빛이 아주 충분했습니다. 판리는 다른 사람으로 보이지도 않았고, 다른 사람처럼 옷을 입지도 않았습니다. 가까운 거리에서 그의 목을 찌른 사람은 말할 것도 없고 상당히 먼 거리에서도 절대로 혼동할 수 없었을 겁니다. 세부적인 것은 흐릿하게 보이지만 전체적인 윤곽은 분명히 보이는 좀 기분 나쁜 엷은 빛이 비치고 있었어요."

페이지가 말했다.

"그렇다면 판리가 예정된 희생자였군."

펠 박사가 말하고서 낮은 소리로 길게 헛기침을 했다.

"알았네. 그럼 우리가 치워 버릴 수 있는 다른 덤불, 즉 쓸데없는 것들엔 무엇이 있을까? 예를 들면 이 살인사건이 작위와 영지 다툼과는 아무런 관계가 없는지도 모르잖나? 이 논쟁에 영향을 받지 않는 어떤 사람이, 즉 존 판리든 패트릭 고어든 상관하지 않는 어떤 사람이 우리가 모르는 외적 동기 때문에 단지 이 순간을 선택해 슬쩍 들어와서 그를 살해한 걸까? 가능성이 있네. 그 당사자들이 말하고 싶어하지 않는 것이 있다면 가능성이 있어. 하지만 나도 그런 가능성으로는 고민하지 않을 거네. 이런 일들은 점착력이 있기 마련이지. 서로 의존적이란 말이네. 알다시피 판리가 살해된 것과 동시에 섬오그래프 증거가 도난당했잖은가.

그래. 그럼 판리는 계획적으로 살해됐고, 영지의 정당한 상속인이라는 문제와 관련된 어떤 이유 때문에 살해된 거네. 하지만 우리는 여전히 우리의 진짜 문제가 무엇인지 결정하지 못했네. 그 문제에 양면이 있다고는 말할 수 없지만 여전히 머리가 둘인 셈이거든. 그러므로 만약에 살해된 남자가 사기꾼이었다면 그는 두세 가지 이유 중 어떤 것 때문에 살해됐을 거네. 추측할 수 있겠지. 하지만 만약에 살해된 남자가 진짜 상속자였다면 그는 두세 가지 완전히 다른 이유 중 어떤 것 때문에 살해됐을 거네. 그 이유들도 추측할 수 있겠지. 두 가지 경우는 각각 다른 면, 다른 시각, 다른 동기가 원인이 되네. 그러면 그들 두 사람 중 어느 쪽이 사기꾼일까? 그것을 알아야만 어느 방향을 들여다봐야 하는지 막연하게나마 생각할 수 있는 것이네. 흠."

엘리엇 경위의 얼굴이 굳어졌다.

"해결의 열쇠가 이 머레이 씨라는 말씀인가요?"

"그렇네. 나와 오랜 면식이 있는 수수께끼 같은 케넷 머레이한테 말이네."

"누가 누군지 그가 알고 있을 것 같습니까?"

"의심의 여지가 없네."

펠 박사가 딱딱거렸다.

"저도 그렇게 생각합니다."

경위가 냉담하게 말했다.

"자, 이제 살펴보도록 하죠."

그는 수첩을 꺼내서 펼쳤다.

"모두가 머레이 씨가 9시 20분경에 서재에 혼자 남겨졌다는 데 의견을 같이 하더군요. 어쩌나 의견이 일치하는지 놀라울 정돕니다. 맞습니까, 페이지 씨?"

"맞습니다."

"살인은, 편의상 이렇게 부르도록 하겠습니다, 살인은 9시 30분경에 일어났습니다. 두 사람이 명확한 시간을 말했습니다. 머레이 씨와 해럴드 웰킨 변호사가요. 10분은 긴 시간이 아닐 겁니다. 하지만 세심히 해야 한다고는 하지만 머레이 씨의 말에서 추측할 수 있듯이 지문 대조가 밤샘 작업을 해야 할 일은 아닙니다. 그가 대강이나마 알지 못했다고는 말할 수 없겠지요. 그가 나쁜 사람이라고 생각하십니까, 박사님?"

"전혀 아니네."

에일 맥주가 든 컵을 쏘아보며 펠 박사가 말했다.

"내 생각에 그는 떠들썩한 발견을 계획하려는 것 같군. 잠시 뒤에 내가 이 사건을 어떻게 생각하는지 말해주겠네. 그 10분 동안 무엇을 하고 있었는지 그들 각자에게서 진술을 받았단 말이지?"

갑자기 화를 내며 엘리엇이 말했다.

"모두에게서 몇 마디 들었죠. 의견은 아니고요. 자신들이 어떤 의견을 말할 수 있을지 묻더군요. 그래서 다시 질문을 해 볼 생각입니다, 의견도 묻고 말이죠. 제 생각에는 사람들이 좀 이상한 것 같더군요. 경찰 기록을 듣다 보면 상황이 끊긴 것 같을 겁니다, 중간에 아무것도 없이 단편적인 사실들을 함께 이해해야 하니까요. 그렇지만 덕분에 우리가 할 일을 알 수 있지요. 진술들 가운데에는 사악한 살인과 명백한 악마가 존재합니다. 그들이 한 말은 이렇습니다. 들어 보세요."

그는 수첩을 열었다.

"레이디 판리의 진술 : 우리가 서재를 나왔을 때 나는 마음이 산란해서 2층 내 침실로 올라갔어요. 서로 인접한 남편 침실과 내 침실은 새 부속 건물의 2층에 있어요, 식당 위쪽에요. 나는 얼굴과 손을 씻고서 하녀에게 다른 원피스를 준비해 달라고 말했어요, 깔끔하지 못한 것 같아서요. 그러고 나서 침대에 누웠어요. 침대 머리맡의 아주 작은 전등밖에 없었죠. 정원이 내려다보이는 침실 발코니 창문은 열려 있는 상태였어요. 그때 서로 치고 받고 드잡이하는 듯한 소리와 고함소리 같은 걸 들었고, 그 다음에 첨벙거리는 소리를 들었어요. 나는 발코니로 달려 나갔고 내 남편을 봤어요. 남편은 연못에 누워 있었는데 싸움을 하고 있는 것처럼 보였어요. 하지만 그때 그는 혼자였어요. 그것을 분명히 볼 수 있었어요. 그길로 중앙 계단으로 아래층으로 달려 내려가서 남편에게 나갔어요. 정원에서 수상쩍은 것을 아무것도 보지 못했고 아무 소리도 듣지 못했어요."

"다음은 케넷 머레이의 진술입니다."

"케넷 머레이의 진술 : 9시 20분에서 9시 30분 사이에 서재에 남아 있었지요. 아무도 방에 들어오지 않았고 아무도 보지 못했어요. 나는 창문을 등지고 앉아 있었어요. 그때 소리를 들었어요(비슷하게 묘사했음). 하지만 누군가 아래층으로 뛰어 내려오는 소리를 들을 때까지 뭔가 심각한 일이 일어났다고는 생각지 않았죠. 레이디 판리가 집사에게 존 경한테 무슨 일이 일어난 건 아닌지 걱정이 된다고 큰 소리로 말하는 소리를 들었어요. 손목시계를 보니 그때가 마침 9시 30분이었죠. 복도에서 레이디 판리를 만났고 우리는 정원으로 나갔어요. 그리고 그곳에서 자신의 목을 찌른 한 남자를 발견했지요. 지문이나 지문 대조에 대해서는 지금 할 말이 없군요."

"날카롭고 유용한 진술 아닙니까? 다음은 패트릭 고어의 진술입니다."

"패트릭 고어의 진술 : 난 좀 어슬렁거렸어요. 먼저 정면 잔디밭으로 나가서 담배를 피웠죠. 그러고 나서 저택의 남쪽에서 이쪽 정원까지 천천히 걸었어요. 텀벙하는 소리 외에는 아무것도 듣지 못했는데 그것도 아주 어렴풋이 들었어요. 막 저택 가장자리를 돌았을 때 이 소리를 들은 것 같네요. 뭔가 잘못되었다고는 생각지 않았어요. 정원에 들어갔을 때 큰 목소리로 말하는 소리를 들었지요. 하지만 나는 일행을 원치 않아서 정원의 경계를 짓는 높은 주목 울타리를 따라 곁길에 계속 있었어요. 그곳에서 그들이 하는 이야기를 들었지요. 귀를 기울여서요. 페이지라는 사람을 제외하고 그들 모두가 저택으로 돌아갈 때까지 연못으로 가지 않았습니다."

"마지막으로 해럴드 웰킨의 진술입니다."

"해럴드 웰킨의 진술 : 나는 식당에 남아 있었는데, 죽 그곳에 있었습니다. 샌드위치를 다섯 개 먹었고 포트와인을 한 잔 마셨어요. 식당에 정원 쪽으로 열린 유리문이 있고 이 문들 중 하나가 연못과 일직선상에 있으며 그리 멀리 떨어져 있지 않다는 건 인정합니다. 하지만 식당에는 빛이 가득 비치고 있었기 때문에 밝기의 차이로 인해 정원 쪽이 보이지 않았습니다."

"그 상황에선 쓸모없는 목격자인 셈이죠. 1층에서 울타리는 단지 허리 높이일 뿐이고, 판리가 틀림없이 서 있었던 곳에서 6미터이상 떨어져 있지도 않은데 말입니다."

집게손가락과 엄지손가락으로 수첩을 휙 넘기며 엘리엇이 말했다. "하지만 그는 '밝기의 차이'로 인해 귀가 먹고 눈이 먼 겁니다."

그는 말을 맺고 계속 읽었다.

"식당에 있는 대형 괘종시계가 9시 31분을 가리킬 때 격투를 벌이는 소리와 억눌린 듯한 고함 소리 비슷한 소리를 들었습니다. 이것에 이어 요란스레 첨벙거리는 소리가 여러 차례 나더군요. 그리고 울타리와 관목 숲에서 옷 스치는 소리 같은 것이 나는 것을 들었고, 그리고 유리 창문 하나에서, 지면에 가장 가까운 아래쪽 유리창 중 하나에서 나를 쳐다보는 뭔가를 본 것 같습니다. 나와는 상관없는 어떤 일이 벌어지고 있는 거라고 생각했습니다. 그래서 버로스 씨가 들어와서 내게 사기꾼 존 관리 경이 자살을 했다는 말을 할 때까지 그냥 앉아서 기다리고 있었던 겁니다. 그 동안 또 하나의 샌드위치를 먹는 것 말고는 아무것도 하지 않았습니다."

똑바른 자세로 앉아서 숨을 씨근거리다가 펠 박사는 손을 뻗어 에일 맥주잔을 잡고서 쭉 들이켰다. 안경 너머에서 잔잔한 홍분감이, 일종의 깜짝 놀랄 만한 만족감 같은 것이 번득였다.
"오, 바커스 신(Bacchus : 술의 신─옮긴이)이여!"
그는 낮게 울리는 소리로 말했다.
"'끊어진' 진술이라고 했나, 허? 깊이 생각하고 말한 건가? 웰킨 씨의 진술에는 차가운 무덤을 떠올리게 하는 게 있네. 흠, 허어, 잠깐. 웰킨이라! 웰킨! 어디선가 전에 그 이름을 들어 보지 않았을까? 틀림없어, 고약스런 곁말들이 큰 소리로 소리치고 있는 것으로 보아서. 그래서 사라지지 않는 거야…… '무슨 생각을 하는데?' '아무것도 아냐.' '무슨 일이야?' '신경 쓰지 마.' 미안하네. 또 정신이 산만해졌군. 다른 건 뭐 없나?"

"음, 다른 두 손님이 더 있었습니다, 여기 있는 페이지 씨와, 그리고 버로스 씨가요. 페이지 씨의 진술은 들으셨으니 버로스 씨의 진술 요점이 남았네요."

"신경 쓰지 말고 다시 읽도록 하게, 어서?"

엘리엇 경위는 얼굴을 찡그렸다.

"너대니얼 버로스의 진술 : 뭔가를 먹을 수도 있었지만 웰킨이 식당에 있었고, 그때 내가 그와 이야기를 하는 건 적당하지 않단 생각이 들었습니다. 그래서 저택 반대쪽에 있는 응접실로 가서 기다렸지요. 그때 내가 있어야 할 자리는 남쪽 정원으로 나간 존 판리 경의 곁이라는 생각이 들었습니다. 나가기 전에 복도에 있는 탁자에서 손전등을 꺼냈습니다. 시력이 좋지 않아서 손전등을 챙겼던 겁니다. 정원으로 난 문을 열었을 때 나는 존 경을 보았습니다. 그는 연못 가장자리에 서 있었습니다. 뭔가를 하고 있는 것 같기도 했고 조금씩 움직이고 있는 것 같기도 했습니다. 문에서 연못 가장자리까지는 10미터 정도 거리입니다. 그때 격투를 하는 소리가 들렸고, 그 다음에 첨벙거리는 소리와 물을 거세게 휘젓는 소리가 났습니다. 나는 그곳으로 급히 뛰어가서 그를 확인했습니다. 누군가 그와 함께 있었는지 단언할 수는 없습니다. 그의 움직임을 정확히 묘사할 수도 없습니다. 마치 무언가 그의 발을 붙잡고 있는 것 같았습니다."

"이런 상황입니다, 박사님. 뭔가 눈치 채셨습니까. 버로스 씨를 제외하고 아무도 실제로 희생자가 공격을 받고 연못에 쓰러지거나 혹은 팽개쳐지는 장면을 보지 못했습니다. 레이디 판리는 그가 연못 속에 있을 때까지 그를 보지 못했지요. 고어 씨와 머레이 씨, 웰킨 씨, 그리고 페이지 씨는 그 후까지 그를 보지 못했습니다. 아니 그렇게 말했지요. 그 밖에 박사님의 주의를 끈 것이 있습니까?"

그가 재촉했다.

"음?"

펠 박사가 모호하게 말했다.

"박사님이 어떻게 생각하시는지 여쭸는데요."

"아, 내 생각을 말하겠네. '정원은 사랑스러운 것, 하느님만은 아실까(토머스 에드워드 브라운의 시 'My Garden' 중에서 인용—옮긴이)!' 하지만 그 결과는 어떤가? 내 짐작으로는 섬오그래프는 살인사건 뒤에 머레이가 무슨 일이 났는지 확인하러 나왔을 때 서재에서 사라진 거네. 자네는 여러 사람에게 그 당시에 무엇을 하고 있었는지, 누가 그것을 가져갔을지 진술을 받았겠지?"

펠 박사가 말했다.

"그랬습니다. 하지만 읽어 드리진 않겠습니다, 박사님. 그 이유요? 냉정하게 말해서 대단히 무의미하기 때문입니다. 분석해서 요약해 보니 결국 이런 결론이 나오더군요. 누군가 섬오그래프를 훔쳤을지 모르지만 전반적인 혼란 속에서 아무도 훔친 사람을 주목하지 못했을 거라는 겁니다."

엘리엇이 말했다.

"오오, 이런!"

잠시 뒤에 펠 박사가 신음하듯 말했다.

"마침내 알게 됐네."

"뭘 말입니까?"

"오랫동안 내가 얼마간 두려워하고 있었던 건 순전히 심리적인 문제였네. 많은 이야기에서도 주어진 다양한 시간에서도 심지어 여러 가능성에서도 전혀 모순거리가 없잖은가. 왜 엉뚱한 남자가 그렇게 신중히 살해됐는가와 같은 엄청난 심리적 모순을 제외하고는 명확히 밝혀야 할 모순거리가 전혀 없단 말이지. 무엇보다도 물적 단서가 거의 없는 거나 다름없잖나. 소매 단추나 담배꽁초, 극장 티켓 반쪽, 펜, 잉크, 종이 쪼가리 하나 없네. 흠. 보다 명백한 물증을 붙잡지 못한다면 우리는 그저 잡히지 않는 기름 바른 돼지를 만지작거리는 것과 다를 게 없을 거네. 그러면 어떤 사람이 그 남자를 살해했을 가능성이 가장 높을까? 그리고 무슨 이유 때문일까? 또 어떤 사람이 심리적으로 빅토리아 데일리 살인사건을 둘러싼 극악무도한 행동 방식에 가장 적합할까?"

엘리엇은 잇새로 휘파람을 불었다. 그가 말했다.

"어떤 생각이 있으십니까, 박사님?"

"어디 보자, 내가 빅토리아 데일리 사건의 필수적인 사실을 기억할 수 있으면 좋을 텐데. 나이 35세, 노처녀, 상냥하지만 영리하지는 않고 독신이었음. 흠. 하하. 그렇지. 7월 31일, 마지막 날 오후 11시 45분경에 살해됨. 이보게, 맞나?"

펠 박사가 중얼거렸다.

"맞습니다."

"그녀의 집을 지나서 집으로 가던 농부가 위험을 알려오네. 그곳에서 비명소리가 흘러나온다고. 자전거를 타고 가던 마을 경찰은 농부를 따라 그곳으로 가네. 두 사람은 한 남자가, 즉 지역에서 잘 알려져 있는 한 부랑자가 1층 뒤쪽 창문에서 내려오는 것을 목격하게 되네. 두 사람은 400미터 정도 뒤쫓아 가네. 추적을 떼어내려고 부랑자는 차단기를 넘어서 서던레일웨이(Southern Railway) 화물 열차 앞에 선로를 건너다가 깔끔하게는 아니지만 즉사를 하게 되지.

맞나?"

"맞습니다."

"데일리 양은 그녀의 집 1층에서 발견됐네. 그녀의 침실에서. 구두끈으로 목이 졸린 상태였지. 공격을 받았을 때 잠자리에 들긴 했지만 아직 자고 있지는 않았네. 잠옷에 누빈 화장복을 입고 슬리퍼를 신은 차림새였지. 한 가지 사실이 없었더라면 부랑자한테서 돈과 귀중품이 나왔으니 겉보기에는 명백한 사건이었네. 그런데 의사의 검시에서 알 수 없는 거무스름한 화합물이 시체에 발라져 있는 것이 발견된 거네. 또 같은 화합물이 모든 손톱 밑에서도 발견됐고. 그렇지? 본부의 전문가가 분석한 이 물질은 개발나물, 바곳, 양지꽃, 그리고 벨라도나와 검댕 액으로 구성된 것으로 판명 됐네."

페이지는 똑바로 앉아서 속으로 더듬거리며 따라 말했다. 펠 박사가 한 말을 그는 지금까지 천 번도 더 들었었던 것이다.

"자, 누군가 그런 말을 언급한 건 그때가 처음이지. 자네는 시체에 치명적인 독 두 가지가 포함된 물질이 묻어 있었다는 것을 알았는가?"

그는 항의하듯 말했다.

"그럼요."

냉소적으로 빙긋 웃으며 엘리엇이 말했다.

"물론 지역 의사는 그것을 분석하지 않았어요. 검시관도 그것이 중요하다고 생각지 않았고 심리에서 그 문제를 꺼내지 않았죠. 십중팔구 그는 그것이 무슨 미용 약품이라서 언급하는 것이 상스럽다고 생각했을 겁니다. 하지만 나중에 의사가 조용히 알려주었고, 그래서……"

페이지는 당황스러웠다.

"바곳과 벨라도나! 그렇지만 그것들을 삼킨 게 아니잖습니까? 단지 그녀의 피부에만 닿았다면, 그 때문에 그녀가 죽을 수 없었잖습니까?"

"네, 그렇지요. 역시 상당히 명백한 사건이에요. 그렇게 생각지 않으십니까, 박사님?"

"불행히도 명백한 사건이네."

펠 박사가 인정했다.

빗소리 위로 페이지는 정면 현관을 톡톡 두드리는 소리를 들었다. 잡히지 않는 기억을 기억하려고 애쓰며 그는 짧은 복도를 지나서 문을 열었다. 고무를 입힌 후드 달린 코트를 입은 지역 경찰서의 버턴 경사였는데 신문으로 싼 뭔가를 밑에 감추고 있었다. 그가 한 말이 페이지의 생각을 빅토리아 데일리 사건에서 가까운 판리 사건으로 돌아오게 했다.

"엘리엇 경위님과 펠 박사님을 뵐 수 있을까요? 예상했던 대로 흉기를 찾았습니다. 그리고……"

버턴이 말했다.

그는 고갯짓을 했다. 비 때문에 웅덩이들이 파인 질퍽한 앞뜰 너머에 낯익은 차 한대가 대문 옆에 서 있었다. 구식 모리스였는데 사이드 커튼 뒤에 두 사람이 앉아 있는 것이 보였다. 엘리엇 경위가 허둥지둥 문으로 나왔다.

"자네 말은……?"

"존 경을 살해하는데 사용된 흉기를 찾았습니다, 경위님. 그리고 다른 것도요."

다시 버턴 경사는 자동차 방향으로 고개를 움직였다.

"매들린 데인 양과 클로스에서 일하는 놀스 영감입니다. 예전에 그는 데인 양 아버님의 절친한 친구분 댁에서 일했답니다. 그는 어떻게 해야 좋을지 몰라서 데인 양을 찾아갔고 데인 양이 그를 제게 보냈습니다. 아마 전체 사건을 정리해서 뭔가 경위님께 말씀드릴 것이 있나 봅니다."

제8장

그들이 페이지의 필기용 탁자에 신문 꾸러미를 내려놓고 그것을 펼치자 흉기가 드러났다. 그것은 접칼이었다. 구식 디자인의 소년용 접칼이었다. 그러나 현재의 상황에서는 거칠고 무시무시한 접칼이었다.

접칼은 펴져 있는 상태였는데 중심 칼날에 덧붙여 나무 손잡이에 두 개의 작은 칼날과 코르크 마개뽑이, 그리고 말발굽에서 돌멩이를 제거하는데 유용하다고들 말하는 도구가 달려 있었다. 그것을 보자 페이지는 그런 멋진 칼을 갖고 있는 것이 남자다움의 당당한 표시였던 때 즉 모험가, 아니 거의 아메리카 인디언이 될 수 있었던 시절이 생각났다. 그것은 오래된 칼이었다. 길이가 10센티미터는 족히 되는 중심 칼날에는 삼각형으로 깊이 이가 빠진 곳이 두 군데 있었는데 그 자리의 강철 부분이 깔쭉깔쭉했다. 하지만 녹이 슬지 않고 매우 날카롭게 손질돼 있었다. 한데 그것에서 인디언 놀이를 연상시킬 수는 없었다. 칼끝에서 손잡이까지 묵직한 칼날은 최근에 말라붙은 핏자국으로 얼룩져 있었다.

그것을 바라보자 그들 모두에게 불안감이 스쳤다. 엘리엇 경위가 몸을 펴고 물었다.

"이것을 어디서 찾았나?"

"낮은 울타리 한 구석에 깊숙이 놓여 있었습니다. 대략……"

거리를 어림하느라 한 눈을 반쯤 감고서 버턴 경사가 말했다.

"수련 연못에서 대략 3미터쯤 떨어져 있는 곳에서요."

"연못에서 어느 방향으로 떨어져 있었나?"

"저택을 등지고 서서 왼쪽이요. 남쪽 경계인 높은 울타리 쪽으로요. 수련 연못보다는 저택에 좀 더 가까웠어요."

경사는 신중히 설명했다.

"아시다시피 경위님, 그걸 찾다니 운이 좋았지 뭡니까. 아마 한 달 동안 수색을 했어도 절대 못 찾았을 겁니다. 저희가 모든 울타리를 하나하나 빠짐없이 당겨 보지 않는 한 찾지 못했을걸요. 그런데 주목 울타리가 워낙 빽빽해서 말이죠. 그것을 찾을 수 있었던 건 바로 비 때문이었어요. 저는 울타리 한 곳의 꼭대기를 손으로 훑고 있었어요. 아시겠지만 아무 의미 없이요. 그저 어디를 살필까 생각하고 있었던 거죠. 울타리가 젖어 있었는데 제 손에 붉은 갈색 물이 좀 묻어 있는 거예요. 바로 그곳으로 칼이 통과하면서 울타리의 평평한 꼭대기에 핏자국이 좀 남아 있었던 거죠. 칼이 통과한 꼭대기에 절단된 곳이 보이지는 않았어요. 하지만 저는 칼을 찾아냈지요. 보시다시피 울타리가 비를 잘 막았답니다."

"누군가 울타리 사이로 그것을 곧장 밀어 넣었다고 생각하는 건가?"

버턴 경사는 곰곰이 생각했다.

"네, 그런 것 같은데요. 칼날이 아래쪽으로 향한 채 그곳에 똑바로 꽂혀 있었거든요. 그렇지 않다면…… 그게 꽤 묵직한 칼이잖습니까, 경위님. 손잡이 못지않게 칼날이 묵직하잖아요. 누군가 그것을 던졌다면, 즉 공중으로 던졌다면 칼날이 먼저 떨어져서 그런 식으로 통과했을 거예요."

버턴 경사의 얼굴엔 누구라도 이해할 수 있는 자신만만한 표정이 떠올라 있었다. 분명치 않은 생각에 잠겨 있던 펠 박사는 머리를 감쌌다. 펠 박사의 넓은 아랫입술이 반항적으로 튀어나왔다.

"홈, 그것을 던졌다? 그러니까 자살을 한 뒤에 말인가?"

그가 말했다.

버턴의 이마가 살짝 찌푸려졌다. 하지만 그는 아무 말도 하지 않았다.

"우리가 원하던 바로 그 칼이네요, 예상했던 대로군요."

엘리엇 경위가 인정했다.

"그 사람에게 난 세 개의 상처 중 들쭉날쭉하고 꼬부라진 두 개의 상처 모양이 마음에 들지 않았어요. 할퀴고 쥐어뜯은 것 같았거든요. 그런데 여기를 보세요! 이 칼날의 이 빠진 곳을 좀 보세요. 상처와 일치하지 않으면 제 손에 장을 지지겠어요. 어떻게 생각하세요?"

"경위님, 데인 양과 놀스 영감은……?"

"아, 그들에게 들어오라고 하게. 잘했네, 경사. 아주 잘했어. 뭐 새로운 소식이 없는지 의사에게 가 보게."

펠 박사와 경위가 토론을 할 때 페이지는 복도에서 우산을 집어들고 매들린을 데리러 나갔다.

빗줄기와 진창도 매들린의 정돈된 모습을 흐트러뜨리지 못했고 그녀의 온화한 성질을 어지럽히지 못했다. 그녀는 모자가 달린 투명한 방수 레인코트를 입고 있었는데, 그 때문에 셀로판에 싸인 것처럼 보였다. 금빛 머리칼이 귀 위쪽에서 고수머리처럼 곱슬거렸다. 그녀의 얼굴은 창백하긴 해도 건강해 보였고 코와 입이 좀 크고 눈매가 약간 길었다. 그럼에도 주목하면 할수록 전체적인 아름다움에 점점 마음이 끌렸다. 왜냐하면 그녀는 털끝만큼도 주목받고 싶어 하는 인상을 주지 않았기 때문이다. 그녀는 선천적으로 남의 말에 귀를 기울여주는 그런 사람들 중 하나였다. 그녀의 눈은 깊고 진실한 빛이 담긴 짙은 푸른색이었다. 그녀는 매력적인 자태를 지니고 있었지만 여린 인상을 주었다. 페이지는 언제나 그녀의 몸매에 주목하는 자신을 책망했다. 매들린에게 우산을 씌워주고 자동차에서 내리는 것을 도울 때 그녀는 그의 팔에 손을 얹고 모호한 미소를 지었다.

"당신 집에 오게 돼서 정말 기뻐요."

그녀는 부드러운 목소리로 말했다.

"아무튼 이렇게 하는 게 상황을 좀 더 쉽게 만들 것 같아요. 하지만 사실 어떻게 해야 할지 모르겠어요, 다만 이게 최선인 것 같아서……"

매들린은 자동차에서 내리는 뚱뚱한 놀스를 뒤돌아보았다. 놀스는 비가 내리는데도 중산모자를 들고 있었고 뒤뚱거리는 안짱다리 걸음으로 발밑의 진창을 조심하며 걸었다.

페이지는 매들린을 서재로 데려가서 자랑스럽게 소개했다. 그는 펠 박사에게 그녀를 자랑하여 보이고 싶었다. 확실히 박사의 반응은 만족스러웠다. 그는 조끼 단추 몇 개를 쪼갤 것 같은 환한 미소를 그녀에게 던졌고, 그의 안경 너머에선 불이 켜져 있는 것처럼 보였다. 박사는 우뚝 서서 싱글거렸다. 그녀가 앉을 때 레인코트를 받아

준 것도 바로 박사였다.

엘리엇 경위는 아주 무뚝뚝하고 의례적인 태도로 대했다. 그는 계산대 뒤의 점원처럼 말했다.

"예, 데인 양? 무엇을 도와 드릴까요?"

매들린은 깍지 낀 양손가락을 응시하다가 우스꽝스럽게 찡그린 얼굴로 사방을 둘러보고 나서 그녀의 솔직한 시선을 경위의 시선과 마주했다.

"아시다시피 설명하기가 아주 어려워요. 하지만 해야 한다는 건 알아요. 간밤에 그런 끔찍한 사건이 일어났으니 누군가 해야 할 일이죠. 그런데 놀스가 곤경에 처하지 않았으면 좋겠어요. 절대 그래서는 안 돼요, 엘리엇 씨!"

그녀가 말했다.

"데인 양, 무엇이든 당신을 괴롭히는 게 있다면 저한테 말을 하세요."

엘리엇이 재빨리 말했다.

"그러면 아무도 곤경에 처하는 일은 없을 겁니다."

매들린은 그에게 고마워하는 표정을 했다.

"그러면 어쩌면…… 이분들께 말씀드리는 게 나을 것 같아요, 놀스. 당신이 내게 말했던 걸 말이에요."

"허허, 허허, 이봐요, 앉으시오."

펠 박사가 말했다.

"아닙니다, 박사님. 감사합니다. 저는……"

"앉으라니까!"

펠 박사가 고함을 쳤다.

박사가 대신 눌러 앉힐 것 같은 기세로 나오자 놀스는 그의 말에 따랐다. 놀스는 정직한 사람이었다. 그는 정신적 스트레스를 겪는 순간에 솔직하게 얼굴이 붉어지는 그런 사람이었다. 조가비 속을 들여다보는 것처럼 그 얼굴을 환히 꿰뚫어 볼 수 있었다. 그는 의자 끄트머리에 걸터앉아서 손으로 중산모를 돌리고 있었다. 펠 박사는 그에게 시거를 주려고 했지만 그는 정중하게 거절했다.

"제가 솔직히 말씀드려도 될까요, 경위님?"

"당연하지요. 자, 말해 보십시오!"

엘리엇 경위가 냉담하게 말했다.

"경위님, 물론 제가 레이디 판리에게 곧장 갔어야 한다는 건 압니다. 하지만 부인께 말씀드릴 수가 없었어요. 그러니까 정말 진심으로 그렇게 할 수 없었단 말씀이에요. 아시다시피 마데일 대령님이 돌아가셨을 때 제가 클로스에 오게 된 건 다 레이디 판리를 통해서였어요. 제가 알고 있는 어느 누구보다도 부인을 더 잘 알고 있다고 말씀드릴 수 있을 거예요. 신에게 맹세할 수 있어요."

갑자기 예상치 못한 점잖은 태도로 의자에서 살짝 몸을 일으키고서 놀스가 덧붙였다. 그리고 다시 앉았다.

"부인은 서턴 차트에서 오신 의사 선생님의 따님인 몰리 양이셨어요. 저는 ─ ─"

엘리엇은 인내심을 발휘하고 있었다.

"그래요, 잘 알고 있습니다. 그런데 우리한테 주려는 정보가 이거였습니까?"

"돌아가신 존 판리 경에 관한 겁니다, 경위님. 그분은 자살을 하셨어요. 제가 봤습니다."

놀스가 말했다.

점점 작아지는 빗소리만이 기나긴 침묵을 깨뜨렸다. 페이지는 핏자국이 있는 접칼을 감춰두었는지 확인하려고 주위를 살펴볼 때 자신의 옷소매 스치는 소리를 들을 수 있을 정도였다. 그는 매들린이 그것을 보지 않았으면 했다. 지금 그것은 탁자 위에 신문 아래 숨겨져 있었다. 뼈대가 더욱 다부져 보이는 엘리엇 경위는 집사를 물끄러미 노려보고 있었다. 펠 박사의 방향에서 꽉 다문 잇새로 허밍 같기도 하고 휘파람 같기도 한 유령 소리 같은 희미한 소리가 흘러나왔다. 반쯤 잠든 것처럼 보이기는 했지만 그는 때때로 이렇게 '내 여자 친구 옆에서(Auprès de ma Blonde)'의 곡조에 맞춰 휘파람을 부는 습관이 있었다.

"그가…… 자살하는 것을…… 봤다고요?"

"네, 경위님. 오늘 아침에 말씀드릴 수도 있었지만. 제게 질문을 하지 않으셨기도 했고. 또 솔직히 말씀드리면 그때 말씀드렸어야 했는지도 모르겠어요. 그래서 이렇게 된 거예요. 어젯밤 모든 일이 일어났을 때 저는 서재 바로 위에 있는 정원이 내다보이는 그린룸 창가에 서 있었어요. 저는 모든 것을 봤어요."

페이지는 이 말이 사실이라는 것을 기억했다. 그가 버로스와 같이 먼저 시체를 보러 갔을 때 놀스가 서재 위쪽 방 창가에 서 있는 것을 본 생각이 났다.

"누구든지 제 시력에 대해 확실히 말할 수 있을 거예요."

놀스가 열렬히 말했다. 그의 신발까지도 격렬하게 삐걱거리는 소리를 냈다.

"저는 일흔넷이지만 50여 미터 떨어진 곳에서 자동차 번호판도 읽을 수 있어요. 저기 정원에 나가셔서 작은 글자가 있는 상자나 표지 따위를 들고 계셔 보세요."

그는 자세를 바로잡고 나서 의자에 깊숙이 앉았다.

"존 관리 경이 자신의 목을 찌르는 것을 보았단 말입니까?"

"예, 경위님. 본 거나 다름없어요."

"'본 거나 다름없다?' 그 말이 무슨 뜻입니까?"

"이런 뜻입니다, 경위님. 실제로 그분이 그렇게 하는 걸 보진 못했어요. 아시다시피 제 쪽으로 등을 돌리고 계셨으니까요. 하지만 그분이 손을 드시는 걸 봤어요. 그런데 근처엔 살아 있는 건 아무것도 없었단 말이지요. 기억하시겠지만 저는 그분과 정원을 똑바로 보고 있었어요. 연못 주위에 원형 공간을 살펴볼 수 있었어요. 연못과 빙 둘러쳐진 가장 가까운 울타리 사이에 족히 1.5미터 넓이의 모래 테두리가 있어요. 아무도 제 눈에 띄지 않고서 그분 가까이 갈 수는 없었어요. 제가 살아 있는 한 그분이 그 빈터에 오로지 혼자 계셨다는 걸 말씀드릴 수 있어요."

펠 박사의 방향에서 음조가 맞지 않는 졸린 듯한 휘파람 소리가 색색 났다.

"세상의 모든 새들이 둥지를 틀러 온다(Tous les oiseaux du monde viennent y faire leurs nids)……"

박사가 중얼거렸다. 그러고 나서 큰 소리로 말했다.

"존 관리 경이 왜 자살을 해야 했을까?"

놀스는 용기를 냈다.

"왜냐하면 그분이 존 관리 경이 아니셨기 때문이죠, 박사님. 다른 신사분이 존 관리 경이시고. 어젯밤에 그분을 보자마자 저는 곧 알았답니다."

엘리엇 경위는 여전히 침착했다.

"그렇게 말하는 이유는 뭐지요?"

"이해하실 수 있도록 말씀드리기가 어려워요, 경위님."

놀스가 푸념했다. 평생 처음으로 그는 재치의 부족을 나타냈다.

"지금 저는 일흔네 살이에요. 어린 조니 도련님이 1912년에 집을 떠나셨을 때, 이렇게 말하는 것을 용서해 주신다면 저는 이미 애송이가 아니었어요. 아시다시피 저 같은 늙은이에게 어린 사람들은 절대 변하지 않는 것 같아요. 열다섯이든 서른이든 마흔다섯이든 그들은 언제나 같은 모습인 것 같단 말이지요. 아아! 제가 진짜 조니 도련님을 만났을 때 그분을 알아보지 못했을 거라고 생각하세요? 잘 들어보세요!"

놀스가 다시 분수를 잊고 손가락을 들어 올리며 말했다.

"돌아가신 신사분이 여기 오셔서 새로운 존 경인 체하셨을 때, 제가 말을 하지 않은 것뿐이에요. 알아챘지만 말하지 않은 거죠. 아니. 그렇지 않아요. 음, 저는 그분이 달라졌다고 생각했어요. 미국에 가 계셨고, 그 후로는 알 수가 없는 노릇이니. 그러니 아주 당연한 거지요, 게다가 저도 나이를 먹고 있으니까. 그래서 진짜 도련님이 아닌가 그분을 의심하지 않았던 거예요. 비록 인정하긴 하지만 이따금 그분이 말씀을 하실 때……"

"그렇지만……"

아주 열심히 그리고 진지하게 놀스가 이어 말했다.

"이제 제가 그 당시에 클로스에 있지 않았다고 말씀하실 테죠. 사실이에요. 몰리 양이 돌아가신 더블리 경께 저를 집사로 써달라고 요청하신 후로 그곳에 10년밖에 있지 않았지요. 하지만 제가 마데일 대령님을 모셨을 때, 어린 조니 도련님은 대령님 댁과 소령님 댁 사이에 큰 과수원에서 많은 시간을 보내셨어요."

"소령님 댁?"

"데인 소령님이요, 경위님. 매들린 양의 아버님이요. 그분은 대령님의 절친한 친구셨어요. 그건 그렇고 어린 조니 도련님은 뒤편에 숲이 있는 그 과수원을 좋아하셨어요. 아시다시피 그 과수원은 걸개 그림에 가깝잖아요. 그곳으로 이어지죠. 도련님은 마법사, 중세 기사 등 여러 가지 흉내를 내셨어요. 하지만 어떤 건 전혀 제 마음에 들지 않았어요. 저는 그분이 토끼와 좋아한 사람에 대해 제게 물으시기 전에 이 새로 오신 신사분이 진짜 조니 도련님이라는 것을 알았답니다. 제가 안다는 것을 그분도 아셨어요. 그래서 저를 불러들이셨던 거예요. 하지만 제가 무슨 말을 할 수 있겠어요?"

페이지는 그 대화만은 너무 잘 기억하고 있었다. 하지만 그는 다른 것도 기억하고 있었는데 엘리엇이 그 이야기를 들었는지 궁금했다. 그는 건너편에 있는 매들린을 힐끔 보았다.

엘리엇 경위는 수첩을 열었다.

"그러니까 그가 자살을 했다 이거지요?"

"그렇습니다, 경위님."

"그가 사용한 흉기를 보았습니까?"

"아니요, 유감스럽게도 정확히는 보지 못했어요."

"당신이 본 것을 정확히 말해주면 좋겠습니다. 예를 들어 그 일이 일어났을 때 당신은 '그린룸'에 있었다면서요. 그럼 당신은 언제, 왜 그곳에 갔나요?"

놀스는 마음을 가라앉혔다.

"음, 아마 그 일이 일어나기 2, 3분 전이었을 거예요, 경위님."

"9시 27분, 아니면 9시 28분. 어느 쪽인가요?"

엘리엇 경위는 정확을 기하기 위해서 아주 열심히 물었다.

"말씀드릴 수 없어요, 경위님. 시간을 확인하지 않았거든요. 둘 중 하나예요. 웰킨 씨를 제외하고 식당에는 아무도 없었지만 제가 필요한 경우에 대비하여 저는 식당 근처 복도에 있었어요. 그때 너 대니얼 버로스 씨가 응접실에서 나오셨고 제게 손전등을 어디서 찾을 수 있을지 물으셨어요. 돌아가신…… 신사분이 일종의 서재로 이용한 위층 그린룸에 하나가 있을 것 같다고 말씀드리고서 제가 가서 가져오겠다고 말씀드렸어요. 저는 그 후에 알게 됐어요."

그의 말씨에서 나타나는 것처럼 놀스는 이제 증언을 하고 있었다.

"버로스 씨가 복도에 있는 탁자 서랍에서 손전등을 하나 찾으셨다는 것을요. 하지만 저는 그곳에 손전등이 있는지 몰랐어요."

"계속 하세요."

"저는 2층으로 올라가서 그린룸에 들어갔어요."

"불을 켰나요?"

"그때는 켜지 않았는데요."

좀 어리둥절한 얼굴로 놀스가 말했다.

"그때 바로 켜지 않았어요. 그 방에는 벽에 스위치가 없어서요. 천장에 설치된 스위치로 불을 켜야 하거든요. 손전등이 있는 걸 본 것 같은 탁자는 창 사이에 있어요. 저는 그 탁자 쪽으로 갔고, 지나가면서 창밖을 흘긋 내다보았어요."

"어느 창문입니까?"

"오른쪽 창문이요, 정원으로 향한."

"그 창문이 열려 있었습니까?"

"네, 경위님. 자, 이런 상황이었으니 잘 살펴본 게 틀림없겠지요. 서재 뒤쪽에 나무들이 쭉 있지만 위층 창문에서 전망이 가로막히지 않도록 가지를 쳐 놓았거든요. 클로스의 천장은 인형 집처럼 낮은 새 부속 건물을 제외하고는 대부분 높이가 대략 5미터쯤 돼요. 아무튼 그래서 나무의 높이가 그린룸의 창문 위로 뻗지 않을 정도로 적당하지요. 그 때문에 그린 룸이라고 불리는 거예요, 나무 위로 내다볼 수 있어서요. 그러니까 아시다시피 저는 정원 위에서 그곳을 내려다본 거예요."

여기서 놀스는 의자에서 일어나서는 목을 쑥 내밀었다. 이전엔 이런 행동을 해 본 적이 없었으므로 분명히 고통스러웠을 테지만 말하는 동안 그 자세를 유지할 정도로 그는 단호했다.

"아시다시피 저는 여기 있었어요. 저기엔 푸른 잎들이 있었고 아래쪽 서재 창문에 불이 켜져 있었지요."

그는 손짓을 했다.

"그 다음에는 독특한 울타리와 산책로, 그리고 한가운데 연못이 있는 정원이 있었죠. 불빛은 그리 나쁘지 않았어요, 경위님. 저는 사람들이 더 어두운 상태에서 테니스를 치는 것을 본 적도 있어요. 그 다음에는 존 경, 아니 자신을 그렇게 부르는 신사가 주머니에 손을 넣고서 그 옆에 서 있었어요."

이 시점에서 놀스는 연극 같은 행동을 그만두고 자리에 앉았다.

"그것이 전부입니다."

빠르게 숨을 쉬며 그가 말했다.

"그게 전부라고요?"

엘리엇 경위가 되풀이 말했다.

"그렇습니다, 경위님."

엘리엇은 이 예상치 못한 결론에 말을 멈추고 그를 뚫어지게 바라보았다.

"하지만 이봐요, 무슨 일이 있었습니까? 당신에게 말해 달라고 하는 게 바로 그거라고요!"

"바로 그겁니다. 제 밑에 나무에서 움직이는 소리 같은 걸 들었고, 그래서 내려다보았지요. 다시 쳐다보았을 때……"

"무슨 일이 일어났는지 보지 못했다고 말할 겁니까?" 엘리엇은 아주 침착하고 신중히 말했다.

"아닙니다, 경위님. 그분이 연못에서 앞으로 쓰러지는 것을 봤습니다."

"좋습니다. 그 밖에 또 뭘 봤죠?"

"어, 틀림없이 시간이 없었어요, 경위님. 제 말이 무슨 뜻인지 아실 거예요. 누군가 그분의 목을 세 번이나 찌르고 나서 달아날 시간이 말이에요. 그럴 수도 없었고요. 그분은 사건을 전후로 내내 혼자 계셨거든요. 그러니 자살을 한 게 틀림없단 말씀이에요."

"그가 어떤 것을 사용해서 자살을 했습니까?"

"제 생각에는 칼 같은 거였어요."

"당신 생각이라고요. 그 칼을 보았습니까?"

"정확히 본 건 아니고, 아니 보지 못했어요."

"그의 손에 그 물건이 들려 있는 것을 보았습니까?"

"정확히는 보지 못했어요. 그것을 똑똑히 보기엔 너무 멀리 떨어져 있어서요. 경위님."

놀스는 이 세상에서 자신의 의무가 있다는 것을 기억하고 위엄 있게 몸을 꼿꼿이 세우면서 대답했다.

"진실을 말씀드리려는 거예요, 맹세코 제가 본 것을."

"그럼 그 후에 그는 그 칼을 어떻게 했지요? 그것을 떨어뜨렸습니까? 무슨 일이 있었어요?"

"주의 깊게 보지 않았어요, 경위님. 솔직히 말해서 보지 못했어요. 그분께만 주목하고 있었는데 그분 앞에서 무슨 일이 일어나고 있는 것처럼 보였거든요."

"그가 그 칼을 던질 수 있었을까요?"

"그랬을 수도 있지만. 잘 모르겠어요."

"그가 던졌다면 당신이 그것을 볼 수 있었을까요?"

놀스는 오랫동안 생각했다.

"그건 칼의 크기에 달렸을 거예요. 저 정원에 라켓이 있어요. 그런데 경위님, 때때로 테니스공이 보이지 않죠……"

그는 노인이었다. 그의 얼굴이 점차 어두워졌고, 잠시 동안 그들은 그가 울음을 터뜨리지 않을까 걱정했다. 하지만 그는 위엄 있게 다시 입을 열었다.

"죄송합니다, 경위님. 저를 믿지 못하신다면 제가 그만 가도 될까요?"

"오, 제기랄, 그런 게 아니오!"

엘리엇은 흥분하여 젊은이답게 말을 내뱉고는 귀 끝이 붉어졌다. 시종 말이 없던 매들린 데인은 희미한 미소를 지으며 그를 지켜보았다.

"우선은 또 하나 질문할 게 있습니다. 당신이 전체 정원을 볼 수 있었다면 그…… 한바탕 일이 벌어질 때쯤 정원에서 누군가 딴 사람을 보았습니까?"

엘리엇은 딱딱한 어조로 이어 말했다.

"그 일이 일어났을 때요, 경위님? 아니오. 하지만 그 직후에 저는 그린룸에 불을 켰고, 또 그때는 정원에 사람들이 많이 있었어요. 하지만 그 전에, 그때…… 죄송합니다, 경위님. 네, 사람이 있었어요!"

다시 놀스는 손가락을 들어 올렸고 얼굴을 찡그렸다.

"그 일이 일어났을 때 그곳에 누군가 있었어요. 그 사람을 봤습니다! 제가 서재 창문 가까이 있는 나무에서 나는 소리를 들었다고 했던 말 기억하시죠?"

"기억합니다. 그래서요?"

"아래를 내려다봤지요. 제 주의를 끌었던 게 바로 그거였어요. 아래쪽에 신사 한 분이 서재 창문을 들여다보며 계셨죠. 분명히 볼 수 있었어요. 당연히 나뭇가지들이 창문에 아주 가까이 뻗어 있지 않은 데다 나무와 창문 사이에 좁은 골목길이 있는 것처럼 그 중간이 환했으니까요. 그분은 서재를 들여다보며 거기 서 계셨어요."

"누구였나요?"

"그 새로 오신 신사분입니다, 경위님. 제가 예전에 알았던 진짜 조니 도련님요. 현재 자칭 패트릭 고어 씨라는 그 분이에요."

침묵이 내려앉았다.

엘리엇은 조심스럽게 연필을 내려놓고서 맞은편에 펠 박사를 흘긋 보았다. 박사는 미동도 하지 않았다. 만약에 반쯤 뜬 조그만 한쪽 눈이 번쩍이지 않았다면 잠이 든 것처럼 보였을 것이다.

"이게 분명합니까?"

엘리엇이 물었다.

"자살이든 살인이든 무엇이라고 부르든 그 일이 시작됐을 때 패트릭 고어 씨는 당신이 보고 있던 아래쪽 서재 창문 옆에 서 있었다는 건가요?"

"네, 경위님. 왼쪽에 서 계셨어요, 남쪽을 향하고서. 그래서 제가 그분의 얼굴을 볼 수 있었어요."

"그런데 그것을 단언할 수 있습니까?"

"그럼요, 경위님, 그렇고말고요."

눈이 휘둥그레지며 놀스가 말했다.

"그때 격투를 하는 소리며 철벅거리는 소리, 그리고 물속에 넘어지는 소리 등등 많은 소리가 났습니까?"

"네, 경위님."

엘리엇은 종잡을 수 없는 얼굴로 고개를 끄덕이고서 수첩의 페이지를 뒤로 빨리 넘겼다.

"고어 씨가 같은 시간에 대해 말한 증언 부분을 읽어줄 테니 들어보세요. '먼저 정면 잔디밭으로 나가서 담배를 피웠죠. 그런 다음 저택의 남쪽에서 이쪽 정원까지 천천히 걸었어요. 텀벙하는 소리 외에는 아무것도 듣지 못했는데 그것도 아주 어렴풋이 들었어요. 막 저택 가장자리를 돌았을 때 이 소리를 들은 것 같네요.' 그는 또 이어서 말하길 자신이 남쪽 경계를 따라 곁길을 걸었다고 했습니다. 그런데 당신은 텀벙거리는 소리가 났을 때 그가 서재를 들여다보면서 당신 아래쪽에 서 있었다고 말하는군요. 그의 진술과 모순되지 않습니까."

"그분이 하신 말씀이야 제가 어쩔 수 없죠. 죄송하지만 어쩔 수 없죠. 하지만 그게 그분이 하고 있었던 일이에요."

놀스가 힘없이 대답했다.

"하지만 당신이 존 경이 연못에 빠지는 것을 봤을 때 그는 무엇을 하고 있었습니까?"

"말씀드릴 수 없어요. 그때 저는 연못 쪽을 바라보고 있었거든요."

엘리엇은 머뭇거리며 입속말을 중얼거리다가 펠 박사를 힐긋 보았다.

"물어 보고 싶으신 게 있습니까, 박사님?"

"음, 있네."

펠 박사가 대답했다.

그는 힘을 돋우고 매들린에게 환히 미소를 지었는데 그녀도 미소로 화답했다. 그런 다음 놀스에게 미소를 지을 때 박사는 완고한 태도를 취했다.

"이봐요, 당신의 의견엔 몇 가지 골치 아픈 의문들이 뒤따른다오. 그것들 중에서 만약에 패트릭 고어가 진짜 상속자라면 누가 그리고 왜 섬오그래프를 훔쳐갔을까 하는 문제가 있소. 하지만 먼저 자살 대 살인이라는 곤혹스런 문제에 충실하도록 합시다."

그는 곰곰이 생각했다.

"존 관리 경, 그러니까 죽은 남자는 오른손잡이였죠, 응?"

"오른손잡이요? 네, 박사님."

"그가 자살을 할 때 오른손에 칼을 들고 있었다는 건 당신의 막연한 생각이었소?"

"아, 네, 박사님."

"흠, 그랬군. 연못 옆에서 이 기묘한 발작 뒤에 그가 손으로 어떻게 했는지 말해 주었으면 좋겠소. 그 칼은 신경 쓰지 마오! 당신이 그 칼을 정확히 보지 못했다는 것을 인정하겠소. 그가 양손으로 어떻게 했는지 말해 보오."

"음, 박사님, 그는 목에다 손을 올렸어요, 이렇게요."

놀스가 구체적으로 설명했다.

"그 다음에는 약간 움직였고, 이번에는 머리 위로 들어 올렸다가 이렇게 내밀었어요."

놀스는 큰 몸짓을 했는데 팔을 넓게 벌렸다.

"그가 팔짱을 끼지는 않았소? 단지 들어 올렸다가 양쪽으로 뻗었다는 건가? 그게 다요?"

"그렇습니다, 박사님."

펠 박사는 탁자에서 나무 손잡이가 달린 지팡이를 움켜쥐고 일어섰다. 그리고 탁자 쪽으로 쿵쿵 걸어가서 신문 꾸러미를 들어 올려 펼쳐서는 안에 있던 핏자국이 얼룩진 접칼을 놀스에게 보여주었다.

"요점은 이렇소. 만약 이것이 자살이라면 판리는 오른손에 그 칼을 들고 있었소. 그리고 양팔을 넓게 뻗는 것 외에는 다른 동작을 하지 않은 것이고. 설사 그가 왼손으로 그 칼을 받치고 있었다고 해도 오른손의 통제력이 강했을 거요. 팔을 크게 뻗을 때 그의 오른손에서 칼이 날아간 거지. 아주 훌륭해. 하지만 그 칼이 공중에서 완전히 비행 방향을 바꿔서 연못 위를 높이 지나 왼쪽으로 3미터쯤에 있는 울타리 안에 떨어진 것을 도대체 어떻게 설명하겠소? 그리고 잘 들어요, 이 모든 일이 스스로 하나도 아니고 세 개나 치명적인 상처를 가한 뒤에 일어난 일이었는데? 알다시피 그렇게 할 수는 없소."

그가 주장했다.

자신이 소름끼치는 증거물을 싼 신문을 매들린의 뺨에 거의 바싹 붙여 들고 있다는 사실을 알아차리지 못한 게 분명했다. 펠 박사는 그것을 보며 얼굴을 찌푸렸다. 그런 다음 집사를 바라보았다.

"다른 한편으론 우리가 이 사람의 시력을 어떻게 의심할 수 있을까? 그는 판리가 연못가에 혼자 있었다고 말하지. 게다가 꽤 많은 증언이 있고. 너대니얼 버로스도 그가 혼자 있었다는데 동의하지. 첨벙거리는 소리가 난 뒤에 즉시 발코니로 달려 나왔던 레이디 판리도 연못가에서, 즉 손이 닿는 거리에서 아무도 보지 못했어. 어느 쪽인지 선택을 해야 돼. 한편에는 다소 비상식적인 자살이 있다. 또 한편에는 유감스럽게도 대단히 불가능한 살인이 있다. 부디 누가 내게 아이디어를 주지 않겠나?"

제9장

펠 박사는 이야기를 하는 것처럼 힘 있고, 심지어 격렬하게 혼잣말을 했다. 그는 대답을 기대하지도 않았고, 대답을 듣지도 못했다. 한동안 그는 눈을 가늘게 뜨고 책장들을 보았다. 놀스가 깜짝 놀라서 실례를 무릅쓰고 헛기침을 했을 때 그는 정신이 든 것 같았다.

"죄송합니다만, 박사님. 이게 그……?"

그는 칼을 향해 고갯짓을 했다.

"그렇게 생각하오. 연못 왼쪽 방향에 있는 울타리에서 발견됐소. 자살에 적합한 것 같소?"

"모르겠어요, 박사님."

"전에 이 칼을 본 적이 있소?"

"제가 아는 바로는 없어요, 박사님."

"그럼 데인 양은?"

매들린은 깜짝 놀라고 약간 충격을 받은 것 같았지만 조용히 고개를 저었다. 그리고 앞쪽으로 몸을 기울였다. 페이지는 다시 그녀의 넓은 얼굴과 살짝 넓직하고 뭉툭한 코가 전혀 그녀의 아름다움을 떨어뜨리지 않고, 오히려 아름다움을 더하는 것에 주목했다. 매들린을 볼 때마다 그의 마음은 항상 비교 대상이나 닮은 것을 찾고 있었다. 페이지는 그녀의 눈의 길이와 도톰한 입술, 내면에서 샘솟는 평온함에서 어딘지 그녀에게 중세적인 분위기가 있음을 발견했다. 그것은 장미 정원이나 작은 탑의 창문을 연상시켰다. 그가 그렇게 느끼고 믿는 것이므로 그런 감상적인 비유는 용서될 수 있었다.

매들린은 거의 간청조로 말했다.

"아시다시피 제가 여기 있을 권리가 있는지 걱정이네요, 또 저와 관계도 없는 일에 대해 이야기하고 있는 건 아닌지 염려가 돼요. 그런데도, 음, 그래야 했어요."

그녀는 놀스에게 미소를 지었다.

"내 차에서 기다릴래요?"

놀스는 절을 하고는 멍하고 불안한 얼굴을 한 채 방을 나갔다. 여전히 음울한 비가 내리고 있었다.

펠 박사는 다시 자리에 앉아서 지팡이 위에 손을 포개 놓고서 말했다.

"네. 당신한테도 몇 가지 질문을 하고 싶었답니다, 데인 양. 놀스의 견해를 어떻게 생각하시오? 그러니까 내 말은 진짜 상속자에 대한 것 말이오?"

"생각하시는 것보다 훨씬 난해한 문제에요."

"그가 말한 것을 믿습니까?"

"오, 그는 정말로 매우 성실한 사람이에요. 틀림없이 그렇게 생각하셨을 거예요. 하지만 그는 노인이에요. 게다가 아이들 가운데서도 항상 몰리에게 아주 광신적으로 헌신했고요. 아시다시피 그녀의 아버지가 놀스 어머니의 생명을 구해준 적이 있어서요. 그리고 그 다음이 존 판리였죠. 그가 존에게 푸른색을 칠한 마분지에 은색 종이로 별과 이것저것을 붙여서 원뿔 모양의 마법사 모자를 만들어 주었던 게 기억나네요. 이 사건이 일어났을 때 몰리에게 있는 그대로 말할 순 없었을 거예요. 말할 수 없었던 거죠. 그래서 제게 왔던 거예요. 그들은 모두 제게 와요. 말하자면 저를 찾아오는 거죠. 그러면 저는 할 수 있는 한 그들에게 도움을 주려고 하죠."

펠 박사의 이마에 주름이 잡혔다.

"아직 궁금한 게 있는데…… 흠…… 당신은 옛날에 존 판리를 대단히 잘 알았지요? 내가 알기론……"

여기서 그는 밝게 미소 지었다.

"당신들 사이에 소년 소녀의 연애 사건 같은 것이 있었다면서요?"

그녀는 얼굴을 찌푸렸다.

"지나간 어린 시절을 생각나게 하시네요. 제 나이는 서른다섯이에요. 아니 그쯤 돼요. 너무 명확하게 물으시면 안 돼요. 아니, 우리 사이에 소년 소녀의 연애 사건은 없었어요, 정말로요. 제가 싫어했다는 말은 아니지만 그의 관심을 끌지는 못했어요. 그는…… 그는 제게 한두 번 키스를 했어요, 과수원과 숲에서요. 하지만 그는 늘 제가 아담에게, 그럼 제가 이브인가요? 아무튼 충분하지 않다고 항상 말했어요. 아무튼 마왕에겐 충분치 않다는 거죠."

"그런데 한 번도 결혼한 적이 없으시죠?"

"어머나, 그건 지나친 생각이세요!"

매들린은 얼굴을 붉힌 채 소리치고는 웃었다.

"박사님은 제가 벽난로 귀퉁이에서 안경 쓴 흐린 눈으로 뜨개질이나 하고 앉아 있는 것처럼 말씀하시네요."

펠 박사는 우레같이 울리는 목소리로 진지하게 말했다.

"데인 양, 아닙니다. 당신의 문 앞에 중국의 만리장성처럼 뻗어 있는 구혼자들이 서 있는 모습을 볼 수 있다는 말입니다. 묵직한 커다란 초콜릿 상자를 들고 머리를 조아리는 누비아인 하인들을 볼 수 있다는 말입니다. 또…… 에헴. 이정도로 하죠."

페이지가 매들린이 진짜로 얼굴을 붉히는 모습을 보는 건 오랜만이었다. 요즘에는 그렇게 얼굴을 붉힐 만한 주된 원인이 다 사라졌으며, 또 얼굴을 붉히는 것이 시대에 뒤떨어진 것이란 생각이 들었다. 하지만 그래도 매들린이 얼굴을 붉히는 모습을 보는 것이 싫지 않았다. 그녀는 다음과 같이 대꾸했다.

"제가 지금까지 존 판리에 대한 로맨틱한 감정을 품고 있다고 생각하신다면 몹시 잘못 생각하시는 것 같네요."

그녀의 눈이 반짝였다.

"저는 늘 그를 좀 무서워했어요, 그리고 그를 좋아했는지 확신조차 없어요, 그 당시에는요."

"그 당시에는요?"

"네. 저는 나중에 그를 좋아했어요. 하지만 그냥 좋아하기만 했죠."

펠 박사가 턱에서 몇 차례 딱딱거리는 소리를 내며 고개를 기묘하게 움직였다.

"데인 양, 마음속의 작은 새가 당신이 뭔가를 내게 전하려고 하는 것 같다고 말하는데요. 아직 제 질문에 대답을 하지 않았습니다. 판리가 사기꾼이었다고 생각합니까?"

그녀가 살짝 몸짓을 했다.

"펠 박사님, 제가 말하지 않으려는 게 아니에요. 정말로 아니에요. 제가 뭔가를 말씀드릴 수는 있을 거예요. 하지만 말씀드리기 전에 박사님이, 아니면 다른 분이 지난밤에 클로스에서 정확히 무슨 일이 있었는지 제게 말씀해 주시겠어요? 그러니까 간밤에 그 끔찍한 사건이 일어나기 전에 무슨 일이 있었나요? 그러니까 두 사람이 각각 자신이 진짜라고 주장하면서 무슨 말을 했으며, 또 어떻게 행동했나요?"

"그 이야기를 들려드리는 게 어떨까요, 페이지 씨."

엘리엇이 말했다.

페이지는 기억에 새겨져 있는 미묘한 변화와 인상에 의해 이야기를 했다. 매들린은 이야기 중에 몇 번이나 고개를 끄덕였다. 그녀는 빠르게 숨을 쉬고 있었다.

"말해 봐요, 브라이언. 그 전체 인터뷰에서 당신이 가장 인상을 받은 게 무엇이었죠?"

"양쪽 주장자들의 절대적인 자신감이에요. 관리는 한두 번 머뭇거렸지만 중요하지 않은 사안에 대해서였던 것 같아요. 진짜 판단의 기준이 언급됐을 때 그는 열성적이었어요. 나는 그가 웃으며 안도의 표정을 짓는 것만을 봤어요. 바로 그때 고어가 그가 타이타닉 뱃전에서 선원의 나무 망치로 살인 미수죄를 저질렀다고 비난했죠."

페이지가 말했다.

"다른 것 한 가지만 더요."

매들린은 호흡이 더 빨라지며 요청했다.

"어느 쪽이라도 인형에 대해 무슨 말이든 했나요?"

이야기가 잠시 중단됐다. 펠 박사와 엘리엇 경감, 그리고 브라이언 페이지는 멍하니 서로를 보았다.

"인형이라고요?"

헛기침을 하고서 엘리엇이 되풀이 말했다.

"무슨 인형이오?"

"아니면 그것을 소생시키는 것에 대해서는요? 아니면 그 '책'에 대해서는요?"

그러고 나서 그녀의 얼굴이 가면을 뒤집어 쓴 것처럼 경직됐다.

"죄송해요. 이런 말을 하지 말았어야 했는데, 저는 그저 우선 첫째로 이 얘기를 꺼냈을 거라고 생각했던 것뿐이에요. 부디 잊어주세요."

펠 박사의 큰 얼굴이 기쁨으로 다시 생기를 띠었다.

그는 나직이 울리는 소리로 말했다.

"친애하는 데인 양, 당신은 기적을 요구하는군요. 그 정원에서 일어날 수 있는 어떤 것보다 당신은 더 큰 기적을 요구하고 있소. 당신이 요구한 것을 생각해 볼까요. 당신은 어떤 인형과 그것을 소생시킬 수 있는 가능성, 그리고 생각건대 이 미스터리와 매우 관련이 있을 그 '책'이라는 것을 언급한 거요. 그러고는 우선 첫째로 그 이야기가 나와야 한다고 생각했었다고 고백을 했소. 그런 다음 우리한테 그걸 잊어버리라고 요청하는군요. 당신 생각에 광적인 호기심을 가진 평범한 사람이——"

매들린은 완고한 표정을 짓고 있었다.

"하지만 제게 묻지 마셨어야죠. 뭔가를 알고 있다는 말은 아니에요, 정말이에요. 그 사람들한테 물어 보셨어야죠."

그녀가 항의했다.

"'그 책'이, 설마 〈애핀의 레드북〉은 아니겠지요?"

펠 박사가 생각에 잠겨 물었다.

"그거예요, 나중에 그렇게 부르는 소리를 들었던 것 같아요. 어딘가에서 그것에 대해 읽었어요. 사실 책은 아니고 원고예요. 존이 제게 말해 준 적이 있었던 것 같아요."

"잠깐만요."

페이지가 끼어들었다.

"머레이가 그 질문을 했고 두 사람 다 그 질문에 답을 썼잖습니까. 그런데 고어가 나중에 제게 그것이 함정이 있는 질문이었다고 말했어요, 그러면서 '애핀의 레드북' 같은 건 없다고 그랬어요. 그런 것이 있다면 고어가 사기꾼이라는 것을 증명하는 거 아닌가요?"

펠 박사는 흥분해서 열정적으로 막 말을 하려는 듯했지만 코로 숨을 깊이 들이마시고서 자신을 억눌렀다.

"알아봐야 되겠는걸요. 저는 단지 두 사람 때문에 그처럼 많은 의혹과 혼란이 있을 수 있다고는 생각지 못했어요. 한데 당신은 그들 중 한 명이 확실하다고 생각하고 있고, 게다가 다른 사람이 확실하다고 생각하고 있어요. 그런데 펠 박사님 말씀대로 우리는 그것을 입증할 때까지 수사를 진행할 수 없습니다. 데인 양, 질문을 얼버무려 넘기려고 하지 않으셨으면 좋겠네요. 아직 대답을 하지 않으셨죠. 죽은 판리가 사기꾼이었다고 생각하십니까?"

엘리엇이 말했다.

매들린은 고개를 뒤로 젖혀서 의자 등받이에 기댔다. 그것은 활기를 더하는 최고의 몸짓이었고, 돌발적으로 행하는 유일한 몸짓이었다. 페이지는 그녀의 유연성을 익히 알고 있었다. 그녀는 오른손을 펴서 얼굴을 가렸다.

"말할 수 없어요."

그녀는 힘없이 말했다.

"말할 수 없어. 어쨌든 몰리를 만날 때까지는 안 돼요."

"하지만 레이디 관리가 우리와 무슨 관계가 있나요?"

"그가…… 제게만 말했던 거예요. 그가 몰리에게도 털어놓지 않았던 거예요. 오, 제발 충격받은 얼굴 하지 마세요!"

사실 엘리엇은 충격받은 얼굴이 아니라 흥미로워하는 얼굴이었다.

"아니면 당신들이 들었을지도 모르는 많은 소문들을 믿는 건가요. 그렇더라도 저는 몰리에게 먼저 말해야 돼요. 아시다시피 몰리는 그를 믿었어요. 물론 몰리는 그가 집을 떠났을 때 고작 일곱 살이었어요. 그녀가 막연히 기억하고 있는 건 조랑말을 타고 어떤 남자들보다 돌멩이를 더 잘 던지는 법을 배운, 집시 캠프에 그녀를 데려갔던 소년일 뿐이에요. 게다가 그녀는 관리라는 이름이나 영지에 대한 논쟁 때문에는 조금도 걱정하지 않았을 거예요. 비숍 박사님은 그냥 시골 개업의가 아니셨어요. 박사님은 거의 50만 파운드의 재산을 남겨 놓고 돌아가셨고 몰리가 그 모든 것을 자신의 명의로 물려받았어요. 그리고 또 이따금 저는 그녀가 정말로 그 저택의 여주인 자리를 좋아하지 않는다는 생각을 했어요. 그녀는 그런 책임감을 좋아하지 않았던 것 같아요. 그의 지위와 수입 때문에 그와 결혼한 게 아니기 때문에 그녀는 정말로 신경 쓰지 않았을 거고, 그리고 지금도 신경 쓰지 않을 거예요. 그의 이름이 관리든 고어든 뭐든지 말이에요. 그렇다면 그가 왜 그녀에게 말했어야 하죠?"

엘리엇은 다소 어리둥절해 보였는데, 그럴 만한 충분한 이유가 있었기 때문이다.

"잠깐만이요, 데인 양. 우리한테 뭘 말하려고 하는 건가요. 그가 사기꾼이라는 겁니까, 아니면 아니라는 겁니까?"

"정말 모르겠어요! 저는 그가 어느 쪽인지 모르겠어요!"

펠 박사가 애처로운 어조로 말했다.

"우리가 처한 깜짝 놀랄 만한 정보의 부재는 모든 원천에서 발생하는데 그 용량이 넘쳐흐를 정도이기 때문이오. 음, 지금 당장은 그대로 둡시다. 하지만 한 가지 문제에서는 내 호기심이 만족되기를 바랍니다. 도대체 그 인형이 뭔가요?"

매들린은 머뭇거렸다.

"그들이 아직 그것을 갖고 있는지 모르겠네요."

그녀는 홀린 듯이 창문을 응시하며 대답했다.

"존의 아버지는 그것을 다락에 넣고 마음에 들지 않는 책들과 함께 자물쇠를 채워 놓으셨죠. 아시겠지만 과거의 판리 가 사람들은 무례한 이들이었고, 그래서 더들리 경은 늘 존이 그들을 닮을까 봐 걱정을 하셨어요. 비록 이 피규어에 부정하고 악의적인 면이 아무것도 없는 것 같았지만 말이에요.

저는, 저는 그것을 딱 한 번 봤어요. 존이 아버지에게서 열쇠를 훔쳐 내서는 양초 넣은 초롱을 들고 저를 데리고 그것을 보러 그 계단을 올라갔어요. 그는 몇 대에 걸쳐서 그 문이 열린 적이 없었다고 말했어요. 새것이었을 때 그 피규어는 왕정복고시대의 의상을 입고서 진짜 여자와 완전히 똑같이 아름다운 모습으로 푹신한 상자 같은 것에 앉아 있었다고들 하더군요. 하지만 제가 봤을 땐 그저 낡고 더럽고 부식된 모습이었고 지독히 섬뜩했어요. 100년이 훨씬 넘도록 손이 닿은 적이 없었던 것 같아요. 하지만 사람들을 두렵게 하는 이야기가 무엇인지는 모르겠네요."

그녀의 어조에는 어쩐지 페이지를 불안하게 만드는 것이 있었다. 그는 그런 억양을 기억해 낼 수 없었다. 매들린이 그런 식으로 말하는 것을 지금까지 들어본 일이 없었던 것이다. 게다가 확실히 그는 이 '피규어'든 '인형'이든 어떤 것이든 들어본 적이 없었다.

매들린이 설명했다.

"아주 정교한 장치였을지는 모르지만, 그렇더라도 왜 그것에 관한 사악한 이야기가 있어야 했는지 이해할 수가 없어요. 켐펠렌과 멜첼의 체스를 두는 자동인형이나 매스켈린의 휘스트(카드놀이의 일종 —옮긴이)를 하는 피규어 '조(Zoe)'와 '사이코(Psycho)'에 대해서 들어본 적이 있으신가요?"

엘리엇은 고개를 저었지만 흥미 있는 얼굴이었다. 펠 박사는 안경이 코에서 떨어질 만큼 아주 흥미로워했다.

"설마? 아테네의 집정관들(아르콘 : 귀족들의 대표로서 귀족끼리 돌아가며 맡았음—옮긴이)이군요. 내가 기대했던 어떤 것보다 더 낫소! 그들은 200년 동안 유럽을 곤혹스럽게 한 거의 실물 크기의 일련의 자동인형들 중 최고였지요. 루이 14세 이전에 공개됐던 저절로 연주하는 하프시코드(16~18세기에 쓰인 피아노의 전신—옮긴이)에 대해 읽은 적이 있소? 아니면 나폴레옹이 소유했다가 나중에 필라델피아 박물관 화재로 소실된 켐펠렌이 발명했고 멜첼이 선보였던 그 인형은? 실제로는 멜첼의 자동인형은 살아 있었소. 그것은 사람들과 체스를 두었고, 게다가 대개 이기기까지 했지요. 그것의 작동 원리에 대한 설명이 몇 가지 있었소. 포(Poe)도 그것에 대해 썼지요(〈멜첼의 체스 플레이어 Maelzel's Chess Player〉를 씀—옮긴이). 하지만 내가 보기에는 여전히 그 설명이 만족스럽지 않소. 요즘엔 런던 박물관에서 '사이코'를 볼 수 있소. 설마 관리 클로스에 그것이 있다는 건 아니겠지요?"

그가 말했다.

"아니, 있어요. 그래서 머레이 씨가 그것에 대해 물어봤을 거라고 생각했던 거예요. 말씀드린 대로 내력은 모르겠어요. 이 자동인형이 찰스 2세의 통치 시기에 영국에서 전시됐으니까 그 당시에 관리 경이 구입을 하셨을 거예요. 그것이 카드를 하고 체스를 두는지는 모르겠지만 움직이고 말을 했대요. 말씀드린 대로 제가 그것을 봤을 땐 낡고 더럽고 부식된 모습이었지만요."

매들린이 말했다.

"하지만 이…… 으흠…… 그것을 소생시킨다는 건?"

"아, 그건 존이 어리석은 아이였을 때 말하곤 했던 터무니없는 생각이었을 뿐이에요. 제가 그것에 대해 진지하게 이야기하려는 게 아니었다는 건 아실 테지요? 예전의 그를 기억할 수 있는 것을 돌아보고 판단하려는 것뿐이었어요. 그들이 그 피규어를 보관했던 방에는 음, 아주 사악한 책들이 가득 차 있었어요."

그녀는 다시 얼굴이 붉어졌다.

"그런 점이 존의 관심을 끌었던 거예요. 그 피규어를 작동시키는 비법은 잊혀졌어요. 아마 그가 한 말은 그런 뜻이었을 거예요."

페이지의 책상 위에서 전화벨이 울렸다. 그는 매들린에 열중하느라, 그녀가 살짝 고개를 움직이는 모습이나 열의가 담긴 암청색 눈빛을 열중해 바라보느라 전화를 더듬어 찾아야 했다. 하지만 전화에서 들리는 버로스의 목소리에 그는 정신이 바짝 들었다.

"제발 경위와 펠 박사님을 모시고 클로스로 즉시 와 주게."

버로스가 말했다.

"침착하게!"

어떤 기분 나쁜 온기가 가슴에서 스멀스멀 퍼지는 것을 느끼며 페이지가 말했다.

"무슨 일인가?"

144

"첫째는 섬오그래프를 찾았네."

"뭐라고! 어디서?"

이제 그들은 모두 페이지를 바라보고 있었다.

"하녀들 중 한 명에게서. 베티라고. 그녀를 아나?"

버로스는 머뭇거렸다.

"알고 있네. 계속 하게."

"베티가 사라졌지만 아무도 그녀에게 무슨 일이 있었는지 몰랐네. 그들은 사방에서 그녀를 찾았네. 말하자면 그녀를 발견할 수 있을 성싶은 장소만 들여다보았던 거지. 하지만 베티는 없었네. 어떤 까닭인지 놀스도 여기 없어서 모든 것이 혼란에 빠져 있어서 말이네. 마침내 몰리의 하녀가 베티가 갈 일이 없는 그린룸에서 그녀를 찾았네. 베티는 손에 섬오그래프를 들고서 바닥에 누워 있었네. 그런데 그게 끝이 아닐세. 낯빛이 상당히 기묘한 데다 호흡이 너무 이상해서 의사를 청했네. 킹 선생은 걱정하고 있네. 베티는 여전히 의식 불명 상태라서 한동안 우리에게 무엇이든 얘기해 줄 상황이 아니네. 신체적으로 손상을 입은 건 아니지만 킹 선생 말로는 원인이 무엇인지에 대해선 그다지 의심할 게 없다는군."

"그러면?"

다시 버로스가 머뭇거렸다.

"공포네."

그가 말했다.

제10장

관리 클로스의 서재에서 패트릭 고어는 창틀에 앉아 블랙 시거를 피우고 있었다. 그의 가까이에 버로스, 웰킨, 그리고 졸려 보이는 케넷 머레이가 늘어서 있었다. 엘리엇 경위와 펠 박사, 그리고 브라이언 페이지는 탁자에 앉아 있었다.

클로스에서 그들은 겁을 집어먹은 데다 혼란에 빠진 식솔들을 접할 수 있었다. 그들은 평범한 오후에 일어난 전혀 무의미한 혼란으로 인해 더 놀랐고 집사의 부재로 인해 더 무질서했던 것이다.

진술이란? 진술이 무슨 뜻이었나? 엘리엇이 질문을 던진 하인들은 그가 한 말의 뜻을 이해하지 못했다. 단지 이 하녀 베티 하보틀이 착하고 평범한 아가씨라는 이야기뿐이었다. 그녀는 정오 식사 이후로 모습이 보이지 않았다. 다른 하녀인 아그네스가 그녀를 찾아다닌 건 자신과 함께 그녀가 이층 침실의 창문 두 개를 닦아야 할 시간이 됐을 때였다. 그녀는 4시까지 발견되지 않았다. 이 시간에 레이디 관리의 하녀인 테레사는 고(故) 존 경의 서재인 그린룸에 들어갔다가 정원이 내다보이는 창가 바닥에 누워 있는 그녀를 발견했다. 그녀는 손에 종이 표지를 씌운 책을 들고서 옆으로 누워 있었다. 킹 선생이 몰링포드에서 불려 왔다. 하지만 그녀의 표정에도 베티 자신의 상태에도 식솔들을 안심시킬 만한 변화가 없었다. 킹 선생은 아직 환자 옆에 있었다.

이 상황에는 문제가 있었다. 공포가 집안 내의 공포여서는 안 되는 것이다. 이건 자신의 집에서 4시간 동안 완전히 사라질 수 있다는 말을 듣는 것과 같았다. 자신의 집에서 익숙한 문을 열고 자신의 방이 아니라 한 번도 본적이 없는 무언가 기다리는 방으로 들어간다는 말을 듣는 것과 같았다. 가정부, 요리사, 그리고 다른 하녀들에게서 엘리엇은 상세한 가사일 외에는 거의 알아내지 못했다. 베티에 대해서도 그녀가 사과를 좋아했고 게리 쿠퍼에게 편지를 쓴다는 것 말고는 알아낸 게 없었다.

놀스의 도착은 하인들의 마음을 진정시켰고 그리고 페이지가 바랐던 매들린의 도착은 몰리 관리에게 좋은 효과를 나타냈다. 남자들이 서재에서 서로 노려보고 있는 사이에 매들린은 그녀와 함께 거실로 갔다. 페이지는 매들린과 패트릭 고어의 만남에서 어떤 일이 일어날까 궁금했다. 하지만 상상에 매달릴 여지조차 없었다. 그들은 소개를 받지도 않았다. 매들린은 몰리의 팔을 끼고서 조용히 지나갔다. 그녀와 주장자가 서로 얼굴을 쳐다보았다. 페이지는 고어가 상대의 얼굴을 알아보고서 눈이 휘둥그레졌다고 생각했다. 하지만 어느 쪽도 입을 열지는 않았다.

그리고 나머지 사람들이 서재에 모여 있을 때, 펠 박사가 놀랄 만한 폭발력을 가진 수류탄을 날리기 직전에 경위에게 사건을 설명한 것이 바로 고어였다.

"소용없어요, 경위님."

불이 꺼진 블랙 시거에 다시 불을 붙이면서 고어가 말했다.

"당신은 오늘 아침에도 똑같은 질문을 했는데, 장담하지만 이번에는 소용이 없어요. 이번엔 그 하녀…… 음, 그녀에게 어떤 일이 일어나고서 섬오그래프가 그녀의 손에 놓여 있었을 때 당신은 어디 있었나요? 나는 절대 모른다고 아주 간단히 대답했죠. 다른 사람들도 역시 다 그랬을 거예요. 우리는 여기 있었어요. 당신이 우리에게 여기 있으라고 명령했으니까요. 하지만 아마 당신도 우리가 서로 어울리지 않았을 거라는 건 확신할 테지요, 그러니 그 하녀가 실신했을 때 우리는 전혀 모르고 있었을 밖에요."

"이것 봐요, 알다시피 이 사건의 일부를 매듭짓는 편이 나을 겁니다."

펠 박사가 불쑥 말했다.

"그저 당신이 해결해 주셨으면 하는 바람입니다."

고어가 대답했는데 그가 마음에 드는 모양이었다.

"하지만 경위님, 하인들과 더불어 우리의 진술을 이미 받았잖습니까. 우리는 거듭 같은 이야기를 했고."

엘리엇 경위가 기운차게 말했다.

"그렇습니다. 그리고 필요하다면 다시 되풀이해야 할 겁니다."

그가 말했다.

"정말로――"

웰킨이 끼어들었다.

주장자는 다시 그를 제지했다.

"하지만 만약에 저 섬오그래프의 목적 없는 여행에 그토록 흥미가 있다면 어째서 섬오그래프의 내용에 조금도 주의를 기울이지 않는 건가요?"

그는 이제 엘리엇과 펠 박사 사이 탁자에 놓여 있는 너덜너덜한 잿빛 책을 흘긋 보았다.

"왜 마음의 평정과 정신 건강을 위해 그 문제를 지금 결말짓지 않는 거죠? 죽은 남자와 나 중에서 어느 쪽이 진짜 상속자인지 결정하는 게 어떻습니까?"

"아, 그건 내가 말할 수 있소."

펠 박사가 상냥하게 말했다.

갑작스런 침묵이 내려앉았고 주장자가 돌바닥에 발을 문지르는 소리만이 그 침묵을 깼다. 케넷 머레이는 눈을 가리고 있던 손을 치웠다. 냉소적인 표정이 그의 나이든 얼굴에 여전히 남아 있었다. 하지만 마치 암송이라도 듣고 있는 것처럼 그는 냉엄하고 느긋한 눈빛을 빛내며 한 손가락으로 턱수염을 쓰다듬었다.

"그래, 자네가 해 보게?"

그는 오로지 교사들 사이에서만 쓰는 말투로 격려했다.

탁자 위에 놓인 책을 가볍게 두드리면서 펠 박사가 이어 말했다.

"다시금 이 섬오그래프를 가지고 얘기해 봐야 소용없소. 이건 가짜요. 아니, 아니네, 자네가 증거를 가지고 있지 않았다는 말이 아닐세. 단지 도난당했던 이 섬오그래프가 가짜라는 말이네. 지난밤에 고어 씨가 자네가 옛날에 섬오그래프를 몇 권 가지고 있었다고 지적했다더군."

그는 머레이에게 밝게 미소를 지었다.

"여보게, 자네는 예전의 감상적 마음을 여전히 간직하고 있군그래. 자네는 섬오그래프를 훔치려는 시도가 있을지도 모른다고 생각했던 걸세. 그래서 간밤에 그것들 중 두 권을 지니고 저택에 왔던 거지."

"사실인가요?"

고어가 물었다.

머레이는 만족스럽기도 하고 동시에 불쾌하기도 한 것 같았다. 하지만 그는 신중히 그 내용을 경청하고 있는 것처럼 고개를 끄덕였다.

펠 박사가 계속 말했다.

"그런데 자네가 서재에서 이 사람들에게 보여준 것은 가짜였네. 그래서 본격적으로 일에 착수하는 데 그렇게 오래 걸렸던 거네. 이 보게, 사람들을 모두 서재에서 나가게 한 뒤에 자네는 찢어질 것 같은 볼품없는 진짜 섬오그래프를 주머니에서 꺼내고 아무 쓸모없는 것을 집어넣었네. 하지만 사람들이 자네를 주시하겠다고 말했었지. 게다가 방 맞은편엔 벽 전면이 창이어서 누군가 자네가 증거를 가지고 장난치는 것으로 보고서 속임수를 쓰고 있다고 소리칠까 걱정이 됐네. 그래서 자네는 아무도 보고 있지 않은지 확인해야 했던 거네."

머레이가 차분하게 말했다.

"결국 어쩔 수 없이 저 반침에 들어가서 해야 했네."

그는 고갯짓으로 창문과 같은 쪽에 붙박이로 만들어져 있는 책을 넣어두는 벽장을 가리켰다.

"다 늦은 나이에 시험에서 부정행위를 하는 것 같은 느낌이 들더군."

엘리엇 경위는 아무 말도 하지 않았다. 다만 한쪽에서 다른 쪽으로 날카로운 시선을 옮긴 뒤에 수첩에 적기 시작했다.

"흠, 그랬을 테지. 그래서 일이 지체가 됐지. 여기 페이지 씨가 살인사건 불과 몇 분 전에 정원 뒤편으로 나가는 길에 창문을 지나가면서 자네가 섬오그래프를 막 '펼치는' 것을 보았네. 그러니 자네는 정말로 작업을 시작할 시간이 전혀 없었네."

펠 박사가 말했다.

"3~4분 있었네."

머레이가 고쳐 말했다.

"알겠네. 자네는 살인사건으로 소란스러워지기 전에 실질적인 작업에 착수할 시간이 거의 없었네."

펠 박사는 감정이 상한 듯 보였다.

"여보게 머레이, 자네는 단순한 사람이 아니네. 그런 소동이 속임수일 수도 있고, 특히 자네는 속임수가 아닌가 생각했을 거네. 자네는 저 탁자에 섬오그래프를 펼쳐 놓은 채 두고 큰 소리를 내며 밖으로 나가서 위험을 초래할 사람이 아니네. 그 얘길 들었을 때 난 믿을 수가 없었네. 아니, 아니야, 그럴 리가 없지. 진짜 섬오그래프를 주머니에 다시 넣고서 달콤한 미끼로 가짜를 꺼내 놓았던 거네. 아닌가?"

"빌어먹을."

머레이는 열을 내지 않고 말했다.

"그런 까닭에 가짜를 도난당했을 때, 자네는 꼼짝 않고 숨어서 자네의 탐정 재능을 사용하기로 결심했던 거네. 십중팔구 자네는 진짜 상속자에 대한 선서 진술서와 더불어 자네 앞에 있는 진짜 섬오그래프를 가지고 밤새 그 지문에 대한 진술서를 작성했을 걸세."

"진짜 상속자가 누굽니까?"

패트릭 고어가 차분한 어조로 물었다.

"물론 당신이오."

펠 박사가 딱딱거리듯 말했다.

그러고 나서 머레이를 바라보았다.

그는 하소연하듯이 덧붙였다.

"제기랄, 자네는 틀림없이 알았을 거네! 저 사람이 자네의 학생이었다는 걸 말일세. 자네는 알았던 게 틀림없어. 나는 저 사람이 말하는 것을 듣자마자 곧 알았네."

주장자는 일어서 있었는데, 그때 다소 어색하게 자리에 앉았다. 주장자의 얼굴에는 거의 유인원 같은 기쁨이 떠올랐다. 그의 선명한 잿빛 눈동자와 심지어 벗어진 정수리 부분까지 반짝반짝 빛이 나는 듯했다.

"펠 박사님, 감사합니다."

가슴에 손을 얹고서 고어가 말했다.

"하지만 제게 질문 하나 하지 않으셨다는 점을 지적해야겠군요."

"자, 들어보시오. 당신들은 어제 저녁 내내 저 사람이 하는 말을 들을 기회가 있었소. 이제 저 사람을 보시오. 저 사람의 말을 들어보시오. 저 사람을 보면 누가 생각나지요? 생김새를 말하는 게 아니오. 그러니까 말투의 특징, 생각의 형태, 자신을 표현하는 방식에서 말이오. 자, 저 사람을 보면 누가 떠오르오? 자?"

펠 박사가 말했다.

박사가 눈을 가늘게 뜨고 그들을 둘러보는 동안 마침내 페이지의 머릿속에서 그 까다로운 친숙한 느낌에 들어맞는 사람이 떠올랐다.

"머레이 씨?"

침묵의 한가운데서 페이지가 대답했다.

"머레이. 이해가 빠르군요. 물론 시간이 흐르면서 흐릿해졌겠지.

기질에 의해서 다소 바뀌기도 했을 테고. 하지만 명백히 존재하고 있소. 인격의 형성기 동안 그를 담당한 단 한사람이었고 그에게 영향을 끼친 유일한 사람이 머레이였소. 저 사람의 태도를 유심히 보시오. 장편 서사시 〈오디세이〉처럼 유려하고 거침없는 문장 표현력을 들어 보시오. 하지만 내 기꺼이 인정하는데, 그건 단지 표면적인 것뿐이오. 내가 엘리엇이나 해들리와 유사한 점이 있는 것과 마찬가지로 그들도 천성적으로 비슷한 점이 있는 것뿐이죠. 하지만 그 흔적은 좀처럼 없어지지 않소. 실제로 머레이가 어젯밤에 던진 가장 중요한 질문은 진짜 존 판리가 어렸을 적에 어떤 책들을 재미있어했고 어떤 책들을 싫어했는가에 관한 것이었소. 이 사람을 보시오!"

그는 고어를 가리켰다.

"이 사람이 〈수도원과 벽난로〉나 〈몽테크리스토 백작〉에 대해 이야기할 때 이 사람의 생기 없는 눈빛이 얼마나 빛났는지 내가 듣지 못했을까요? 또 저 사람이 싫어했던 책들과 여전히 싫어하는 책들에 대해 말할 때는? 사기꾼이라면 수십 년 전에 자신의 마음을 거침없이 드러냈던 사람 앞에서 감히 그렇게 말할 수는 없었을 거요. 이 같은 경우에 진술은 쓸데없는 겁니다. 누구라도 사실을 알 수 있소. 자네는 친밀한 소년을 찾고 있는 거네. 이보게, 머레이, 정말로 이제 그만 우리에게 진실을 말하는 게 낫지 않겠나. 명탐정이 돼서 시치미를 떼는 건 상관없지만 그게 도를 지나쳤거든."

머레이의 이마에 핏발이 섰다. 그는 초조하고 조금 부끄러운 듯했다. 하지만 먼 곳을 떠돌던 그의 생각은 이 말에서 뭔가를 잡아냈다.

"진술한 사실이 쓸데없는 게 아니네."

머레이가 말했다.

펠 박사가 고함쳤다.

"정말 그 진술은……"

그는 자세를 바로 했다.

"으흠, 글쎄. 아니. 아마 아닐 거야. 전혀. 자, 내 말이 맞는가?"

"저 사람은 〈애펀의 레드북〉을 생각해 내지 못했어. 그런 것이 없다고 적었단 말이네."

"그건 저 사람이 그것을 단지 원고로만 알았기 때문이네. 아, 저 사람을 옹호하려는 건 아닐세. 그저 어떤 것을 입증하려는 것뿐이네. 다시 묻겠네. 내 말이 맞는가?"

"빌어먹을! 펠, 친구의 기쁨을 정말 빼앗을 셈인가."

약간 달라진 목소리로 머레이가 불평했다. 그는 고어를 흘긋 건너다보았다.

"맞네, 저 사람이 진짜 조니 판리네. 어이, 조니."

"안녕하세요."

고어가 말했다. 페이지가 그를 만난 이후 처음으로 그의 얼굴이 냉정해 보이지 않았다.

방 안에 정적이 점차 사라졌다. 마치 가치가 회복되고 흐릿해진 이미지가 뚜렷해지는 것 같았다. 고어와 머레이는 둘 다 바닥을 보고 있었는데 왠지 어색하게 즐거운 얼굴이었다. 그때 권위를 가지고 터져 나온 것은 웰킨의 낭랑한 목소리였다.

"이 모든 것을 입증할 준비가 돼 있습니까, 선생님?"

그가 기분 좋게 물었다.

"내 휴가가 사라져 버리는군."

머레이가 말했다. 그는 막힌 안주머니에 손을 넣더니 다시 엄숙해졌다.

"음. 여기 있군요. 원래 섬오그래프요. 어린 시절 존 눈햄(Newnham) 관리의 서명과 날짜가 명기된 지문이 들어 있소. 이게 내가 가져온 원래 섬오그래프라는 건 의심의 여지가 없지만, 만일의 경우를 대비해서 사진을 찍어 해밀턴(Hamilton) 경찰국에 맡겨 놓았소이다. 1911년에 내게 쓴 존 관리한테서 온 두 통의 편지요. 서명을 엄지손가락 지문 위에 서명과 비교해 봐요. 그리고 지난밤에 채취한 현재 지문이요, 내 분석은 그것들이 일치한다는 거요."

"좋아요, 좋아, 아주 좋습니다."

웰킨이 말했다.

페이지는 버로스를 바라보고는 그의 얼굴이 창백해진 것을 알아챘다. 페이지는 오랜 긴장감이 깨짐으로써 그들의 신경에 그런 영향을 미쳤다는 것을 눈치 채지 못했다.

하지만 그는 주위를 살펴본 뒤 곧 그 사실을 깨달았고 몰리 관리가 방 안에 있는 것을 보았다.

그녀는 바로 뒤에 서 있는 매들린 데인과 함께 눈에 띄지 않고서 방에 들어와 있었다. 모든 이야기를 들은 게 틀림없었다. 삐걱거리는 의자 소리와 함께 그들 모두가 어색하게 일어섰다.

"당신은 정직하다고 하더군요."

몰리가 머레이에게 말했다.

"그게 사실인가요?"

머레이는 고개를 숙였다.

"부인, 죄송합니다."

"그가 사기꾼이었나요?"

"그를 잘 알고 있었던 사람들을 아무도 속일 수 없는 사기꾼이었습니다."

웰킨이 점잖게 끼어들었다.

"그럼 이제 버로스 씨와 제가 이야기를 하면 좋을 것 같군요. 물론 편견 없이요."

마찬가지로 점잖게 버로스가 말했다.

"잠깐만이요. 이건 아직 합법적인 상황이 아닙니다. 제가 증거 비슷한 것을 아무것도 보지 못했다는 점을 지적해야겠군요. 제가 그 증거 자료들을 살펴봐도 될까요? 감사합니다. 다음은 레이디 판리. 부인과 단 둘이서만 이야기하고 싶습니다."

몰리의 눈에 생기 없고 곤혹스런 긴장된 빛이 떠올랐다.

"그게 좋을 거 같네요."

몰리가 동의했다.

"매들린이 내게 이야기를 해 주었어요."

매들린이 달래듯 그녀의 팔에 손을 얹었지만 몰리는 억센 몸을 흔들어서 손을 떨쳐 버렸다. 매들린의 자신을 내세우지 않는 금발의 아름다움은 몰리를 에워싼 불같은 분노와 대조를 이루었고 그녀 외의 모든 것을 희미하게 하는 것 같았다. 그런 다음 몰리는 매들린과 버로스의 중간에 서서 곧 방을 나갔다. 사람들은 버로스의 신발이 끽끽거리는 소리를 들었다.

"오오! 그럼 이제 우리는 뭘 해야 하나요?"

패트릭 고어가 말했다.

"서두르지 않고 제 말을 들어 주신다면 말씀드리지요."

엘리엇이 단호히 말을 꺼냈다. 그의 말투에 고어와 웰킨 모두 그를 쳐다보았다.

"어찌된 일인지 저 연못에서 살해된 사기꾼이 있습니다. 왜, 누가 그랬는지 우리는 알지 못하죠. 쓸모없는 섬오그래프를 훔친 어떤 사람도 있습니다."

그는 작은 책을 들어올렸다.

"그렇지만 나중에 돌아왔지요. 아마 그 사람은 이것이 쓸모없는 것임을 알았을 겁니다. 그리고 하녀 베티가 있습니다. 아무도 정오부터 그녀를 보지 못했는데 오후 4시에 서재 위쪽 방에서 공포로 인한 반사 상태로 발견됐지요. 누가, 또 무엇이 그녀를 놀라게 했는지, 어떻게 섬오그래프가 그녀의 손에 들어갔는지 우리는 알지 못합니다. 그런데 킹 선생님은 지금 어디 있나요?"

"불운한 베티와 아직 같이 있을 겁니다. 그런데 그래서 어떻다는 거죠?"

고어가 말했다.

"마지막으로 몇 가지 새로운 증거가 있습니다."

엘리엇이 그에게 말했다. 그는 잠시 말을 멈췄다.

"말씀하신 대로 당신은 어젯밤에 한 이야기를 끈기 있게 모두 되풀이하여 말해 주셨지요. 자, 고어 씨. 살인사건이 일어났을 때 당신의 행동에 대해 이야기하면서 진실을 말씀하신 건가요? 대답하기 전에 생각해 보세요. 당신의 이야기와 모순되는 이야기를 한 사람이 있습니다."

페이지는 엘리엇이 그 질문을 언제나 꺼낼까 궁금해 하며 기다리고 있었다.

"내 이야기와 모순된다고요? 누가 모순되는 진술을 한 거죠?"

고어가 날카로운 어조로 묻고서 불이 꺼진 시거를 입에서 뺐다.

"부디 그건 개의치 마세요. 희생자가 연못에 빠지는 소리를 들었을 때 어디 계셨습니까?"

다른 사람들은 재미있다는 듯 그를 응시했다.

"목격자가 있겠지요. 나는 이 노인을 지켜보고 있었어요."

고어는 머레이를 가리켰다.

"창문으로요. 이제 더 이상 진실을 감출 이유가 없다는 생각이 갑자기 떠오르네요. 누가 나를 봤습니까?"

"말씀하신 게 사실이라면, 이것이 당신의 알리바이가 될 수 있다는 건 아시겠지요?"

"유감스럽게도 혐의를 면할 수 있다는 점에서는 알고 있어요."

"유감스럽다고요?"

엘리엇의 태도가 굳어졌다.

"서툰 농담입니다, 경위님. 미안합니다."

"왜 처음에 말씀하지 않았는지 여쭤 봐도 될까요?"

"그럼요. 그런데 그렇게 하면 창문으로 무엇을 봤는지 물으실 테지요?"

"무슨 말씀을 하시는지 모르겠네요."

엘리엇은 늘 자신의 지력을 꼼꼼히 감췄다. 고어의 얼굴에 살짝 분노한 표정이 스쳤다.

"경위님, 간단히 말해서 어제 저녁 이 저택에 들어온 뒤 줄곧 나는 부정한 일이 있지 않을까 생각했습니다. 그리고 이 신사가 들어왔지요."

그는 머레이를 바라보았는데 그를 어떻게 대해야 할지 모르는 것 같았다.

"이 양반은 나를 알아봤어요. 이 양반이 나를 알아봤다는 걸 나도 알았죠. 하지만 이 양반은 터놓고 말하지 않았어요."

"그래서요?"

"무슨 일이 있었냐고요? 당신이 아주 빈틈없이 알아낸 것처럼 나는 저택 가장자리를 돌았습니다. 아마 살인사건이 일어나기 1분 전쯤 이었을 거예요."

그는 이야기를 중지했다.

"그런데 살인사건으로 결정한 건가요?"

"그건 잠시만 기다려 주세요. 계속 하시죠."

"나는 안을 들여다봤어요. 머레이 씨가 내게 등을 향하고 봉제 인형처럼 미동도 않고 앉아 있는 게 보였어요. 그 직후에 우리가 여러 번 들은 그 모든 소리를 들었어요. 숨 막히는 듯한 소리로 시작해서 물속에서 몸부림치는 소리로 끝이 났지요. 나는 창문에서 왼쪽으로 옮겨 가서 살펴보고 정원에서 무슨 일이 벌어지고 있는지 확인하려고 했어요. 하지만 가까이 가지는 않았어요. 이때 버로스가 집에서 달려 나와 연못을 향해 뛰었어요. 그래서 나는 서재 창문 쪽으로 등을 보이고 다시 물러났습니다. 집 안에서도 위급함을 알리는 소리가 들렸던 모양이에요. 그리고 이번에는 내가 뭘 봤을까요? 이 기품 있고 덕망 있는 신사를 봤지요."

또 다시 짧은 고갯짓으로 머레이를 가리켰다.

"섬오그래프 두 권을 신중히 바꿔서는 죄진 사람처럼 하나를 자기 주머니에 넣고서 급히 다른 것을 탁자에 놓더군요……"

머레이는 흥미를 가지고 진지하게 귀 기울여 듣고 있었다.

"그래서, 그래서?"

그는 거의 튜턴족의 억양으로 말했다.

"내가 자네에게 적대적이라고 생각한 건가?"

그는 즐거운 것처럼 보였다.

"당연하지요. 내게 적대적이었으니! 전과 다름없이 당신은 입장을 조심스럽게 말하는군요."

고어가 대꾸했다. 그의 얼굴이 어두워졌다.

"그래서 내가 어디 있었는지 말하고 싶지 않았던 겁니다. 부정한 일을 시도하는 경우에 대비해서 작은 벽장에서 벌어진 한 장면을 본 것을 정보로 남겨 두었던 겁니다."

"그것 외에 더 덧붙이실 게 있나요?"

"아니오, 경위님, 그런 것 같지는 않네요. 내가 말한 나머지는 다 사실입니다. 하지만 누가 날 봤는지 물어도 될까요?"

"놀스가 그린룸 창가에 서 있었습니다."

엘리엇이 대답하자 상대방은 잇새로 휘파람을 불기 시작했다. 그때 엘리엇의 시선이 고어에서 머레이로, 그 다음엔 웰킨으로 옮겨갔다.

"세 분 중 누구든 이것을 전에 본 적이 있으십니까?"

그는 주머니에서 핏자국이 얼룩진 접칼을 조심스럽게 싼 신문 꾸러미를 꺼냈다. 그리고는 그것을 펼쳐서 칼을 드러냈다.

고어와 웰킨은 무표정한 얼굴이었다. 하지만 머레이는 수염 난 뺨을 홀쭉하게 하고는 눈을 가늘게 뜨고서 그 증거물을 보다가 의자를 더 바짝 끌어당겨 앉았다.

"이걸 어디서 찾았나요?"

머레이가 기운차게 물었다.

"범죄 현장 근처에서요. 아시는 겁니까?"

"흠. 지문 검사를 했나요? 안했다고요. 아, 유감이군요."

머레이가 말했는데 말투가 점점 활기차졌다.

"내가 아주 신중하게 다룬다면 이걸 만져 봐도 될까요? 내가 잘못하면 지적해 주세요. 그런데 조니."

그는 고어를 흘긋 보았다.

"이거와 똑같은 칼이 있지 않았던가? 실은 내가 자네에게 선물로 주지 않았나? 수년간 그것을 가지고 다니지 않았나?"

"네, 그랬죠. 난 늘 접칼을 가지고 다닙니다."

고어가 인정하고는 주머니에 손을 넣어서 그들 앞에 있는 칼보다 약간 더 작고 가벼운 낡은 칼을 내보였다.

"하지만……"

웰킨이 손으로 탁자를 찰싹 내려치며 끼어들었다.

"이번만은, 이번만은 제가 권리 행사를 주장해야겠군요. 제게 일임하는 게 좋겠습니다. 그런 질문은 불합리하고 부적당한 겁니다. 당신의 고문 변호사로서 그것들을 무시하라고 말씀드려야겠군요. 그런 칼들은 검은딸기만큼이나 흔한 겁니다. 예전에 저도 하나 갖고 있었어요."

"하지만 이 질문에 무슨 문제가 있나요?"

어리둥절한 얼굴로 고어가 물었다.

"내게 그런 칼이 있었어요. 타이타닉에서 내 옷가지와 소지품들과 같이 들어 있었지요. 하지만 그 칼일 거라고 생각하는 건 터무니없는 것 같군요."

누구든 그를 제지하기 전에 머레이는 주머니에서 손수건을 잡아당겨 빼서는 입안에 넣고 적셔서(입안에 든 손수건은 언제나 페이지에게 불쾌감을 주어 짜증나게 하는 것 중 하나였다) 칼날의 중간 부분을 깨끗이 닦았다. 깨끗해진 강철에는 '매들린'이라는 글자가 대충 새겨져 있었다.

"자네 것이네, 조니."

머레이가 기분 좋게 말했다.

"언젠가 내가 자네를 데리고 일포드(Ilford : 런던 교외 레드브리지의 지역—옮긴이)에 있는 돌 다듬는 작업장에 갔을 때 거기서 이 이름을 적어 새겨 넣었잖은가."

"매들린."

고어가 되풀이 말했다.

그는 뒤쪽 창문을 열고서 흠뻑 젖은 나무들 속으로 시거를 던졌다. 하지만 페이지는 순간적으로 흐릿한 유리창에 비친 그의 얼굴을 보았다. 고어가 보통 자신의 기분과 사람들의 기분의 차이를 나타내는 냉소적인 표정과는 다른 기묘하게 고정된 이해할 수 없는 표정이었다. 그가 돌아섰다.

"그럼 그 칼은 어떻게 된 거죠? 심한 고통을 받은 그 가여운 자칭 정직한 사기꾼이 내내 그것을 보관하고 있다가 마침내 연못가에서 그것으로 자신의 목을 찔렀단 말인가요? 당신은 이것이 살인사건이라고 결정내린 것 같군요. 그럼에도 불구하고…… 그럼에도 불구하고……"

그는 손바닥으로 천천히 무릎을 쳤다.

"여러분, 어떤 상황인지 제가 말씀드리겠습니다. 이건 절대적으로 불가능한 범죄입니다."

엘리엇이 말했다.

그는 놀스의 이야기를 그들에게 상세히 설명했다. 명백히 혐오감과 당혹감을 드러낸 웰킨과는 대조적으로 고어와 머레이는 둘 다 관심을 나타냈다. 엘리엇이 칼을 찾은 경위에 대해 설명할 때 사람들 사이에 불안한 움직임이 일었다.

"혼자 있었다, 그런데도 살해됐다."

고어가 반사적으로 말했다. 그는 머레이를 쳐다보았다.

"선생님, 이건 당신 마음에 드는 사건이네요. 당신을 잘 모르는 것 같은 생각이 드는군요. 아마 우리가 너무 오래 헤어져 있었기 때문일 테죠. 하지만 옛날이라면 당신은 경위님 주변을 뛰어 돌아다녔을 거예요. 수많은 기묘한 가설로 무장하고서 동료처럼 수염이 있는――"

"난 더 이상 바보가 아니네, 조니."

"그렇더라도 가설을 들어 볼까요. 어떤 가설이든요. 지금까지 혼자서만 사건에 대해 입을 꾹 다물고 계셨잖습니까."

"재청합니다."

펠 박사가 말했다.

머레이는 더 편안하게 자리를 잡고서 손가락을 흔들었다.

그가 이야기를 시작했다.

"순수 논리를 사용하는 것은 흔히 어마어마한 산수 계산을 풀고 나서 어디선가 한 자리 올림을 했거나 2를 곱한 것을 깜박했다는 것을 마침내 찾아내는 것과 유사합니다. 한 자리를 제외하고는 천 자리의 수 계산에서 모두 옳을지도 모릅니다. 하지만 계산된 답의 차이가 혼란을 일으킬 수 있지요. 그러므로 나는 이것을 설명하기 위해서 순수 논리를 내세우지 않을 겁니다. 제안을 하나 하지요. 경위님, 알다시피 검시관의 심리에서는 거의 틀림없이 이것을 자살이라고 생각하겠지요?"

"그렇게는 생각 안 합니다, 선생님. 꼭 그렇다고는 할 수 없습니다."

엘리엇이 힘주어 말했다.

"섬오그래프가 도난당했다가 되돌아왔습니다. 하녀 한 명은 거의 까무러칠 만큼 놀랐고――"

머레이가 눈을 크게 뜨고 말했다.

"검시 배심원이 어떤 평결을 내릴 거라는 건 나뿐만 아니라 당신도 잘 알고 있어요. 희생자가 자살을 하고서 그 칼을 던져버렸을지도 모른다는 쪽은 희박하긴 하지만 가능성이 있어요. 하지만 그가 틀림없이 살해됐을 거라는 쪽은 아예 가능성이 없지요. 하지만 나는 이것이 살인이라고 추정합니다."

"엣, 허허, 허허. 그럼 그 제안이란?"

펠 박사는 두 손을 비비며 말했다.

"살인이라고 한다면 희생자는 실제로 당신이 가지고 있는 그 칼로 살해되지 않았어요. 내 생각엔 그의 목에 난 상처들은 이빨이나 발톱 자국에 더 가까워요."

머레이가 말했다.

제11장

"발톱이라고요?"

엘리엇이 되풀이했다.

"용어가 공상적이었지요. 글자 그대로 반드시 발톱을 의미하는 건 아니에요. 내 생각을 끝까지 논해도 될까요?"

머레이가 말했는데 너무 설교투여서 페이지는 즉시 항의를 하고 싶었다.

엘리엇은 싱긋 웃었다.

"어서 하세요. 개의치 않으니. 그런데 논해야 할 게 얼마나 많은 지 아마 놀라실 겁니다."

"이렇게 말할 수 있어요."

놀랄 만큼 평범한 어조로 머레이가 말했다.

"그것이 살인이었다고 가정한다면, 그리고 이 칼이 살인에 사용됐 다고 가정한다면, 한 가지 의문이 나를 몹시 혼란스럽게 한다 이거예요. 의문은 이겁니다. 왜 살인자는 살인을 저지른 후에 그 칼을 연못 속에 떨어뜨리지 않았을까?"

경위는 여전히 미심쩍은 눈길로 그를 바라보고 있었다.

"상황을 생각해 볼까요. 이 남자를 죽인 사람은 거의 완벽한……
에에……"

"행동 계획?"

상대가 적절한 말을 찾고 있을 때 고어가 넌지시 말했다.

"그건 좀 불충분하군, 조니. 하지만 그냥 쓸 만하군. 자, 살인자는 자살을 위한 완벽한 행동 계획을 세웠어요. 그가 이 남자의 목을 찌르고서 칼을 연못에 떨어뜨렸다고 가정해 볼까요? 나중에 그것이 자살이었다는 것을 의심하는 사람은 한 사람도 없었을 겁니다. 사기꾼인 이 남자는 정체가 막 폭로되려는 참이었어요. 이렇게 해서 그가 궁지에서 벗어나려고 했다고 생각됐을 겁니다. 그 상태만으로도 그것이 자살이 아니라고 믿기는 어려워요. 그러니 연못에 그 칼만 있었다면 명백한 사건이 됐을 겁니다. 게다가 지문 문제도 처리할 수 있었어요. 연못물이 죽은 남자가 칼에 남겼을지도 모르는 지문을 씻어냈을 테니까요.

자, 여러분, 이것이 자살로 생각되는 것을 살인자가 바라지 않았다고는 말할 수 없겠죠. 어떤 살인자도 그것을 원한다고 말하지 못할 겁니다. 잘 처리할 수만 있다면 자살로 위장하는 것이 가장 적절한 해결책이잖습니까. 그런데 왜 저 칼을 연못에 떨어뜨리지 않았을까요? 그 칼은 죽은 사람 이외에는 아무에게도 죄를 씌우지 않는 자살의 증거이고, 십중팔구 그런 이유 때문에 살인자는 그것을 선택했을 텐데 말이지요.

하지만 그 대신에 살인자는 그것을 가져갔고, 내가 당신 말을 분명히 이해한 거라면 연못에서 3미터쯤 떨어져 있는 울타리에 깊숙이 쑤셔 넣은 겁니다."

"입증할 수 있습니까?"

"아니, 아니에요. 아무것도 입증할 수 없어요."

머레이는 손가락을 들어 올렸다.

"하지만 많은 것을 제안할 수는 있죠. 이제 범죄와 관련하여 이 행동을 생각해 보죠. 당신은 놀스 영감의 이야기를 믿습니까?"

"선생님이 의견을 말씀하시는 중이잖습니까."

"아니, 이건 적절한 질문이에요."

머레이가 다소 날카로운 어조로 말했다. 페이지는 단지 그가 덧붙여 말하는 것을 자제하려는 것뿐이라고 생각했다.

"자, 자 경위! 질문에 대답하지 않는다면 진전이 없을 겁니다."

"제가 불가능한 일을 믿는다고 말하면 진전이 없을 겁니다, 머레이 씨."

"그럼 당신은 자살을 믿는 건가요?"

"그렇게 말하진 않았습니다."

"그럼 어느 쪽을 믿는 겁니까?"

엘리엇은 희미하게 싱긋 웃었다.

"멋대로 행동하시려면 선생님의 질문에 대답할 의무가 제게 있다는 것을 납득시키셔야 할 겁니다. 놀스의 이야기를 뒷받침하는…… 음…… 유력한 증거가 있습니다. 논쟁을 위해서 그가 진실을 말하고 있다고 믿는다거나 그가 진실을 말하는 것으로 생각했다고 말해 볼까요. 그러면 어떤 일이 일어나는 건가요?"

"그야 물론 볼 것이 없었기 때문에 그는 아무것도 보지 못했다는 게 되죠. 그건 의심할 여지가 없어요. 이 남자는 둥근 모래밭 한가운데 혼자 있었어요. 그러므로 살인자는 그에게 절대 가까이 갈 수 없었어요. 따라서 살인자는 당신이 거기 갖고 있는 이가 빠지고 피를 연상시키는 자국이 있는 그 칼을 사용하지 않았단 말이 됩니다. 사실상 그 칼을 범죄에 사용했다고 생각하도록 나중에 울타리에 '넣어 둔' 겁니다. 이해가 되나요? 그 칼이 허공에서 날아와서 그의 목을 세 번 찌르고 울타리에 떨어질 수는 없었을 테니 그 칼이 전혀 사용될 수 없었다는 건 명백하죠. 내 논증이 명백하지 않습니까?"

"반드시 그렇지만은 않습니다."

경위가 이의를 제기했다.

"그럼 다른 범행도구가 있다는 말씀인가요? 다른 범행도구가 허공에서 덮쳐서 그의 목을 세 번 찌르고 사라졌다는 건가요? 아닙니다, 선생님. 전 믿지 않습니다. 절대로 아니에요. 이 칼을 믿는 것보다 더 믿기 어렵네요."

"펠 박사에게 호소해야겠군요. 어떻게 생각하나?"

아무래도 기분이 상한 듯 머레이가 말했다.

펠 박사는 콧방귀를 뀌었다. 이상하게도 내부 연소로 인해 색색거리는 소리가 논쟁이 벌어질 것임을 예상케 하였다. 하지만 그는 부드러운 어조로 말했다.

"나는 그 칼로 하겠네. 에, 또 저 정원에는 틀림없이 뭔가 움직이는 것이 있었네. 말하자면 푸르스름한 빛을 띤 것이. 이보게, 경위. 자네가 진술을 받았지만 내가 그것들을 좀 면밀히 조사하고 파고들어도 괜찮겠나? 여기 있는 아주 흥미로운 사람한테 정말 몇 가지 묻고 싶은 게 있어서 말이네."

"여기 있는 아주 흥미로운 사람이라고요?"

고어가 되풀이 말하고 나서 마음의 준비를 했다.

"흠, 네."

펠 박사는 대답하고서 지팡이를 들어 올려 가리켰다.

"물론 웰킨 씨에게요."

해들리 총경은 보통 박사가 이런 행동을 하지 않기를 바랐다. 펠 박사는 옳은 것이 언제나 틀린 것, 아니 하다못해 예기치 않은 것임을 입증하는 데 너무 관심을 갖는 것 같다. 그러고는 무너진 논리 위로 두 손을 들고서 깃발을 흔들어 댄다. 확실히 페이지는 해럴드 웰킨이 여기서 가장 흥미로운 사람이라고 생각하지 않았다. 불만이 담긴 긴 턱을 가진 그 뚱뚱한 변호사도 그렇게 생각하지 않은 게 분명했다. 하지만 해들리도 인정하듯이 유감스럽게도 저 노인이 옳을 때가 많다.

"저와 이야기하신다는 겁니까, 박사님?"

웰킨이 물었다.

펠 박사가 말했다.

"조금 전에 경위에게 당신 이름이 아주 귀에 익는 것 같다고 말했소. 그런데 이제 기억이 나는군요. 비학(秘學)에 전반적인 관심이 있는 건가요? 아니면 별난 소송 의뢰인을 수집하는 건가요? 당신이 여기 있는 우리 친구를 수집한 것 같은 느낌이 좀 드는군요."

그는 고개로 고어 쪽을 가리켰다.

"얼마 전에 당신이 그 이집트인을 수집한 것과 같은 방법으로 말이지요."

"이집트인이오? 어떤 이집트인이오?"

엘리엇이 물었다.

"생각해 보게! 그 사건이 기억날 테니. 랭킨 재판관 이전에 레드 위즈 대 아리만(Ahriman) 사건 말이네. 명예 훼손사건이었지. 여기 웰킨 씨가 그 사건의 변호사였다네."

"유령인지 뭔지를 본다는 그 사람 사건 말인가요?"

"맞네." .

펠 박사는 대단히 즐거워하며 말했다.

"작은 사내였지. 난쟁이나 거의 다름없었어. 하지만 그자는 유령을 보지 못했네. 사람들을 꿰뚫어 보았던 거지, 아니 그 역시 그자의 말이었지만. 그자는 런던에서 한창 인기가 있었네. 여자들이 떼를 지어 그자에게 몰려들었지. 당연히 그자는 여전히 존재하는 오래된 마녀법에 따라서 기소됐고……"

"가장 악명 높은 법이죠, 박사님."

탁자를 찰싹 치면서 웰킨이 분명히 말했다.

"……하지만 그 소송은 명예 훼손 문제였소. 아무튼 고문 변호사 고든-베이츠와 연합한 웰킨 씨의 교묘한 변호로 그자는 형벌을 모면했소. 그 다음에 고객 중 한 명이 자신의 집에서 공포로 죽는 바람에 살인죄로 법정에 선 영매 마담 뒤케슨이 있었지요. 흥미진진한 법률적 사항 아니오, 네? 웰킨 씨는 거기에서 또 변호를 맡았소. 내가 기억하기로 그 재판은 소름이 좀 끼쳤지요. 네, 그랬소! 그리고 또 다른 건 내 기억으로는 예쁜 금발 소녀와 관련된 사건이었소. 그녀를 상대로 한 소송은 대배심을 통과하지 못했소, 왜냐하면 웰킨 씨가……"

패트릭 고어는 몹시 흥미를 가지고 자신의 변호사를 바라보았다.

"그게 사실인가요?"

그가 물었다.

"여러분, 정말로 나는 몰랐습니다."

웰킨의 얼굴에는 냉담함과 당혹감이 떠올랐다.

그가 대답했다.

"물론 사실입니다. 하지만 그게 어쨌다는 겁니까? 그게 현재 사건과 무슨 관계가 있다는 겁니까?"

페이지는 왜 그렇게 어울리지 않는 것처럼 생각됐는지 이유를 말할 수 없었다. 자신의 분홍색 손톱을 들여다보다가 작은 눈에서 날카로운 빛을 내며 흘긋 쳐다보는 해럴드 웰킨의 모습은 전형적인 그 직업인다운 태도였다. 그런데도 어째서 어울려 보이지 않는 걸까? 양복 조끼 안에 흰색 상의, 칼라에서 번쩍번쩍하는 기장은 그가 찾아낸 고객들이나 그가 지닌 믿음과는 아무 관련이 없었는데도 말이다.

펠 박사가 나직이 울리는 소리로 말했다.

"웰킨 씨, 실은 당신에게 질문할 만한 다른 이유가 있소이다. 당신은 지난밤 정원에서 뭔가 기묘한 것을 보고 들은 유일한 사람이었소. 웰킨 씨의 진술 부분을 읽어주겠나, 경위?"

엘리엇은 승낙의 뜻으로 고개를 끄덕이고서 수첩을 펼칠 때까지 웰킨에게서 시선을 거두지 않았다.

"'울타리나 관목 숲에서 옷 스치는 소리 같은 것이 나는 것을 들었고, 그리고 유리 창문 하나에서, 지면에 가장 가까운 아래쪽 유리창 중 하나에서 나를 쳐다보는 뭔가를 본 것 같았습니다.'"

"바로 그거요."

펠 박사가 말하고서 눈을 감았다.

엘리엇은 머뭇거리며 두 가지 방향을 생각하고 있었다. 하지만 페이지는 그 문제가 이제 노골화되었으며 펠 박사와 경위 양쪽 다 그렇게 하는 것이 더 낫다고 생각하는 것 같은 느낌이 들었다. 엘리엇의 거친 모래 빛 머리가 살짝 숙여졌다.

"자, 변호사님, 오늘 아침엔 너무 많은 질문을 하고 싶지 않았습니다. 우리가…… 더 많은 것을 알 때까지 말입니다. 그 진술이 무슨 의미입니까?"

그가 말했다.

"말한 대로입니다."

"당신은 연못에서 불과 4, 5미터 정도밖에 떨어져 있지 않는 식당에 있었는데도 그 문들 중 하나를 열고서 밖을 내다보지 않았단 말이지요? 당신이 묘사한 그 소리들을 들었을 때도요?"

"네."

"'나와 상관없는 어떤 일이 벌어지고 있는 거라고 생각했습니다.'"

엘리엇이 읽었다.

"이것이 살인사건을 언급한 건가요? 살인이 저질러지고 있다고 생각한 겁니까?"

"아니오, 당치 않습니다."

웰킨이 조금 움찔하며 말했다.

"범죄가 저질러진 게 아닌가 의심할 이유가 지금도 전혀 없습니다. 경위님, 머리가 어떻게 된 것 아닙니까? 자살로 볼 명백한 증거도 나타나지 않았습니까. 그런데 당신들은 모두 공상에 잠겨서 다른 것에 열을 올리고 있군요."

"그럼 간밤에 자살이 행해지고 있다고 생각했나요?"

"아니오, 그렇게 의심할 이유가 전혀 없었습니다."

"그러면 당신은 뭘 말한 건가요?"

엘리엇이 분명히 물었다.

웰킨은 탁자 위에다 양손바닥을 쭉 폈다. 손가락을 약간 들어 올리는 것으로 그는 어깨를 으쓱하는 의미를 나타냈다. 하지만 그의 매력 없는 살찐 얼굴에는 아무런 감정도 나타나지 않았다.

"그럼 바꾸어 말해 보지요. 웰킨 씨, 초자연적 현상을 믿습니까?"

"네."

웰킨은 짧게 대답했다.

"누군가 이곳에서 초자연적 현상을 일으키려 시도하고 있다고 생각하십니까?"

웰킨은 그를 바라보았다.

"당신은 런던 경찰청에서 나온 사람입니다! 그런데 그런 말을 하다니!"

"이런, 그렇게까지 형편없는 건 아닙니다."

엘리엇이 말했는데 그의 지역 주민들이 오랫동안 익히 알아온 그 기묘하고 모호한 표정을 짓고 있었다.

"저는 '시도하고 있다'라고 말했고, 그렇게 하는 데에는 다양한 방법이 있습니다. 실재하든 실재하지 않든 말입니다. 변호사님, 정말로 이곳에 기묘한 것들이 있을 수도 있습니다. 이곳에 이식되어 조상대대로 자라온, 당신이 생각하는 것보다 더 기묘한 것들이 말입니다. 저는 데일리 양이 살해된 사건 때문에 이곳에 왔습니다. 그런데 그 사건에는 떠돌이에 의해 돈지갑이 도난당한 것 이상의 뭔가가 더 있을지도 모르겠어요. 그렇지만 이곳에 무언가 초자연적 존재가 있을 수도 있다고 암시한 건 저만이 아니었습니다. 당신도 암시했잖습니까."

"내가요?"

"네. '유리 창문 하나에서, 지면에 가장 가까운 아래쪽 유리창 중하나에서 나를 쳐다보는 뭔가를 본 것 같았습니다.' 당신은 '뭔가'라고 말했어요. 왜 '누군가'라고 말하지 않았나요?"

작은 땀방울이 웰킨의 관자놀이 옆 굵은 힘줄 부근 위 이마에 보였다. 이렇게 말할 수 있다면, 그것이 그의 유일한 표정 변화였다. 아무튼 그것이 그의 얼굴에 나타난 유일한 움직임이었다.

"누구였는지 알아보지 못했어요. 그 사람을 알아봤다면 '누군가'라고 말했을 겁니다. 나는 단지 정확하게 하려는 것뿐이었습니다."

"그럼 사람이었나요? '누군가'였단 말이지요?"

상대가 동의의 표시로 고개를 끄덕였다.

"하지만 아래쪽 유리창 중 하나에서 당신을 엿보려면 이 사람은 틀림없이 웅크리고 앉거나 바닥에 누워야 했을 텐데요?"

"반드시 그렇지는 않습니다."

"반드시 그렇지는 않다고요? 그게 무슨 말입니까, 변호사님?"

"그게 너무 빠르게 몹시 흔들리는 것처럼 움직여서요. 내가 말하고자 하는 것을 어떻게 표현해야 할지 모르겠네요."

"묘사할 수 없다고요?"

"네. 다만 생명이 없는 듯한 인상을 받았습니다."

공포 같은 것이 브라이언 페이지의 마음을 사로잡았다. 어째서 공포심이 생겼는지, 심지어 언제 공포심이 떠올랐는지도 그는 명확히 말할 수 없었다. 거의 지각하지 못하는 사이에 대화가 새로운 영역으로 옮겨갔지만, 그는 이것이 사건의 배경에 줄곧 도사리고 있으면서 건드려지기만을 기다렸다는 생각이 들었다. 그때 해럴드 웰킨이 아주 빠르게 움직였다. 그는 가슴 주머니에서 손수건을 꺼내서 손바닥을 얼른 닦은 뒤에 도로 주머니에 넣었다. 그가 다시 입을 열었을 때 그는 원래의 진지하고 신중한 태도를 다소 회복한 상태였다.

"잠깐만요, 경위님."

그는 엘리엇이 입을 열기 전에 먼저 말을 꺼냈다.

"내가 보고 느낀 것을 정말로 정직하게 말하려고 했습니다. 내가 그런 것을 믿는지 당신이 묻기에 대답한 겁니다. 솔직히 말해서 1,000파운드를 준다 해도 해 진 뒤에 저 정원에 들어가진 않을 겁니다. 나 같은 직업을 가진 사람이 이런 생각을 가진다는 게 놀랍게 생각되겠지요."

엘리엇은 깊이 생각했다.

"정직하게 말하자면 어쩐지 그러네요. 왜 그런지는 모르겠지만요. 아무튼 변호사라도 초자연적 현상을 믿을 수는 있겠지요."

상대방의 말투는 냉담했다.

"변호사라도 그럴 수 있죠."

그는 인정했다.

"하지만 그렇다 하더라도 변호사의 자질엔 전혀 문제가 없습니다."

매들린이 방으로 들어왔다. 다른 사람들은 웰킨에게 열중한 나머지 페이지만이 그녀가 들어온 것을 알아차렸다. 매들린은 발소리를 죽이고 걸어왔는데 페이지는 그녀가 좀 전의 이야기를 들었을까 궁금했다. 페이지가 자신의 의자를 내 주려고 했지만 그녀는 팔걸이에 걸터앉았다. 그는 매들린의 얼굴을 볼 수 없었다. 오직 턱과 뺨의 부드러운 라인만이 보였다. 하지만 그는 그녀의 하얀색 실크 블라우스의 가슴 부분이 빠르게 오르락내리락하는 것을 볼 수 있었다.

케넷 머레이의 눈썹이 가운데로 모였다. 그는 매우 공손했지만 수하물을 검사하려는 세관원 같은 태도를 갖고 있었다.

"웰킨 씨, 나는 당신이…… 에에…… 이 점에서 정직하다고 생각합니다. 확실히 괴상한 곳이에요. 저 정원은 평판이 나빠요. 수백 년 동안 나쁜 평판을 갖고 있었지요. 실제로 17세기 후반에 새로운 경관을 통해서 망령을 몰아낼 셈으로 개조를 하기도 했답니다. 조니, 귀신론 공부를 하면서 저곳에서 영혼을 어떻게 불러내려고 했는지 기억하나?"

머레이가 말했다.

"그럼요."

고어가 대답했다. 그는 뭔가를 덧붙이려고 하다가 자신을 억제했다.

"귀향일에 자네는 정원에서 다리가 없는 기어 다니는 어떤 것에 환영을 받고 하려는 소스라쳐 놀라서 발작을 하는구먼. 이보게, 조니, 사람들을 놀라게 하던 옛날 장난에 손을 댄 건 아니겠지?"

머레이가 말했다.

페이지로서는 놀랍게도 고어의 거무스름한 얼굴이 창백해졌다. 머레이는 그를 자극하고 세련된 언행에서 벗어나 화를 내게 만들 수 있는 유일한 사람인 것 같았다.

"당연하죠. 내가 어디 있었는지 알잖아요. 나는 서재에 있는 당신을 살피고 있었어요. 그리고 한 가지 더. 도대체 자신이 누구라고 생각하길래 내가 아직 열다섯 아이인 것처럼 말하는 겁니까? 당신은 우리 아버지에게 머리를 조아렸던 사람이에요. 그러니 반드시 당신한테서 그에 상당한 존중을 받아야겠어요, 그렇지 않으면 당신이 예전에 내게 했던 대로 매질을 할 테니."

고어가 말했다.

감정의 폭발이 너무 급작스러워서 펠 박사조차도 끙하는 소리를 냈다. 머레이가 일어섰다.

"벌써 우쭐해하는 건가? 좋도록 하게. 내 도움은 끝난 거 같네요. 증거도 당신이 다 가지고 있고. 경위, 뭐든 내가 더 필요한 일이 있으면 나는 여인숙에 있을 테니 연락하세요."

그가 말했다.

"존, 그렇게 말하는 건 좀 무례한 것 같지 않나요? 방해해서 죄송합니다."

매들린이 상냥한 어조로 끼어들었다.

처음으로 머레이와 고어가 그녀를 바라보았고, 그녀도 그들을 보았다. 고어가 미소를 지었다.

"매들린이로군."

그가 말했다.

"매들린이에요."

"냉정한 나의 옛 사랑."

고어가 말했다. 그의 눈가에 주름이 깊어졌다. 그는 머레이를 가지 못하게 붙들고 말을 꺼냈는데 목소리에 사과의 뜻이 담겨 있었다.

"소용없습니다, 선생님. 우리가 과거를 되찾을 수는 없어요, 게다가 이제 나는 확실히 과거를 신경 쓰지 않는단 말입니다. 당신이 정지해 있는 사이에 나는 25년 동안 정신적으로 전진하고 있었던 것 같군요. 내 선조들의 저택으로 알려진 이상화된 곳에 돌아왔을 때 어떤 일이 벌어질까 상상하곤 했어요. 벽에 걸린 그림이나 벤치 등받이에 접칼로 새긴 글자를 보고 감동을 받는 내 자신을 마음에 그려 보았지요. 하지만 내가 찾은 것은 낯선 나무토막들과 돌멩이들이에요. 내가 끼어들지 말았으면 좋았을 거란 생각이 드네요. 하지만 지금 문제의 핵심은 이게 아니죠. 뭔가 벗어난 것 같군요. 엘리엇 경위님! 방금 전에 '데일리 양이 살해된 사건' 때문에 이곳에 내려왔다고 말하지 않았나요?"

"맞습니다."

고어가 경위에게 시선을 돌린 동안 머레이는 다시 자리에 앉아 있었다.

"빅토리아 데일리. 혹시 로즈 바워 코티지(Rose-Bower Cottage)에서 그녀의 고모와, 고모 이름이 어니스틴 데일리였지요? 아무튼 고모와 함께 살았던 그 아이 아닌가요?"

"그 여자의 고모에 대해서는 모르지만 거기가 그녀가 살았던 곳입니다. 그녀는 작년 7월 31일 밤에 교살됐어요."

엘리엇이 대답했다.

주장자는 엄숙한 표정이 됐다.

"그러면 적어도 그때의 내 알리바이를 제시할 수는 있겠군요. 그 당시에 나는 미국에서 잘 지내고 있었으니. 그렇지만 누구 이 늪에서 우리를 좀 꺼내 주시겠어요? 그런데 빅토리아 데일리 살인사건이 여기 이 일과 무슨 상관이 있는 겁니까?"

엘리엇은 펠 박사를 향해 묻는 듯한 시선을 흘긋 던졌다. 박사는 졸린 듯했지만 세차게 고개를 끄덕였다. 그의 큰 몸이 숨도 쉬지 않는 것 같았다. 그러고 나서 그는 기다렸다. 엘리엇이 의자 옆에서 서류가방을 들어 올리더니 그 안에서 책 한 권을 꺼냈다. 비교적 최근에(100년 전으로 추정되는) 짙은 색 송아지 가죽으로 장정한 4절판 크기의 책이었는데, 책등에는 〈감탄할 만한 역사(Admirable History)〉라는 다소 무거운 제목이 적혀 있었다. 경위가 펠 박사에게 책을 밀어주자 그가 그것을 펼쳤다. 그때 페이지는 그것이 세바스티앙 미샤엘리라는 프랑스인의 책을 번역해서 1613년에 런던에서 발행된 훨씬 오래된 서적이라는 것을 알게 됐다. 책장은 거칠고 갈색을 띠었는데 속표지에 아주 기묘한 장서표가 끼어 있었다.

"흠, 여기에서 누구든 이 책을 전에 본 적이 있나요?"

펠 박사가 말했다.

"네."

고어가 조용히 말했다.

"그럼 이 장서표는요?"

"본 적 있습니다. 그 장서표는 18세기 이후로 가문에서 사용되지 않았습니다."

펠 박사의 손가락이 그 좌우명을 따라갔다.

"'상귀스 에이우스 수페르 노스 에트 수페르 플리오스 노스트로스 (Sanguis eius super nos et super flios nostros).' 1675년, 토마스 판리. '그의 피가 우리와 우리의 자손들에게 계속 이어지리라.' 이 책이 여기 클로스의 서재에 있었나요?"

그 책을 볼 때 고어의 눈빛은 생기를 띠고 번득였다. 하지만 그는 여전히 어리둥절한 표정이었다. 그가 냉소적으로 말했다.

"아니오, 서재에 있지 않았어요. 그건 우리 아버지와 그 아버지의 아버지가 다락에 있는 작은 방에 자물쇠로 잠가 놓았던 책들 중 하나예요. 그곳에 올라가서 그 책들을 읽으려고 아버지의 열쇠를 훔쳐서 복제한 적이 있었죠. 누군가 나를 찾으면 옆방인 사과 방에 사과를 가지러 간다는 것을 구실로 삼아서 그곳에서 시간을 보냈었죠."

그는 돌아보았다.

"매들린, 기억해요? 내가 당신을 데리고 거기 올라가서 황금 마녀를 슬쩍 보여준 적이 있었는데. 당신에게 열쇠를 주기도 했고. 하지만 유감스럽게도 당신은 그곳을 좋아하지 않았어요. 박사님, 그 책이 어디서 났습니까? 어떻게 그 책이 포로 상태를 벗어난 거죠?"

엘리엇 경위는 일어나서 벨을 눌러 놀스를 불렀다.

"레이디 판리를 찾아서 이리로 좀 오셔 달라고 여쭈어 주겠습니까?"

그는 겁먹은 집사에게 말했다.

펠 박사는 아주 느긋하게 파이프와 담배쌈지를 꺼냈다. 파이프를 채우고 불을 붙이고 나서 말을 꺼내기 전에 깊은 만족감을 나타내며 담배연기를 들이마셨다. 그리고는 과장된 몸짓으로 책을 가리키며 말했다.

"그 책이오? 재미없는 제목 때문에 당시에 아무도 눈길을 주지 않았고 그것에 대해 신중히 생각하지도 않았었소. 사실 그곳에 기록된 역사에는 아주 놀라운 증거자료 중 하나가 포함돼 있소. 1611년에 엑스(Aix)에서 마델린 드 라 팔뤼(Madeline de la Palud)가 주술과 사탄 숭배 의식에 참가했다는 고백이 그것이오. 그런데 이 책이 데일리 양의 침대 옆 탁자에서 발견됐소. 그녀는 그것을 읽은 지 얼마 되지 않아서 살해됐던 겁니다."

제12장

서재의 정적 속에서 페이지는 몰리 판리와 버로스가 들어올 때 그들의 발소리를 아주 똑똑히 들을 수 있었다.

머레이는 헛기침을 했다.

"그 의미는?"

그는 대답을 재촉했다.

"데일리 양이 떠돌이에 의해 살해됐다고 내가 잘못 알고 있었던 건가?"

"그녀가 살해되었다는 건 가능한 일이네."

"그러면?"

말을 한 건 몰리 판리였다. 그녀가 말했다.

"당신에게 말을 하려고 왔어요. 나는 이 우스꽝스러운 주장과, 그러니까 당신의 주장과 싸울 생각이에요."

그녀의 강건한 기질이 통째로 고어에게 던지는 혐오가 깃든 냉랭

한 시선에 담긴 것 같았다.

"끝까지. 냇 버로스 말이 아마 오랜 시간이 걸릴 테고 우리가 무일푼이 될지도 모른다지만 나는 그만 한 여유가 있어요. 우선 중요한 건 누가 존을 죽였냐는 거예요. 당분간 휴전을 요구할게요, 말하자면요. 그런데 우리가 들어왔을 때 당신들 모두 무슨 얘기를 하고 있었던 거죠?"

어떤 안도감이 그들 사이에 퍼졌다. 하지만 한 남자는 즉시 경계를 했다.

"소송을 하시겠다는 건가요, 레이디 판리?"

다시 완전히 변호사로 돌아가서 웰킨이 물었다.

"경고를 드리지 않을 수 없군요."

"당신이 알고 있는 것보다 더 낙관적인 소송이에요."

몰리는 호기심을 돋우는 의미심장한 눈길로 매들린을 바라보며 반박했다.

"그런데 우리가 들어왔을 때 당신들은 무슨 이야기를 하고 있었던 거죠?"

그때 펠 박사가 호기심으로 눈을 반짝이면서 변명조의 큰 소리로 말했다.

"우리는 지금 이 사건의 상당히 중요한 국면에 대해 이야기 나누던 중입니다, 부인. 그런데 부인께서 도움을 주시면 아주 감사하겠습니다. 이 저택 다락에 주술과 그 유사한 주제에 관한 장서가 보관된 작은 방이 아직 있습니까, 네?"

그가 말했다.

"그럼요, 물론 있어요. 그런데 그게 이 사건과 무슨 관계가 있나요?"

"이 책을 보시오, 부인. 이 책이 그 장서 중에서 나온 건지 확실히 말씀해 주실 수 있습니까?"

몰리는 탁자로 다가섰다. 그들은 모두 이미 일어나 있었는데 그녀는 그런 형식적인 행위를 참을 수 없어했다.

"그럴 거예요. 네, 거의 확실해요. 그 책들에는 전부 그 장서표가 끼워져 있었는데 다른 책들에는 없었어요. 일종의 식별표지 같아요. 도대체 그 책을 어디서 가져오셨나요?"

펠 박사가 그녀에게 설명했다.

"하지만 그건 불가능한 일이에요!"

"어째서요?"

"왜냐하면 그 책들을 둘러싸고 옥신각신 터무니없는 논쟁을 벌이고 야단법석을 떨었으니까요. 다 남편 때문이었어요. 이유는 모르겠네요. 아시다시피 우리는 1년 조금 넘게 결혼생활을 했어요."

그녀의 고요한 갈색 눈은 과거를 돌아보고 있었다. 몰리는 버로스가 준비한 의자에 앉았다.

"내가 신, 신부가 되어 이곳에 왔을 때 남편은 그 방 열쇠를 제외한 온 집안 열쇠를 내게 줬어요. 물론 나는 가정부인 앱스 부인한테 그것들을 곧장 넘겨주었죠. 하지만 그런 상황의 원리를 아시잖아요. 그 때문에 오히려 호기심이 생긴 거예요."

"푸른 수염의 남자(프랑스 민간설화의 주인공으로 6명의 아내를 차례로 죽인 잔혹무정한 남자―옮긴이)처럼요?"

고어가 넌지시 말했다.

"논쟁은 안 됩니다."

그녀가 주장자에게 분노에 찬 차가운 시선을 돌리자 펠 박사가 날카롭게 말했다.

"알겠어요."

몰리가 말했다.

"아무튼 난 그곳에 관해서 들었어요. 남편은 그것을, 그러니까 그 장서들을 태워 버리고 싶어 했어요. 그렇게 하기 직전에 사람들이 자산 가치를 평가할 때였던 것 같네요. 그중에 런던에서 온 남자가 그 책들을 살펴봤어요. 그는 다락에 있는 소량의 장서들이 수천만 파운드의 가치가 있다고 말하고는 기쁜 나머지 바보처럼 춤을 추다시피 했어요. 또 유일무이한 어떤 것을 포함하여 온갖 종류의 희귀본이 있다고도 했어요. 그게 어떤 것이었는지 기억해요. 19세기 초 이후로 소실된 것으로 여겨지고 있던 손으로 쓴 책이었어요. 아무도 그것이 어디로 사라졌는지 몰랐었는데, 바로 우리 집 다락에 있었던 거예요. 그들은 그것을 〈애핀의 레드북〉이라고 불렀어요. 그의 말에 따르면 그 책에는 상당히 무분별한 마법 주문이 들어 있다고 추정되는데 너무나 효력이 즉각적이어서 책을 읽은 사람들은 누구든 머리에 쇠테를 둘러야 한댔어요. 틀림없이 기억이 나요, 지난밤에 당신들 모두 그것에 대해 의견을 말했잖아요. 그리고 이 남자는……"

그녀는 고어를 바라보았다.

"그것이 무엇인지도 몰랐었죠."

"펠 박사님이 제안하신 대로 논쟁은 하지 않겠습니다."

고어가 유쾌하게 말했다. 하지만 그는 머레이에게 말을 걸었다.

"페어플레이를 해야죠, 선생님. 아시다시피 나는 그 훌륭한 책이 그런 이름으로 통하는 것을 몰랐어요. 하지만 내용이 무엇인지는 말할 수 있습니다. 그리고 그것이 위층에 아직 있다면 곧 알아볼 수도 있지요. 그 책의 특성 중 하나를 말해 줄 수도 있고요. 그것을 가지고 있던 사람은 누구든 심문자가 입을 열기 전에 질문이 무엇인지 알 수 있었다고 하죠."

"틀림없이 당신한테 아주 쓸모가 있었겠네요. 어젯밤에요."

몰리가 상냥하게 말했다.

"내가 그 책을 읽었다는 것을 증명할 수 있을 때 그렇겠죠. 생명이 없는 것에 생기를 불어넣는 힘을 부여한다고도 했는데, 레이디 판리가 틀림없이 그것을 읽었음을 암시하는 것 같군요."

펠 박사는 주의를 끌려고 지팡이의 물미로 바닥을 두드렸다. 불어 닥칠 폭풍우를 무찌르고 나서 그는 인자한 얼굴로 몰리를 바라보았다.

"허허, 허허. 부인, 저는 부인이 〈애핀의 레드북〉의 마술적 속성 따윈 믿지 않는다고 생각하는데요?"

펠 박사가 말했다.

"아, 뭐 그렇죠!"

몰리의 짧은 그 말에 매들린은 얼굴이 붉어졌다.

"흠, 그렇군. 그래요. 그럼 계속 말씀해 주시겠어요?"

"음, 아무튼 남편은 그 책들에 대해 지독히 불안해하고 걱정스러워했어요. 그것들을 불태우고 싶어했죠. 그래서 남편에게 그렇게 어리석게 굴지 말라고 했어요. 그것들을 꼭 없애야 한다면 왜 그것들을 팔지 않느냐고, 어쨌든 그것들이 무슨 해를 입히겠냐고 했지요. 남편은 그것들이 성애적 경향과 사악한 내용으로 가득 차 있다고 하더군요."

몰리는 망설이다가 솔직하게 이어 말했다.

"꼭 아셔야겠다면, 그것이 내 호기심을 좀 끌었어요. 그래서 남편이 그 방을 보여줬을 때 그것들 중 한두 권을 슬쩍 보았는데 정말이지 그런 내용은 없었어요. 당신들은 평생 그렇게 지독히 따분한 작

품을 읽지 않을 걸요. 음란한 건 전혀 없었어요. 쌍둥이의 생명선인
가 뭔가에 관한 시시한 내용을 쓸데없이 장황하게 늘어놓았는데, 마
치 작가가 혀 짧은 소리로 말하는 것처럼 's' 대신에 익살맞게 'f'로
모두 끝이 났더라고요. 아무튼 그런 것엔 전혀 흥미가 생기지 않았
어요. 그래서 남편이 그곳의 자물쇠를 잠가 놓아야 한다고 우겼을
때 더 이상 상관하지 않았어요. 틀림없이 그 이후로 그 문이 열린
적은 없었어요."

"하지만 이 책은 거기서 나온 거지요?"

펠 박사가 책을 가볍게 두드리며 말했다.

"네-에, 틀림없어요."

"그럼 부인 남편분이 항상 자물쇠를 채운 방의 열쇠를 갖고 있었
군요. 그런데도 어찌된 일인지 이 책이 그곳에서 나와서 데일리 양
의 손에 들어간 거군요. 흠."

펠 박사는 뻐끔뻐끔 파이프를 피웠다. 이제 그는 파이프를 입에
서 꺼냈고 코로 숨을 한껏 들이쉬었다.

"따라서 데일리 양의 죽음에서 부인 남편분의 죽음까지, 이렇게
이어지는 관계가 있는 거네요. 그렇죠?"

"하지만 무슨 관계가요?"

"부인, 가령 남편분이 데일리 양에게 그 책을 직접 주었을 수도
있잖습니까?"

"하지만 남편이 그 책들을 어떻게 생각하는지 이미 말씀드렸잖아
요!"

펠 박사가 변명조로 말했다.

"부인, 아시다시피 그런 질문이 아니었습니다. 남편분이 그랬을까
요? 아무튼 부인이 주장하는 대로 남편분이 진짜 존 관리였다면, 우

리가 듣기론 그가 어렸을 적에 그런 책들을 대단하게 생각했던 것 같은데요."

몰리는 대담하게 맞섰다.

"나를 궁지로 몰아넣으시는군요. 남편이 그런 것을 완전히 싫어했다고 말하면, 당신은 너무 변해서 그가 존 관리가 아니었다는 증거라고 대답할 테죠. 그럼 남편이 빅토리아에게 그 책을 주었을 수도 있다고 말하면 당신이 뭐라고 말할지 모르겠군요."

"우리가 원하는 건 정직한 답변뿐이오, 부인. 아니 정직한 생각이겠군요. 하늘은 모든 진실을 말하려는 사람을 동정하는 법이오. 그런데 말이지요, 부인은 빅토리아 데일리를 잘 아셨습니까?"

펠 박사가 말했다.

"아주 잘 알았죠. 가엾은 빅토리아는 선행을 베푸는 것에 뛸 듯이 기뻐하는 그런 부류의 사람이었어요."

"이렇게 말할 수 있겠습니까?"

펠 박사는 파이프를 가지고 모호한 몸짓을 했다.

"그녀가 마법과 같은 주제에 깊은 관심을 갖는 그런 부류의 사람이었다고?"

몰리는 손을 꽉 쥐었다.

"그럼 도대체 이 마법 얘기가 어떻게 나오게 됐는지 알려 주시겠어요? 설사 이 책 내용이 그렇다고 하더라도, 설사 그것이 다락에서 나온 게 틀림없다고 하더라도 단지 그녀가 그것을 읽었다고 해서 그것이 뭘 입증할 수 있는 거죠?"

"실은 다른 증거가 있습니다."

펠 박사는 조용히 말했다.

"당신의 타고난 지성이 데일리 양과 자물쇠 채워진 서재와 그 책

과의 관계가 중요하다는 것을 가르쳐 줄 거요. 예컨대 부인 남편분이 그녀를 잘 알았습니까?"

"흠. 모르겠어요. 그리 잘 알지는 못했을 것 같은데요."

펠 박사의 이마에 주름이 잡혔다.

"그래도 제게 말해 주셨던 대로 지난밤 남편분의 행동을 잘 생각해 보시오. 확실히 해 볼까요. 그의 영지에 주장자가 나타납니다. 합법이든 불법이든 이 영지의 소유권은 평생 그의 가장 중요한 원동력입니다. 그런데 이제 그 성채가 공격을 받는 거요. 설득력 있는 사연과 지문이라는 피할 수 없는 증거물을 가지고 고어 씨와 웰킨 씨가 그에게 서서히 다가옵니다. 그가 방 안을 서성거린 건 사실이오. 하지만 바로 그때 공격이 시작됩니다. 그는 마을에 빅토리아 데일리의 죽음을 조사하러 탐정이 와 있다는 점에 더 관심을 갖는 것처럼 보입니다. 사실입니까?"

사실이었다. 페이지는 너무도 잘 기억하고 있었다. 그러므로 몰리도 어쩔 수 없이 그것을 인정해야 했다.

"이렇게 해서 우리는 실이 당겨져 나오는 것을 보게 됩니다. 그것이 어디로 이끌든 그 실을 따라가 볼까요. 나는 점점 더 그 자물쇠가 채워진 다락방에 흥미가 생기는군요. 그곳에 책 말고 또 다른 것이 있습니까?"

몰리가 대답했다.

"자동 로봇밖에 없어요. 어렸을 때 그것을 한 번 본 적이 있었는데 상당히 마음에 들었지요. 남편에게 그것을 내려서 작동시킬 방법을 찾을 수 없는지 확인하면 왜 안 되냐고 물었어요. 나는 움직이는 기계가 좋아요. 하지만 그것도 거기에 계속 있었어요."

"아아, 그 자동 로봇."

펠 박사는 되풀이해 말하고는 숨을 씨근거리며 솟구치는 호기심을 나타내면서 상체를 바로 폈다.

"우리에게 그것에 대해 말해 주실 수 있을까요?"

몰리가 고개를 가로저었을 때 대답을 한 사람은 케넷 머레이였다.

"이보게, 지금은 사건이 있잖나."

머레이는 의자에 턱 앉아서 기분 좋게 말했다.

"조사를 하는 건 당연하네. 나도 수년 전에 그것을 조사하려고 했었고, 조니 역시 그랬었지."

"그래서?"

"이게 내가 알려줄 수 있는 사실 전부네."

머레이는 힘주어 말했다.

"더들리 경은 내가 그 피규어를 보는 것을 허락하지 않으셨고, 그래서 나는 외부에서 궁금증을 해결해야 했네. 그것은 루이 14세를 위해 자동으로 연주되는 하프시코드를 만들었던 트로이의 오르간 연주자 M. 레이즌에 의해서 고안됐는데, 1676~1677년에 찰스 2세의 궁정에서 공개돼 대단한 성공을 거뒀네. 거의 실물 크기의 피규어로 작은 소파 같은 것에 앉아 있었는데 왕의 애인들 중 한 명의 모습을 본뜬 거라는 말이 있었네. 누구인지를 놓고 논쟁이 있지. 당시의 사람들은 그것의 행동에 아주 즐거워했네. 그것은 오늘날에는 치터라고 부르는 악기인 시턴(16~17세기의 기타 비슷한 현악기—옮긴이)으로 노래를 두세 곡 연주했네. 그리고 코끝에 엄지손가락을 대고 다른 손가락을 펼쳐 관객들을 모욕하는 행동을 했고 확실히 좀 예의 없는 다양한 동작을 되풀이했네."

머레이가 즉시 사람들의 흥미를 끌었다는 건 의심의 여지가 없었다.

"거기 자네가 갖고 있는 장서표의 주인인 토머스 판리 경이 그것을 구입하셨네. 나중에 그것에 닥친 어두운 그림자의 원인이 자동인형의 천박함 때문인지, 아니면 다른 원인 때문인지 진상을 알아내지는 못했어. 하지만 뭔가 일이 있었네. 어떤 일인가에 관해선 모든 기록들이 철저히 침묵을 지키고 있네. 하지만 그런 괴상한 기계가 더들리 경과 그분의 부친과 조부모님께 호감을 사지는 못했을 테지만, 그것이 18세기에 공포심을 일으킬 만한 이유는 전혀 없는 것 같네. 아마 토머스 경은 그것의 작동 비법을 아셨을 거네. 하지만 그 비법이 전달되지 않았지. 에에, 조…… 죄송합니다. 존 경?"

머레이가 말했다.

그의 지나치게 과장된 공손한 어투에 고어는 경멸감을 나타냈다. 하지만 그는 다른 문제에 관심이 있었다.

"네, 전달되지 않았어요."

고어가 인정했다.

"그 방법은 절대 알 수 없을 겁니다. 신사분들, 내가 경험으로 아는 일이에요. 어린 시절에 나는 머리를 짜서 황금 마녀의 비밀을 생각해 내려고 했어요. 왜 명백한 해결책 중 어느 것 하나 효과가 없었는지 내가 쉽게 설명할 수 있습니다. 만약에 우리가……"

그는 깜짝 놀란 얼굴이었다.

"모든 신의 이름으로 우리가 올라가서 그녀를 보면 안 되는 이유라도 있나요? 지금 막 생각이 났어요. 나는 내성적인 사람이죠. 옛날에 그곳에 들어갈 때엔 그곳에 몰래 들어갈 수 있는 온갖 변명거리와 부정직한 방법을 생각했어요. 하지만 왜 안 되죠? 밝은 햇빛 속에서 공공연히 들어가면 왜 안 되나요?"

그는 주먹으로 의자 팔걸이를 쾅 치고는 이제 막 햇빛 속으로 나온 사람처럼 잠시 눈을 깜박거렸다. 엘리엇 경위가 다소 날카로운 어조로 이의를 제기했다.

엘리엇이 말했다.

"잠깐만요. 썩 흥미 있는 일이네요. 그렇지만 다음에 들어가 보는 게 좋겠군요. 저는 그것이 어떤 관계가 있다고는 생각되지 않는데요."

"정말인가?"

펠 박사가 물었다.

"네?"

"정말인가?"

박사가 아주 열심히 반복해서 물었다.

"이봐요! 이 자동인형이 어떻게 생겼습니까?"

"당연히 상당히 부식됐을 겁니다. 아무튼 25년 전에는 그랬습니다."

"맞아요."

매들린 데인이 맞장구치고는 몸서리쳤다.

"그곳에 올라가지 마세요. 제발 올라가지 않겠다고 말씀하세요!"

"하지만 도대체 왜 올라가면 안 된다는 거예요?"

몰리가 큰 소리로 말했다.

"모르겠어요. 그냥 두려워요."

고어는 그녀를 관대히 대했다.

"아, 그것이 당신에게 강한 영향을 미쳤던 게 어렴풋이 기억이 나네요. 그런데 그것이 어떻게 생겼는지 물으셨죠, 박사님. 새것이었을 땐 틀림없이 섬뜩할 정도로 살아 있는 듯했을 겁니다. 물론 뼈대는 마디가 있는 쇠로 만들어졌어요. 하지만 '살'은 밀랍으로 만들어졌지요. 유리 눈이 달려 있는데 한 개가 사라졌어요. 그리고 진짜 머리카락이 붙어 있어요. 부식 때문에 외관이 좋아 보이지는 않았어요. 머릿속에 그려보면 다소 뚱뚱하고 언제나 좀 불쾌한 표정을 짓고 있었던 것 같네요. 그리고 능라로 짠 드레스를 입고 있어요, 아니 입고 있었어요. 손과 손가락은 채색한 쇠로 만들어졌어요. 치터를 연주하고 손짓을 하기 위해서 손가락들이 길고 관절도 있고 날카롭죠, 마치…… 그것은 항상 웃고 있었어요, 하지만 내가 마지막 봤을 때 그 미소는 삭아 없어지고 있었지요."

"그리고 베티 하보틀은, 베티 하보틀은 이브처럼 사과를 아주 좋아하오."

펠 박사가 불쑥 말했다.

"뭐라고 말씀하셨죠?"

박사가 힘주어 말했다.

"알다시피 그녀는, 겁을 먹은 하녀 베티 하보틀은 사과를 좋아하오. 하인들에게 질문했을 때 그들이 지적한 첫 번째 특징이 그것이었소. 우리의 훌륭한 가정부 앱스 부인이 넌지시 알려준 게 아닌가 싶지만. 엘레우시스(Eleusis : 엘레우시스 신비의식의 장소로 유명한 고대 그리스 도시―옮긴이)의 어둠에서…… 바로 그거였소! 그런데 당신이 말이오."

고어를 힐끔 볼 때 박사의 붉은 얼굴은 한 가지 생각에 빛나고 있었다.

"좀 전에 당신은 그 책들과 황금 마녀의 소굴을 방문하고 싶을 때면 핑계 거리를 만들었다고 했잖소. 다락에서 그 옆방인 사과방으로 간다는 핑계를 댔다고요. 누가 내게 베티 하보틀이 소스라치게 놀랐을 때 어디에 있었으며 섬오그래프가 어젯밤에 어디에 감춰져 있었는지 말해 주겠소?"

해럴드 웰킨이 자리에서 일어나서 탁자 주변을 이리저리 거닐기 시작했다. 그는 그 가운데서 움직이는 유일한 사람이었다. 나중에 페이지는 어둑한 서재에 빙 둘러 서 있던 얼굴들과 그가 알아챈 그들 중 한 사람의 얼굴에 언뜻 나타난 표정을 떠올릴 수 있었다.

입을 연 사람은 콧수염을 매만지고 있던 머레이였다.

"아아. 그래. 그렇지. 확실히 흥미롭군. 내가 기억하는 방 배치가 정확하다면 다락으로 통하는 계단은 그린룸 옆 복도 뒤쪽에 있네. 그 하녀를 아래층으로 운반해서 그린룸에 놓아두었다는 걸 암시하는 건가?"

펠 박사는 고개를 흔들었다.

"나는 단지 우리의 어렴풋한 정보를 따라가든지 집에 가서 잠이나 자든지 해야 한다는 생각뿐이네. 모든 실타래가 그 작은 밀실로 돌아오고 있잖나. 그곳이 복잡한 사건의 핵심이고 모든 혼란의 본질인 셈이네. 〈저택의 뇌(The House and the Brain)〉에서 액체가 든 작은 받침 접시처럼 말이네(1830년대 영국의 대표 작가 에드워드 불워 리튼의 〈유령 저택(The Haunted and the Haunters)〉를 말함. 유령 저택에 흥미 있는 난토는 런던 버클리 50번지에 존재하는 유명한 유령 저택의 철제 금고에서 나침반처럼 액체 표면에 바늘이 빙글빙글 도는 받침 접시와 라틴어로 이 집에는 저주가 걸려 있으며 이곳에 사는 자들은 바늘이 움직이는 대로, 즉 나의 의지에 따라 움직이게 될 거라는 문구가 적혀 있는 서류철을 발견하게 된다.─옮긴이). 그것은 생각보다 더 적절한 제목일세. 아무튼 우리는 그곳에 가 봐야 하네."

엘리엇 경위가 천천히 말했다.

"가 봐야 할 것 같네요. 지금 즉시요. 반대하십니까, 레이디 판리?"

"아뇨, 열쇠가 어디 있는지 모른다는 것 말고는 전혀 아니에요.

아 짜증나! 자물쇠를 부숴버려요. 남편이 단 새 맹꽁이자물쇠예요. 도움이 된다면 자물쇠를 부숴도 돼요, 부, 부숴도……"

몰리는 손으로 눈을 닦고 나서 감정을 억눌러 다시 통제력을 회복했다.

"내가 앞장설까요?"

"감사합니다."

엘리엇은 활기가 넘쳤다.

"나머지 분들 중 몇 분이나 그 방에 가본 적이 있으신가요? 데인 양과 고어 씨뿐인가요? 두 분은 펠 박사님과 저와 함께 가주시겠습니까? 그리고 페이지 씨도요. 다른 분들은 여기 그냥 계셔 주세요."

엘리엇과 박사는 낮은 소리로 얘기하면서 앞서 갔다. 그때 몰리가 무심한 듯 조심스럽게 그들 앞으로 나섰고, 그렇게 해서 그들이 그녀 자신과 주장자 사이에 자리 잡게 했다. 페이지는 매들린과 함께 뒤따라갔다.

"올라가고 싶지 않으면……?"

그가 매들린에게 말했다.

매들린이 그의 팔을 꽉 쥐었다.

"아니요. 올라가고 싶어요. 지금 벌어지고 있는 일을 내가 이해하고 있는 건지 확인하기 위해서 정말 올라가고 싶어요. 그런데 내가 한 말로 인해 몰리가 몹시 괴로워하고 있는 게 아닌가 걱정이에요. 하지만 그녀에게 말해야만 했어요. 다른 방법이 없었어요. 브라이언, 내가 심술궂은 여자라고 생각하는 건 아니죠, 그렇죠?"

그는 깜짝 놀랐다. 그녀의 입가에 떠오른 어설픈 미소 때문에 이 말이 농담처럼 들리긴 했지만 그녀의 기다란 눈에는 아주 강렬한 빛이 담겨 있었다.

"맙소사, 아니에요! 어떻게 그런 생각이 들었어요?"

"아무것도 아니에요. 하지만 몰리는 그를 사랑하지 않았어요, 사실이에요. 그녀는 그저 자신이 해야 한다고 생각해서 이 모든 일을 하고 있는 것뿐이에요. 어느 모로 보아도, 사실 두 사람은 서로 어울리지 않았어요. 그는 이상주의적이었고 몰리는 현실적이에요. 잠 깐만요, 난 그가 가짜였다는 걸 알지만, 당신은 전말을 모르고 추측 하는――"

"그럼 내게 실제 이야기를 말해 줘요."

페이지가 날카롭게 말했다.

"브라이언!"

"정말이에요. 난 이상주의적 관찰자예요! 만약에 그가 했다고 사람들이 말하는 일과 그가 했다고 당신 자신이 인정하는 일을 그가 정말 했다면, 최근에 죽은 우리의 친구는 진짜 비열한 인간이었고 당신은 그걸 알고 있는 거네요. 혹시 그를 사랑했나요?"

"브라이언! 당신은 그런 말을 할 권리가 없어요!"

"알고 있어요. 하지만 그를 사랑했나요?"

"아니에요."

매들린은 조용히 대답하고 바닥을 바라보았다.

"당신이 더 나은 판단력을 가졌고 상황을 보다 정확히 이해했다면 그런 질문을 하지 않을 만큼 알 수 있었을 거예요."

그녀는 머뭇거렸다. 대화의 주제를 바꾸고 싶은 게 분명했다.

"펠 박사와 경위님은 이 모든 것을 어떻게 생각하는 걸까요?"

페이지는 대답을 하려고 입을 열었다가 자신이 아무것도 아는 것 이 없다는 것을 깨달았다.

그는 알지 못했다. 그들 일행은 널찍하고 낮은 오크 계단으로 위층으로 올라가서 긴 복도를 따라가다 왼쪽 복도로 돌았다. 그린룸은 왼쪽에 있었는데 열린 문으로 지난 세기의 묵직한 서재 가구와 우중충한 무늬가 있는 벽이 보였다. 오른쪽에는 침실 문 두 개가 있었다. 그 복도는 끄트머리에 정원이 내다보이는 창문까지 곧장 이어졌다. 페이지는 어렴풋이 기억이 났다. 다락으로 올라가는 계단은 그 복도 끄트머리의 가장 두꺼운 외벽에 있었고, 계단으로 통한 문은 왼쪽 벽에 있었다.

하지만 그는 이것에 대해 생각하고 있지 않았다. 펠 박사의 떠들썩한 친절함과 엘리엇 경위의 편하게 말하는 솔직성에도 불구하고 그는 자신이 그들의 생각에 대해 전혀 모른다는 것을 깨달았다. 물론 두 사람 다 판결일까지 사건에 대해 이야기할 것이다. 하지만 일상적 경찰 업무는 어떻게 될까? 여기저기에서 발견된 지문과 발자국, 엘리엇이 정원에서 수색한 것, 봉투에 봉인된 단서 등은 어떻게 될까? 음, 칼을 찾아낸 건, 거의 피할 수 없는 상황이었기 때문에 그도 알 수 있었던 것이다. 하지만 그 밖의 가설에 관해서는 어떨까? 어떤 진술이 어떤 사람에게서 나왔다. 하지만 그런 진술들을 어떻게 생각해야 하는 걸까?

아무튼 그건 그들의 일이었다. 그런데도 그는 조바심이 났다. 자신이 생각한 것에서 벗어나 나타나는 새 발견물들은 블렌하임(Blenheim : 1704년 스페인 왕위계승전쟁 때 영국의 말버러 공작 1세 존 처칠과 오스트리아의 장군 사보이 공 외젠 휘하의 군대가 프랑스군에게 승리한 가장 유명한 전투의 격전지—옮긴이)에서 발견되는 머리뼈들처럼 해묵은 원인에 바탕을 둔 것이었고, 게다가 탁자를 가로질러 머리뼈가 굴러올 때까지 경고도 전혀 없었다. 아니 직유를 바꾸는 게 낫겠다. 앞쪽에 펠 박사의 거대한 몸집이 우뚝 솟아 있었는데 온 복도를 꽉 메우는 듯했다.

"그녀는 어느 방에 있습니까?"

엘리엇이 낮은 소리로 물었다.

몰리는 다락으로 통하는 문에서 복도 반대편에 있는 더 먼 쪽의 침실 문을 가리켰다. 엘리엇이 조용히 문을 두드렸다. 안쪽에서 희미하게 중얼거리는 소리가 흘러나왔다.

"베티."

매들린이 작은 소리로 불렀다.

"저기 있나요?"

"네. 가장 가까운 침실에 눕혔어요. 그녀의, 그녀의 몸 상태가 별로 좋지 못해서요."

매들린이 말했다.

이 말에 함축된 완전한 의미가 페이지의 마음속으로 살금살금 들어왔다. 킹 의사가 침실 문을 열고는 힐끔 뒤돌아본 뒤에 복도로 살짝 나와서 곧바로 살며시 문을 닫았다.

"안 됩니다. 아직 환자를 만날 수 없어요. 어쩌면 오늘밤에 가능할지도 모르지만 내일이나 그 다음 날이 더 적당할 겁니다. 진정제가 효과가 있으면 좋겠는데. 그다지 효과가 없을 거예요."

그가 말했다.

엘리엇은 당혹스럽고 근심어린 표정이었다.

"네, 하지만 의사 선생님, 결코…… 결코……?"

"심각한 건 아니지 않느냐고 말하려고 했나요?"

킹이 묻고는 머리로 막 들이받으려는 것처럼 반백의 머리를 숙였다.

"맙소사! 이만 실례하겠소."

그는 다시 문을 열었다.

"그녀가 뭔가 말을 했습니까?"

"당신 수첩에 적을 만 한 건 없었소이다, 경위. 절반 이상이 헛소리였소. 나도 그녀가 뭘 본 건지 알아낼 수 있으면 좋겠소."

그는 거의 말이 없는 사람들에게 이야기하고 있었다. 몰리의 표정이 바뀌어 있었는데 평소대로 행동하려는 모양이었다. 킹 의사는 그녀의 아버지와 평생 친구였으므로 그들은 서로 격식을 차리지 않았다.

"네드 아저씨, 알고 싶은 게 있어요. 제가 베티를 위해서라면 무엇이든 할 거라는 거 아시죠. 그런데 전 정말 몰랐어요. 그러니까 우리가 심각하다고 부르는 건 정말 아닌 거죠, 네? 심한 건 아닐 거예요. 사람들이 겁을 먹기는 하지만 실제로 아픈 것하고 같은 건 아니잖아요? 위험하지는 않은 거죠?"

의사가 말했다.

"오, 심각한 건 아니란다. 너야 건강하고 튼튼한 촌색시잖니. 대담하고 힘도 남아돌고. 뭐든 보면 한방 날리고 말걸. 암, 넌 그럴 거야. 음, 아마 사람마다 다르게 영향이 있을 수 있을 거다. 어쩌면 굴뚝 속에서 난 쥐나 바람 소리였을지도 모르지. 그것이 뭐였든 간에 나는 우연히 마주치지 않기만을 바라지만."

그의 말투는 부드러웠다.

"그래, 괜찮아질 거다. 고맙지만 도움은 필요 없단다. 앱스 부인과 내가 잘 해 낼 수 있으니. 하지만 차를 좀 준비해 주면 좋겠구나."

문이 닫혔다.

패트릭 고어가 주머니에 손을 깊숙이 찔러 넣고서 말했다.

"흠, 이봐요, 어떤 일이 일어났을지 얘길 듣고 보니 난 안전할 거

같네요. 위층으로 갈까요?"

그는 가서 반대편 문을 열었다.

안쪽의 계단은 가파르게 경사가 졌고 벽으로 둘러싸인 오래된 석재에서 희미하지만 시큼한 냄새가 났다. 마치 현대 기술에 의해 매끈하게 다듬어지지 않은 저택 내부의 갈빗대와 뼈대를 보는 것 같았다. 페이지는 하인들의 숙소가 저택의 반대편에 있다는 것을 알았다. 이곳에는 창문도 하나 없었다. 그래서 앞서 가는 엘리엇은 회중전등을 사용해야 했다. 고어가 그의 뒤를 따랐고, 그 다음에 펠 박사, 그리고 맨 뒤에서 몰리가 매들린과 페이지와 함께 뒤따랐다.

다락의 이쪽 부분은 이니고 존스가 작은 창문들의 밑그림을 그리고 나서 석재를 사용하여 벽돌을 보강한 이후로 한 군데도 바뀐 데가 없었다. 층계참 바닥은 계단 쪽으로 등을 구부린 것처럼 경사져 있어서 혹 조심성 없이 걷다간 넘어질 수도 있었다. 오로지 지지력과 압도력만을 나타내는 아름답다고 하기엔 너무나 거대한 오크나무 들보가 힘을 발휘하고 있었다. 희미한 회색 불빛이 안으로 들어갔다. 안쪽 공기는 탁하고 눅눅하고 후덥지근했다.

그들은 맨 끝에서 원하던 문을 찾았다. 다락방이라기보다는 오히려 지하실을 생각나게 하는 육중한 검정색 문이었다. 경첩은 18세기의 것이었다. 손잡이도 사라졌고 좀 더 현대적인 자물쇠도 걸려 있지 않았다. 현재로는 단단히 맨 체인과 맹꽁이자물쇠가 문에 채워져 있었다. 하지만 엘리엇이 먼저 전등 빛을 비춘 곳은 자물쇠 부분이 아니었다.

닫힌 문짝 밑에 무언가 팽개쳐져 있었는데 조금 뭉개져 있는 상태였다.

그것은 반쯤 먹은 사과였다.

제13장

6펜스 은화의 가장자리를 나사돌리개로 사용해서 엘리엇은 맹꽁이자물쇠 체인이 매달려 있는 꺾쇠의 나사를 신중히 뺐다. 오랜 시간이 걸렸지만 경위는 목수처럼 조심스럽게 작업했다. 체인이 떨어지자 문이 저절로 열렸다.

"황금 마녀의 소굴이여."

고어가 기쁜 듯이 말하고서 반쯤 먹은 사과를 걷어찼다.

"조심하세요!"

엘리엇이 날카로운 어조로 말했다.

"뭐라고요? 저 사과가 증거라도 된다고 생각하는 겁니까?"

"글쎄 그럴지도 모르죠. 우리가 이 안에 들어가면 제가 말하지 않는 한 아무것도 만져서는 안 됩니다."

'우리가 이 안에 들어가면'이란 낙관적인 말이었다. 페이지는 방 안을 살펴볼 일을 기대하고 있었기 때문이다. 그가 확인한 건 경사진 지붕에 먼지가 두껍게 내려앉은 불투명해 보이는 작은 창문이 달려 있는 1.8제곱미터가 되지 않는 일종의 책 벽장이었다. 선반에는 빈 곳이 많이 있었는데 좀 더 현대적인 장정본과 낡은 송아지 가죽 장정본이 뒤섞여 놓여 있었다. 모든 것에 먼지가 내려앉아 있었다. 다락방들에 으레 쌓여 있는 얇고 거무스름한 모래 같은 먼지였는데 상황을 확실하게 할 만한 흔적은 남아 있지 않았다. 그리고 빅토리아 초기의 안락의자 한 개가 놓여 있었다. 엘리엇의 회중전등 불빛이 안쪽으로 향했을 때 그 황금 마녀가 그들에게 달려드는 것 같은 느낌이 들었다.

엘리엇조차도 움찔 뒤로 물러섰다. 마녀는 아름답지 않았다. 옛날엔 매혹적인 마법사였을지도 모르지만, 지금은 반쪽 얼굴을 잃어 외눈으로 바라보고 있었다. 반대편 머리는 한때는 노란색이었을지도 모르는 능라로 짠 벨벳 드레스 조각과 마찬가지로 손상되어 있었다. 얼굴을 가로질러 벌어진 틈 때문에 그녀의 모습은 예뻐 보이지 않았다.

그녀가 일어서 있었다면 실물 크기에 조금 못 미쳤을 것이다. 그녀는 직사각형 상자에 앉아 있었다. 소파와 비슷하게 금박을 입히고 채색을 했지만 그녀가 앉을 정도로 폭이 넓지도 깊지도 않았으며 분명히 그 자동인형보다 이후에 만들어진 바퀴가 바닥에 장착되어 있었다. 손은 익살스러우면서도 몹시 요염한 자태로 조금 들려 있었다. 전체적으로 웅크리고 앉은 자세의 그 육중한 기계장치는 2~3백 정도의 무게가 나갈 게 틀림없었다.

매들린은 긴장한 건지, 아니면 안도한 건지 킥킥 웃는 것 같은 소리를 냈다. 엘리엇은 으르렁거렸고 펠 박사는 욕설을 내뱉었다.

"유돌포(A. 래드클리프의 1794년작 〈유돌포 성의 비밀(The Mysteries

of Udolpho)〉에서 여주인공이 강제로 납치되는 성. 그 후 주인공은 일련의 초자연적 공포를 경험하는데, 이것은 결국 여주인공을 미치게 만들기 위한 고의적인 음모로 밝혀짐—옮긴이)의 그림자인가! 이것도 용두사미로 끝나는 건가?"

"박사님?"

"내가 무슨 말을 하는지 알겠지. 그 하녀는 푸른 수염의 방에 들어가서 처음으로 이것을 보려고 했던 거네, 그래서……"

그는 말을 멈췄고 콧수염 끝을 입으로 훅 불었다.

"아니, 아니야, 그건 아닐 거야."

"네, 그건 아닐 겁니다."

엘리엇은 진지하게 동의했다.

"즉 이곳에서 무슨 일이 일어났다면 말입니다. 그 여자가 어떻게 여기 들어왔을까요? 그리고 누가 그녀를 아래층에 데려다 놓았을까요? 또 그녀는 섬오그래프를 어디서 손에 넣었을까요? 그리고 단지 이것을 보기만 하는 것으로 그 여자가 충격을 받은 것처럼 그렇게까지 심하게 영향을 받을 수는 없었을 겁니다. 그녀는 비명을 지르거나 했을 거예요. 이것을 보고 깜짝 놀랐을 수는 있겠죠. 하지만 그녀가 히스테리 환자가 아닌 한 이 정도는 아니었을 겁니다. 레이디 판리, 하인들이 이 인형에 대해 알고 있습니까?"

"그럼요. 놀스와, 아마 앱스 부인을 제외하고는 아무도 보지는 못했지만, 모두 알고는 있었어요."

몰리가 말했다.

"그러면 뜻밖의 일도 아니었겠네요."

"그렇죠."

"제 말대로 그녀가 이 좁고 답답한 공간에서 뭔가를 보고 깜짝 놀란 것이었다고 해도 아무런 흔적이 없네요."

"저길 보게."

펠 박사가 지팡이로 가리키며 말했다.

회중전등의 빛이 자동인형 받침 옆 바닥을 비췄다. 그것은 구겨진 리넨 뭉치였는데 엘리엇이 집어 들어보니 주름 장식이 달린 하녀의 앞치마였다. 최근에 깨끗하게 세탁된 것이었지만 군데군데 티끌과 흙 같은 것이 묻어서 더러워져 있었다. 그리고 한쪽에 들쭉날쭉 짧게 해진 부분이 두 군데 있었다. 펠 박사는 그것을 경위한테 받아서 몰리에게 건넸다.

"베티의 것인가요?"

그가 물었다.

몰리는 잉크로 아주 조그맣게 이름을 써 놓은 앞치마 끈과 앞치마 단의 바느질 상태를 살피고 나서 고개를 끄덕였다.

"잠깐만요!"

펠 박사가 강요하듯 말하고는 눈을 감았다. 그런 다음 떨어지지 못하게 하려는 것처럼 안경을 누른 채 문 옆에서 쿵쿵거리며 자꾸 왔다 갔다 했다. 다시 손을 치웠을 때 그는 찌푸린 얼굴에 진지한 표정을 띠고 있었다.

"알았어. 이보게, 들어 보게. 그 사과와 사과 방에 대한 부분을 증명할 수 없었던 것처럼 이것을 증명할 수는 없네. 하지만 책 벽장에서 무슨 일이 있었는지는 눈으로 본 것처럼 확실히 말해 줄 수 있네. 더 이상 단순한 일상적 일과에 지나지 않는 게 아니네. 점심시간과 오후 4시 사이에, 그 하녀가 소스라쳐 놀랐을 때, 여기 있는 많은 사람들이 그 시간에 무엇을 하고 있었는지 알아야 하는 게 이 사건에서 극히 중요한 문제가 됐네.

이보게, 그건 살인자가 이곳에 있었기 때문이네. 이 책 벽장에 말이네. 베티 하보틀은 그를 여기서 만났던 거네. 살인자가 무엇을 하고 있었는지는 모르겠구먼. 하지만 그자가 이곳에 있었던 것을 아무도 몰랐다는 건 의심의 여지가 없어. 뭔가 일이 벌어졌네. 그 뒤에 그는 하녀의 앞치마를 이용해서 먼지 속에 난 발자국과 지문 같은 자국을 지워 버렸네. 그 다음에 그녀를 안거나 질질 끌어서 아래층에 데려다 놓고는 그녀의 손에 전날 밤 훔쳐갔던 쓸모없는 섬오그래프를 쥐여 놓은 거네. 그러고 나서 그런 사람들이 그러하듯 그 자리를 떠났고, 앞치마를 바닥 한가운데 교묘히 남겨 놓았던 거네. 어떤가?"

엘리엇이 손을 들어 올렸다.

"잠깐만이요, 박사님. 잠깐만요."

그는 곰곰이 생각하며 말했다.

"유감스럽지만 그 이야기에 대해 두 가지 반론이 있습니다."

"어떤 건가?"

"첫째, 만약에 살인자가 이 작은 방에 있었고 무엇이든 하고 있던 일을 숨기는 것이 그렇게 중요한 문제였다면, 어떻게 의식이 없는 하녀를 한 장소에서 다른 장소로 옮기는 것만으로 자신의 흔적을 숨기려고 했을까요? 그는 발각되는 걸 피하려는 게 아니었던 겁니다. 단지 뒤로 미루려고 했던 것뿐이죠. 그 하녀는 살아 있어요. 그러니 회복되겠죠. 그러면 누가 여기 있었고, 무엇을 하고 있었는지, 아무튼 그녀가 말해 줄 수 있잖습니까."

"명백히 답하기 어려운 질문이네."

펠 박사가 말했다.

"명백히 정곡을 강타하는 어려운 질문이야. 그래도 자네는 알고 있지."

그는 격렬히 말했다.

"그 표면상 모순된 답이 우리 문제의 답이라고 해도 내가 놀라지 않을 거라는 걸 말이네. 또 다른 반론은 뭔가?"

"베티 하보틀은 다치지 않았습니다. 육체적으론 다치지 않았단 말이죠. 그녀는 자신이 본 어떤 것에서 명백히 구식의 공포를 느끼고 그런 상태에 빠진 겁니다. 그럼에도 그녀가 보았을지도 모르는 건 평범한 사람이 해서는 안 되는 어떤 일을 하는 것뿐이었어요. 그게 이치에 맞지 않습니다, 박사님. 요즘 아가씨들은 상당히 강인해요. 그러면 무엇이 그녀를 그런 상태에 몰아넣었을까요?"

펠 박사는 그를 바라보았다.

"저 자동인형이 뭔가 했다면."

그가 대답했다.

"그것이 지금 손을 뻗어서 자네의 손을 잡는다면 어떨까?"

그 의견의 효과가 상당하다 보니 그곳에 있던 모든 사람이 뒷걸음질을 쳤다. 여섯 쌍의 눈이 인형의 황폐한 머리와 기묘한 손으로 쏠렸다. 움켜잡거나 접촉하기에 기분 좋은 손은 아니었다. 곰팡내 나는 가운에서 틈이 벌어진 왁스로 만든 얼굴까지 그 피규어에는 손이 닿아서 유쾌한 것이 전혀 없었다.

엘리엇은 헛기침을 했다.

"그자가 인형을 움직이게 했다는 말씀인가요?"

"그자는 저것을 작동시킬 수 없었어요."

고어가 끼어들었다.

"나는 수십 년 전에 그것에 대해 생각했어요. 다시 말해 내가 여기 있었을 때 이후로 전기 시스템이나 그외 다른 속임수 장치를 저

안에 집어넣지 않았다면 저것을 작동시킬 수 없었단 말이죠. 제기 랄, 여러분, 9대에 걸친 관리 가 사람들이 저것을 어떻게 작동시킬 지 알아내려고 무진 애를 썼단 말입니다. 그럼 제가 명백한 제안을 하나 하죠. 내게 저것의 작동법을 알려주는 사람에게 천 파운드를 주겠습니다."

"남자든 여자든 상관없이요?"

매들린이 말했다. 페이지는 그녀가 억지로 웃음을 유도하고 있다 는 것을 알았지만 고어는 대단히 진지하게 대답했다.

"남자든 여자든 아이든 누구든지요. 최신식 속임수 없이 250년 전 에 공개된 것과 같은 상황 하에서 그것을 움직이게 할 수 있는 여자 나 남자에게요."

"관대한 제안이군요."

펠 박사가 기분 좋게 말했다.

"그럼 그녀를 밖으로 끌어내서 한번 보도록 할까요."

엘리엇과 페이지는 간신히 인형이 앉아 있는 철제 상자를 붙잡고 서 덜컹 소리를 내며 문지방을 넘어 책 벽장 밖으로 그것을 끌어당 겼다. 그녀의 머리가 갑자기 흔들렸다. 페이지는 머리칼이 빠지는 건 아닐까 생각했다. 그래도 바퀴가 놀라울 정도로 쉽게 움직였다. 세차게 삐걱거리는 소리와 희미하게 덜걱거리는 소리를 내면서 그들 은 꼭대기 계단 근처 창문에서 나오는 빛 속으로 그녀를 밀고 갔다.

"계속 하죠. 어디 증명해 봅시다."

펠 박사가 말했다.

고어는 꼼꼼히 검사를 했다.

"우선 이것의 몸체가 태엽 장치로 가득 차 있다는 것을 아시게 될 겁니다. 내가 기계 전문가가 아니라서 모든 바퀴 모양의 장치와 그외 여러 가지 것들이 진짜인지, 아니면 효과를 노리고 그곳에 설비된 건지는 모르겠지만요. 몇 개는 진짜일수도 있지만 그것들 대부분이 가짜가 아닐까 싶군요. 어쨌든 몸체가 꽉 차 있다는 게 핵심이에요. 그리고 등 쪽에 긴 창이 하나 있지요. 그것이 아직 열린다면 손을 넣을 수 있어요, 그런데 앗, 할퀸 거야, 응?"

고어의 얼굴이 어두워지면서 손을 홱 잡아당겼다. 열중한 상태에서 그는 자동인형의 날카로운 손가락에 너무 가까이서 손을 움직였던 것이다. 갈고리 모양으로 굵힌 손등에서 피가 났다. 그는 손등을 입에 갖다 댔다.

"이봐, 태엽 장치! 나의 충실한 태엽 장치! 네 남은 얼굴마저 쳐서 떨어뜨리는 게 좋겠어."

그가 말했다.

"그러지 말아요."

매들린이 소리쳤다.

그는 재미있어 했다.

"당신이 바라는 대로 하지요, 아가씨. 어쨌든 경위님, 그 기계 장치 속에서 어슬렁거릴 수 있겠습니까? 내가 입증하고 싶은 건 몸체가 기계 장치들로 꽉 차 있어서 아무도 그 안에 들어갈 수 없다는 겁니다."

엘리엇은 여전히 심각한 얼굴이었다. 그 창유리는 뒤쪽 창문에서 멀리 떨어져 있었다. 손전등의 도움으로 그는 기계 장치를 조사하고 손으로 내부를 더듬어 보았다. 뭔가에 놀란 듯했지만 그는 단지 이렇게만 말했다.

"네, 그렇군요. 이곳엔 아무것도 들어갈 만한 공간이 없어요. 그러니까 당신 말은 누군가 이 안에 숨어서 이것을 작동했다는 의미였지요?"

"누구든지 과감히 추측해 볼 수 있는 생각이잖습니까. 자, 그럼. 자동인형은 그것으로 끝이 난겁니다. 직접 보시는 바와 같이 남아 있는 유일한 부분은 그녀가 앉아 있는 소파예요. 살펴볼까요."

이번에는 그는 더 힘이 드는 모양이었다. 소파 앞 왼쪽에 작은 손잡이가 하나 있었다. 페이지는 앞면 전체가 경첩으로 움직이는 작은 문처럼 열리는 것을 간파했다. 몇 번의 조작으로 그는 가까스로 문을 열었다. 상자의 내부는 녹이 슬어 심하게 부식된 순수한 철로 이루어져 있었는데 90센티미터에 훨씬 못 미치는 길이에 45센티미터 미만의 높이였다.

고어는 기쁨으로 얼굴이 환해졌다.

그가 말했다.

"멜첼의 체스를 두는 자동인형에 대해 제시된 설명을 기억하시나요? 그 피규어는 작은 문들이 달린 일련의 커다란 상자들에 앉아 있었어요. 실연 전에 흥행사는 이 문들을 열어서 조작이 없다는 것을 보여줬지요. 그러나 상자 안쪽에 교묘하게 몸을 구부린 채 한 칸에서 다른 칸으로 왔다 갔다 하는 작은 아이가 숨어 있다는 얘기가 있었어요. 그런데 이런 움직임이 재빨리 문을 여닫는 것과 동시에 일어나서 관객들은 자신들이 텅 빈 내부를 모두 보았다고 믿었던 겁니다.

여기 마녀에 대해서도 그런 말들이 있었어요. 하지만 목격자들은 그럴 리가 만무하다고 썼지요. 내가 지적할 필요도 없을 테지만 첫째, 아주 작은 아이가 있어야 합니다. 둘째, 흥행사가 아이를 데리고서 아무도 그 사실을 눈치 채지 못하게 유럽 전역을 여행할 수 없었다는 겁니다.

자, 저 마녀한테는 오로지 좁은 공간 하나와 문 한 개밖에는 없어요. 관객들은 나가서 그 공간의 안쪽을 만져보고 속임수가 없다는 것을 확인까지 했어요. 관객들 대부분이 그렇게 했죠. 피규어는 바닥에서 들어 올려져 주인이 준비한 카펫 위에 놓였고 혼자 서 있었어요. 그런데 그녀가 작동될 수 있는 방법이 전혀 없었는데도 불구하고 우리의 활기찬 귀부인은 명령에 따라 시턴을 받아서 관객들이 큰 소리로 외치는 어떤 곡조든 연주를 한 뒤에 시턴을 돌려주었고, 관객들과 무언의 손짓발짓으로 대화도 나누고 그때그때 어울리는 다른 익살까지 부렸다 이겁니다. 내 훌륭한 선조님이 얼마나 만족하셨을지 궁금하지 않습니까? 나는 그분이 비밀을 알게 됐을 때 왜 마음을 바꿨는지 줄곧 알고 싶었답니다."

고어는 오만한 태도가 됐다.

"자 이제 이것을 어떻게 움직였을지 말해 주시죠."

그가 덧붙였다.

"이 악당 같은 사람!"

몰리 판리가 말했다. 그녀는 아주 상냥한 태도로 말했지만 허리께에서 손을 꽉 움켜쥐고 있었다.

"무슨 일이 일어나건 당신은 늘 그렇게 거드럭거리나요? 만족하지를 못해요? 기차놀이나 장난감 병정놀이라도 하고 싶은 거예요? 아, 브라이언, 이리 와요. 더 이상 견딜 수가 없네요. 그리고 당신도, 그리고 당신, 경관님도. 인형을 만지작거리며 어린애들 떼거리처럼 사방에서 우글거리고 있는 꼴이라니. 그럴 때는 어젯밤에 살해된 남자는 신경도 안 쓰나요?"

"좋아요. 우리 주제를 바꿉시다. 그럼 기분 전환 겸 그 일이 어떻게 일어났는지 제게 말해 주시겠어요."

고어가 말했다.

"물론 당신은 자살이었다고 말하겠지요."

실망한 태도로 고어가 말했다.

"부인, 내가 무어라 말하든 별 차이가 없을 겁니다. 어떤 경우라도 누군가는 반드시 나를 맹렬히 공격할 테니까요. 만약에 그것이 자살이었다고 말하면 나는 A, B, C의 공격을 받을 거예요. 만약에 그것이 살인사건이었다고 말하면 D, E, F의 공격을 받을 테고요. 나는 그것이 우발사고였다고 암시한 적은 없었어요. G, H, I의 노여움을 사는 것을 피할 수만 있다면 좋겠는데."

"확실히 아주 영리한 행동이네요. 어떻게 생각하세요, 엘리엇 씨?"

엘리엇은 마음속의 생각을 정직하게 토로했다.

"레이디 판리, 이제까지 관여한 가장 어려운 사건에서 저는 최선을 다하려고 애쓰고 있는데 당신들 중 누구의 의견도 도움이 되지 않는군요. 생각해 보세요. 잠깐만 생각해 보면 이 기계가 사건과 관계가 많다는 것을 틀림없이 아실 겁니다. 격정에 이끌려 말씀하시지 않기를 부탁드립니다. 이 기계와 관계된 뭔가가 있으니까요."

그는 자동인형의 어깨에 손을 올려놓았다.

"고어 씨가 말씀하신 대로 이 안의 태엽 장치가 가짜 태엽 장치인지 어떤지는 모르겠습니다. 사무실에 가져가 시험을 한번 해서 수수께끼를 풀어보고 싶네요. 200년이 지난 지금도 이 기계 장치가 여전히 작동을 할지는 모르겠어요. 하지만 시계들이 그 이후에 여전히 작동한다면 왜 안 되겠어요? 그런데 뒤쪽을 들여다봤을 때 이것만은 알아냈습니다. 이 안의 기계 장치에는 최근에 기름을 친 흔적이 있더군요."

몰리는 얼굴을 찡그렸다.

"그래서요?"

"펠 박사님, 궁금한 게 있는데요, 박사님은……"

엘리엇은 뒤돌아보았다.

"어! 어디 계세요, 박사님?"

무슨 일이든 생길지 모른다는 페이지의 확신은 박사처럼 눈에 뜨이는 큰 존재가 사라짐으로써 강해졌다. 그는 그 상황에서 사라졌다가 대개 의미 없는 일에 몰두하며 다른 곳에서 불쑥 나타나는 펠 박사의 버릇에 아직 익숙지 않았다. 이번에는 책 벽장에서 가물거리는 불빛이 엘리엇의 질문에 대답했다. 펠 박사는 계속 성냥을 그어 가며 아래쪽 선반들을 보는 데 열중하고 있었다.

"어? 뭐라고 했지?"

"이 대화를 듣고 있지 않으셨어요?"

"아, 그거? 어험, 음. 여러 세대에 걸쳐 실패한 일을 즉석에서 성공할 수 있다고 주장할 수는 없지만, 최초의 흥행사가 어떤 옷차림을 했는지 좀 알고 싶어서 말이네."

"옷차림이오?"

"그러네. 전통적인 마술사의 복장 말이네. 그것이 특별히 인상적이지는 않았지만 가능성을 암시하는 것처럼 줄곧 생각됐거든. 그렇지만 결과 여부와 상관없이 나는 저 벽장에 달려들어 조사를 했네."

"책들을요?"

"마녀 재판에 관한 처음 보는 책들도 몇 권 있지만 이 책들은 비정통서 중에서는 평범한 정통서들에 속하는 것들이네. 자동인형의 공연 방식이 설명되어 있는 듯한 책을 찾았는데, 내가 빌릴 수 있을까요? 감사합니다. 그리고 특히 이게 있더군."

고어가 재미있다는 듯 장난기 어린 눈빛을 반짝이며 박사를 지켜보는 동안 그는 덜컥거리는 나무 상자를 들고서 쿵쿵거리며 벽장 밖으로 나왔다. 그와 동시에 페이지는 다락방이 사람들로 꽉 찬 것처럼 느꼈다.

하지만 그들을 따라 올라오겠다고 주장했고, 이 일로 성질이 났을 것이 틀림없는 케넷 머레이와 너대니얼 버로스가 등장한 것뿐이었다. 버로스의 커다란 안경과 머레이의 당당하고 침착한 얼굴이 뚜껑문에서 나오는 것처럼 다락방 계단에 나타났다. 잠시 동안 그들은 더 가까이 다가오지 않았다. 펠 박사는 덜걱덜걱 소리를 내며 나무 상자를 날랐다. 그는 가능한 한 균형을 잡고서 그것을 자동인형이 앉아 있는 소파의 좁은 턱에 올려놓았다.

"이봐요, 기계를 조심해요!"

박사가 날카로운 어조로 말했다.

"이곳 바닥은 울퉁불퉁하단 말이오. 그녀가 굴러서 우리에게 떨어지는 것을 원하는 건 아니겠죠. 자, 볼까요. 세월의 먼지로 뒤덮인 기묘한 수집품인 것 같지 않소?"

상자 안에서 그들은 아이들 장난감인 유리구슬 여러 개와, 색채가 선명한 손잡이가 달린 녹슨 칼, 제물 낚싯대 몇 개, 꽃다발처럼 커다란 고리 네 개가 용접된 작지만 묵직한 납 봉 돌, 그리고 어울리지 않게 수십 년 전의 여자용 양말대님을 찾았다. 하지만 그들은 이것들을 보고 있지 않았다. 그들은 위쪽에 놓여 있는 것을 보고 있었다. 철사를 축으로 하여 양피지로 만든 이중 가면으로 야누스(머리 앞뒤에 얼굴이 있는 문·출입구의 수호신—옮긴이)의 모습처럼 머리 앞뒤에 얼굴이 있는 형체였다. 거무스름하고 주름진 물건인데 별 특징이 없었다. 펠 박사는 그것에 손을 대지 않았다.

212

"보는 것만으로도 불쾌해요. 그런데 도대체 그게 뭐죠?"

매들린이 작은 소리로 말했다.

"신의 가면이오."

펠 박사가 말했다.

"그게 뭐라고요?"

"마녀 모임을 주재하는 진행자가 썼던 가면이오. 그것에 대해 읽은 대부분의 사람들이나 심지어 그것에 대해 쓴 사람들도 마법이 정말 무엇인지 전혀 몰랐소. 강의를 할 생각이 아니오. 하지만 우리는 지금 실례를 보고 있소. 악마주의는 기독교 의식의 끔찍한 모방이었지요. 하지만 이교도의 신앙 관습에 오랜 기반을 두고 있었어요. 그것의 신들 중 두 명은 다산과 갈림길의 수호자인 머리가 둘인 야누스와 다산과 처녀성의 수호자인 다이아나(Diana : 그리스 신화의 아르테미스에 해당—옮긴이)였소. 의식의 남자 진행자 혹은 여자 진행자는 악마를 상징하는 염소 가면이나 우리가 여기 갖고 있는 것과 같은 가면을 썼지요. 홍!"

그는 집게손가락과 엄지손가락을 가면에 대고 똑딱거렸다.

"계속해서 그런 것을 암시하시네요."

매들린이 조용히 말했다.

"아마 여쭤 보지 않는 게 더 낫겠지요, 하지만 제 솔직한 질문에 대답해 주시겠어요? 질문을 하는 것조차도 바보 같은 짓인 것 같긴 하지만요. 박사님은 이 부근 어딘가에 악마주의자 무리가 있다는 말씀이신가요?"

"심각한 건 아니오."

펠 박사가 엄격한 깨달음의 표정을 띠고 단언했다.

"그 대답은 '아니오'랍니다."

이야기가 잠시 중단됐다. 엘리엇 경위는 돌아보았다. 그는 너무 놀란 나머지 그들이 증인들 앞에서 이야기하고 있다는 것을 잊었다.

"정신 차리세요, 박사님! 그럴 리가 없습니다. 우리 증거는……"

"진심으로 하는 말이네. 우리 증거는 그렇게 가치가 없네."

"하지만……"

"오오, 왜 지금까지 생각하지 못했지!"

펠 박사가 열정적으로 말했다.

"내가 좋아하는 사건이군. 이제 막 그 사건의 해답이 생각났어. 이 보게, 엘리엇, 걸개그림에는 사악한 집회들이 전혀 없었네. 피리 소리도 없었고 밤의 연회도 없었지. 견실한 켄트 주의 사람들은 그런 바보 같은 멍텅구리 짓에 빠진 적이 없었어. 자네가 증거 수집을 시작했을 때 내가 받아들이기 어려웠던 것 중 하나였는데, 이제 그 추악한 진실이 보이는군. 엘리엇, 이 사건에는 마음이 비뚤어진 한 사람이 있네, 단 한 사람이 말이네. 내 공짜로 모든 진실을 말해 주지."

머레이와 버로스가 삐걱거리는 소리를 내며 그들에게 합류했다.

"자네 흥분한 것 같군."

머레이는 냉담한 어조로 말했다.

박사는 미안해하는 얼굴이었다.

"음, 조금 그런 것 같네. 아직 모든 사실을 알지는 못하네. 하지만 사건의 발단을 알았으니 곧 뭔가 말할 수 있을 거네. 이건…… 에에…… 동기의 문제네."

그는 먼 곳을 응시했는데 그의 눈빛이 희미하게 번득이는 것이 보였다.

"게다가 상당히 기발하네. 한 번도 들어 본 적이 없는 범죄 행위네. 솔직히 말하면 악마 숭배 자체는 어떤 사람이 만들어 낸 지적

214

오락에 비해 정직하고 솔직한 관심거리지. 먼저 실례하겠습니다, 신사분들…… 그리고 숙녀분들. 정원에서 좀 살펴보고 싶은 게 있어서요. 계속 하게, 경위."

엘리엇이 채 깨닫기 전에 그는 계단 쪽으로 뚜벅뚜벅 걸어갔다. 엘리엇은 모든 것을 무시하고는 활기를 띠며 말했다.

"자, 그런데 무슨 일로? 무슨 볼일이 있으셨나요, 머레이 씨?"

"자동인형을 살펴봤으면 해서요."

상대가 퉁명스럽게 대답했다.

"신원 확인 증거물을 제시해서 아무런 가치가 없기 때문에 내가 무시당하고 있다는 건 알아요. 그러니까 이게 마녀군요. 그리고 이건, 봐도 괜찮겠습니까?"

그는 덜걱덜걱 소리를 내며 나무 상자를 집어 들어 먼지 낀 창문에서 들어오는 희미한 빛 가까이로 옮겼다. 엘리엇은 그를 유심히 보았다.

"그것들 중에서 무엇이든 전에 보신 적이 있습니까?"

머레이는 고개를 가로저었다.

"양피지 가면에 대해 들어본 적은 있었어요. 하지만 이것을 본 적은 없었지요. 궁금한 게 있는데요."

그리고 바로 그때 자동인형이 움직이기 시작했다.

지금까지도 페이지는 아무도 그것을 밀지 않았다고 장담할 수 있다. 이것은 사실일 수도 있고 사실이 아닐 수도 있다. 일곱 명의 사람들은 계단 쪽으로 완만한 둔덕을 이루는, 삐걱거리고 딱딱 소리를 내는 바닥에 놓여 있는 자동인형 주위에 가까이 있었다. 하지만 창문에서 들어오는 빛이 분명치 않은 데다 그들은 마녀에게 등을 돌리고 선 머레이가 오른손에 들고 있는 증거물에 시선을 집중하고 있었다. 손 하나가 움직였는지, 발 하나가 움직였는지, 한쪽 어깨가 움직였는지 아무도 몰랐다. 그들이 보지 못한 것은 부식된 인형이 브레이크가 풀린 자동차처럼 갑자기 슬그머니 움직이는 모습이었다. 그들이 확실히 본 것은 150킬로그램 정도의 쇳덩이가 덜걱거리며 손이 닿는 범위에서 벗어나 포차처럼 층계의 뚫린 구멍을 향해 돌진하는 모습이었다. 그들이 들은 것은 끽끽거리는 바퀴소리와 펠 박사의 지팡이가 계단을 똑똑치는 소리, 그리고 다음과 같은 엘리엇의 고함소리였다.

"제발 조심하세요!"

그때 요란한 소리를 내며 그것이 넘어지려고 했다.

페이지는 손을 뻗었다. 그의 손이 철제 상자 가까이 있었으니 어떻게든 도망치는 화포를 정지시키려고 노력했어야 했다. 하지만 그는 그 쇳덩이가 좌우로 흔들리며 곤두박이려고 할 때, 오히려 넘어지는 것을 막았고, 그것은 가는 길에 있는 건 무엇이든 눌러 버릴 것 같은 기세로 온 계단을 미친 듯이 휩쓸고 내려갔다. 그 묵직한 검은색 덩어리의 바퀴는 여전히 이탈하지 않은 상태였다. 첫 번째 계단에 큰 대자로 엎드린 채 페이지는 펠 박사가 아래쪽 중간쯤에서 위쪽을 응시하는 것을 보았다. 계단 아래에 열린 문에서 들어오는 빛이 보였다. 펠 박사가 옴짝달싹할 수 없는 막힌 공간에서 마치 강타를 피하려는 것처럼 한 손을 급히 쳐드는 것도 보았다. 그 검은색 형체가 아슬아슬하게 거침없이 지나쳐가는 것도 보았다.

하지만 그는 더 많은 것을 보았다. 아무도 예견할 수 없었던 일이다. 그는 열린 문으로 자동인형이 아래쪽 복도에 닿는 것을 분명히 보았다. 부딪치면서 바퀴 한 개가 뚝 부러졌지만 추진력이 대단했다. 갑자기 한쪽으로 한 번 기운 뒤에 곧장 복도 반대편 문으로 달려가 충돌했다. 그리고 문이 열렸다.

　페이지는 비틀거리며 계단을 내려갔다. 복도 맞은편 방에서 터져 나오는 비명 소리를 들을 필요도 없었다. 그는 누가 그 방에 있고, 왜 베티 하보틀이 그곳에 있으며, 이제 막 무엇이 그녀를 방문하러 들어간 것인지 잊지 않고 있었다. 자동인형이 멈춰선 뒤, 소동이 가라앉고 나서 낮은 말소리가 새어나왔다. 이윽고 그는 킹 선생이 침실 문을 열 때 경첩이 삐걱거리는 소리를 분명히 들었다. 의사의 얼굴은 백지장 같았다. 그는 이렇게 소리쳤다.

　"도대체 거기서 무슨 짓을 한 거요?"

III

7월 31일 금요일

마녀의 부활

요컨대 이것이 악마적 행위이기 때문이야.
그가 말했다.
세상이 존재하면서부터 지금까지 혼란을 일으켰던 이 문제는
생각해 보면 부차적인 것이다.
악마는 자신의 존재를 알리고자 인간이나 동물의 모습으로 나타날 필요가 없다.
그냥 영혼을 하나 선택해 타락시키고
알 수 없는 범죄의 길로 인도하기만 하면 되는 것이다.

—J. K. 위스망스(J.K. HUYSMANS)의 〈피안(Là-Bas)〉 중에서

제14장

　존 관리 경에 대한 심리가 그 다음 날 열렸다. 대영제국의 모든 신문 잡지에서는 그것을 머리기사로 전하며 엄청난 센세이션을 불러일으켰다.

　대부분의 경찰들처럼 엘리엇 경위는 심리를 좋아하지 않는다. 그건 현실적인 이유 때문이다. 브라이언 페이지는 예술적인 이유 때문에 좋아하지 않는다. 전에 몰랐던 것을 아무것도 알 수 없기 때문이고 세상을 떠들썩하게 하는 특징이 좀처럼 없기 때문이며 무엇이든 그 평결으로 인해 전보다 더 사건 해결에 가까워지는 것은 아니기 때문이다.

　하지만 7월 31일 금요일 아침에 열린 이 심리는 패턴대로 되지 않았다는 것을 그는 인정했다. 물론 자살 평결이 내려지리라는 건 처음부터 알고 있는 결론이었다. 그럼에도 그것은 첫 번째 입회인이 단 열 마디를 말하기도 전에 지독한 소동을 일으킬 만큼 극적이었고 엘리엇 경위가 얼떨떨한 상태가 되는 것으로 끝났다.

아침 식사 때 진한 블랙커피를 마시면서 페이지는 전날 오후의 사건으로 인해 그들의 손에 또 다른 심리를 갖지 않게 된 것에 세속적인 감사의 기도를 드렸다. 배티 하보틀은 죽지 않았다. 두 번째로 그 마녀를 본 후에 그녀는 가벼운 찰과상만을 입었지만 여전히 말을 할 수 있는 상태가 아니었다. 그 후에 엘리엇의 끝없는 심문이 참담할 정도로 정신없이 이어졌다.

"그것을 밀었습니까?"

"맹세코 밀지 않았습니다. 누가 했는지 모릅니다. 우리는 평탄하지 않은 바닥을 쿵쾅거리며 걷고 있었어요. 아마 아무도 밀지 않았을 겁니다."

엘리엇은 그날 밤 늦게 펠 박사와 함께 파이프를 피우고 맥주를 마시며 이야기를 나누면서 자신의 생각을 간략하게 말했다. 페이지는 매들린을 집에 데려다 주고 억지로 뭘 좀 먹게 하고는 곧 일어날 것 같은 히스테리를 진정시키고 나서 동시에 많은 것을 생각하려고 애쓴 뒤에야 경위가 생각하는 결론을 들을 수 있었다.

"뭐가 뭔지 전혀 모르겠어요."

그는 간단히 말했다.

"우리는 단 한 개의 사건도 입증할 수 없다니까요. 우리가 겪은 일련의 사건들을 보세요! 빅토리아 데일리가 살해됩니다. 어쩌면 떠돌이의 소행일 수도 있고 아닐 수도 있어요. 하지만 지금 당장은 토론할 필요가 없는 다른 불쾌한 행위를 암시하는 겁니다. 아무튼 그건 1년 전 일이죠. 존 관리 경이 자신의 목을 찌르고 죽는 일이 벌어집니다. 베티 하보틀은 어떤 점에서는 '공격을 받고' 다락에서 끌려 내려오게 되고요. 그녀의 찢어진 앞치마가 위층 책 벽장에서 발견되죠. 섬오그래프도 사라졌다가 되돌아옵니다. 마지막으로 그 기계 장치를 아래층으로 밀어서 박사님을 살해하려는 계획적인 시도가 있고 박사님은 단지 한 번의 경고 소리와 천우신조로 그 공격을 모면하게 됩니다."

"정말로 고맙게 생각하네."

펠 박사는 불편한 듯 중얼거렸다.

"돌아보고서 거대한 괴물이 내려오는 것을 봤을 때가 내 평생 최악의 순간 중 하나였네. 내 잘못이었어. 내가 말을 너무 많이 했지. 그렇다고 해도……"

엘리엇은 묻는 듯한 날카로운 눈초리로 그를 응시했다.

"박사님, 그렇지만 박사님이 올바른 방향으로 가고 계시다는 것이 증명된 셈입니다. 살인자는 박사님이 너무 많이 알고 있다는 것을 알았어요. 지금 아는 것이 있으시다면, 그 단서가 무엇인지 제게 알려주셔야 됩니다. 아시다시피 뭔가 해결되지 않으면 저는 런던으로 돌아가야 하거든요."

"아, 빨리 말하겠네."

펠 박사가 딱딱거리듯 말했다.

"비밀로 하려는 게 아니네. 하지만 내가 확실히 말한다고 해도, 또 만약의 경우에 우연히 내가 맞는다고 해도 여전히 아무것도 입증할 수 없네. 게다가 다른 사건에 대해선 확신이 없군. 물론 아주 우쭐했지. 하지만 예의 나를 죽일 목적으로 자동인형을 밀었는지는 모르겠네."

"그럼 어떤 목적 때문일까요? 그 하녀를 또 다시 놀라게 하려는 것일 순 없어요, 박사님. 살인자는 그것이 그 침실 문에 부딪치리라는 것을 알 수 없었을 테니까요."

"나도 알고 있네."

펠 박사는 완고하게 말하고는 그의 희끗희끗한 커다란 더벅머리 사이로 손을 넣어 헝클어뜨렸다.

"그렇다고 해도…… 그렇다고 해도…… 증거가……"

"제 말이 바로 그겁니다. 이 점에서 이 모든 문제가 있는 겁니다. 관계가 있는 일련의 사건들이 있어요. 그런데 저는 그것들 중 하나도 입증할 수가 없어요! 한 가지도 제 상사에게 가져가서 '자, 이 사람을 체포하세요'라고 보고할 수가 없단 말입니다. 다른 판단을 할 수 있는 증거가 하나도 없어요. 그 사건들이 어떤 식으로든 관계가 있다는 것을 입증할 수도 없으니 이건 정말 큰 문제에요. 한데 내일 이 심리가 열린단 말이지요. 경찰 증거가 자살 평결을 강력하게 지지하는 것이 틀림없다고 해도……"

"당신이 심리를 연기시킬 수는 없나요?"

"그렇게 해야죠. 보통 제가 해야 할 일이 그것이니 우리가 살인사건의 증거를 갖게 되거나 소송을 완전히 철회할 때까지 계속 연기시켜야죠. 하지만 마지막으로 최고의 난관이 있습니다. 지금 정황으로 볼 때 더 많은 수사를 통해서 제가 무엇을 기대할 수 있을까요? 제 상사는 존 판리 경의 죽음이 자살이라고 거의 확신하고 있고 경찰 국장도 마찬가집니다. 그들은 버턴 경사가 울타리에서 발견한 접칼에 죽은 남자의 지문 자국이 있다는 것을 알았을 때……"

페이지에게는 금시초문의 일이었지만, 그것은 자살자의 파멸을 재촉하는 결정적 증거였다.

"……끝이 났습니다."

엘리엇은 확실하게 말했다.

"제가 달리 뭘 찾을 수 있을까요?"

"베티 하보틀이 있잖습니까?"

페이지가 제안했다.

"좋아요. 그녀가 회복해서 이야기를 해 준다면? 책 벽장에서 누군가를 봤다고 말한다면? 뭔가를 하고 있었다고 한다면? 그런데 그것이 어쨌단 말인가? 그게 정원의 자살자와 무슨 관련이 있는 건가? 여보게, 증거는 어디 있나? 뭐 섬오그래프에 관한 건 있나? 그런데 그 섬오그래프의 지문이 죽은 남자의 것이라고 진술된 적이 없었네. 그렇다면 자네는 어떤 점에서 그런 방향으로 주장을 하게 됐나? 아니, 이성적으로 보지 마세요. 법률적으로 보세요. 그러면 틀림없이 그들은 오늘이 끝나기 전에 저를 다시 부를 테고 사건은 보류되겠지요. 우리는 이곳에 살인자가 있다는 것을 알고 있습니다. 그자는 너무나 교묘해서 만약에 누군가 중지시키지 않는다면 그 혹은 그녀는 계속 같은 방법으로 행동할 겁니다. 그러면 분명히 아무도 막을 수 없을 거예요."

"그럼 어떻게 할 작정인가요?"

엘리엇은 대답하기 전에 맥주 반 파인트를 꿀꺽꿀꺽 마셨다.

"말씀드린 대로 단 한 번의 기회가 있습니다. 본격적인 심리에서요. 대부분의 용의자들이 증언을 할 겁니다. 누군가 틀림없이 실수할 가능성이 있어요. 가망이 별로 없다는 건 인정해요, 하지만 전에도 일어난 적이 있잖습니까. 간호사 와딩턴(Waddington) 사건 기억하시죠? 그러니 다시 일어날 수도 있는 겁니다. 그 어떤 것도 도움이 되지 않을 때 경찰들이 가질 수 있는 마지막 희망이에요."

"검시관이 당신과 같은 수를 써서 맞설까요?"

엘리엇은 생각에 잠겨 말했다.

"이 버로스라는 친구는 어떤 일을 꾀하고 있어요. 저는 알 수 있습니다. 하지만 그는 제게 오지 않을 것이므로 그에게서 아무런 정보도 얻을 수 없을 겁니다. 그는 뭔가를 갖고 검시관에게 갔어요. 제 생각에 검시관은 버로스를 별로 좋아하지 않고, '판리'라고 추정된 그 죽은 사람도 그다지 좋아하지 않았어요. 게다가 그는 자살이라고 생각하고 있어요. 하지만 그는 공정하게 행동할 것이고, 그들 모두가 단결해서 한편이 아닌 자에게 대항할 겁니다. 저에게 말입니다. 아이러니한 건 버로스가 살인을 입증하고 싶어 한다는 겁니다, 자살 평결이 내려지면 자신의 의뢰인이 사기꾼이었다는 것을 거의 입증하는 셈이니까요. 모든 것은 혼란에 빠진 상속인들에 관한 신나는 안건 토의일에 오직 한 가지 평결로 결정이 날 겁니다. 자살로 판결되고 저는 귀환하고 사건은 종결되는 거죠."

"자자."

펠 박사가 달래듯 말했다.

"그런데 자동인형은 지금 어디 있나?"

"네?"

엘리엇은 불평을 토로하다가 정신을 차리고 상대를 응시했다.

"자동인형이요?"

그가 되풀이 말했다.

"제가 벽장에 처넣었습니다. 세게 부딪친 뒤에 이제 고철로서 외에는 가치가 없어져서요. 한번 살펴볼 생각이었지만 기사장이 이제 그 기계 장치를 이해할 수 있을지 의심스럽더군요."

"그렇군."

펠 박사가 말하고서 한숨을 쉬며 침실 등을 들어올렸다.

"알다시피 그래서 살인자가 아래층으로 그걸 밀었던 거네."

페이지는 불안한 밤을 보냈다. 다음 날에는 심리 외에도 많은 일들이 있었다. 그는 냇 버로스가 그의 부친 같은 사람은 아니라고 생각했다. 그는 장례 준비와 같은 문제도 페이지에게 책임을 넘겼다. 버로스는 다른 문제로 바쁜 것 같았다. 그리고 수상쩍은 분위기가 감도는 저택에 몰리가 '혼자' 남아 있는 문제도 있었고 하인들이 다 함께 그만둘 것 같다는 걱정스러운 소식도 있었다.

이런 생각들로 뒤끓다가 눈부신 햇살과 열기 속에 잠이 깼다. 9시가 되자 자동차들이 몰려들기 시작했다. 그는 몰링포드에서 그렇게 많은 자동차를 본적이 없었다. 자동차에서 기자들과 외지인들이 쏟아져 나왔다. 그는 이 사건이 그들의 문 밖에서 어마어마한 소란을 일으키고 있다는 것을 실감했다. 페이지는 화가 났다. 그의 생각에 이건 어느 누구도 관여할 일이 아니었다. 왜 그네와 회전목마를 설치하고 핫도그를 팔지는 않는 거지? 그들은 심리가 열릴 예정인 '황소와 푸주한'의 홀에 몰려들었는데, 그곳은 홉 따는 사람들의 잔치판을 위해 세워진 일종의 기다란 창고였다. 햇빛이 거리에 늘어선 수많은 카메라 렌즈에 부딪쳐 반짝였다. 여자들도 있었다. 론트리씨의 개는 누군가를 쫓아서 판사 집무실로 가는 길을 뛰어다녔고 아침 내내 멈추지 않고 흥분해서 짖어댔다.

이 지역 사람들은 묵묵히 움직였다. 그들은 어느 편도 들지 않았다. 시골 생활에서 각 개인은 서로 주고받으며 다른 사람에게 의지한다. 그러므로 이런 경우엔 무슨 일이 일어날지 사태를 관망해야 했다. 그래야 어떤 평결이 내려지든 무리 없이 편안한 상태가 될 수 있었다. 하지만 바깥세상에서는 '죽은 상속인은 살해되었는가, 죽은 상속인은 사기꾼인가?'를 놓고 떠들썩했다. 뜨거운 열기 속에서 오전 11시에 심리가 열렸다.

길이가 길고 천장이 낮은 어둑한 창고는 사람들로 꽉 차 있었다.

페이지는 이런 상황에서 풀 먹인 칼라가 의미가 있을지 생각했다. 판리 가 사람들의 허튼 수작을 용납 않기로 결심한 직설적인 사무 변호사인 검시관은 널찍한 탁자에 산더미처럼 쌓인 서류 너머에 앉아 있었고 그의 왼쪽으로 증인석이 있었다.

맨 먼저 미망인인 레이디 판리가 시체의 신원을 확인하는 증언을 했다. 일반적으로 아주 사소한 절차였는데도 심문이 있었다. 몰리는 프록코트를 입고 치자꽃을 옷깃에 꽂은 해럴드 웰킨 씨가 자신의 의뢰인을 대표하여 일어서자 거의 말을 잇지 못했다. 웰킨 씨는 죽은 남자가 실제로 존 판리 경이 아니었으므로 이 신원확인 절차에 관해 이의를 제기한다고 말했다. 그리고 이 문제가 고인이 자살했는지, 아니면 타살됐는지 판단하는 데 있어서 극히 중요한 사안이기 때문에 실례를 무릅쓰고 그 점을 고려해 줄 것을 검시관에게 청한다고 했다.

뒤이어 긴 논쟁이 이어졌는데 검시관은 냉정하지만 분노한 버로스의 도움을 받아서 웰킨 씨를 완전히 제지할 수 있었다. 하지만 자리로 되돌아가는 웰킨은 땀을 흘리면서도 만족스런 얼굴이었다. 그는 사건의 요점을 말했던 것이다. 그는 앞서나가고 있었다. 웰킨은 이 싸움의 실질적인 조건을 약술한 것이었고 사람들 모두 그 사실을 알았다.

몰리는 고인의 심리상태에 관한 검시관의 질문에 답하여 그 문제에 대해서도 이야기해야 했다. 검시관은 그녀를 정중하게 대하고 있었지만 그 문제를 철저하게 논의할 태세여서 그 때문에 몰리는 몹시 낭패한 것 같았다. 페이지는 검시관이 다음에 시체의 발견과 관련된 증인을 부르는 대신에 케넷 머레이를 불렀을 때 일이 돌아가는 상황을 깨달았다. 사건의 전말이 드러났다. 게다가 머레이의 점잖고 단호한 태도에서 고인의 사기 행위가 지문 증거 못지않게 명백하고 철저하게 두드러졌다. 그 과정에서 버로스는 고군분투했지만 오로지 검시관을 화나게 하는 데만 성공했다.

시체의 발견과 관련된 증언은 버로스와 페이지가 했다. 페이지는 자신의 목소리가 이상하게 들린다고 생각했다. 그 다음 의학적 증언을 할 증인이 나왔다. 테오필루스 킹 의사가 버턴 경사의 전화를 받고 관리 클로스에 갔던 7월 29일 수요일 밤에 대해 증언했다. 의사는 예비 검사를 했고 그 사람이 죽었다는 사실을 확인했다. 그 다음 날 시체는 시체 안치소로 옮겨졌다. 킹 의사는 부검을 수행한 검시관의 지시에 의해서 사인을 입증하는 셈이었다.

검시관 : 자, 킹 선생, 고인의 목에 난 상처를 묘사해 주시겠습니까?
의사 : 꽤 얕은 상처가 세 개 나 있었는데 목의 왼쪽에서 시작해서 약간 위쪽 방향으로 오른쪽 턱 아래 귀퉁이에서 끝나 있었습니다. 상처 두 개는 서로 교차되어 있었습니다.
질문 : 그럼 흉기가 목의 왼쪽에서 오른쪽으로 지나갔다는 말입니까?
대답 : 그렇습니다.
질문 : 자살한 남자가 손에 들고 있던 흉기로 이렇게 상처를 냈을까요?
대답 : 그 사람이 오른손잡이였다면 그렇습니다.
질문 : 고인이 오른손잡이였습니까?
대답 : 제가 알고 있는 바로는 그렇습니다.
질문 : 당신은 고인이 스스로 그런 상처를 입히는 것이 불가능했다고 말했습니까?

대답 : 그렇지 않습니다.

질문 : 의사 선생, 그 상처의 성질상 어떤 흉기가 그런 상처를 입히는 데 사용됐다고 말할 수 있을까요?

대답 : 10~12센티미터 길이의 거칠고 고르지 않은 칼날일 것 같습니다. 피부 조직이 많이 찢어져 있는 걸로 봐서요. 하지만 정확히 말씀드리기 어려운 문제입니다.

질문 : 대단히 감사합니다, 의사 선생. 곧 증인을 불러서 고인의 왼쪽 방향에서 대략 3미터쯤 떨어진 울타리에서 발견된 당신이 묘사한 것과 같은 칼날을 가진 칼을 보여드릴 겁니다. 제가 언급한 그 칼을 보았습니까?

대답 : 네, 봤습니다.

질문 : 당신 생각에는 문제의 그 칼이 당신이 묘사한 것과 같은 상처를 고인의 목에 입힐 수 있을까요?

대답 : 제 생각으로는 가능합니다.

질문 : 의사 선생, 끝으로 신중히 진술해야 할 문제입니다. 너대니얼 버로스 씨는 고인이 쓰러지기 직전에 저택을 등지고 연못 가장자리에 서 있었다고 증언했습니다. 하지만 이때 고인이 혼자 있었는지 어떤지 분명히 말하지는 못하더군요. 그렇게 하도록 끝까지 따져 보았지만 말입니다. 그렇다면 만일 고인이 혼자 있었을 경우에, 만일의 경우입니다. 그가 3미터라는 먼 곳으로 흉기를 던질 수 있었을까요?

대답 : 신체적으로 충분히 가능한 일입니다.

질문 : 그가 오른손에 흉기를 들고 있었다고 가정해 봅시다. 이 흉기가 오른쪽 대신에 왼쪽으로 떨어질 수 있을까요?

대답 : 죽어가는 사람이 일으키는 경련에 관해서 추측으로 말씀드릴

수는 없습니다. 제가 단지 말씀드릴 수 있는 건 그런 일이 신체적으로 가능하다는 것뿐입니다.

이렇게 고압적으로 사건의 정황을 전달하고 난 뒤에 당연히 어니스트 월버트슨 놀스의 진술이 남아 있었다. 모두가 놀스를 알고 있었다. 모두가 그가 좋아하는 것과 싫어하는 것, 그리고 그의 천성을 알고 있었다. 모두가 10년 동안 그를 보아왔는데 그에게는 교활한 면이 전혀 없었다. 놀스는 창문에서 그 광경을 보았으며 그 남자가 폐쇄된 둥근 모래밭에 홀로 있었으므로 살인이 불가능한 상황이라고 진술했다.

질문 : 당신이 본 것이 고인이 자살하는 장면이었다는 것을 마음속으로 확신합니까?
대답 : 그런 것 같습니다, 검시관님.
질문 : 그럼 오른손에 들고 있던 칼이 오른쪽보다 왼쪽으로 던져진 것을 어떻게 설명할 건가요?
대답 : 저는 돌아가신 신사분의 몸짓을 정확히 묘사할 수 없습니다, 검시관님. 처음엔 그럴 수 있다고 생각했지만 곰곰이 생각해보니 확신이 서지 않습니다. 어떤 움직임이 있었을 테지만 모든 것이 너무나 빠르게 돌아가서요.
질문 : 그러면 실제로 고인이 칼을 던지는 것을 보지 못했다는 겁니까?
대답 : 네, 그렇다고 생각합니다, 검시관님.

"아아!"
방청인들 중에서 어떤 목소리가 소리쳤다. 방청석에서 토니 웰러가 다소 큰 소리로 말한 것 같았다. 그런데 사실은 열기 속에서 붉은 얼굴에 땀을 흘리며 진술 내내 씨근거리며 자고 있던 펠 박사였다.

"이곳에선 정숙하세요."

검시관이 소리쳤다.

미망인측 변호사인 버로스의 반대심문에서 놀스는 고인이 칼을 던지는 것을 보았다고는 단언할 수 없다고 말했다. 그는 눈이 밝았지만 그 정도로 시력이 좋지는 않았다. 그의 명백히 성실한 답변 태도는 배심원들의 호의를 얻었다. 놀스는 자신이 오로지 막연한 느낌을 이야기했다는 것을 인정했고, 희박하지만 착오의 가능성도 인정했는데, 버로스는 그것으로 만족해야 했다.

필연적인 결론에 이르는 경찰측 증거, 즉 고인의 움직임에 대한 증거가 뒤따랐다. 그 무더운 창고에서 거미 다리처럼 움직이는 일련의 연필들로 실제로는 죽은 사람이 가짜라는 것이 결정되었다. 사람들의 시선이 진짜 상속자인 패트릭 고어에게 날아들었다. 휙 지나가는 눈길. 평가하는 듯한 눈길. 주저하는 눈길. 그리고 호의적인 눈길에도 그는 여전히 태연하고 냉담했다.

검시관이 말했다.

"배심원 여러분, 증언의 본질이 생소하기는 하지만 여러분이 경청해 주었으면 하는 증인이 한 명 더 있습니다. 버로스 씨와 그녀 자신의 요청에 의해 그 증인이 이곳에 나와서 중요한 진술을 할 텐데 이것이 여러분의 괴로운 임무에 도움이 되리라 믿습니다. 그런 까닭에 매들린 데인 양을 증인으로 부르겠습니다."

페이지는 깜짝 놀랐다.

법정에 어리둥절한 흥분이 일었고 기자들은 매들린의 대단한 아름다움에 흥미를 가지고 활기를 띠었다. 페이지는 그녀가 여기서 뭘 하고 있는 건지 몰랐지만 그것이 그를 불안하게 했다. 매들린이 증인석으로 가자 검시관이 그녀에게 성경을 건넸다. 그녀는 긴장을 했지만 또렷한 목소리로 선서를 했다. 마치 무복친(상례에서 복을 입을 촌수를 벗어난 가까운 친척—옮긴이)인 것처럼 그녀는 자신의 눈빛과 같은 짙은 남빛 모자에 짙은 남빛 옷을 입고 있었다. 딱딱한 분위기는 사라졌고 배심원석에 앉아 있는 남자 배심원들의 골함석 같은 단단한 자의식도 약해졌다. 지금 현재로는 그들이 그녀에게 미소 짓고 있지 않았지만 페이지는 그것이 멀지 않았다고 생각했다. 심지어 검시관도 정중한 태도로 안절부절못했다. 남성들 사이에서 매들린은 경쟁 상대가 없는 경애의 대상이었던 것이다. 관대한 분위기가 배심원 사이에 퍼졌다.

"법정에서 정숙해 주실 것을 다시 한 번 강력히 요청합니다!"

검시관이 말했다.

"자, 이름을 알려주시겠습니까?"

"매들린 엘스페스 데인입니다."

"나이는요?"

"서, 서른다섯입니다."

"주소는요, 데인 양?"

"프리텐덴 근처의 몬플레이서입니다."

"자, 데인 양, 고인에 관해서 진술을 하시고 싶다고요? 하시고 싶은 증언이 어떤 건가요?"

검시관은 무뚝뚝하지만 정중하게 말했다.

"네, 말씀드릴게요. 다만 어디서부터 시작해야 할지 정말 모르겠네요."

"아마 제가 데인 양을 도와드릴 수 있을 겁니다."

버로스는 땀을 흘리며 위엄 있게 일어나서 말했다.

"데인 양——"

자제력을 잃고서 검시관이 날카롭게 말했다.

"버로스 씨, 당신의 법적 권리와 내 법적 권리에 대한 존중 없이 계속해서 이렇게 진행을 방해한다면 나는 용인할 수, 아니 용인하지 않을 겁니다. 당신은 내가 질문을 마치면 그때가 되어서야 증인에게 질문할 자격이 있습니다. 그동안 잠자코 있든지, 아니면 퇴정해 주세요. 허헛! 으흠. 자, 데인 양?"

"제발 싸우지 마세요."

"싸우는 게 아닙니다. 이 법정에 응당 따르는 존경심을 지적하고 있는 겁니다. 고인이 어떻게 죽음에 직면했는지 판결하기 위해 모인 법정이므로 어떤 출처에서 나온 말일지라도……"

여기서 그의 시선이 기자들을 찾아냈다.

"나는 모든 것을 확인하려는 의지를 존중할 겁니다. 자, 데인 양?"

매들린은 진지한 어조로 말했다.

"존 판리 경에 관한 겁니다. 그가 존 판리 경인지 아닌지에 관한 이야기죠. 왜 그가 주장자와 주장자의 변호사를 그토록 맞아들이고 싶어했는지, 왜 그들을 집 밖으로 몰아내지 않았는지, 왜 지문 채취를 그토록 간절히 바랐는지 설명드리고 싶어요. 검시관님이 그의 죽음에 대한 판결을 내리시는 데 도움이 될 겁니다."

"데인 양, 단지 고인이 존 판리 경이었는지에 대하여 의견을 내놓으려는 것이라면 아무래도 알려 드려야 할 것 같군요."

"아니, 아니, 아니에요. 저는 그가 존 판리 경이었는지 아닌지는 몰라요. 그것이 정말 무서운 일이에요. 실은 그는 자기 자신을 알지 못했어요."

제15장

설사 아무도 그게 무슨 의미인지 모른다고 하더라도 어둑한 창고
가 술렁거리며 지금 이것이 센세이션을 일으킬 만한 증언일지도 모
른다는 느낌이 감돌기 시작했다. 검시관은 헛기침을 하고 눈을 부릅
뜬 마리오네트(줄인형-옮긴이)처럼 고개를 돌렸다.

"데인 양, 여기는 법정이 아니고 예비심리 장소입니다. 그러므로
약간이라도 관계가 있어서 도움이 될 수 있다면 하시고 싶은 증언
이 무엇이든 허용하겠습니다. 아무쪼록 무슨 뜻으로 한 말인지 설명
해 주시겠습니까?"

매들린은 심호흡을 했다.

"네, 제가 설명하도록 해 주시면 이것이 얼마나 중요한지 아시게
될 겁니다, 화이트하우스 씨. 여러분 모두 앞에서 말하기 힘든 것이
라서 그가 제게 이야기하게 되었던 겁니다. 아시다시피 그 사람은
누군가에게 털어놓아야만 했습니다. 그런데 그는 레이디 판리를 너

무나 좋아해서 그녀에겐 얘기할 수 없었어요. 그것이 그의 근심거리의 일부였답니다. 때때로 그로 인해 그 사람이 몹시 괴로워했기 때문에 어쩌면 그가 얼마나 불행했는지 여러분도 눈치 채셨을지도 모르겠네요. 그런데 저는 비밀을 털어놓을 만한 사람인가 봐요."

그녀는 반은 찡그리고 반은 웃음 지으며 이마에 주름을 잡았다.

"그래서 그런 거였어요."

"네, 네? 뭐가 그런 거였다는 겁니까, 데인 양?"

"그들에게 그저께 밤의 만남에서 나온 영지 논쟁과 지문 채취에 대한 모든 이야기를 하게 하셨죠."

매들린은 십중팔구 무의식적으로 불쑥 이야기를 다시 시작했다.

"저는 그 자리에 없었지만 그곳에 있었던 친구에게서 모든 이야기를 들었어요. 그 친구는 자신이 강한 인상을 받았던 대목이 지문 채취와 그 이후까지 줄곧 나타난 두 주장자들의 더 없는 자신감이었다고 하더군요. 가엾은 존, 죄송합니다, 주장자가 타이타닉에서의 끔찍한 사건에 대해 말하면서 선원의 나무망치로 내리친 얘기를 했을 때가 존 경이 유일하게 미소를 지으며 안도감을 나타낸 때라고도 말하더군요."

"네, 그런데요?"

"몇 달 전에 존 경이 제게 한 말이 있어요. 어렸을 적에 타이타닉이 난파된 뒤에 그는 뉴욕에 있는 한 병원에서 깨어났대요. 하지만 그는 그곳이 뉴욕인지도 몰랐고, 또 타이타닉에 대해서도 몰랐어요. 그는 자신이 어디에 있는지, 그곳에 어떻게 왔는지, 심지어 자신이 누구인지조차 몰랐어요. 배가 난파되는 중에 우연이든 고의든 뇌진탕을 당했고 머리에 타격을 받은 뒤에 소위 기억상실증을 겪게 되었던 거예요. 무슨 말인지 아시겠어요?"

236

"그럼요, 데인 양. 계속하세요."

"사람들은 그의 옷과 서류로 그를 존 판리라고 확인한 상태였어요. 병원에서는 한 남자가, 그의 어머니의 사촌이라는 한 남자가 침대 곁에 서 있었는데 그에게 자고 나면 다 괜찮아질 거라고 말했대요. 그럼 결말이 난 거잖아요, 무슨 말인지 아시겠지요.

하지만 그 나이의 아이들이 어떤지 아시잖아요. 그는 몹시 무서웠고 굉장히 걱정스러웠어요. 왜냐하면 자신에 대해서 아무것도 몰랐으니까요. 무엇보다도 나쁜 것은, 그 또래의 아이들처럼 그는 자신이 미쳤거나 뭔가 잘못된 게 있을지도 모르며, 또 그들이 자신을 감금할지도 모른다는 두려움 때문에 아무에게도 말할 용기를 내지 못했다는 거예요.

그에게는 그렇게 생각됐던 거예요. 자신이 이 존 판리라는 사람이 아니라는 생각을 할 이유가 전혀 없었던 거예요. 그들 모두가 자신에 대하여 진실을 말하지 않고 있다고 생각할 이유가 전혀 없었던 거죠. 그는 야외와 추운 장소와 관련이 있는 고함소리와 혼란 상태를 어렴풋이 기억하고 있었어요. 하지만 그게 그가 기억하는 전부였어요. 그래서 그는 아무에게도 그것에 대해 말하지 않았던 거예요. 그는 콜로라도에서 온 렌윅 씨의 친척인 체했어요. 모든 것이 생각난 척했던 거예요. 그리고 렌윅 씨도 의심하지 않았죠.

그는 그 사소한 비밀을 수년간 마음에 품고 있었어요. 그는 자신의 일기를 계속 읽으면서 기억을 되살리려고 노력했어요. 생각을 집중하기 위해서 손으로 머리를 누르고 몇 시간씩 앉아 있을 때도 있었다고 하더군요. 때때로 물속에서 보는 것처럼 이따금 얼굴이나 사건이 희미하게 기억나는 것 같았대요. 또 한편으로는 뭔가 이상하다고 생각했던 것 같아요. 명백히 의미가 드러난 것은 이미지보다는 오히려 짤막한 어구로 경첩과 관련이 있을 뿐이었어요. 구부러진 경첩이에요."

함석지붕 밑에서 방청객들은 장식 인형처럼 앉아 있었다. 종이 바스락거리는 소리도 나지 않았다. 아무도 수군거리지 않았다. 페이지는 옷깃이 축축해지고 심장이 시계처럼 똑딱거리는 것을 느꼈다. 흐릿한 햇빛이 창문을 통해 들어오자 매들린은 눈을 깜박였다.

"구부러진 경첩이라고요, 데인 양?"

"네. 그가 무슨 뜻으로 말했는지 모르겠어요. 그 역시 몰랐어요."

"계속하세요."

"콜로라도에서 보낸 초기에는 그는 뭔가 잘못됐다는 것을 사람들이 알게 되면 자신을 감옥에 집어넣는 것이 아닐까 걱정했어요. 필체는 아무 쓸모가 없었어요, 배가 난파되면서 손가락 두 개의 뼈가 거의 으스러진 바람에 펜을 똑바로 잡을 수 없었으니까요. 그는 집에 편지를 쓸 용기가 없었어요. 그래서 한 번도 쓰지 않았던 거예요. 그는 의사에게 가서 자신이 미쳤는지 묻는 것도 두려워했어요. 의사가 자신의 비밀을 누설할지도 모른다는 두려움 때문에 말이에요.

물론 얼마쯤 뒤에 차츰 그런 기분도 희미해졌지요. 그는 그것이 어떤 사람들에게나 일어날 수 있는 불운한 일이라고 확신하게 됐어요. 그러는 동안 전쟁과 그밖에 여러 가지 일이 일어났어요. 그는 정신병 전문의와 상담도 했어요. 정신병 전문의는 많은 심리 테스트를 한 뒤에 그가 정말 존 판리니 걱정할 것이 없다고 충고했어요. 하지만 그는 그 몇 년간의 공포를 결코 잊지 않았고 잊었다고 생각했을 때도 그 꿈을 꿨어요.

그리고 나서 가엾은 더들리가 죽고 난 뒤에 그가 작위와 영지를 상속받게 됐을 때 그 모든 것이 다시 되살아난 거예요. 그는 영국으로 돌아와야 했어요. 그는…… 어떻게 말해야 할까요? 그는 이론적으로 관심이 있었던 거예요. 결국 그는 반드시 기억해 내야 한다고 생각했던 거예요. 그런데 그러지 못했어요. 여러분 모두 그가 유령처럼, 자신이 유령인지도 모르는 가엾은 늙은 유령처럼 이리저리 헤매고 다녔다는 것을 알고 계실 거예요. 그가 얼마나 신경이 예민했는지 아실 거예요. 그는 이곳을 사랑했어요. 이곳에 모든 논밭과 정원을 사랑했어요. 그는 자신이 존 관리라는 것을 정말로 의심하지 않았어요, 아시겠어요. 하지만 그는 알아야 했던 거예요."

매들린은 입술을 깨물었다.

그녀는 이제 반짝이는 다소 냉엄한 눈빛으로 방청인들 사이를 두리번거렸다.

"저는 그와 이야기하면서 그를 안심시키려고 했어요. 너무 많이 생각하지 말라고 부탁했어요. 그러면 아마 기억이 날거라고요. 저를 보면 생각이 떠오르도록 준비하고서 그가 스스로 그것들을 기억하게 했어요. 저녁에 멀리서 〈그대 아름다운 숙녀에게(To thee, beautiful lady)〉라는 곡이 축음기에서 돌아가는 거예요. 그러면 그는 어렸을 적에 우리가 그 음악에 맞춰 춤을 췄다는 것을 기억해 냈어요. 저택의 세부 묘사도 해 봤어요. 서재에는 아시는 바와 같이 창문 옆 벽에 붙박이로 만들어진 책꽂이가 있는 벽장 같은 것이 있어요. 그저 벽장이 아니라 그곳에는 정원으로 열리는 문이 있었어요. 문고리를 찾는다면 지금도 열릴 거예요. 저는 그를 설득해서 그 문고리를 찾게 했어요. 그는 그 후로 밤에 잠을 잘 잔다고 했어요.

하지만 그는 여전히 알아야만 했어요. 결국 자신이 존 관리가 아닌 것으로 판명된다고 해도 알 수만 있다면 그다지 신경 쓰지 않는다고 했어요. 그는 자신이 더 이상 방종한 청소년이 아니라고 했어요. 그러니 침착하게 직면할 수 있다고요. 진실을 아는 것만이 세상에서 가장 중요한 일이라면서요.

그는 런던으로 가서 의사를 두 명 더 만났어요. 저는 잘 알아요. 그가 심령력이 있다는, 당시에 대단한 인기를 끌었던 하프문 가의 아리만이라는 몹시 작은 남자에게 갔을 때 얼마나 불안했을지 이해하실 수 있을 거예요. 그는 우리의 운명을 알려준다는 구실로 우리를 데려가서는 그것을 비웃는 체했어요. 하지만 그는 이 점쟁이에게 자신에 대한 모든 얘기를 털어놨어요.

여전히 그는 마을을 정처 없이 돌아다녔어요. 그는 늘 '나는 훌륭한 재산 관리인이에요'라고 말했어요. 그리고 그렇다는 건 여러분도 아실 거예요. 그는 교회에도 많이 갔어요. 그는 찬송가를 지독히 좋아했어요. 그리고 때때로 사람들이 〈제게 머무소서(Abide with Me)〉를 연주할 때, 어쨌든 교회 근처에 있을 때면 그는 담장을 쳐다보며 '내가 그럴 수 있는 입장이라면……'이라고 말하곤 했어요."

매들린은 잠시 이야기를 중단했다.

숨을 깊이 들이쉬자 그녀의 가슴이 부풀었다. 시선은 앞줄에 고정되어 있었고 그녀의 손가락들은 의자 팔걸이에 활짝 펼쳐져 있었다. 그때 그녀에게는 뿌리처럼 깊고 심장처럼 튼튼한 열정과 신비함만이 있는 것 같았다. 그럼에도 어쨌든 그녀는 무덥고 숨 막히는 창고에서 답변을 할 수 있는 유일한 여성이었다.

"죄송합니다."

그녀가 불쑥 말했다.

"아마 이야기를 하지 않은 편이 나았을 거예요. 아무튼 중요한 것도 아닌데. 상관도 없는 것으로 시간을 뺏었다면 사과드려요."

"이곳에선 조용히 하세요."

검시관은 술렁거림이 점점 커지는 쪽으로 고개를 흔들며 말했다.

"상관없는 얘기로 우리 시간을 뺏은 것 같다고는 단언할 수 없군요. 배심원들에게 더 하고 싶은 말이 있으신가요?"

"네."

대답하고 나서 매들린은 고개를 돌려 그들을 바라보았다.

"한 가지가 더 있어요."

"어떤 겁니까?"

"영지에 나타난 주장자와 그의 변호사에 대해 들었을 때 저는 존이 어떤 생각을 했을지 알 수 있었어요. 이제 여러분도 그의 마음속을 처음부터 끝까지 아실 거예요. 그의 생각의 과정과 그가 한 모든 말을 이해하실 수 있을 거예요. 난파된 타이타닉에서 선원의 나무망치로 머리를 얻어맞았다는 주장자의 이야기를 들었을 때, 왜 그가 웃었는지 그리고 왜 그렇게 안도했는지 이제 아실 거예요. 왜냐하면 그는 25년 동안 뇌진탕과 기억상실로 고통을 받고 있던 사람이었으니까요.

기다려 주세요! 주장자의 이야기가 사실이 아니라고 말하는 건 아니에요. 저는 모르겠어요, 아니 결정을 못한 체하는 게 아니에요. 하지만 존 경은, 마치 살아 있던 적이 없었던 것처럼 여러분이 고인이라고 부르는 그 사람은 틀림없이 그의 시각에서 도저히 사실일 수 없었던 말을 들었을 때 대단히 안도했을 거예요. 마침내 자신의 정체가 입증되는, 자신의 꿈이 실현되는 것을 보게 됐으니까요. 이제 왜 그가 지문 테스트를 기꺼이 받아들였는지 아실 거예요. 왜 그가 모든 것을 간절히 바랐는지 아실 거예요. 왜 그가 결과를 알기 위하여 기다릴 수 없었는지, 왜 그가 안절부절못했는지 아실 거예요."

매들린은 의자 팔걸이를 꽉 움켜잡았다.

"저, 아마 제가 어리석은 얘기를 하는 것일 테지만 이해해 주셨으면 해요. 평생 그는 어떻게 되든 그것을 입증하려고 했어요. 그가 존 판리 경이었다면 그는 평생 행복했을 거예요. 그가 존 판리 경이 아니었다고 하더라도 일단 진실을 알게 됐으니 별 상관이 없었을 테고요. 축구 도박에서 이기는 것처럼 말이죠. 사람들은 축구 도박에 6펜스를 걸어요. 아마 수천만 파운드를 벌었다고 생각할 거예요. 거의 확신을 해요, 틀림없다고 단언을 하죠. 하지만 전보가 올 때까지 확신할 수는 없는 거예요. 전보가 오지 않으면 사람들은 '자, 이제 끝났어'라고 하고는 더 이상 생각지 않죠. 음, 존 판리가 바로 그런 사람이에요. 이건 그의 축구 도박이었던 거예요. 그는 광대한 토지를 사랑했어요. 그것들이 그의 축구 도박이었어요. 그는 존경과 명예와 언제나 밤에 숙면을 취하는 것을 바랐어요. 그것들이 그의 축구 도박이었어요. 고뇌의 끝이자 미래의 시작이었던 거예요. 그것들이 그의 축구 도박이었어요. 이제 그는 자신이 이겼다고 생각한 거예요. 그런데 이제 사람들은 그가 자살을 했다고 말하려고 해요. 잠시라도 그렇게 생각하지 마세요. 그런 일은 없어요. 결과를 알기 30분 전에 고의로 자신의 목을 찔렀다는 것을 여러분은 믿을 수 있으세요, 감히 믿을 수 있으세요?"

그녀는 두 손으로 눈을 가렸다.

검시관이 제지해야 할 진짜 소동이 일었다. 해럴드 웰킨 씨가 일어섰다. 페이지는 그의 번들거리는 얼굴이 좀 창백하며, 마치 뛰고 있는 것처럼 헐떡이며 말을 한다고 생각했다.

"검시관님. 특별 변론으로서 이 모든 이야기는 확실히 아주 흥미롭습니다."

그는 신랄한 어조로 말을 꺼냈다.

"무례하게 검시관님의 의무를 일깨우지는 않겠습니다. 지난 10분 동안 질문이 없었다는 점을 지적하지도 않겠습니다. 하지만 이 숙녀 분이, 만약에 이것이 사실이라면 우리가 생각하는 것보다 고인이 훨씬 더 대단한 사기꾼임을 나타내는 주목할 만한 진술을 완전히 끝마쳤다면, 진짜 존 판리 경의 고문 변호사로서 반대 심문을 요청하겠습니다."

검시관은 다시 고개를 흔들며 말했다.

"웰킨 씨, 내가 허가를 하면 질문을 하도록 하고 그때까지는 침묵을 지키도록 하세요. 자, 데인 양――"

"웰킨 씨에게 질문을 하게 해 주세요. 하프문 가에 있는 그 몹시 작은 이집트 남자 아리만의 집에서 웰킨 씨를 만난 기억이 있어요."

매들린이 말했다.

웰킨 씨는 손수건을 꺼내서 이마를 닦았다.

그리고 질문이 이어졌다. 그러고 나서 검시관이 요점을 개괄하여 말했다. 그 뒤에 엘리엇 경위는 다른 방으로 가서 남몰래 사라반드 춤(4분의 3박자의 스페인 춤-옮긴이)을 추었다. 그리고 배심원들은 사건을 곧장 경찰이 처리하도록 단수 또는 복수의 미지 인물에 의한 살인사건이라고 표결했다.

제16장

앤드류 맥앤드류 엘리엇은 꽤 괜찮은 독일산 백포도주 한 잔을 들어서 면밀히 살폈다.

그가 분명히 말했다.

"데인 양, 당신은 타고난 경찰입니다. 아니, 외교가예요. 그게 더 나은 것 같네요. 이유는 모르겠지만. 축구 도박을 언급한 건 정말 천재적이었어요. 6펜스와 두 가지 잘못이 확실히 배심원을 확신시켰어요. 어떻게 그것을 생각한 겁니까?"

해질녘 무덥고 긴 저녁노을 속에서 엘리엇과 펠 박사, 그리고 페이지는 매들린과 공교롭게도 몬플레이서(Monplaisir : 불어로 몽플레지르는 '나의 기쁨'이라는 뜻—옮긴이)라고 명명된 편안한 곳에서 저녁식사를 하고 있었다. 식탁은 식당의 프랑스식 창 옆에 있었고, 프랑스식 창은 월계수들이 일렬로 늘어서 있는 정원 쪽으로 열려 있었다. 그 정원 끄트머리에 2에이커에 이르는 사과 과수원이 있었다. 정원에는 두 방향의 오솔길이 나 있는데 하나는 마데일 대령의 과수원이라고 불리던 그 과수원을 통과했다. 다른 하나는 냇가를 가로질러 구불구불 이어지다 걸개그림을 통해 오르막길이 되는데 그 비탈의 나무들이 과수원 왼쪽의 저녁 하늘에 어둠을 드리웠다. 후자의 오솔길을 따라서 걸개그림의 등성이로 올라갔다가 다시 내려가면 관리 클로스의 뒷마당으로 갈 수 있었다.

매들린은 혼자 살았는데 낮에는 요리와 '잡일'을 하러 드나드는 가정부가 있었다. 그곳은 그녀 아버지의 유산인 군인 흔적과 놋쇠 장식물과 소란스런 시계들로 가득 차 있는 잘 손질된 멋진 집이었다. 그렇지만 외따로 떨어져 있는 데다 가장 가까운 집이 불운한 빅토리아 데일리의 집이었다. 하지만 매들린은 고립감에 대해 신경 쓰지 않았다.

그녀는 지금 어스름 속에서 열린 창문가에 놓여 있는 광택 있는 은백색 나무 식탁의 상석에 앉아 있었다. 저녁 식탁에 놓인 촛불을 밝힐 만큼 아직 어둡지는 않았다. 그녀는 하얀색 옷을 입고 있었다. 식당의 크고 낮은 오크 들보, 백랍제 기물, 그리고 분주한 시계들 모두가 그녀를 위한 배경이었다. 저녁식사가 끝나고 펠 박사는 굉장히 큰 시거에 불을 붙였다. 페이지는 매들린의 담뱃불을 붙여 주었고, 매들린은 엘리엇의 질문에 성냥불빛 속에서 미소 지었다.

"축구 도박에 대해서요?"

그녀가 되풀이했다. 그리고 얼굴을 살짝 붉혔다.

"사실은 제 생각이 아니었어요. 냇 버로스의 생각이었지. 그가 다 써서 암송문처럼 제가 문장을 완전히 외우게 시켰어요. 아, 제가 한 말은 전부 사실이에요. 정말 끔찍했어요. 모든 사람들 앞에서 그런 식으로 행동하는 건 몹시 건방진 태도였잖아요. 게다가 매초마다 화이트하우스 씨가 저를 제지하지 않을까 두려웠어요. 하지만 냇은 무조건 그것이 유일한 방법이라고 주장했어요. 나중에 '황소와 푸주한' 2층에 올라가서 히스테리를 일으키고 소리를 지르고 나서야 기분이 나아졌어요. 제가 정말 끔찍했죠?"

그들은 그녀를 거의 뚫어져라 바라보고 있었다.

펠 박사가 상당히 진지하게 말했다.

"아닙니다, 훌륭한 연기였어요. 그런데, 이런! 버로스가 코치를 했단 말이지요? 와!"

"네, 그렇게 하려고 그는 지난밤의 반을 여기 있었어요."

"버로스가요? 하지만 언제 여기 왔죠?"

페이지가 놀라서 물었다.

"내가 당신을 데려다 줬는데."

"당신이 떠난 뒤에 왔어요. 그는 내가 몰리한테 한 말로 머릿속이 꽉 차 있었고 몹시 흥분해 있었어요."

펠 박사는 생각에 잠긴 채 큼직한 시거를 잡아당기며 나직이 울리는 소리로 말했다.

"신사분들, 알다시피 우리 친구 버로스를 과소평가해서는 안 되오. 여기 페이지 씨가 전에 그가 대단히 지적인 친구라고 말했잖소. 이 서커스의 초반엔 웰킨이 그를 훨씬 능가했던 것 같지만, 버로스는 언제나 심리적으로 반박을 하면서 정확히 그가 원하는 점에서 심리를 했소. 물론 그는 싸울 거요. 당연히 관리 가의 영지 관리권 소유 여부에 따라서 버로스 앤 버로스 법률 사무소에 큰 차이가 있을 테니까. 게다가 그는 싸움꾼이오. 관리 대 고어 사건이 공판에 회부될 때, 공판에 회부되면 틀림없이 몹시 재미있어질 거요."

엘리엇은 뭔가 다른 것을 직시했다.

"이보세요, 데인 양."

그는 완고한 어조로 말했다.

"당신이 우리에게 친절을 베풀었다는 것을 부인하지는 않겠습니다. 명백히 신문상의 승리면 좋겠지만, 아무튼 승립니다. 설사 경찰국장이 머리카락을 쥐어뜯으며 배심원이 미모의…… 에…… 여성의 매력에 매혹된 한 무리의 어리석은 시골뜨기들이었다고 욕을 퍼붓는다고 하더라도 이제 그 사건을 공식적으로 종결하지는 못할 겁니다. 그런데 제가 알고 싶은 건 애당초 이 모든 정보를 가지고 왜 제게 오지 않으셨나 하는 겁니다. 저는 부정직한 사람이 아닙니다. 당신이 그렇게 말하면, 저는…… 에…… 그렇게 나쁜 사람이 아니에요. 왜 제게 말하지 않으셨나요?"

페이지는 이것이 기묘하고 거의 희극적이라고 생각했다. 그는 개인적으로 감정을 상한 것 같았다.

매들린이 말했다.

"그러고 싶었어요. 정말로 그랬어요. 하지만 몰리에게 먼저 말해야 했어요. 그 다음에는 냇 버로스가 심리 이후까지 경찰에게 한마디도 말하지 않겠다는 온갖 무시무시한 맹세를 하게 했어요. 그는 경찰을 신뢰하지 않는대요. 게다가 그는 어떤 가설을 입증하려고 하는 중이라서……"

그녀는 입술을 깨물며 자신을 억누르고는 담배를 든 채 미안해하는 몸짓을 했다.

"그런 사람들이 어떤지 아시잖아요."

"그런데 우리는 어떤 입장인가요?"

페이지가 물었다.

"오늘 아침 이후에 우리는 그들 중 어느 쪽이 진짜 상속자인가 생각하면서 제자리걸음을 하고 있잖습니까? 만약에 머레이 씨가 고어가 진짜라고 증언하면, 그리고 만약에 그들이 지문 증거를 뒤집지 못하면 사건은 끝이 날 겁니다. 그래서 생각했어요. 오늘 아침엔 한두 차례 별로 확신할 수 없었어요. 하지만 당신이 말한 어떤 암시와 설명이 웰킨에게 집중되어 있는 것 같더군요."

"정말이에요, 브라이언! 나는 단지 냇이 내게 말하라고 한 것을 말했을 뿐인데. 그게 무슨 말이에요?"

"음, 어쩌면 영지에 대한 권리 주장은 웰킨 자신이 꾸민 것인지도 모릅니다. 기인의 변호사이자 강신술사의 대변자 웰킨이오. 살짝 기묘한 친구들을 수집하는 웰킨이 아리만과 마담 뒤케슨과 나머지 사람들을 수집했던 것처럼 고어를 수집했을지도 모르죠. 우리가 고어를 만났을 때 나는 그가 흥행사 같다고 말했어요. 웰킨은 살인이 일어났을 때 정원에서 유령을 봤다고 진술했어요. 웰킨은 살인이 일어날 당시에 희생자한테서 불과 4.5미터밖에 떨어져 있지 않았고 그사이에 유리 한 장밖에 없었어요. 웰킨은——"

"하지만 브라이언, 설마 웰킨 씨에게 살인 혐의를 두는 건 아닐 테지요?"

"왜 안 되죠? 펠 박사님 말씀이——"

"나는 웰킨이 그 무리 중에서 아주 흥미로운 사람이라고 말했던 거요."

박사는 찡그린 표정으로 시거를 바라보며 이의를 제기했다.

"결과적으로 마찬가지죠."

페이지가 침울하게 말했다.

"진짜 상속인에 대한 당신의 진짜 의견이 뭔가요, 매들린? 어제 당신은 죽은 판리가 사기꾼이었다고 말했어요. 그렇지요?"

"네, 그래요. 하지만 어떻게 아무도 그를 애처롭게 생각하지 않는 건지 모르겠어요. 그는 사기꾼이 되기를 원하지 않았어요, 모르겠어요? 그는 단지 자신이 누구인지 알고 싶었던 것뿐이에요. 웰킨에 관한 한, 그는 도저히 살인자가 될 수 없어요. 그는 그때 우리 중 다락에 있지 않았던 유일한 사람이었잖아요. 음, 저녁식사 후의 기분 좋은 저녁 시간에 말하기엔 끔찍한 것 같지만 그는 그 기계가 떨어졌을 때 다락에 있지 않았어요."

"사악한 일이었지요. 아주 사악한."

박사가 말했다.

"철제 형상이 굴러 떨어지는 것을 보고 웃으실 수 있다니 박사님은 틀림없이 대단히 용감한 분이실 거예요."

매들린은 아주 진지하게 말했다.

"데인 양, 나는 용감하지 않답니다. 바람이 세차게 불자 몸서리가 쳐졌소. 잠시 후에 성 베드로처럼 악담을 퍼붓기 시작했지요. 농담은 그 다음에 했던 거요. 으흠. 다행히 다른 방에 있는 그 하녀에 대해 생각하게 됐는데 그녀는 자신을 지탱할 나라는 완충물이 없단 말이죠. 그래서 힘껏 다짐했소."

그의 주먹이 탁자 위에 정지해 있었는데 해질녘이라 큰 그림자를 드리웠다. 그들은 농담과 냉담함 뒤에 숨겨진 위태로운 힘이라는 생각이 들었다, 떨어져 꼼짝 못하게 될 힘이라는 생각이 들었다. 하지만 그는 주먹을 내리지 않았다. 그리고는 어두워가는 정원을 내다보며 조용히 담배를 계속 폈다.

"그럼 우리의 입장은 어떤 건가요, 박사님?"

페이지가 물었다.

"이제 저희를 신뢰할 수 있다는 것을 아셨나요?"

그의 질문에 대답한 것은 엘리엇이었다. 엘리엇은 탁자에 놓인 상자에서 담배를 한 개비 꺼냈다. 그리고 성냥을 조심스럽게 움직여서 담뱃불을 붙였다. 성냥불빛에 비친 그의 표정은 다시 무뚝뚝하고 냉정해 보였지만 페이지가 해석할 수 없는 어떤 암시를 전하는 듯했다.

"저희는 곧 떠나야 됩니다. 버턴이 패덕우드까지 태워다 줄 거고 박사님과 저는 런던행 10시 기차를 탈 겁니다. 런던 경찰청에서 벨체스터 씨와 회의가 있어서요. 펠 박사님은 알고 계시죠."

경위가 말했다.

"이제 어떻게 하면 좋을까요?"

매들린이 간절히 물었다.

"음……"

펠 박사가 입을 열었다. 잠시 동안 그는 졸린 분위기로 계속 담배를 폈다.

"생각 중이었소. 뻔한 비밀을 몇 마디 귀띔하는 게 좋을 것 같군요. 예를 들면 오늘 심리는 두 가지 목적을 충족시켰소. 우리는 살인 평결을 기대했고, 증인 중 한 명이 실수하기를 기다렸소. 결국 살인 평결도 얻었고 누군가 큰 실수도 저질렀지요."

"박사님은 어떤 부분에서 탄성을 지르셨나요?"

"나는 여러 번 탄성을 질렀답니다."

박사가 진지하게 대답했다.

"혼잣말로 말이오. 비교적 비싼 값으로 경위와 나, 우리 두 사람이 무엇 때문에 '야아' 하고 소리쳤는지 말해 주겠소, 아니 적어도 암시라도 할 거요. 비교적 비싼 값으로요. 요컨대 당신이 버로스 씨를 위해 한 일을 우리를 위해서도 해야 하고 비밀 준수도 맹세해야

합니다. 좀 전에 당신은 그가 어떤 것을 입증할 가설에 열중해 있다고 말했소. 어떤 가설입니까? 그리고 그는 무엇을 입증하고 싶어하는 겁니까?"

매들린은 흥분해서 담배를 비벼 껐다. 어스름 속에서 흰 옷을 입고 있는 그녀는 차갑고 순결해 보였는데, 그녀의 짧은 목이 목을 깊숙이 판 드레스 위로 부풀었다. 페이지는 항상 그 순간의 그녀의 모습을 기억했다. 귀 위에서 고수머리처럼 곱슬거리는 금빛 머리칼, 어스레한 빛으로 인해 더 부드럽고 영묘해 보이는 넓은 얼굴, 스르르 감기던 그녀의 눈을. 밖에서는 약한 바람에 월계수 나무가 살랑거렸다. 정원 서쪽에 낮은 하늘은 깨지기 쉬운 유리잔처럼 엷은 주홍빛이었다. 하지만 걸개그림 위에는 별 하나가 있었다. 방 안 분위기는 마치 기다리고 있다는 듯이 한발 물러나 있는 것 같았다. 매들린은 손으로 탁자를 붙잡고서 몸을 뒤로 밀어내는 것 같은 자세를 취했다.

"모르겠어요. 사람들은 제게 이런 것을 말하러 와요. 그들은 제가 비밀을 지킬 수 있다고 생각해요. 제가 비밀을 지킬 수 있는 그런 사람처럼 보이나 봐요. 그리고 저는 그럴 수 있어요. 그런데 지금 제게서 모든 비밀이 끌어내지고 있는 것 같아요. 오늘 그 모든 얘기를 하고 있는 제가 뭔가 상스러운 일을 하는 것 같은 기분이에요."

그녀가 말했다.

"그래서요?"

펠 박사가 재촉했다.

"그렇지만 이것은 아셔야 해요. 정말로 아셔야 해요. 냇 버로스는 누군가에게 살인 혐의를 두고 그것을 입증할 수 있기를 바라고 있어요."

"그럼 그가 혐의를 두는 사람은……?"

"그는 케넷 머레이를 의심해요."

매들린이 말했다.

엘리엇의 빨갛게 타오르는 담배 끄트머리가 허공에서 멈췄다. 그리고 엘리엇은 손바닥으로 탁자를 쳤다.

"머레이! 머레이 씨라고요?"

"왜 그러시죠, 엘리엇 씨?"

매들린은 눈이 휘둥그레지며 물었다.

"그게 뜻밖인가요?"

경위의 목소리는 여전히 냉담했다.

"머레이 씨는 실제에서도 그리고 여기 박사님이 말씀하시는 탐정 소설에서도 모두 결코 용의자가 될 수 있는 사람이 아니에요. 그는 모든 사람들이 지켜보고 있던 사람이었어요. 그저 농담이었긴 했지만 그는 사람들 모두가 희생자로 생각한 사람이었단 말입니다. 버로스 씨는 정말 놀라울 정도로 지나치게 영리하군요! 죄송합니다, 데인 양. 삼가서 말을 해야 했는데. 아니에요. 다시 한 번 말하지만 아닙니다. 재치 있는 생각이란 것 말고 버로스 씨가 그렇게 생각할 이유가 있었습니까? 에, 그 남자는 저택만큼이나 큰 알리바이가 있었어요!"

"중요한 건 모르겠어요."

매들린이 이마에 주름을 잡으며 말했다.

"그가 말하지 않았으니까요. 하지만 핵심은 그거예요. 그가 알리바이가 확실히 있었나요? 저는 냇이 제게 한 말을 하고 있는 것뿐이에요. 냇 말이 증언에 따르면 서재 창문 옆에 서 있던 고어 씨 외에는 실제로 그를 지켜본 사람이 아무도 없었대요."

경위와 펠 박사는 눈짓을 교환했다. 그들은 이견을 달지는 않았다.

"계속하세요."

"오늘 심리에서 제가 언급한, 다락에 있는 것처럼 서재 벽에 붙박이로 만들어져 있는 벽장, 그 책 벽장을 기억하세요? 스프링을 찾으면 정원 쪽으로 통하는 문이 있다는 그 벽장요?"

"네, 기억합니다."

펠 박사가 다소 엄격하게 말했다.

"으흠. 그가 감시를 받는 중에 창문에서 보이지 않도록 가짜 섬오그래프를 진짜와 바꾸기 위해서 그곳에 들어갔다고 말했을 때, 머레이는 스스로 그 장소를 우리에게 언급했었죠. 차츰 이해가 가는군요."

"네. 냇에게 그 얘기를 했더니 그는 몹시 흥미로워했어요. 그는 그 증언을 상세히 조사할 수 있도록 그것을 확실히 언급해야 한다고 했어요. 제가 조금이나마 그를 이해한 거라면 사람들이 전혀 관계없는 사람에게 주의를 집중하게 한 거래요. 이 모든 것이 가엾은 존에 대한 날조된 음모라는 거죠. 이 '패트릭 고어'가 입심이 좋고 흥미로운 점이 있다 보니 그를 그 무리의 리더로 잘못 생각했다는 거예요. 냇은 머레이 씨가 진짜, 스릴러에서 그들이 사용하는 그 무시무시한 단어가 뭐죠?"

"주모자?"

"바로 그거예요. 그 무리의 주모자예요. 고어와 웰킨과 머레이로 이루어진 무리의 주모자라는 거예요. 고어와 웰킨은 어떤 범죄든 저지를 용기가 없는 꼭두각시였고요."

"계속 하세요."

호기심이 담긴 목소리로 펠 박사가 말했다.

"냇은 이 설명을 하면서 몹시 흥분을 했어요. 그는 이 사건 내내 나타난 머레이 씨의 다소 기묘한 행동을 지적해요. 물론, 음, 전, 전 그것에 관해서는 모르겠어요. 저는 그를 그다지 많이 보지 못했거든요. 옛날과 좀 달라진 것 같지만, 그렇다면 틀림없이 우리 모두가 알 수 있을 테죠.

가엾은 냇은 그 음모가 어떻게 세워졌을지도 가설을 세웠어요. 머레이 씨는 떳떳하지 못한 변호사 웰킨 씨와 접촉을 했어요. 웰킨 씨는 그의 소송 의뢰인인 점쟁이 중 한명을 통해서 존 관리 경이 기억상실증과 정신장애 따위로 고통을 겪고 있다는 것을 머레이 씨에게 알려줄 수 있었죠. 그래서 옛날 가정교사인 머레이 씨는 위조된 자격증명서를 가지고 가짜를 등장시키는 것에 대해 생각한 거예요. 웰킨 씨를 통해서 그는 그의 고객들 중 적당한 가짜, 즉 고어를 찾아냈어요. 머레이는 6개월 동안 철두철미하게 그를 훈련시켰어요. 냇 말이 그래서 고어의 말투와 행동이 머레이 씨와 많이 닮았다는 거예요. 냇이 그러는데 박사님이 그 점을 지적하셨다면서요, 펠 박사님."

박사는 탁자 맞은편의 그녀를 응시했다.

그는 탁자에 팔꿈치를 놓고 두 손으로 머리를 감싸고 있어서 페이지는 그가 무슨 생각을 하고 있는 건지 말할 수 없었다. 열린 창문으로 들어오는 공기는 훗훗하고 향기가 가득했다. 그런데도 펠 박사가 떨고 있었던 것이 사실이다.

"계속 하세요."

엘리엇이 다시 재촉했다.

"무슨 일이 있었는가 하는 냇의 생각은 끔찍해요."

매들린은 대답하고서 다시 눈을 감았다.

"그 얘기를 들었어요. 비록 듣고 싶지는 않았지만요. 아무에게도 해를 입히지 않은 가엾은 존은 살해되어야만 했어요. 그들의 주장에 맞서 싸울 사람이 아무도 없도록, 그리고 그가 자살했다고 사람들이 믿을 수 있도록 말이에요. 아시다시피 대부분의 사람들이 믿고 있는 것처럼요."

"네, 대부분의 사람들이 믿고 있는 것처럼요."

엘리엇이 말했다.

"톱밥을 채운 인형 같은 용기 없는 웰킨 씨와 고어는 자신들의 본분을 다했어요. 아시다시피 그들은 저택의 두 부분을 감시하고 있었어요. 웰킨 씨는 식당에 있었지요. 고어는 두 가지 이유 때문에 서재 창문을 지켜봐야 했고요. 첫째, 머레이 씨의 알리바이를 증언하기 위해서. 둘째, 머레이 씨가 서재에서 나오는 동안 다른 사람이 창문을 들여다보지 못하게 하기 위해서요.

그들은 가엾은 존에게 그러니까 아아…… 몰래 다가갔던 거예요. 존은 전혀 가망이 없었어요. 존이 정원에 있다는 것을 그들이 알았을 때 머레이 씨는 살그머니 서재에서 나갔어요. 그는 덩치가 큰 남자예요. 그는 존을 덮쳐서 살해했어요. 그는 마지막 순간이 되어서야 그렇게 했어요. 다시 말해서 그들은 존이 무너져서 자신이 기억을 잃었으며 진짜 상속자가 아닐지도 모른다고 고백하길 바랐던 거예요. 그랬다면 그를 죽이지 않았을지도 몰라요. 하지만 그는 그러지 않았어요. 그래서 그들은 그런 짓을 했던 거예요. 하지만 머레이 씨는 '지문 비교'를 하는 데 왜 그렇게 쓸데없이 오래 걸렸는지 변명을 해야 했어요. 그래서 섬오그래프를 바꾸는 이야기를 만들었고, 섬오그래프를 훔쳤다가 나중에 되돌려 놓았던 거예요. 그리고 냇 말이……"

그녀는 숨이 차서 말을 맺고는 펠 박사를 바라보았다.

"냇 말이 박사님이 머레이 씨가 계획한 대로 그들의 함정에 곧장 걸려들었다는 거예요."

엘리엇 경위는 조심스럽게 담뱃불을 껐다.

"그게 전부인가요, 네? 이 버로스 씨는 놀스의 눈앞에서 그리고 사실상 자신의 눈앞에서 눈에 띄지 않고 살인을 저지른 방법을 어떻게 설명하던가요?"

그녀는 고개를 저었다.

"그건 말하지 않았어요. 말하고 싶지 않았거나, 아니면 아직 풀지 못했을 거예요."

"아직 풀지 못했다."

펠 박사는 공허한 소리로 말했다.

"약간 느린 대뇌 활동. 좀 늦은 예비 조사. 오, 이런. 정말 터무니없군."

그날 다시 한 번 매들린은 호흡이 빨라지며 말했다. 극심한 긴장 상태에서 마치 그녀 자신이 정원에서 불어오는 바람과 그 집에 감도는 기대감과 기다림에 흔들리는 것 같았다.

"어떻게 생각하세요?"

그녀가 물었다.

펠 박사가 의견을 말했다.

"그 이야기엔 약점이 있소. 지독한 약점이."

"상관없어요."

매들린은 말하고 그를 똑바로 보았다.

"제 자신이 그걸 믿는 건 아니니까요. 박사님이 아시고 싶은 것을 말씀드린 것뿐이에요. 실제로 무슨 일이 있었는지, 저희에게 주시려던 암시가 무엇이었나요?"

박사는 마치 자신이 궁금하다는 듯이 호기심어린 시선으로 그녀를 주시했다.

"우리에게 전부 다 이야기하신 겁니까?"

"제가, 제가 말할 수 있는 건, 감히 말할 수 있는 건 전부요. 더 이상 묻지 마세요. 제발요."

펠 박사가 받아쳤다.

"그럼에도 더욱 미스터리하게 만드는 위험을 무릅쓰고 한 가지 더 질문을 해야겠소. 당신은 죽은 관리를 잘 알았지요. 자, 논점은 다시 모호하고 심리적인 것이 됩니다. 하지만 다음 질문의 답을 찾으면 진실에 가까워질 거요. 왜 관리는 25년 동안이나 불안해했을까? 왜 기억하지 못하는 것 때문에 마음이 무겁고 답답했을까? 대부분의 사람들이라면 잠시 동안 걱정하고 말았을 텐데 말이오. 게다가 그의 마음속에 그런 무시무시한 상처도 남아 있지 않았어야 했소. 가령 그는 범죄나 죄악의 기억으로 괴로워했습니까?"

그녀는 고개를 끄덕였다.

"네, 그랬던 것 같아요. 저는 늘 그가 책 속에 나오는 옛 청교도인이 부활한 존재처럼 생각됐어요."

"하지만 그는 무엇을 걱정하고 있는 건지 기억하지 못했소?"

"네. 이 구부러진 경첩의 이미지 외에는요."

페이지는 그 단어들이 마음을 어지럽히고 혼란스럽게 한다는 것을 깨달았다. 그것들은 뭔가를 시사하고, 뭔가를 암시하는 것만 같았다. 구부러진 경첩이 무엇이었을까? 아니, 이런 경우에 곧은 경첩은 무엇이었을까?

"나사못이 풀린 것에 대한 품위 있는 설명 같은 걸까요?"

그가 물었다.

"아—니요. 그런 것 같지는 않아요. 그러니까 비유가 아니었단 말이에요. 이따금 그에게 경첩이 보이는 것 같았어요. 문에 달린 경첩이, 하얀색 경첩이요. 아무튼 그가 볼 때 그것이 구부러졌고 매달려 있었거나 부러졌나 봐요. 아플 때 벽지의 무늬에 주목하는 식으로 그것이 그의 뇌리에 박혀 있다고 했어요."

"하얀색 경첩이라."

펠 박사가 말했다. 그는 엘리엇을 바라보았다.

"이제 끝이군. 이보게, 어떤가?"

"그런 것 같네요, 박사님."

박사의 코에서 길게 쿵쿵 거리는 소리가 났다.

"좋소. 이 모든 것에서 진실을 암시하는 것이 있는지 어디 볼까요. 내가 몇 가지를 말씀드리겠소.

첫째, 처음부터 '선원의 나무망치'로 묘사된 것에 머리를 맞은 사람과 머리를 맞지 않은 사람에 대한 이야기가 많이 나왔소. 그 진실에 관해서는 대단히 관심이 있었지만 나무망치에 대해선 거의 관심을 갖지 않았지요. 그 누군가는 어디에서 그런 도구를 구했을까요? 도대체 어떻게 손에 넣었을까요? 그런 물건은 기계화된 현대적인 선박에 승선한 선원들에게 별로 쓸모가 없었을 텐데요. 그 묘사에 일치하는 것이 딱 한 가지 생각이 나는군요.

여러분이 대서양을 횡단한 적이 있었다면 아마 그런 나무 망치를 보았을 겁니다. 그것들은 현대적인 정기선의 선실 통로를 따라서 띄엄띄엄 설치된 각각의 강철 문에 하나씩 매달려 있소. 이런 강철 문은 방수문이오, 물이 스며들지 않게 되어 있지요. 재난이 일어난 경우에 바닷물이 쏟아져 들어오는 것에 대비하여 강철 문이 폐쇄돼서 일련의 격벽과 칸막이를 형성하는 거요. 그리고 각각의 문에 매달린 나무망치는 음울한 사실을 떠올리게도 하는데, 승객 쪽에서 공황 상태에 빠져 달려드는 경우에 승무원들이 무기로 사용하기 위한 것이오. 기억하겠지만 타이타닉은 방수 구획으로 유명했소."

"그래서요?"

박사가 말을 멈추자 페이지가 재촉했다.

"그래서 어떻다는 거죠?"

"아무것도 생각나는 게 없소?"

"네."

"두 번째 요점은 그 흥미로운 자동인형 황금 마녀요. 17세기에 자동인형을 어떻게 움직이게 했는지 밝혀내면 이 사건의 근본적인 비밀을 알게 될 겁니다."

펠 박사가 말했다.

"하지만 말이 안 돼요!"

매들린이 소리쳤다.

"제 말은 아무튼 제가 생각한 것과는 전혀 관련이 없다는 거예요. 저는 박사님이 저와 똑같은 생각을 하시고 있다고 생각했는데, 그러면……"

엘리엇 경위는 자신의 손목시계를 보았다.

"출발해야 합니다, 박사님."

그는 건조한 목소리로 말했다.

"그 기차를 탈 생각이고 가는 길에 클로스에 잠깐 들릴 거라면요."

"가지 마세요."

매들린이 갑자기 말했다.

"가지 마세요. 제발요. 브라이언, 당신은 가지 않을 거죠, 네?"

"우리는 가야할 것 같습니다."

펠 박사는 아주 조용한 소리로 말했다.

"무슨 일이 있소?"

"두려워서요. 그래서 여태 이렇게 말을 많이 한 걸 거예요."

매들린이 말했다.

그녀의 다른 면을 알게 된 것과, 또 그런 행동의 이유가 브라이언 페이지에게 일종의 충격으로 다가왔다.

펠 박사는 커피 잔 받침 접시에 시거를 내려놓았다. 그리고 신중히 성냥을 켜서 몸을 기울여 탁자에 놓인 양초에 불을 붙였다. 네 개의 황금빛 불꽃이 일렁이다가 바람 한 점 없는 더운 공기 속에서 차츰 꼿꼿해졌다. 양초에서 불꽃이 분리되어 공중에서 정지한 것처럼 보였다. 땅거미가 정원으로 물러났다. 정원 가장자리의 아늑한 작은 공간에서 촛불 빛이 매들린의 눈에 비쳤다. 눈빛이 흔들리지는 않았지만 눈이 커다래졌다. 두려움 속에서 얼마간 기대감을 나타내고 있는 것 같았다.

박사는 불안해 보였다.

"유감스럽게도 머무를 수가 없소, 데인 양. 우리는 내일 돌아올 거요. 우리가 런던에서 의견을 한데 마물러야만 사건의 결말이 날 겁니다. 그렇지만 페이지 씨가 가능하다면……"

"당신은 나를 두고 가지 않을 거죠, 그럴 거죠, 브라이언? 이렇게 어리석게 굴고 성가시게 해서 미안해요."

"아아, 물론 당신을 두고 가지 않을 거예요!"

그때까지 경험하지 못했던 맹렬한 보호의식을 느끼며 페이지가 큰 소리로 말했다.

"추문이 나더라도 아침까지 당신 옆에 꼭 붙어 있을 겁니다. 아무것도 무서워할 것 없어요."

"날짜를 잊고 있는 건 아니지요?"

"날짜요?"

"기일이오. 7월 31일. 빅토리아 데일리가 1년 전 오늘밤에 죽었잖소."

펠 박사가 기묘한 눈빛으로 두 사람을 바라보며 보충하여 말했다.

"또한, 또한 라마스(Lammas : 수확제. 옛날에 8월 1일에 행하여졌음—옮긴이) 전야이기도 하죠. 엘리엇 같은 진짜 스코틀랜드인이라면 그게 무엇인지 말해 줄 수 있을 거요. 사바스 연회(연 1회 한밤중에 열리는 악마의 연회—옮긴이) 중 하나가 열리는 밤이고 지구 반대편에서 나오는 힘이 강해지는 날이죠. 흠. 허어. 이런, 내가 좀 고약하죠?"

페이지는 자신이 당황하고 흥분했으며 화가 났다는 것을 알았다.

"그러시네요. 사람들 머리에 바보 같은 생각을 집어넣어서 좋을 게 뭐가 있습니까? 매들린은 실제로도 충분히 당황한 상태입니다. 이분은 다른 사람들에게 이익이 되는 행동을 했고, 자신이 지칠 때까지 다른 사람을 위해 일했습니다. 도대체 상황을 악화시키려는 의도가 뭡니까? 이곳엔 위험이 없습니다. 만약에 무언가 어슬렁거리는 것을 본다면 경찰의 허가를 청하지 않고 내가 먼저 그것의 불그스레한 목을 비틀어버릴 겁니다."

그가 말했다.

"미안하오."

펠 박사가 말했다. 잠시 동안 그는 다소 피곤하고 어렴풋한 염려가 담긴 눈빛을 한 채 큰 키로 버티고 서서 내려다보았다. 그런 다음 망토와 셔블 모자, 그리고 지팡이를 의자에서 집어 들었다.

"안녕히 계십시오."

엘리엇이 말했다.

"제가 근처의 지형을 맞게 알고 있는 거라면, 이곳 정원에서 왼쪽 오솔길로 올라가서 숲을 통과하면 반대쪽에 판리 클로스로 내려갈 수 있는 거지요? 맞습니까?"

"네, 맞습니다."

"음…… 에…… 그럼 안녕히 계세요. 다시 한 번 전부 다 감사드립니다, 데인 양. 기분 좋고 유익한 저녁 시간을 만들어 주신 것에 감사드립니다. 그리고 잘 지켜보세요, 페이지 씨."

"그럴 겁니다. 그런데 숲에서 도깨비들을 조심하십시오."

페이지가 그들 뒤에 대고 소리쳤다.

그는 프랑스식 창에 서서 그들이 월계수 사이로 정원을 내려가는 모습을 지켜보았다. 갑갑할 정도로 더운 밤이었고 정원의 향기는 사람을 무기력하게 만들 만큼 짙었다. 동쪽에서 별들이 비스듬한 하늘을 배경으로 빛나고 있었지만 열기에 일그러진 것처럼 희미하게 반짝였다. 페이지는 이성을 잃고 화가 났다.

"노파들 무리에서나 나오는……"

그가 말했다.

그는 돌아다보고 매들린의 얼굴에 미소가 언뜻 스치는 것을 보았다. 그녀는 다시 평정을 되찾았으며 얼굴에 홍조가 떠올랐다.

"웃음거리가 돼서 미안해요, 브라이언."

그녀는 다정하게 말했다.

"어떤 위험도 없다는 걸 나도 알아요."

그녀가 일어섰다.

"잠깐 실례할게요. 이층 화장실에 좀 다녀올게요. 오래 걸리지 않

262

아요."

"노파들 무리에서나 나오는……"

홀로 남은 페이지는 신중히 담뱃불을 붙였다. 아주 짧은 시간 뒤에 그는 자신의 불쾌감을 재미있어 할 수 있게 되었고 기분도 한결 나아졌다. 기분이 나쁘기는커녕 매들린과 둘만이 저녁 시간을 보내는 것은 그가 상상할 수 있는 가장 기분 좋은 일 중 하나였다. 갈색 나방 한 마리가 창문을 휙 통과해서 스칠 듯 지나가 불꽃 하나를 향해 뛰어들었다. 그는 나방을 옆으로 밀어냈고 그것이 얼굴로 날아들자 고개를 돌렸다.

촛불의 중심부는 마음을 진정시키고 기분 좋게 했지만 좀 더 밝은 편이 나을 것이다. 그는 전기 스위치를 켜러 갔다. 벽에 달린 전등의 잔잔한 불빛이 우아한 방 안과 사라사 무명천의 무늬를 드러냈다. 시계가 똑딱거리는 소리가 어찌나 명료하고 뚜렷한지 이상할 정도였다. 그 방에는 시계가 두 개 있었다. 그것들은 서로 경쟁하지 않고 각각 다른 시계 소리가 없는 틈을 채우고 빠르게 바스락거리는 듯한 소리를 냈다. 한 시계에는 작은 진자가 시선을 끌며 이리저리 흔들리고 있었다.

그는 탁자로 가서 차갑게 식은 커피를 따랐다. 바닥에서 나는 그의 발소리, 받침 접시에서 찻잔이 달각대는 소리, 찻잔 가장자리에 도자기 커피포트가 부딪쳐 땡그랑 울리는 소리. 이 모든 소리가 시계 소리 못지않게 똑똑하고 명확한 소리를 냈다. 처음으로 그는 완전히 텅 빈 상태에 긍정적인 특징이 있다는 것을 알았다. 그의 사고는 점점 달려갔다. 이 방은 완전히 텅 빈 상태다. 나는 혼자 있다. 그래서 어떻다는 말인가?

밝은 빛에 텅 빈 공간이 더욱 두드러져 보였다. 그날 오후에 그는 어떤 비밀에 대해 추측을 하고서 자신의 서재에 있는 한 권의 책에서 확인을 했는데도 한 가지 주제가 머릿속을 계속 채우고 있었다. 뭔가 유쾌한 것을 생각해야 한다. 당연히 매들린을 위해서 말이다. 아무리 아담하고 깨끗하다고 해도 이 집은 너무 고립돼 있었다. 주변 800미터에 걸쳐 어둠의 장벽만이 뻗어 있었다.

매들린은 2층에서 시간이 오래 걸리는 것 같았다. 또 다른 나방이 열린 창문을 통해 지그재그로 날아와 탁자 위에서 퍼덕거렸다. 커튼과 양초 불꽃이 살랑거렸다. 창문을 닫는 것이 나을 것 같았다. 그는 환한 방을 가로질러 가서 프랑스식 창에서 정원을 내다보다가 그대로 못 박혔다.

창문에서 나오는 희미한 불빛 너머 정원의 어둠 속에 판리 클로스에서 온 자동인형이 동그마니 앉아 있었다.

제17장

아마 8초 정도 그는 자동인형처럼 꼼짝 않고 그것을 바라보고 서 있었을 것이다.

창문에서 나오는 불빛은 엷은 노란색이었다. 빛줄기가 잔디밭을 가로질러 3~4미터 정도 뻗어나가 한때 채색이 되어 있던 피규어의 받침에 가 닿았다. 밀랍 얼굴을 가로질러 더 큰 틈이 벌어져 있었다. 아래층으로 떨어진 탓에 옆으로 살짝 기울어진 상태였고 안쪽의 태엽 장치도 절반이 사라지고 없었다. 누군가 썩은 가운을 끌어당겨 손상된 곳을 가려 놓는 수고를 한 모양이었다. 낡고 부서진 애꾸눈으로 그녀는 컴컴한 월계수 나무 그늘에서 악의에 찬 눈길로 그를 바라보았다.

어쩔 수 없이 그는 어떻게든 행동을 해야 했다. 불 켜진 창문에서 필요 이상으로 멀어지고 있다고 생각하면서 그는 천천히 인형을 향해 걸어갔다. 그녀는 혼자 있었다, 아니 혼자 있는 것 같았다. 그는 인형의 바퀴가 수리되어 있는 것에 주목했다. 하지만 7월의 오랜 가뭄으로 땅바닥이 아주 단단했기 때문에 잔디에는 바퀴 자국이 거의 남지 않았다. 게다가 왼편에서 멀지 않은 곳은 자국이 남지 않는 자갈길이었다.

그때 매들린이 아래층으로 내려오는 소리가 나는 바람에 그는 서둘러 집으로 돌아갔다.

그는 신중히 프랑스식 창을 모두 닫았다. 그리고 묵직한 오크 탁자를 들어서 방 한가운데로 옮겼다. 촛대 두 개가 좌우로 흔들렸다. 문간에 나타난 매들린은 그가 탁자를 내려놓으면서 그중 하나가 흔들리지 않도록 붙잡는 모습을 보았다.

"나방이 들어와서요."

그가 변명했다.

"하지만 너무 답답하지 않을까요? 하나는 열어 두는 게 낫지 않겠어요."

"내가 할게요."

그는 가운데 창문을 30센티미터 정도 열었다.

"브라이언! 아무 일도 없는 거죠?"

또다시 그는 똑딱거리는 시계 소리가 매우 명료하게 들린다는 것을 깨달았다. 하지만 무엇보다도 매들린의 걱정스런 태도에서 보호받고 싶은 바람이 발산되고 있다는 것을 깨달았다. 불안감은 사람들을 이상한 상태로 이끈다. 그녀는 지금 쌀쌀맞지도 겸손하지도 않은 것 같았다. 그녀를 둘러싼 오라(aura)(딱 들어맞는 표현이다)가 방 안을 가득 채웠다.

그는 이렇게 말했다.

"아, 그럼요. 당연히 아무 일도 없어요. 그저 나방이 성가셔서, 그뿐이에요. 그래서 창문을 닫은 거예요."

"다른 방으로 갈까요?"

그것과 멀리 있지 않은 편이 낫다. 그것이 원하는 곳으로 자유롭게 가지 못하게 하는 편이 낫다.

"아, 여기서 담배를 한 대 더 피우는 게 어때요?"

"좋아요. 커피를 좀 더 마실까요?"

"일부러 그런 수고 할 필요 없어요."

"천만에요, 어렵지 않은걸요. 스토브에 전부 준비돼 있어요."

매들린은 미소를 지었는데 신경과민으로 몹시 긴장한 사람이 짓는 밝은 미소였다. 그녀는 방을 가로질러 부엌으로 갔다. 그녀가 부엌에 간 동안 그는 창밖을 내다보지 않았다. 매들린이 부엌에 좀 오래 있는 것 같아서 페이지는 그녀를 찾으러 갔다. 그는 문간에서 갓 만든 커피를 들고 있는 매들린을 만났다. 그녀가 조용히 말했다.

"브라이언, 조금 이상해요. 뒷문이 열려 있어요. 내 기억으로는 내가 문을 닫았어요, 또 마리아도 집에 갈 때 항상 문을 닫아 놓거든요."

"마리아가 잊었나 보죠."

"음. 그렇게 말한다면. 아, 내가 바보같이 굴죠. 나도 알아요. 우리 뭔가 즐거운 일을 해요."

그녀는 미안해하면서도 도전적인 웃음을 웃으며 활기를 띠었고 안색도 밝아진 것같이 보였다. 방 한구석에 매들린 자신처럼 겸손하게 라디오가 놓여 있었다. 그녀는 스위치를 켰다. 라디오가 작동하는 데 몇 초가 걸렸다. 그런 다음 커다란 잡음이 터져 나오는 바람에 두 사람은 깜짝 놀랐다.

매들린이 채널을 잘 맞추자 댄스 악단의 짤랑짤랑하는 소리가 해변에 밀려오는 파도처럼 방 안을 가득 채웠다. 음질은 평소와 같았지만 말소리는 평소보다 감이 떨어졌다. 매들린은 잠시 동안 그것에 귀를 기울였다. 그러고 나서 탁자로 돌아와 의자에 앉아서는 커피를 두 잔 따랐다. 그들은 서로 직각으로 앉아 있었다. 너무 가까워서 서로의 손이 닿을 수도 있었다. 그녀는 창문 쪽으로 등을 돌리고 있었다. 페이지는 내내 바깥쪽의 어떤 것을 의식하며 기다리고 있었다. 그는 그것이 유리창에 부서진 얼굴을 바싹 갖다 댄다면 기분이 어떨까 생각했다.

그런데 신경이 자극을 받는 것과 동시에 머리도 움직이기 시작했다. 자신이 정신적으로 눈을 뜨는 것 같이 생각됐다. 처음으로 이성적으로 생각하고 있다는 느낌이 들었다. 족쇄가 산산조각 나고 머리가 철테에서 빠져나오는 것 같았다.

그런데 저 인형의 진실이 뭐였지? 생명 없는 철과 바퀴와 밀랍이었지. 부엌의 보일러와 마찬가지로 저것도 위험하지 않았어. 그들이 조사하고서 확신했잖아. 저것의 유일한 목적은, 강한 힘에 의해 조종되는 어떤 인간의 목적은 사람들을 겁먹게 하는 거였어.

휠체어를 탄 심술궂은 노파처럼 저것은 관리 클로스에서부터 오솔길을 가로질러 스스로 움직인 게 아니란 말이지. 사람들을 겁먹게 하기 위해서 여기에 가져다 놓은 거야. 강한 힘에 의해 조종되는 냉혹한 목적 때문에 말이야. 그에게는 이 자동인형이 사건이 시작된 처음부터, 그리고 애초에 자신이 생각했던 패턴에 꼭 들어맞는 것 같았다.

"음, 그것에 대해 얘기해 보죠. 확실히 그게 더 낫겠어요."

매들린이 말했다. 그녀가 그의 생각 속으로 들어왔다.

"그것이라고요?"

"이 전체 사건에 대해서요."

매들린이 말하고는 주먹을 꼭 쥐었다.

"나는, 나는 당신이 생각하는 것보다 이 사건에 대해서 더 많이 알고 있을 거예요."

그녀가 다시 페이지의 시야 속으로 들어왔다. 그녀는 손바닥을 펼쳐 탁자를 짚고 있었는데 마치 몸을 뒤로 밀어내려는 것 같았다. 겁에 질린 희미한 미소가 여전히 눈과 입가에 남아 있었다. 하지만 그녀는 차분했고, 거의 요염해 보였다. 게다가 이 이상 말솜씨가 좋았던 적이 없었다.

"내가 무슨 생각을 하고 있는지 당신이 알까요?"

그가 말했다.

"무슨 생각을 하는데요?"

페이지는 조금 열려 있는 창문을 계속해서 경계했다. 그는 저쪽에 있는 것, 저쪽에서 기다리고 있는 것, 그 집을 둘러싸고 있는 그 존재보다 매들린과 더 적게 이야기하는 것 같은 느낌이 들었다.

"아마 이것을 머릿속에서 떨쳐 버리는 게 최선일 거예요."

그는 여전히 시선을 창문에 고정한 채 말을 이었다.

"무엇을 좀 물어 볼게요. 이 부근에서 마, 마녀 숭배에 대해 들어 본 적 있어요?"

그녀는 머뭇거렸다.

"네. 소문을 들은 적이 있어요. 그런데 왜요?"

"빅토리아 데일리에 대한 거예요. 어제 펠 박사님과 엘리엇 경위한테서 아주 중요한 사실을 들었어요. 그리고 그 정보를 두 사람에게 설명하기까지 했지요. 하지만 모든 것을 짜맞춰 볼 만한 지혜가 없었어요. 한데 이제 알겠어요. 빅토리아가 살해된 뒤에 그녀의 시체에 개발나물과 바곳, 양지꽃, 그리고 벨라도나와 검댕 액으로 구성된 물질이 발라져 있었다는 것을 알아요?"

"그런데 왜요? 그런 불쾌한 것들이 사건과 무슨 관련이 있다는 거예요?"

"관련이 많이 있어요. 당신도 분명 들어본 적이 있을 거예요. 그건 악마주의자들이 사바스 연회에 가기 전에 더덕더덕 바르는 그 유명한 연고를 만드는 방법 중 하나예요.2 그런데 본래의 재료 중 하나가 들어 있지 않아요. 어린아이의 육신이에요. 현실성에서 살인자의 노력에도 한계가 있는 모양이에요."

"브라이언!"

이 교활하게 뒤얽힌 사건들에서 그에게 떠오르는 이미지는 악마주의자의 그것보다는 살인자의 것이었다.

"네, 그래요, 사실이에요. 그 주제에 대해 어느 정도 알고 있는데 왜 처음부터 그것을 생각해 내지 못했는지 모르겠어요. 자, 그 사실에서 이끌어 낼 수 있는 명백한 추론을 생각해 주었으면 좋겠어요. 오래 전에 펠 박사님과 경위가 추론했던 것을요. 빅토리아가 악마주의자 의식에 탐닉했다거나 혹은 탐닉한 체했다는 것을 의미하는 게 아니에요. 그건 추론을 해보지 않아도 분명하니까요."

"어째서요?"

"철저히 한번 분석해 볼까요. 그 여자는 라마스 이브에, 즉 악마주의자의 큰 집회 중 하나가 열리는 밤에 그 연고를 사용합니다. 그

---

2 이런 연고들의 의학적 분석에 관한 내용은 마거릿 앨리스 머레이(Margaret Alice Murray)의 〈서유럽의 마녀 숭배(The Witch-Cult in Western Europe)〉(Oxford University Press, 1921), 부록 V, 279~280과 J.W. 위크워(J.W. Wickwar)의 〈마법과 마술(Witchcraft and the Black Art)〉(Herbert Jenkins, 1925), 36~40을 참조하시오. 몬태규 서머스(Montague Summers)의 〈마법과 악마론의 역사(History of Witchcraft and Demonology)〉(Kegan Paul, 1926) 또한 참조하시오. —J.D.C.

녀는 11시 45분에 살해됐는데 사바스 연회는 자정에 시작돼요. 살인자가 그녀를 발견하기 몇 분 전에 이 연고를 바른 게 분명해요. 그녀는 1층 그녀의 침실에서 살해됐고 그곳의 창문은 활짝 열려 있는 상태였어요. 전통적으로 악마주의자들이 집회에 참석하러 떠나는, 아니 집회에 참석하러 떠난다고 생각되는 방식이에요."

그녀를 정면으로 쳐다보지는 않았지만 매들린의 이마에 주름이 살짝 잡히는 것 같았다.

"당신이 무엇을 말하고자 하는지 알 것 같아요, 브라이언. 왜 '악마주의자들이 떠난다고 생각되는'이라고 말하는지……"

"계속 할게요. 하지만 먼저 그녀의 살인자에게서 우리가 어떤 결론을 추론할 수 있을까요? 가장 중요한 건 이거예요. 빅토리아 데일리가 떠돌이에게 살해됐든 그렇지 않든, 그 집 안에는 살인이 일어난 때나 그 직후에 세 번째 사람이 있었다는 거예요."

매들린은 벌떡 일어섰다. 페이지는 그녀를 보고 있지 않았지만 그녀의 커다란 푸른 눈이 자신의 얼굴에 고정되어 있는 것이 느껴졌다.

"어째서 그런 거죠, 브라이언? 난 여전히 이해가 안 돼요."

"그 연고의 성질 때문이에요. 그런 물질이 어떻게 작용하는지 알아요?"

"네, 아는 것 같아요. 하지만 말해 봐요."

그는 계속 말을 이었다.

"지난 6백 년 동안 사바스 연회에 가서 악마의 존재를 보았다고 주장하는 사람들로부터 굉장히 많은 증언이 나왔어요. 그것을 읽을 때 강한 인상을 받는 건 도저히 사실일 수 없는 것을 묘사하면서도 정말로 진실하고 상세히 기술하고 있다는 점이에요. 역사상 악마 숭배가 중세에서부터 17세기까지 실제로 존재했다는 것을 부인할 수는 없어요. 그것에는 교회처럼 신중히 조정되고 관리되는 조직이 있었어요. 하지만 이런 초자연적인 분위기 속에서의 여행이나 이런 기적이나 유령, 이런 악마와 시중드는 마귀, 이런 남성 악마 인큐비(Incubi)와 여성 악마 서큐비(Succubi)3는 어떤가요? 그것들을 진실로 받아들일 수는 없어요. 아무튼 현실적인 의식에서는 아니죠. 그런데도 미치지도 않고 이성을 잃지도 않고 고문을 당하지도 않은 많은 사람들이 그것들이 진실이라고 단호히 진술하는 거예요. 음, 무엇이 사람들로 하여금 그것이 진실이라고 믿게 하는 걸까요?"

매들린은 조용히 이렇게 중얼거렸다.

"바곳과 벨라도나 혹은 아트로파벨라도나."

그들은 서로를 보았다.

"나도 그게 이유라고 생각해요."

그는 여전히 창문에 주의를 집중시킨 채 그녀에게 말했다.

"그리고 이성적으로 생각해 보면 많은 사례에서 '마녀'는 자신의 집도, 심지어 자신의 방도 떠나지 않았다는 것이 입증되었어요. 그녀는 작은 숲에서 사바스 연회에 참석한다고 생각했어요. 자신이 순결을 잃는 제단에 마술로 옮겨졌고 그곳에서 악마의 애인이 됐다고 생각했어요. 그 연고의 두 가지 주요 성분이 바곳과 벨라도나였기 때문에 그렇게 생각했던 거예요. 그와 같은 독물을 피부에 문질러 발랐을 때의 영향에 대해 알아요?"

"우리 아버지는 이곳에서 법의학 일을 하셨어요."

매들린이 말했다.

---

3 사람의 꿈속에 나타나 영혼을 빨아들인다고 하는 몽마(夢魔)로, 흔히 인큐버스와 서큐버스로 알려져 있음. (교열자 주)

"하지만 궁금하네요."

"피부의 작은 구멍과 손톱 밑 생살을 통해 흡수된 벨라도나는 순식간에 흥분 상태를 일으키고 극단적인 환각과 정신착란 상태를 거쳐서 결국 무의식 상태에 이르게 만들죠. 이것에 더해서 바곳이 일으키는 증상에는 정신착란, 현기증, 운동 장애, 불규칙적인 심장 기능, 그리고 마지막 단계인 의식 불명이 있어요. 악마주의자 연회에 대한 묘사에 깊이 빠진 사람이라면 나머지 일을 모두 알아서 할 거예요. 빅토리아 데일리의 침대 옆 탁자에 그 주제를 다룬 책이 놓여 있었잖아요. 예, 그거예요. 자, 이제 우리는 그녀가 라마스 이브에 '사바스 연회에 참석했다'는 것을 알고 있어요."

매들린은 탁자 가장자리를 따라서 손가락을 움직였다. 그녀는 손가락을 유심히 보았다. 그리고 고개를 끄덕였다.

"네―에. 하지만 그것이 사실이었다고 생각하는 거예요, 브라이언? 그 여자가 죽은 밤에 그 집에 누군가 다른 사람이 있었다는 것을 어떻게 입증할 거죠? 그러니까 내 말은 빅토리아와 그녀를 살해한 그 부랑자를 제외하고 누군가 있었다는 것을요?"

"시체가 발견됐을 때 그 여자가 어떤 옷차림을 하고 있었는지 기억해요?"

"그럼요. 잠옷, 화장복, 그리고 슬리퍼 차림이었죠"

"맞아요, 시체가 발견됐을 때 그런 차림이었죠. 바로 그게 문제의 핵심이에요. 끈적거리고 기름기 많은 검댕 색 연고 위에 필요 이상으로 화려한 화장복은 말할 것도 없고 새 잠옷을 공들여 입는다고요? 나중에 몹시 불쾌하고 이상한 얼룩도 남을 텐데요? 그럼 사바스 연회용 화장복이었을까요? 사바스 연회용 복장은 움직임이나 연고에 방해되지 않을 아주 단순한 옷으로 이루어져 있어요. 아무튼 어떤 의상으로 이루어져 있다면 말이죠.

무슨 일이 있었는지 모르겠어요? 그 여인은 어두운 집 안에서 정신착란 상태에서 무의식 상태로 빠져들고 있었던 거예요. 가엾은 부랑자는 어두운 집에 창문이 열려 있는 것을 보고서 강도질하러 들어가기 쉬운 집을 찾았다고 생각했겠죠. 하지만 그가 마주친 건 정신착란 상태에서 큰 소리로 비명을 지르는 여인이었던 거예요. 틀림없이 침대나 바닥에 있다가 유령처럼 그에게 달려들어서 기겁을 하게 만들었을 거예요. 그래서 그는 당황한 나머지 그녀를 죽인 거예요.

그런 연고로 인해 정신착란 상태에 빠진 사람은 누구든 잠옷과 화장복과 슬리퍼를 입고 신을 수도 없었고, 아니 입고 신지도 않았을 거예요. 그렇다고 살인자가 그녀에게 그것들을 입히고 신긴 건 아니었어요. 그는 자신의 일을 끝내기도 전에 방해를 받고 쫓겨났으니까요.

그러니 그 어두운 집 안에는 누군가 다른 사람이 있었단 말이 되죠. 빅토리아 데일리는 몸에 연고를 바르고 그녀의 시체가 발견됐을 때 떠들썩한 추문을 일으킬 수 있는 기묘한 복장을 입고서 그곳에 죽은 채 누워 있었어요. 현명한 체하는 사람이라면 어떻게 된 일인지 추측을 해 볼지도 모르는 일이죠. 그래서 발각되는 것을 피하기 위해서 이 세 번째 사람은 누군가 시체를 보기 전에 침실로 몰래 들어간 거예요. 기억하죠? 비명소리를 들은 두 남자는 살인자가 창문으로 달아나는 것을 보고서 뒤쫓았어요. 그들은 그 후 시간이 꽤 지날 때까지 돌아오지 않았지요. 그때 이 세 번째 사람은 빅토리아가 입고 있던 '마녀'의 옷을 벗기고는 시체에 다시 잠옷과 화장복을 입히고 슬리퍼를 신겼던 거예요. 바로 그거예요. 그거였어요. 실제로 일어났던 일이 바로 그거예요."

페이지의 심장이 두근두근 뛰었다. 오랫동안 숨겨져 있었지만 마음속에 그려지는 영상이 너무나 명확해서 그는 자신이 옳다는 것을 알 수 있었다. 그는 매들린을 향해 고개를 끄덕였다.

"그것이 사실이라는 걸 알고 있죠?"

"브라이언! 내가 어떻게 그것을 알 수 있어요?"

"아니, 아니에요, 이해를 못 하는군요. 그러니까 내 말은, 당신도 나처럼 확신하고 있는 게 아닌가요? 엘리엇이 그동안 내내 해 온 가정이잖아요."

그녀는 대답하는 데 오랜 시간이 걸렸다.

"네."

그녀가 인정했다.

"그렇게 생각했어요. 정확히 말하면 오늘밤까지 그렇게 생각했어요. 하지만 펠 박사님이 주신 그 암시들은 내 생각과 조금도 일치하지 않았어요. 그래서 박사님께 그렇게 말했던 거예요. 게다가 자신들이 생각하는 것과도 일치하지 않는 것 같더군요. 어제 박사님이 이 부근에는 마녀 숭배가 없었다고 한 말 기억해요?"

"마녀 숭배는 없어요."

"하지만 당신이 방금 설명했잖아요."

"나는 한 사람이 한 일을 설명한 거였어요. 오직 한 사람요. 펠 박사님이 어제 우리에게 그런 말 했던 것을 기억해요. '정신적 학대에서 살인까지 모든 일은 한 사람의 소행이네.' 그리고 '솔직히 말하면 악마 숭배 자체는 어떤 사람이 만들어낸 지적 오락에 비해 정직하고 솔직한 관심거리네.' 이 말을 모두 종합해 봐요. 그것을 패턴에 끼워 넣어 봐요. 정신적 학대, 지적 오락, 빅토리아 데일리의 죽음 그리고 엘리엇이 뭐라고 했더라, 아, 주민들 패거리…… 주민들 패거리 속에서 떠도는 막연하고 확실치 않은 마법에 대한 소문을 더해 봐요.

이 사람은 어떤 동기로 그것을 시작하게 됐을까요? 그저 지루해서? 전적으로 순전히 삶이 지루하고 평범한 일에 흥미를 가질 수 없어서? 아니면 겉으로 드러나지는 않지만 항상 비밀스런 일이 생기고 비밀에 매달려 사는 게 어린 시절부터 시작된 버릇이라서?"

"뭘 시작하게 됐다는 거예요? 내가 확인하려는 게 바로 그거예요. 뭘 시작했다는 거예요?"

매들린이 큰 소리로 물었다.

그녀 뒤에서 손 하나가 창문을 긁는 것처럼 쥐어뜯는 듯한 섬뜩한 소리를 내며 유리창을 톡톡 두드렸다.

매들린이 비명을 질렀다. 그 노크, 아니 강타로 약간 열려 있던 창문이 거의 닫히면서 창틀에 부딪쳐 덜걱거리는 작은 소리를 냈다. 페이지는 머뭇거렸다. 댄스 악단의 짤랑짤랑하는 소리가 여전히 방 안을 꽉 채우고 있었다. 그는 창문으로 가서 그것을 열어젖혔다.

제18장

펠 박사와 엘리엇 경위는 그 기차를 타지 못했다. 그들이 관리 클로스에 도착했을 때 베티 하보틀이 의식을 차려서 그들과 이야기할 수 있다는 말을 들었기 때문에 기차를 타지 않았던 것이다.

그들은 과수원을 통과해서 숲속으로 올라가는 길에 그다지 대화를 많이 나누진 않았다. 아마 그들이 한 말도 듣는 사람에겐 애매하게 들렸을 것이다. 하지만 불과 한두 시간 뒤에 일어날 사건들과 매우 관련이 있는 대화였는데, 그때 펠 박사의 경험상 가장 교활한 살인자들 중 한 명이 아마도 너무 일찍 올가미에 걸려들었던 것이다.

숲속은 공기가 무겁고 어두웠다. 나뭇잎들이 별빛을 배경으로 빽빽이 드리워져 있었다. 엘리엇의 회중전등이 앞쪽 맨땅에 불빛을 비추며 초록색 유령 같은 형체를 만들었다. 그 뒤에 어둠 속에서 경위의 거친 테너 목소리와 펠 박사의 씨근거리는 베이스 목소리, 이렇게 두 목소리가 들렸다.

"박사님, 그래도 우리가 그것을 입증하는 데 근접해 있는 거겠죠?"

"그렇게 생각하네. 그러기를 바란다네. 내가 어떤 사람의 성격을 제대로 꿰뚫은 거라면 그는 우리가 필요한 모든 증거를 줄 걸세."

"박사님의 설명대로 잘된다면?"

"흠, 음, 잘된다면. 막대기, 돌멩이, 넝마, 뼈로 만든 것이 잘된다면. 아무튼 도움이 돼야 하네."

"어떤 위험이 있다고 생각하세요?"

엘리엇은 어깨 너머로 매들린의 집 방향으로 고개를 홱 돌렸다.

"저 뒤쪽에요."

펠 박사가 대답을 주저하는 사이에 양치식물에 둘러싸여 내딛는 그들의 발소리만이 사각거렸다.

"빌어먹을, 나도 알면 좋겠네! 하지만 그렇게 생각진 않네. 살인자의 성격을 잘 생각해 보게. 교활하고, 그 인형처럼 머리가 손상됐지. 그 인형이 예전에 그랬던 것처럼 호감 가는 외모 밑에 숨어 있어. 하지만 단연코 시체로 온통 집을 뒤덮는 우화 속의 괴물은 아니네. 괴물이 전혀 아니야. 이보게, 그저 보통의 살인자란 말이네. 살인의 진행 법칙에 비춰 볼 때 이 사건에서 살해됐어야 하는 사람들의 수를 생각하니 소름이 돋는군.

살인자가 심혈을 기울여 첫 번째 범죄를 행한 뒤 난폭해져서 사방에서 사람들을 죽이기 시작한다는 사례를 알고 있잖나. 마치 병에서 올리브를 꺼내는 것과 같네. 첫 번째 올리브를 꺼내는 데 큰 문제가 생기면, 나머지는 온 식탁에서 굴러다니게 되지. 말할 것도 없이 아무도 그것들에 신경 쓰지 않네. 이보게, 이 살인자는 인간적이네. 자네도 알다시피 이런 억제력과 살인을 삼가는 태도 때문에 내가 그 살인자를 찬미하는 건 아니네. 하지만 맙소사, 엘리엇, 사람들은 처음부터 위험에 직면해 있었네! 베티 하보틀은 살해됐을 수도 있었어. 우리가 아는 어떤 여성도 살해됐을 수도 있었고. 어떤 남자의 안전 때문에 나는 처음부터 걱정을 했었지. 그런데 그들 중 한 사람도 해치지 않았단 말이네. 자만심일까? 아니면 뭘까?"

그들은 말없이 숲을 빠져나와서 언덕을 내려갔다. 판리 클로스에는 단지 두서너 개의 불빛만이 빛나고 있었다. 그들은 살인이 일어난 곳이 아닌 반대쪽 정원을 통과해서 정면 현관으로 돌아갔다. 차분한 태도의 놀스가 그들을 집으로 들였다.

"레이디 판리는 잠자리에 드셨습니다. 그런데 킹 선생님께서 두 분을 위층에서 만났으면 하신다고 전해 달라고 하셨어요."

그가 말했다.

"베티 하보틀이……?"

엘리엇은 말을 멈췄다.

"네, 경위님. 그런 것 같습니다."

그들이 위층으로 올라가서 그린룸과 그 하녀가 누워 있는 침실 사이에 희미하게 불이 켜진 복도에 들어섰을 때 엘리엇은 잇새로 휘파람을 불었다. 킹 선생은 그들이 방으로 들어가기 전에 잠시 그들을 막아섰다.

"자, 이것 봐요."

킹 선생은 퉁명스럽게 말했다.

"아마 5분, 어쩌면 10분일 겁니다. 그 이상은 아니에요. 경고를 하지요. 버스를 타는 것에 대해 말하는 것처럼 그녀는 평온하고 편안하게 말할 겁니다. 하지만 그런 것에 속지 말아요. 그건 반응의 일부에요, 게다가 그녀는 모르핀을 복용했어요. 그녀가 눈치가 빠르고 머리가 꽤 영리하다는 것도 알게 될 겁니다. 호기심은 언제나 베티의 주요한 특징이었지요. 그러니 그녀가 너무 많은 암시와 막연한 허튼 생각을 덧붙이지 못하게 하세요. 알겠습니까? 좋아요, 그럼 들어가시죠."

그들이 들어가자 가정부 앱스 부인이 가만히 방을 나갔다. 커다란 방이었는데 고풍스런 샹들리에가 방 안을 구석구석 밝게 비치고 있었다. 강한 인상을 주는 방은 아니었다. 판리 가 사람들의 큼지막한 낡은 사진 액자들이 벽에 걸려 있었고 화장대에는 도자기 동물 한 무리가 놓여 있었다. 침대는 검정색으로 견고한 정사각형 모양이었는데 그 위에서 베티가 어렴풋한 호기심이 담긴 눈길로 그들을 응시하고 있었다.

그녀는 곧은 단발머리에 '밝은 인상'이라고 말하는 그런 얼굴을 가진 처녀였다. 창백한 얼굴과 약간 움푹 들어간 눈만이 그녀가 병자라는 것을 나타냈다. 그녀는 그들을 만나서 기쁜 듯했다. 그녀를 불편하게 만드는 유일한 것, 아니 유일한 사람은 바로 킹 선생이었다. 그녀의 손이 천천히 침대 커버의 주름을 폈다.

펠 박사는 베티를 보고 환히 웃었다. 그의 커다란 존재가 방 전체를 편안하게 만들었다.

"어이."

그가 말했다.

"안녕하세요, 박사님."

애써 쾌활해 보이려고 하면서 베티가 말했다.

"우리가 누군지 알고 있소? 그리고 왜 여기 온 건지도?"

"아, 그럼요. 제게 무슨 일이 있었는지 듣고 싶으신 거잖아요?"

"그럼 말해 줄 수 있겠소?"

"그럼요."

그녀가 수락했다.

베티는 침대 발치에 시선을 고정했다. 킹 선생은 자신의 손목시계를 꺼내서 화장대 위에 놓았다.

"그런데 어떻게 말씀드려야 할지 모르겠어요. 도저히 모르겠어요. 저는 사과를 가지러 그곳에 올라갔어요……"

베티는 돌연 생각을 바꾼 듯했다. 그녀는 침대에서 돌아누웠다.

"아니, 아니었어요!"

그녀가 덧붙였다.

"아니었다고요?"

"사과를 가지러 올라간 게 아니었어요. 몸이 회복되면 언니가 절 여기서 데려간다고 해서, 그래서 말씀드리는 거예요. 저는 헤이스팅스(Hastings : 영국 잉글랜드 남동쪽에 있는 도시—옮긴이)에서 휴가도 보낼 거예요. 아무튼 저는 사과를 가지러 거기 올라간 게 아니었어요. 거기 벽장에, 자물쇠를 채운 벽장에 무엇이 있는지 슬쩍 볼까 해서 종종 올라갔던 거예요."

베티의 말투는 조금도 도전적이지 않았다. 도전적이기에는 너무 활기가 없었다. 그녀는 모르핀에 취했다기보다는 스코폴라민(수면제의 일종—옮긴이)에 취한 것처럼 그저 곧이곧대로 말하고 있었다.

펠 박사는 몹시 당혹스런 표정이었다.

"하지만 왜 자물쇠를 채운 벽장에 관심을 갖는 거요?"

"어머, 모두가 다 알고 있는걸요, 박사님. 누군가 그곳을 사용하고 있어요."

"그곳을 사용한다고요?"

"불을 켜고 그곳에 앉아 있어요. 지붕에 채광창 같은 작은 창문이 있어요. 밤에 저택에서 조금만 떨어져서 보면 지붕을 배경으로 안쪽에 불빛이 있는 것을 볼 수 있어요. 저희가 알아서는 안 되는 거지만 모두가 알고 있어요. 데인 양도 알고 계신 걸요. 어느 날 저녁에 저는 존 경이 데인 양에게 보내시는 꾸러미를 가지고 데인 양 댁에 갔어요. 저는 걸개그림을 통해 돌아올 생각이었죠. 데인 양이 해가 진 뒤에 걸개그림을 지나는 게 무섭지 않은지 물으셨어요. 그래서 제가 그랬죠. 천만에요. 아마 지붕에 불빛을 볼 수 있을 텐데, 그게 도움이 될 거예요. 저는 단지 농담으로 한 말이었어요, 그 불빛은 남쪽에 있었고 걸개그림을 통과하는 오솔길은 북쪽으로 이어지니까요. 그런데 데인 양이 웃으시면서 제 어깨에 팔을 두르고는 저만 그것을 보았는지 물으셨어요. 그래서 제가 말했어요. 아니요, 모두가 봤어요. 저희는 다 알고 있었거든요. 게다가 저희 모두는 축음기와 마찬가지로 그 기계에 관심이 있었어요, 그 인형에……"

그녀의 눈빛이 조금 바뀌었다.

잠시 이야기가 중단되었다.

"하지만 누가 그 방을 '사용'하고 있었다는 거요?"

"음, 대부분 존 경이라고 말했어요. 아그네스는 어느 날 오후에 주인님이 얼굴이 온통 땀에 젖은 채 손에 개 채찍 같은 것을 들고 내려오시는 것을 봤대요. 그래서 제가 문을 닫고서 그렇게 작은 곳에 앉아 있으면 너도 땀을 흘릴 거라고 했지요. 하지만 아그네스 말이 주인님은 별로 그렇게 보이시지 않았다는 거예요."

"어쨌든 어제 무슨 일이 있었는지 말해 주겠소? 응?"

킹 선생이 날카로운 어조로 끼어들었다.

"이봐요, 2분입니다."

베티는 놀란 듯 보였다.

"전 괜찮아요."

그녀가 대답했다.

"저는 사과를 가지러 그곳에 올라갔어요. 그런데 이번엔 그 작은 방의 문을 지나갈 때 맹꽁이자물쇠가 잠겨 있지 않았어요. 맹꽁이자물쇠가 열린 채 꺾쇠에 걸려 있는 거예요. 문은 닫혀 있었지만 문이 닫힌 채 있도록 문과 문틀 사이에 뭔가 끼워져 있었어요."

"그래서 어떻게 했소?"

"저는 사과를 하나 가지러 갔어요. 그 뒤 다시 돌아와서 문을 바라보면서 사과를 먹었어요. 그런 다음 다시 사과 방으로 갔다가, 결국 다시 돌아왔어요. 역시 안에 무엇이 있는지 봐야 할 것 같아서요. 하지만 여느 때처럼 보고 싶지가 않은 거예요."

"어째서요?"

"그곳에서 소리가 들렸거든요, 아니 들린 것 같았어요. 덜거덕거리는 듯한 소리였어요. 마치 대형 괘종시계의 태엽이 감기는 것 같은 소리요. 하지만 그다지 소리가 크진 않았어요."

"그때가 몇 시였는지 기억해요, 베티?"

"아니오, 박사님. 정확히는 모르겠어요. 1시가 지났을 거예요, 어쩌면 1시 15분이나 그 이상 됐을지도 모르겠어요."

"그래서 어떻게 했소?"

"생각이 바뀌기 전에 빨리 조사해 보려고 문을 열었어요. 문이 닫혀 있게 한 건 장갑이었어요. 문에 끼워져 있던 것 말이에요, 박사님."

"남자 장갑이었소, 아니면 여자 장갑이었소?"

"남자 장갑이었던 것 같아요. 기름이 묻어 있었어요. 아니 기름 냄새 같은 게 났어요. 아무튼 장갑이 바닥에 떨어졌어요. 저는 안으로 들어갔어요. 그때 낡은 기계 같은 게 약간 비스듬히 보였어요. 그것을 한 번 더 쳐다보고 싶지는 않았어요. 그곳에서 잘 보이지 않는다는 건 아니에요. 그런데 제가 들어가자마자 문이 살며시 닫히는 거예요. 그리고 누군가 밖에서 문에 체인을 걸고 맹꽁이자물쇠를 잠그는 소리가 들렸어요. 그렇게 저는 갇히고 말았어요."

"진정해요!"

의사가 날카로운 어조로 말했다. 그는 화장대에서 손목시계를 집어 들었다.

베티는 침대 커버의 술 장식을 비틀었다. 펠 박사와 경위는 서로 얼굴을 쳐다보았다. 펠 박사의 붉은 얼굴은 엄숙하고 진지했다.

"그럼…… 아직 괜찮소, 베티? 거기 누가 있었소? 그 작은 방에 누가 있었나요?"

"아무도요. 낡은 기계 같은 것 말고는 아무도 없었어요. 아무도."

"확실해요?"

"그럼요, 확실해요."

"그래서 어떻게 했소?"

"아무것도 하지 않았어요. 걱정이 돼서 나가게 해 달라고 소리칠 수 없었어요. 해고당할까 봐 겁이 나서요. 그곳은 그다지 어둡지는 않았어요. 저는 아무것도 하지 않고 한 15분쯤 서 있었을 거예요. 아무도 아무것도 하지 않았어요. 그러니까 그 기계 같은 것도요. 얼마쯤 뒤에 저는 뒷걸음질을 쳤어요, 최대한 멀리까지 그 물건에서 뒤로 물러섰어요. 그것이 두 팔로 저를 안았거든요."

그 순간 시거 재를 재떨이에 떨었다면 펠 박사는 그 소리조차도 들렸을 거라고 단언할 수 있었다. 엘리엇은 자신의 콧구멍에서 숨을 들이쉬는 소리까지 들었다. 엘리엇이 이렇게 말했다.

"그것이 움직였다고요, 베티? 그 기계가 움직였다고?"

"네, 경위님. 팔을 움직였어요. 팔을 빠르게 움직이지 못했고 몸도 빠르게 움직이지는 못했지만 저를 향해서 쑥 내미는 것 같았어요. 그리고 움직일 때 시끄러운 소리가 났어요. 하지만 제가 신경을 많이 쓴 건 그게 아니었어요. 사실 아무것도 느끼지 못했던 것 같아요, 이미 15분 동안이나 그것과 함께 그곳에 서 있었으니까요. 제가 신경을 쓴 건 그 물건에 붙은 눈이었어요. 눈이 제자리에 있지 않았거든요. 스커트에, 그 낡은 인형의 무릎 바로 옆에 눈이 있는 거예요. 그 눈이 저를 쳐다봤어요. 눈이 움직이는 걸 봤어요. 하지만 그것도 괜찮아요. 아마 저는 그것에도 익숙해졌을 거예요. 그런데 그때부터 더 이상 기억이 나지 않아요. 틀림없이 기절인가 뭔가를 했을 거예요. 그런데 이제 문 밖에 있는 거예요."

베티는 표정과 말투의 변화 없이 계속 말하면서 문을 향해 고개를 끄덕였다.

"자고 싶어요."

그녀는 애처로운 어조로 덧붙였다.

킹 선생은 낮은 목소리로 선언했다.

"됐습니다. 이제 나가 주세요. 아니, 베티는 괜찮을 겁니다. 하지만 나가 주세요."

그가 말했다.

"네, 그러는 게 좋을 것 같군요."

엘리엇은 눈은 감은 베티를 바라보며 동의했다.

그들은 죄진 듯한 표정으로 조용히 밖으로 나왔고 킹은 그들 뒤에서 문을 쾅 닫는 것으로 감정을 나타냈다. 그가 중얼거렸다.

"정신 착란 상태에 있는 사람의 얘기를 들은 것이 도움이 되기를 바랍니다."

펠 박사와 경위는 아무 말도 하지 않고서 맞은편의 어두운 그린 룸으로 갔다. 서재처럼 묵직하고 고풍스럽게 꾸민 방이었다. 직사각형의 창문으로 별빛이 환히 들어왔다. 그들은 맞은편으로 가서 창가에 섰다.

"그것으로 결말이 났습니까, 박사님? 그…… 어…… 질문에 대한 대답은 제쳐두고라도……?

"그렇네. 결말이 났네."

"그럼 런던으로 가는 기차를 타는 게 좋겠네요, 그래서……"

"아니네."

긴 침묵이 흐른 뒤, 펠 박사가 말했다.

"그럴 필요는 없을 것 같네. 지금 쇠가 달구어진 동안 실험을 해 보는 게 나을 것 같네. 저것 보게!"

아래쪽 정원은 어두운 배경에서 돋을새김처럼 선명한 윤곽을 드러냈다. 희끄무레한 통로와 함께 맥처럼 뻗어 있는 미로 울타리와 연못 주위에 빈터, 그리고 하얀 점 같은 수련이 보였다. 하지만 그들은 그것을 보고 있지 않았다. 누군가 그 불빛 속에서도 분간할 수 없는 어떤 물건을 들고서 서재 창문 밑을 슬쩍 지나쳐 가서 저택의 남쪽 모퉁이를 돌아가고 있었다.

펠 박사는 숨을 토해 냈다. 그는 쿵쿵거리며 방을 가로질러 중앙 조명기구로 가서 불을 켜고는 어깨 망토를 펄럭이며 휙 돌아섰다.

"심리적으로 우리가 말했던 대로일세."

그는 냉소적이고 무미건조한 어조로 엘리엇에게 말했다.

"오늘밤이 그 밤이네. 이보게, 지금이 그 시간이네. 지금 아니면 우리는 모든 유리한 입장을 잃게 될 거네. 그들을 모두 모이게 해야 하네! 한 남자가 모래밭 한가운데 혼자 있으면서 어떻게 살해될 수 있었는지에 대해서 잠시 설명을 하고 싶네. 그 다음에 악마가 와서 벌을 받도록 기원하세. 이보게!"

놀스가 방에 들어오면서 작은 기침소리로 그들의 이야기를 중단 시켰다.

"죄송합니다, 박사님."

그는 펠 박사에게 말했다.

"머레이 씨가 오셨는데 두 분을 뵙길 청하세요. 두 분을 한참 찾 으셨답니다."

"지금 그가 와 있단 말이오?"

펠 박사는 대단히 상냥한 어조로 물었다. 박사는 환하게 미소를 지으며 망토를 흔들었다.

"무슨 일 때문인지 그가 말하던가요?"

놀스는 머뭇거렸다.

"아니요, 박사님. 그게……"

놀스는 또 다시 머뭇거렸다.

"어떤 일 때문에 걱정이 된다고 하셨어요, 박사님. 머레이 씨는 또 버로스 씨도 만나고 싶어 하세요. 그리고 그 점에서는……"

"이봐요, 거리낌 없이 말해요! 뭘 그리 근심하고 있는가?"

"음, 박사님, 데인 양이 그 자동인형을 받으셨는지 여쭤 봐도 될 까요?"

엘리엇 경위가 창가에서 휙 돌아섰다.

"데인 양이 그 자동인형을 받으셨는지? 무슨 자동인형? 그게 어쨌 다는 거요?"

"그 자동인형요, 경위님."

놀스는 어쩌면 그다지 매끄럽지는 못하지만 곁눈질이었을 수도 있는 죄진 듯한 눈길로 대답했다.

"데인 양이 오늘 오후에 전화를 하셔서 그 자동인형을 오늘 저녁에 자신의 집으로 보내 줄 수 있는지 물으셨어요. 저희는…… 어…… 이상한 부탁이라고 생각했지요. 하지만 데인 양은 그런 것에 전문가인 어떤 신사가 거기 올 예정인데 그분이 그것을 자세히 살펴보았으면 해서 그렇다고 말씀하셨어요."

"그러니까 그녀는 그 사람이 그것을 자세히 살펴봐 주기를 바랐다."

펠 박사는 억양의 변화 없이 말했다.

"네, 박사님. 정원사 맥닐이 바퀴를 수리한 뒤에 제가 수레에 실어 보냈어요. 맥닐과 파슨스 말이 데인 양 댁에 아무도 안 계셔서 석탄 창고에 넣어 놓았다고 했거든요. 그런 다음…… 어…… 버로스 씨가 오셨는데 그것이 사라져서 난처해 하셨어요. 버로스 씨도 그런 물건의 전문가인 신사를 알고 계시더라고요."

"그 마녀는 나이를 먹을수록 얼마나 인기가 있는가."

펠 박사는 만족스런 건지 아니면 불만스런 건지 씨근거리며 나직이 울리는 소리로 말했다.

"다수의 숭배자들에 둘러싸여 수명을 이어나가니 얼마나 멋진 일인가. 빌어먹을, 얼마나 멋진가! 지독한 여자야, 위험을 알리고는 안심시키고 나서 마음대로 할 수 있도록 훌륭히 계획을 짰어. 1시간 동안 온화해진 보석처럼 강렬한 눈빛을 덮은 냉정한 눈꺼풀……!"

그는 이야기를 중단했다.

"그럼 머레이 씨도 그 자동인형에 흥미가 있는 거요?"

"아닙니다, 박사님. 제가 알기에는 그렇지 않습니다."

288

"유감이군. 자, 그를 서재로 빨리 데려와요. 그에게는 그곳이 아주 편할 테니. 우리 중 한사람이 곧 내려가겠소."

그는 놀스가 나가자 엘리엇에게 덧붙였다.

"그런데 이 움직임을 어떻게 생각하나?"

엘리엇은 턱을 문질렀다.

"모르겠어요. 하지만 우리가 본 것과 들어맞지는 않는 것 같은데요. 아무튼 제가 가능한 한 빨리 몬플레이서로 돌아가는 것이 나쁜 생각 같지는 않네요."

"동감이네. 완전히 동감이야."

"버턴이 여기에 차를 가지고 있을 겁니다. 그러면 3분이면 그 거리에 도착할 수 있어요. 하지만 만약에……"

버턴은 없었다. 어떤 조정 장치가 그날 밤의 형세를 어긋나게 했는지 엘리엇은 몰랐다. 계시적이라 할 수 있게 차고 문도 잠겨 있어서 클로스의 차고에서 자동차를 가져갈 수도 없었다. 엘리엇은 숲속의 오솔길을 따라서 몬플레이서로 출발했다. 그가 저택을 떠나기 전에 마지막으로 본 것은 펠 박사가 목다리 손잡이가 달린 지팡이를 짚고서 몸을 굽힌 채 한 걸음 한 걸음 정면 계단을 내려오는 모습이었다. 그런데 펠 박사의 얼굴에는 여간해선 보이지 않는 표정이 떠올라 있었다.

엘리엇 경위는 서두를 이유가 전혀 없다고 혼잣말을 했다. 하지만 걸개그림을 통과해서 언덕을 올라갈 때 그는 자신도 모르는 사이에 걸음을 재촉했다. 그는 특히 주위의 상황이 마음에 들지 않았다. 그는 자신들이 더 이상 속지는 않지만, 다락에 있는 검정색 야누스 가면과 마찬가지로 두려워할 것이 없는 일련의 교묘한 장난의 희생자들이었다는 것을 알았다. 기껏해야 불쾌한 장난이었지만 최악의 경우에는 살인이었다. 하지만 단지 짓궂은 장난일 뿐이었다.

그런데도 경위는 걸음을 빨리 하면서 손전등을 계속 좌우로 비췄다. 그의 혈통과 민족성에 뿌리박은 뭔가가 그의 안에서 꿈틀대고 있었다. 그는 자신의 소년 시절에서 현재의 행동을 설명할 단어를 찾다가 깨달았다. 그 단어는 바로 '이교적'이었다.

그는 뭔가 일이 일어날 것이라고는 생각지 않았다. 자신이 필요한 일은 없으리라는 것을 알았다.

그러나 거의 숲속에서 나왔을 때 그는 총이 발사되는 소리를 들었다.

제19장

브라이언 페이지는 열린 프랑스식 창에 서서 정원을 내다보았다. 그 노크 소리 뒤에 그는 평소대로 아무것도 아닌 경우를 제외한 무엇에든 대비하고 있었다. 그렇지만 아무것도 없었다, 아니 그런 것 같았다.

자동인형은 사라졌다. 잔디와 같은 색깔로 흘러나오는 은은한 불빛에는 쇳덩이가 남겨놓은 바퀴 자국이 거의 눈에 띄지 않았다. 하지만 그 움직이지 않는 쇳덩어리의 존재 여부는 아무런 의미가 없었다. 누군가 혹은 뭔가 창문을 톡톡 두드렸었다. 그는 문지방을 넘어 한걸음을 내디뎠다.

"브라이언? 어디 가는 거예요?"

매들린이 조용히 물었다.

"누가 우리를 방문했는지, 아니 누가 우리를 방문하기 시작했는지 확인하려고요."

"브라이언, 저곳에 나가지 말아요. 제발요."

그녀가 가까이 다가오며 말했는데 그녀의 목소리에는 절박감이 묻어 있었다.

"지금까지 나를 위해서 어떤 일을 해 달라고 한 번도 부탁한 적이 없었죠? 음, 지금 어떤 일을 해 달라고 부탁할게요. 저곳에 나가지 말아요. 당신이 나가면 내가 어떻게 할지, 정확히 어떻게 할지 모르겠어요. 당신이 좋아하지 않는 것이 있을 거라는 것 말고는요. 제발요! 들어와서 창문을 닫아요, 네? 당신이 본 걸 알고 있어요."

"안다고요?"

그녀는 정원을 향해 고개를 끄덕였다.

"방금까지 저기 앉아 있다가 지금은 없는 것 말이에요. 부엌에 있을 때 뒷문에서 봤어요. 난, 난 당신이 봤을 거라고 확신하긴 했지만, 보지 못했을 경우도 있으니까 당신을 걱정시키고 싶지 않았어요."

매들린은 그의 양복 깃을 슬쩍 잡았다.

"저곳에 나가지 말아요. 그것을 쫓아가지 말아요. 그게 원하는 게 바로 그거예요."

페이지는 그녀를, 간청하는 눈과 위로 향한 짧은 목의 곡선을 바라보았다. 바로 그때 자신이 생각하고 느끼고 있는 것에도 불구하고 그는 열정적으로 초연하게 이야기를 꺼냈다.

그는 이렇게 말했다.

"내가 말하려는 것을 말하기에 괴상한 장소들 중에서도 여기가 가장 괴상한 곳일 거예요. 내가 말하려는 것을 말하기에 부적당한 시간 중에서도 지금이 가장 부적당한 시간일 거예요. 그럼에도 가슴에 담아온 내 감정을 털어 놓기 위해선 아무래도 최상의 말을 늘어놓아야 하니 계속해야겠어요. 그게 무슨 말인가 하면, 당신을 사랑해요."

"그럼 라마스 이브에 좋은 일이 있는 거네요."

매들린이 말하고는 입을 위로 향했다.

격렬한 감정 때문에 그 당시에 그가 생각하고 말하고 싶은 것을 얼마만큼 표현할 수 있을지가 문제다. 그럼에도 불 켜진 창가에서 돌아서게 한 격렬한 감정이 없었다면, 그때 그가 알게 되고 들은 것을 알 수도 들을 수도 없었을 것이다. 하지만 그는 이것에 관심이 있지 않았다. 그는 다른 문제들에 관심이 있었다. 사랑하는 사람의 얼굴은 가까이 있기 때문에 더 어렴풋하고 신비하게 보이니 얼마나 역설적인가. 매들린과 키스로 일어난 기묘한 화학 작용은 그의 인생을 바꿔 놓았고 그는 아직 자신의 현실을 믿을 수 없었다. 그는 온전한 기쁨을 힘껏 소리치고 싶었고 몇 분 뒤에 그 창가에서 그는 그렇게 했다.

"오, 하느님! 브라이언, 왜 좀 더 일찍 말하지 않았어요?"

매들린은 반쯤 웃고 반쯤 울면서 이렇게 말했다.

"함부로 하느님의 이름을 부르면 안 되는데! 내 품격이 떨어질 거예요. 하지만 왜 좀 더 일찍 말하지 않았어요?"

"왜냐하면 당신이 내게 관심이 있을지 어떨지 몰랐으니까요. 당신이 웃음을 터뜨리는 것을 원치 않았어요."

"내가 웃을 거라고 생각했어요?"

"솔직히 그랬어요."

매들린은 그의 어깨를 붙들고 얼굴을 위로 향하고서 그의 얼굴을 유심히 보았다. 그녀의 눈이 기묘하게 빛나고 있었다.

"브라이언, 나를 정말 사랑하는 거죠?"

"잠시 동안 그 사실을 분명히 하려고 했어요. 하지만 처음부터 다시 생각해 봐야 할 반대의 이유가 전혀 없었어요. 그——"

"나 같은 노처녀——"

그가 말했다.

"매들린, 뭐라고 하든 그 '노처녀'라는 단어만은 쓰지 말아요. 그건 우리 말에서 가장 불쾌하게 생각되는 단어 중 하나예요. '쇠꼬챙이'와 '비뚤어진 성질' 사이의 뭔가를 연상시켜요. 당신을 정확하게 묘사하기 위해서 필요한 건……"

그는 또 다시 그녀의 눈이 기묘하게 빛나는 것을 알아챘다.

"브라이언, 당신이 정말로 나를 사랑한다면, 정말이죠? 그러면 내가 어떤 사실을 밝혀도 괜찮겠어요?"

정원 풀밭에서 발소리가 났다. 그녀의 말투는 기묘했다, 너무 기묘해서 놀라울 정도였다. 하지만 이것을 곰곰이 생각해 볼 시간이 없었다. 그들은 풀을 스치는 발소리에 재빨리 떨어져 섰다. 월계수 사이에 어떤 사람의 형체가 나타나서 가까이 다가왔다. 활기찬 큰 걸음과 비틀거리는 걸음 사이에서 어중간하게 걷는, 마르고 어깨 폭이 좁은 사람이었다. 페이지는 그것이 단지 너대니얼 버로스일 뿐이라는 것을 안 뒤에 안도했다.

버로스는 넙치 같은 얼굴 표정을 유지할지 미소를 지을지 모르는 것 같았다. 그 두 표정 사이에서 고심하고 있는 것 같이 보였다. 그의 얼굴에는 꽤 호감을 주는 찡그린 표정이 나타났다. 그의 커다란 조개껍데기 테 안경이 진지해 보였다. 그의 침울한 얼굴에는 그가 사용하려고만 하면 아주 순수한 매력이 나타나는데, 지금은 그 매력의 일부만이 드러났다. 그는 꼭 맞는 중산모를 멋지게 젖혀 쓰고 있었다.

"쯧쯧!"

빙긋 웃으며 그가 내뱉은 말이었다. 그런 다음 유쾌한 어조로 덧붙였다.

"자동인형을 가지러 왔어요."

"그게……?"

매들린은 눈을 깜박거렸다.

"자동인형이라고요?"

"창가에 서 있지 말아요."

버로스가 진지하게 말했다.

"나중에 찾아오는 사람들이 있을 때마다 당황하게 될 테니 말이에요. 자네도 창가에 서 있지 말게."

그는 페이지를 보며 덧붙였다.

"인형 말이에요, 매들린. 당신이 오늘 오후에 판리 클로스에서 빌린 인형이오."

페이지는 그녀를 돌아보았다. 그녀는 얼굴을 붉히고 버로스를 노려보고 있었다.

"냇, 도대체 무슨 말을 하고 있는 거예요? 내가 빌린 인형이라니요? 그런 일을 한 적이 없어요."

"이봐요, 매들린."

버로스가 말하고는 장갑 낀 손을 넓게 벌렸다가 다시 모았다.

"당신이 심리에서 나를 위해 해 준 모든 일들에 대해 아직 적절한 감사의 말을 전하지 못했어요. 제기랄!"

여기서 그는 안경 너머로 비스듬히 그녀를 보았다.

"당신이 전화를 해서 오늘 오후에 인형을 가져다 달라고 부탁했잖아요. 그래서 맥닐과 파슨스가 그것을 가져왔고요. 지금 그것은 석탄 창고에 있잖습니까."

"완전히 제정신이 아니군요."

놀란 듯 높은 목소리로 매들린이 말했다.

여느 때처럼 버로스는 이성적이었다.

"글쎄, 그것은 거기 있어요. 이게 궁극적인 대답이에요. 집 앞에서 누가 얘기를 들을 수도 있고. 이곳에 급작스럽게 온 거예요…… 에…… 누가 얘기를 들을 수도 있어요. 차는 큰길에 세워 놨어요. 자동인형을 가져가려고 차를 타고 왔어요. 당신이 왜 그것을 원했는지 짐작이 가지 않네요. 그런데 내가 그것을 가져가도 되겠어요? 지금으로서는 아직 그것이 전체적인 상황에 어떻게 들어맞는지 이해할 수가 없어서요. 그러나 전문가가 본 뒤엔 아마 알게 되겠지요."

석탄 창고는 부엌 왼쪽 벽에 붙박이로 만들어져 있었다. 페이지는 그쪽으로 가서 문을 열었다. 자동인형은 그곳에 있었다. 그는 그것의 윤곽을 어렴풋이 알아볼 수 있었다.

"보이나?"

버로스가 물었다.

"브라이언, 내가 그런 짓을 절대 하지 않았다는 것을 믿는 거죠? 그것을 여기로 보내 달라고 부탁하지 않았어요, 아니 그런 생각도 하지 않았어요. 그런 일은 하지 않았어요. 도대체 내가 왜 그러겠어요?"

매들린은 미친 듯이 말했다.

"물론 당신이 그러지 않았다는 걸 알아요. 누군가 완전히 미치광이가 된 것 같네요."

페이지가 그녀에게 말했다.

"안으로 들어가는 게 어떨까요?"

버로스가 제안했다.

"두 사람과 이것에 대해서 얘기를 좀 나누고 싶으니. 사이드라이트를 켜고 올 테니 잠깐만 기다려요."

다른 두 사람은 안으로 들어가서 서로의 얼굴을 쳐다보았다. 라디오에서 흘러나오던 음악은 끝나 있었다. 그 대신에 페이지가 기억할 수 없는 어떤 주제에 대해 누군가 이야기하고 있었다. 매들린이라디오 수신기를 껐다. 매들린은 두려움에 빠져 있는 것 같았다. 그녀가 말했다.

"이건 사실이 아니에요. 환상이에요. 우리는 꿈을 꾸고 있는 거예요. 아무튼 일부를 제외하고는 그렇기를 바라요."

그리고 그에게 미소를 지었다.

"무슨 일이 일어나고 있는지 알겠어요?"

그 후 몇 초 뒤에 일어난 일에 대해서는 페이지는 여전히 머릿속이 혼란스럽다. 창가에 있던 그 몇 분이 환상이 아니었다면, 자신이매들린의 손을 잡고서 무슨 일이 일어났는지 별로 개의치 않는다는것을 그녀에게 확실하게 하려고 입을 연 것을 기억하고 있다. 그들은 둘 다 정원 쪽이나 뒤쪽 과수원에서 나는 폭발음을 들었다. 찢어지는 듯한 폭발 소리였다. 그들이 놀라서 움찔할 만큼 아주 시끄러운 소리였다. 하지만 귓전에서 울리는 금속성의 소리에도 불구하고그들과는 멀리 떨어져 있어서 아무 관계도 없는 일만 같았다. 그런데 시계 하나가 멈췄다.

시계 하나가 멈췄다. 페이지의 귀가 시계 소리에 촉각을 곤두세우는 동시에 그의 눈은 희미한 거미집 모양의 깨진 금으로 장식된유리창의 둥근 작은 구멍에 주목했다. 시계가 멈춘 것은 시계에 총알이 박혔기 때문임이 분명했다.

다른 시계는 계속 똑딱거리고 있었다.

"창문에서 물러서요. 이럴 수가. 믿을 수가 없어요. 하지만 정원에서 우리에게 총을 쏘는 사람이 있어요. 도대체 냇은 어디 간 거지?"

페이지가 말했다.

그는 가서 전등을 껐다. 촛불은 여전히 남아 있었다. 그가 촛불을 불어 끌 때 땀에 젖은 버로스가 머리 위 모자가 짜부라진 채 안전을 위해서인 듯 몸을 낮게 구부리고 창으로 들어왔다.

"누군가……"

버로스가 이상한 목소리로 말을 시작했다.

"음, 우리도 알고 있네."

페이지는 매들린을 방 맞은편으로 데려갔다. 그는 시계에 박힌 총알의 위치를 보고 판단하여 왼쪽으로 5센티미터 지점에서 매들린의 머리를, 고수머리 부분 바로 위를 향해 총을 쐈을 것이라고 추정했다.

다시 총이 발사되지는 않았다. 그는 매들린의 놀란 숨소리와 방 맞은편에서 나는 버로스의 느릿한 날카로운 숨소리를 들었다. 버로스는 맨 끝의 창문 안쪽에 서 있었다. 그곳에서 그가 마음을 가다듬고 있을 때 그의 잘 닦인 구두만이 보였다.

"내가 무슨 일이 일어났다고 생각하는지 아나?"

버로스가 물었다.

"글쎄."

"내가 무슨 일이 일어났다고 생각하는지 설명해 주었으면 좋겠나?"

"계속 하게!"

"잠깐만요."

매들린이 작은 소리로 말했다.

"누군가 있어요. ……들어 봐요!"

버로스는 깜짝 놀라서 거북이처럼 창밖으로 고개를 내밀었다. 페이지는 정원에서 큰소리로 부르는 소리를 듣고서 대답했다. 그건 엘리엇의 목소리였다. 그는 경위를 마중하러 달려 나갔는데 과수원에서부터 잔디밭을 넘어 달려오는 그의 모습을 쉽게 눈으로 좇을 수 있었다. 페이지의 얘기를 들을 때 엘리엇은 어두운 얼굴에 수수께끼 같은 표정을 짓고 있었다. 게다가 그의 태도가 몹시 딱딱했다.

"알겠습니다. 그런데 이제 전등을 켜도 괜찮을 겁니다. 걱정할 일은 또 없을 것 같군요."

그가 말했다.

"경위님, 아무것도 하지 않을 작정입니까?"

항의조의 **뻣뻣한** 목소리로 버로스가 말했다.

"혹시 런던에서는 이런 일에 익숙한 겁니까? 하지만 우리는 정말 아닙니다."

그는 장갑 낀 손등으로 이마를 닦았다.

"정원을 수색하지 않을 겁니까? 과수원은요? 총알이 어디에서 날아왔는지는요?"

"말씀드렸듯이 걱정할 일은 또 없을 것 같군요."

엘리엇은 무뚝뚝한 말투로 되풀이 말했다.

"하지만 누가 총을 쐈을까요? 목적이 뭘까요?"

"목적은 이 바보 같은 짓을 멈추려는 겁니다. 이것을 마지막으로. 박사님과 저는 계획을 좀 바꿨습니다. 괜찮으시다면 여러분 모두 저와 함께 클로스로 돌아가시면 좋겠는데요. 이해하시겠지만 만일의 경우를 위해서요. 마치 명령처럼 요청을 드린 게 아닌가 걱정이군요."

엘리엇이 말했다.

"오, 아무도 이의가 없습니다."

페이지가 기분 좋게 말했다.

"하루 저녁 동안 이미 흥분을 할 만큼 한 것 같기는 하지만 말입니다."

경위는 장담할 수 없다는 듯한 미소를 지었다.

그가 말했다.

"잘못 생각하신 것 같네요. 오늘밤 흥분 같은 건 조금도 경험하지 못하셨습니다. 하지만 알게 될 겁니다, 페이지 씨. 단언컨대 알게 될 거예요. 누가 차가 있으신가요?"

버로스가 그들 모두를 태우고 관리 클로스로 가는 동안 그들은 그 불안한 암시에서 벗어나지 못했다. 경위에게 질문을 던지려는 노력은 효과가 없었다. 그들과 함께 자동인형을 가져가야 한다는 버로스의 주장에 엘리엇은 시간도 없고 그럴 필요도 없다고만 대답했다. 근심스런 얼굴을 한 놀스가 그들을 클로스로 맞아 들였다. 긴장의 중심은 서재에 있었다. 그저께 밤에도 그곳 천장에서 왕관 모양의 촛대를 대신한 전구가 창문 벽에 반사됐었다. 먼저 머레이가 앉았던 그 의자에는 펠 박사가 앉아 있었고 그의 맞은편에 머레이가 앉아 있었다. 펠 박사는 손을 지팡이 위에 올려놓고서 아랫입술을 쑥 내밀고 있었다. 서재 문이 열리자마자 강렬한 감정이 그들에게 밀려왔다. 펠 박사가 막 이야기를 마무리하는 참이었고 머레이는 떨리는 손으로 눈을 가리고 있었다.

박사가 주춤거리며 상냥하게 말했다.

"아아, 어서들 오시오, 안녕하시오, 어서 오시오! 데인 양. 버로스 씨. 페이지 씨. 잘 오셨습니다. 비난받아 마땅한 방식으로 저택을 제멋대로 쓰고 있는 게 아닌가 걱정이오. 하지만 불가피했답니다. 모임을 갖고 작은 회의를 여는 데 필요해서 말이지요. 웰킨 씨와 고어 씨를 모시러 특사들도 급파해 놓았소. 놀스, 당신은 레이디 판리 께 이리로 좀 오서 달라고 부탁해 주겠소? 아니, 당신이 가지 말고 하녀를 보내요. 당신이 여기 남아 있는 편이 좋겠소. 그 사이에 어떤 문제들을 논의해도 좋을 것 같군요."

그의 말투가 너무 명령조라서 너대니얼 버로스는 자리에 앉기 전에 머뭇거렸다. 버로스는 재빨리 손을 들었다. 그는 머레이를 쳐다보지 않았다.

"그렇게 빠르게 일을 진행할 수는 없습니다."

버로스가 반박했다.

"그만 두세요! 이 논의에서…… 음…… 논의의 여지가 있는 것이 있습니까?"

"있소."

버로스는 다시 머뭇거렸다. 그는 머레이 쪽을 흘긋 보지도 않았다. 하지만 두 사람을 유심히 보고 있던 페이지는 웬일인지 머레이에게 세찬 연민의 정이 일었다. 가정교사는 지치고 나이 들어 보였다.

"아, 그럼 무슨 문제에 대해 논하실 건가요, 박사님?"

"어떤 사람의 성격에 대해서요. 그것이 누구인지 짐작할 겁니다."

펠 박사가 말했다.

"네."

페이지가 인정했는데 자신이 큰 소리로 말하고 있다는 것을 거의 의식하지 못했다.

"우스꽝스런 마법의 세계에 빅토리아 데일리를 입회시킨 사람이죠."

그는 그 이름이 미치는 영향력이 대단하다고 생각했다. 어떤 마력이 있는 것처럼 '빅토리아 데일리'라는 이름을 꺼내기만 하면 모두 움찔했다. 이야기를 듣기도 전에 미리 상상한 것에서 마음에 들지 않는 앞일이 헤아려지는 모양이었다. 펠 박사는 약간 놀라면서도 흥미 있어 하는 표정으로 그를 힐끗 돌아보았다.

"아! 그럼 당신은 짐작을 하고 있었군요."

씨근거리며 박사가 말했다.

"문제를 풀어보려고 했습니다. 그 사람이 살인자인가요?"

"그 사람이 살인자요."

펠 박사는 지팡이를 들이대며 말했다.

"에, 당신의 생각을 함께 공유하면 도움이 될 겁니다. 당신이 생각하는 바를 들어 보죠. 이봐요, 거리낌 없이 말해 보시오. 이 방을 떠나기 전에 우리는 더 안 좋은 소식도 듣게 될 테니."

자신이 거의 사용하지 않는 생생한 묘사를 사용하여 페이지는 앞서 매들린에게 말한 이야기를 되풀이했다. 펠 박사의 작은 눈에서 쏟아지는 날카로운 시선이 그의 얼굴에서 떠나지 않았고, 엘리엇 경위도 그의 한마디 한마디를 놓치지 않았다. 연고가 발라져 있는 시체, 창문이 열린 어두운 집 안, 돌연한 공포로 몹시 흥분한 부랑자, 기다리고 있는 세 번째 사람. 이런 이미지들이 스크린 위에 영상처럼 서재에서 펼쳐지는 것 같았다.

이야기 말미에 매들린이 물었다.

"이게 사실인가요? 이게 박사님과 경위님이 생각하시는 건가요?"

펠 박사는 그저 고개만 끄덕였다.

"그럼 브라이언에게 물으려고 했던 걸 박사님께 여쭐게요. 만약에 브라이언이 말한 대로 마녀 숭배가 없다면, 모든 것이 백일몽이었다면 이 '세 번째 사람'은 뭘 하고 있었던 건가요, 뭘 하려는 것이었나요? 그럼 마법의 증거는 어떻게 된 건가요?"

"아, 그 증거요."

펠 박사가 말했다.

잠시 뒤에 그는 이어 말했다.

"설명을 하도록 하지요. 여러분 가운데 누군가의 마음은 수년간 이런 생각과 그리고 그것들이 상징하는 것과 비밀스런 사랑에 빠져 있었을 겁니다. 그것들을 믿는다는 말이 아니오! 내가 서둘러 지적하는 게 이것이오. 내가 강조하는 게 이것이오. 어둠의 신이나 죽은 자들의 지배자에 관해서는 아무도 냉소적일 수 없소. 하지만 그것들에 대한 엄청난 애호를, 요컨대 고상한 척하느라 불가피하게 그 애호를 드러낼 수 없었기 때문에 그것이 그만큼 더 강력하고 절박해졌던 겁니다. 알다시피 이 사람은 사람들 앞에선 아주 다른 사람인체 행동할 거요. 이 사람은 사람들 앞에선 그런 문제들에 대해 당신들이나 내가 갖고 있을 법한 그런 호기심조차도 결코 인정하지 않을 겁니다. 그 결과 그것을 함께 공유하고 싶은 욕망과, 무엇보다도 다른 사람들에게 시도해 보고 싶은 욕망 같은 그런 은밀한 호기심이 점점 강해져서 어떻게든지 그것을 터뜨려야 했던 거요.

그럼 이 사람은 어떤 입장이었을까요? 이 사람이 무엇을 할 수 있었을까요? 이전 세기에 이곳에 존재한 것과 같은 새로운 마녀 숭배를 켄트에서 모색했을까요? 그건 틀림없이 매력적인 생각이었을 겁니다. 하지만 이 사람은 그것이 몹시 무모하다는 것을 알고 있었소. 본질적으로 매우 현실적인 사람이었으니까.

악마 숭배 조직에서 최소 모임은, 내가 말할까요? 마녀 집회입니다. 마녀 집회는 열두 명의 회원과 가면을 쓴 한 명의 지도자, 이렇게 13인으로 이루어져 있소. 그런 정식 집회에서 야누스 가면을 쓴 지도자가 되기 위해서는 틀림없이 멋진 꿈으로 사람들의 흥미를 끌어야 했을 거요. 단지 꿈에 지나지 않았지만 말이오. 실제적인 어려움이 너무 커서 극복할 수 없는 것만은 아니었을 거요. 그것은 몇몇 사람들과 함께 공유해야 재미있는 것이기도 했소. 하지만 틀림없이 관계한 사람들의 수가 매우 작았을 거요. 호기심이 은밀한 것이었으니 모임도 제한적이고 사적이며 개인적이었을 게 틀림없소.

내가 강조하지만 이것은 사악한 힘에 따라 가입을 판단하지 않았소. 그런 힘이 존재한다면 말이지만. 아무튼 그런 큰 뜻이 전혀 없었소. 아니 더 정확히 말하자면, 그런 건방진 뜻이 전혀 없었소. 신중히 계획된 일도 아니었지요. 대단한 지성을 가진 사람이 조종한 일도 아니었고요. 우리가 아는 바와 같이 진지하게 전개된 그런 숭배가 아니었단 말입니다. 일종의 취미처럼 그저 그런 것을 무분별하고 탐욕스럽게 좋아하는 것뿐이었소. 아아, 만약에 그 사람이 환각 증상을 일으키는 독약을 가까이 하지 않았다면 그 어떤 큰 피해도 없었을 텐데. 만약에 사람들이 단지 바보 같은 짓만을 한다면, 그들이 어떤 법도, 심지어 어떤 관습도 어기지 않는다면 그때는 경찰이 관여할 일이 아니오. 하지만 턴브리지웰스 바로 외곽에서 한 여인이 피부에 벨라도나 연고를 바르고서 죽었다면, 우리가 입증할 수는 없지만 18개월 전에 일어난 사건과 꼭 같잖소. 빌어먹을 그때에는 경찰이 관여할 일이 되는 거요! 엘리엇이 처음에 왜 이곳에 파견됐다고 생각하시오? 왜 그가 그렇게 빅토리아 데일리의 신상에 관심을 가졌다고 생각하시오? 네?

어떤 사람이 뭘 하고 있었는지 이해가 갑니까?

이 사람은 마음이 맞는 적당한 몇몇 친구들을 선택해서 비밀을 털어 놓았을 겁니다. 인원수가 많지는 않았을 거요. 아마 두서너 명 정도. 십중팔구 우리는 그들이 누구인지 알 수 없을 거요. 이 사람은 그들과 많은 대화를 나눴습니다. 많은 책을 주기도 했고 빌려주기도 했지요. 그 다음에 그 친구의 마음이 광기의 지식으로 충분히 채워져서 큰 관심을 보이게 되면 때가 됐던 겁니다. 그 친구에게 이 부근에 악마주의 숭배가 있으며 이제 그 지원자가 될 수 있다는 것을 알려 줄 때 말이오."

펠 박사가 지팡이의 물미로 바닥을 치자 날카로운 소리가 났다. 그는 초조하고 화가 난 것 같았다.

"당연히 그런 것은 없었소. 당연히 초심자는 집회일 밤에 집을 떠나지도 않았고 방에서 움직이지도 않았소. 당연히 바곳과 벨라도나가 주원료인 고약 때문이었던 거요.

그리고 당연히 이것을 부추겼던 사람은 대개 '집회일'이라고 주장된 그 밤에 그 친구 근처에도 가지 않았고, 하물며 어떤 집회에도 참가하지 않았소. 그런데 연고의 유독 효과가 너무 큰 경우에는 매우 큰 위험이 따를 수도 있소. 쾌감 속에서 절대적 진리가 펼쳐지고 신비로운 모험 이야기를 공유하게 되며 마약의 효과와 자신들이 사바스 연회에서 보았다고 생각하는 것의 영향을 받아서 정신적 타락 상태를 기대할 수 있었소. 간단히 말하면 상당히 어리석은 수준의 정신적 학대와 안전하고 한정된 테두리의 집단에서 이 호기심을 드러낼 수 있는 만족감이 결합된 거요."

펠 박사는 이야기를 잠시 중단했다. 그리고 그 침묵에 이어서 케넷 머레이가 생각에 잠긴 채 말을 꺼냈다.

"그 얘기를 들으니 중상하는 편지를 쓰는 사람의 심리가 생각나는군."

그가 말했다.

"그렇지, 그것이네."

펠 박사가 고개를 끄덕이며 말했다.

"거의 똑같네. 다른 쪽으로 방향을 돌렸지만 더 해로운 배출구인 셈이지."

"하지만 내가 들은 대로 그 턴브리지웰스 인근에 그 다른 여인이 독물로 죽은 것을 입증할 수 없다면 자네의 입장은 어떤 건가? '그 사람'이 정확히 비합법적인 일을 했는가? 빅토리아 데일리는 독물로 죽지 않았네."

"그건 때와 장소에 달렸지요."

엘리엇 경위가 점잖게 말했다.

"선생님은 약을 먹지 않으면 독약이 독약이 아니라고 생각하시는 것 같군요. 제가 다른 식으로 설명드릴 수 있습니다. 하지만 지금은 그것이 핵심이 아닙니다. 펠 박사님은 비밀을 말씀하시고 있는 겁니다."

"비밀?"

"이 사람의 비밀 말이네. 그 비밀을 지키기 위해서 한 남자가 그저께 밤에 정원 연못 옆에서 살해된 거네."

펠 박사가 말했다.

다시 침묵이 흘렀는데 이번에는 마치 모두가 뒷걸음질 치는 것 같은 섬뜩한 분위기였다. 너대니얼 버로스는 손가락 하나를 칼라 안쪽으로 넣으며 말했다.

"재미있네요. 아주 재밌어요. 그렇지만 제가 거짓 구실로 이곳에 불려왔다는 생각이 드는군요. 저는 변호사지 이교(異敎) 연구가가 아닙니다. 그런 이교가 제 일과 어떤 관계가 있는지 모르겠군요. 박사님이 말씀하신 대략의 이야기는 판리 가 영지의 진정한 상속자와 조금도 관련이 없잖습니까."

"그럴 리가요, 관련이 있습니다."

펠 박사가 말했다.

그는 계속 말했다.

"사실 모든 문제의 근원에 그 비밀이 있소. 곧 당신을 이해시킬 수 있기를 바랍니다."

그는 따지고 들듯이 페이지를 바라보았다.

"그런데 이봐요, 페이지 씨, 아까 이 사람이 무슨 연유로 그런 행위를 시작했는지 물었지요. 순전히 지루해서였을까요? 어린 시절부터 시작돼서 결코 잃어버리지 않고 해마다 점점 더 심해지는 별난 버릇이었기 때문일까요? 내 생각엔 둘 다 조금씩 영향을 끼친 게 아닌가 싶군요. 독초인 아트로파벨라도나가 죽 늘어선 관목 속에서 자라는 것처럼 이 경우에는 모든 것이 함께 작용한 겁니다. 그것들은 서로 얽혀 있어서 분리할 수 없는 거요.

이런 본능을 가지고, 늘 그것을 억누를 수밖에 없었던 사람이 누구일까요? 우리 앞에 놓인 모든 증거를 가지고 그 괴이한 버릇을 추적하면 그곳에 누가 있을까요? 마법과 살인이라는 장난에 직접 다가갈 수 있는 한 사람, 오직 한 사람으로 누가 밝혀지게 될까요? 의심할 여지없이 누가 사랑 없는 불행한 결혼에서 권태로 괴로워하고 남아도는 활기로 고민했을까요……"

버로스는 분명하게 항의할 생각으로 벌떡 일어섰다.

그리고 동시에 열린 서재 문에서 놀스가 문 밖의 누군가와 속삭거리며 서로 이야기를 주고받았다.

놀스가 말할 때 그의 얼굴은 하얗게 질려 있었다.

"죄송합니다, 나리, 하, 하인들 말이 마님이 방에 안 계시다고 해서요. 아까 가방을 싸셔서는 차고에서 차를 타시고⋯⋯"

펠 박사는 고개를 끄덕였다. 그가 말했다.

"그렇지. 그래서 우리가 서둘러 런던으로 갈 필요가 없는 겁니다. 그녀가 달아남으로써 비밀을 누설한 거나 다름없소. 이제 살인죄로 레이디 판리에게 체포 영장을 발부하는 데 어려움이 없을 겁니다."

제20장

"설마!"

펠 박사는 지팡이로 바닥을 톡톡 두드리며 말하고는 자비롭게 충고하는 듯한 태도로 사람들을 살펴보았다. 그는 재미있어하기도 하고 화도 냈다.

"설마 놀란 건 아니지요. 설마 충격을 받은 건 아니지요. 데인 양! 처음부터 그녀에 대해 몰랐소? 그녀가 당신을 얼마나 싫어했는지 몰랐소?"

매들린은 이마에 성호를 그었다. 그러고 나서 손을 뻗어 페이지의 팔을 잡았다.

"전 그녀에 대해 몰랐어요. 짐작하고는 있었지만. 하지만 그것을 솔직하게 말씀드릴 순 없지 않겠어요? 사실은 제가 뒤에서 험구나 하는 여자라고 생각하실까 봐 겁이 났어요."

매들린이 말했다.

페이지에게는 생각을 재정리하는 것이 필요했다. 다른 사람들에게도 그것이 필요한 듯했다. 하지만 우선 그것을 이해해 보려고 노력할 때에 새로운 생각이 페이지의 머릿속에 들이닥쳐서는 자리를 잡아 버렸다. 그 생각은 이랬다.

이 사건은 끝난 것이 아니다.

펠 박사의 눈빛이 약간 흔들렸는지, 지팡이 위에 놓인 손의 방향이 바뀌었는지, 심지어 그 꼭대기에서 살짝 떨렸는지 그는 알 수 없었다. 하지만 그때 그런 느낌이 있었고, 펠 박사는 폭로가 끝나지 않았다는 듯이 여전히 발언권을 갖고 있었다. 어딘가에 복병이 있었다. 어딘가에 머리를 향해 발사될 총이 있었다.

"계속 하게."

머레이가 조용히 말했다.

"자네를 의심하지 않네. 그러니 계속 하게."

"네, 계속 하시죠."

버로스는 멍하니 말하고서 자리에 앉았다.

박사의 큰 목소리가 조용한 서재에서 나른하게 들렸다.

그는 이어 말했다.

"물리적 증거로 봐서 처음부터 그다지 의심의 여지가 없었소. 모든 혼란과 그 밖에 정신적 작용의 중심은 언제나 그곳에 있었지요. 모든 혼란의 중심엔 다락의 자물쇠를 채운 그 책장이 자리 잡고 있었소. 누군가 그곳을 자주 드나들고 있었소. 누군가 그곳의 내용물을 가지고 마술을 부리고 있었소. 책들을 가져갔다 되돌려 놓고 자질구레한 장신구를 가지고 장난을 친 거요. 언제나 활력 넘치는 행동으로 유명한 누군가는 그곳을 일종의 은신처로 만들었던 겁니다.

자, 어떤 외부인이 이렇게 했다는 건, 그러니까 어떤 이웃 사람이 은신처에 몰래 들어왔다는 생각은 너무 공상적이어서 진지하게 고려해 볼 가치도 없었소. 그런 행동은 심리적인 면이나 실제적인 면에서 모두 불가능했을 테니까요. 누군가 다른 사람의 다락에 개인의 클럽을 만들지는 않을 겁니다. 특히 호기심 강한 하인들이 많이 있는 상황 하에서는 말이오. 하인들이나 누군가 딴 사람의 눈에 띄지 않고서 밤에 그 집을 드나들 수는 없을 겁니다. 게다가 집주인이 주시하고 있는 새 맹꽁이자물쇠를 무심히 다룰 수도 없을 거요. 들키고 말 테니까. 가령 데인 양이……"

이때 펠 박사의 얼굴에 천진스런 환한 미소가 떠올랐다.

"데인 양이 그 작은 방의 열쇠를 갖고 있었지만 그것은 더 이상 사용되지 않는 자물쇠의 열쇠였지요.

다음 질문입니다. 무엇이 존 관리 경을 괴롭혔을까요?

여러분, 곰곰이 생각해 보시오.

벌써부터 자기 자신의 고민으로 멍해진 그 신경 과민한 청교도는 왜 가정에서 위안을 찾지 못했을까요? 그는 그 밖에 또 무슨 생각에 빠져 있었을까요? 그는 왜 자신의 상속권이 막 도전을 받으려는 바로 그날 밤에 방 안에서 서성거리며 빅토리아 데일리의 이야기만을 했을까요? 그는 왜 그 부근에서 '민속학'에 관한 질문을 하는 탐정에게 그토록 거북할 정도로 관심이 있었을까요? 데인 양에게 한 수수께끼 같은 말이 대관절 어떤 의미일까요? 감정에 휩싸이는 순간에 그는 '교회를 쳐다보며 내가 그럴 수 있는 입장이라면……'이라고 말하곤 했다죠.

무엇을 할 수 있는 입장이라는 걸까요? 교회 비방자에 대항하여 거리낌 없이 이야기하는 걸까요? 왜 그는 개 채찍을 손에 들고 다락에 올라갔으면서도 그곳에서 발견한 그 사람에게 채찍질을 하지 못한 채 진땀을 흘리며 창백한 얼굴로 내려온 걸까요?

이 사건의 핵심은 내가 곧 논할 물리적 단서만큼이나 뜻이 깊은 정신적 단서에 있소. 그러므로 그것들을 확인하는 게 좋을 거요."

펠 박사는 말을 잠깐 멈췄다. 그는 침울하면서도 다소 언짢은 듯한 눈길로 탁자를 응시했다. 그런 다음 파이프를 꺼냈다.

"당찬 여인이자 훌륭한 배우인 이 여성, 몰리 비숍의 내력을 말해볼까요. 패트릭 고어가 그저께 밤에 그녀에 대한 정확한 얘기를 했소. 그녀가 당신들이 알고 있는 판리와 사랑에 빠진 적이 없었다고 말해서 당신들 대부분을 깜짝 놀라게 했던 것 같더군요. 고어는 그녀가 오래전에 알던 그 소년의 '투영된 이미지'를 떠올리고 결혼한 것이라고 말했지요. 그녀는 정말로 그랬습니다. 따라서 이전과 같은 소년이, 아니 심지어 같은 사람이 아니라는 것을 그녀가 알게 됐을 때 얼마나 분노했을지 우리는 결코 알지 못할 겁니다.

일곱 살 어린아이의 머릿속에서 그런 집착과 외고집이 처음에 어떻게 시작되었을까요?

그건 간단합니다. 그때가 바로 외적 영향이 우리의 본질적인 기호에 깊이 새겨질 나이이기 때문이지요. 우리가 잊었다고 생각할 때도 그것들은 기억에서 사라지지 않습니다. 살아 있는 한 나는 뚱뚱한 늙은 네덜란드 사람들이 기다란 사기 담뱃대로 담배를 피면서 체스를 두는 그림들을 좋아할 겁니다, 아이였을 적에 내 아버지의 서재 벽에 걸려 있는 그림을 기억하고 있기 때문이지요. 같은 이유로 사람들은 오라나 유령 이야기, 혹은 자동차 기계장치를 좋아할 수도 있습니다.

음, 존 판리를 맹목적으로 숭배했던 유일한 사람이 누구였나요? 그를 옹호한 유일한 사람이 누구였죠? 존 판리가 집시 캠프에, 깊은 의미가 있으니 집시 캠프에 주의를 환기시켜 주기 바랍니다, 집시 캠프에 누구를 데려갔고 또 숲으로 누구를 데려갔나요? 그녀가 그것들을 이해하기 전에, 심지어 주일학교에서 배운 것을 이해하기도 전에 그녀는 그에게서 악마 숭배에 관한 어떤 이야기를 들었을까요?

그리고 그 사이에 낀 몇 년 동안은요? 우리는 그녀의 머릿속에서 그 기호가 어떻게 성장하고 발전했는지 알지 못합니다. 그녀가 관리가 사람들 사이에서 많은 시간을 보냈다는 것을 제외하고는 말이지요. 놀스가 이곳에 집사 자리를 얻게 하려고 아버지 더들리 경과 아들 더들리 경한테 충분한 영향력을 행사할 수 있었던 것으로 판단하건대 말이지요. 그렇지 않소, 놀스?"

박사는 힐끗 돌아보았다.

박사가 그 말을 하는 순간부터 놀스는 꼼짝도 하지 않았다. 그는 일흔넷이었다. 그의 투명한 얼굴빛에는 모든 감정이 드러났었지만 지금은 아무런 표정도 나타나지 않았다. 그는 입을 벌렸다가 닫고는 고개를 끄덕이는 것으로 동의했다. 하지만 그는 아무 말도 하지 않았다. 그에게는 공포의 표정만이 보였다.

펠 박사가 이어 말했다.

"아마 그녀는 먼 옛날에 봉인된 서재에서 책을 빌려갔을 거요. 그녀가 맨 처음 은밀히 악마주의 숭배를 시작했을 때는 엘리엇이 그 사실을 알 수 없었소. 하지만 그것은 그녀가 결혼하기 수년 전의 일이었소. 이 지역에서 그녀를 사랑한 남자들은 당신들이 깜짝 놀랄 만큼 그 수가 많소. 하지만 그들은 악마 숭배에 대해선 아무 말도 할 수 없고, 또 말하려고도 하지 않을 거요. 요컨대 우리가 관심이 있는 건 딱 한 가지요. 그것은 그녀가 가장 관심을 갖는 일이었고 그 비극을 초래한 일이었소. 그러면 왜 비극이 벌어졌을까요?

오랜 동안의 낭만적인 부재 뒤에 '존 관리'라고 여겨지는 사람이 그의 선조들의 고향이라고 여겨지는 곳으로 돌아왔소. 잠시 동안 몰리 비숍은 달라졌습니다. 여기 그녀의 이상형이 있소. 여기 그녀의 스승이 있소. 그 자신도 모르는 사이에 그녀는 그와 결혼을 결심한 거요. 그리고 1년쯤 더 전에, 정확하게는 1년하고 석 달 전에 그들은 결혼을 했소.

오, 이런, 참으로 어울리지 않는 결혼 상대였지요!

내가 아주 진지하게 질문을 하죠. 레이디 관리가 누구와 어떤 사람과 결혼한다고 생각했는지 아시지요. 그녀가 그 대신에 어떤 사람과 결혼했는지도 아시지요. 그가 알게 됐을 때 말없이 그녀를 차갑게 경멸하면서 형식적으로 깍듯이 대했으리라는 것을 짐작할 수 있을 겁니다. 그녀가 그를 어떻게 생각했을지 상상할 수 있을 겁니다. 그가 안다는 것을 항상 염두에 두고 있었기 때문에 자신이 선택한 아내 자리에 어울리게 자신의 관심을 감췄다는 것을 추측할 수 있을 겁니다. 그렇게 해서 그들 사이에는 항상 어느 쪽도 상대방에 대해 알지 못하는 것처럼 예의바른 거짓 행동만이 있었던 겁니다. 그가 그녀에 대해 알고 있는 것처럼 얼마 지나지 않아서 그녀도 그가 진짜 존 관리가 아니라는 것을 확실히 알게 됐기 때문이오. 그래서 그들은 명백히 서로를 혐오하면서도 서로의 비밀을 함께 공유하게 됐던 겁니다.

왜 그는 그녀의 비밀을 폭로하지 않았을까요? 그녀로 인해 그가 자신이 품고 있는 청교도 정신에서부터 맨 처음 나락에 빠진 것이 아니었기 때문이었소. 그가 용기를 냈다면 그녀에게만 채찍질을 가하는 것이 아니었기 때문이었던 거요. 하지만 그녀는 역시 범죄자였소. 확실합니다, 여러분. 그녀는 헤로인이나 코카인보다 더 위험한 마약의 공급자였소. 그리고 그는 그 사실을 알았소. 그녀는 빅토리아 데일리 살인사건의 사후 종범이었소. 그리고 그는 그 사실을 알았소. 그가 감정을 폭발시켰던 이야기를 들었을 겁니다. 그러므로 우리는 그의 생각을 알 수 있소. 그런데 그렇게 간절히 바랐으면서도 왜 그는 지금까지 그녀의 비밀을 폭로하지 않았을까요?

왜냐하면 그는 그렇게 할 수 있는 입장이 아니었기 때문이오. 왜냐하면 그들은 서로의 비밀을 틀어쥐고 있었기 때문이오. 그는 자신이 존 판리 경이 아니라는 것을 몰랐소. 하지만 두려웠던 거요. 그는 그녀가 자신이 존 판리가 아님을 입증할 수 있다는 것도 몰랐고, 자신이 그녀를 화나게 하면 그렇게 할 수 있다는 것도 몰랐소. 하지만 두려웠던 거요. 그는 그녀가 자신을 의심할 수 있는지 어떤지도 몰랐소. 하지만 두려웠던 거요. 자신은 데인 양이 말한 친절하고 밝은 사람이 아니었으니까요. 아니, 그는 의식적인 사기꾼이 아니었소. 그는 기억을 잊었고, 그때 기억을 더듬어 나가고 있었소. 이따금 자신이 진짜 판리임에 틀림없다고 확신할 때도 있었소. 그러므로 궁지에 빠져 꼼짝 못하게 되어 대담하게 맞서야 하지 않는 한, 그는 자연스런 마음 상태에선 극단적으로 운명에 도전하려고 하지 않았을 거요. 왜냐하면 자신도 범죄자일지 몰랐으니까요."

너대니얼 버로스가 벌떡 일어섰다.

"더 이상 참을 수가 없군요."

그는 날카로운 소리로 말했다.

"더 이상 참지 않겠습니다. 경위님, 이 사람에게 이야기를 중단해 줄 것을 요청해 주십시오! 아직 결정되지 않은 문제에 편견을 갖게 할 권리가 없습니다. 법률 대리인으로서 당신은 제 고객에 대한 그런 말을 할 권리가 없습니다."

"앉으시는 편이 더 좋을 겁니다."

엘리엇이 조용히 말했다.

"하지만――"

"앉아 달라고 말씀드렸습니다, 변호사님."

매들린이 펠 박사에게 이야기하고 있었다.

"오늘밤 일찍 이런 말씀을 하셨잖아요."

그녀는 박사의 기억을 일깨웠다.

"설사 무슨 일이었는지 몰랐다고 해도 그가 '죄책감으로 괴로워했다'는 말씀을요. 그를 나쁜 청교도인으로 보이게 하는 그의 '죄책감'이 사건 전반에 영향을 미치는 것처럼 느껴져요. 그런데도 정말로 그것이 무슨 관계가 있는 건지 알 수가 없네요. 그 진상이 뭔가요?"

펠 박사는 빈 파이프를 입에 넣고 빨았다.

그가 대답했다.

"그건 구부러진 경첩과 경첩이 지탱하던 하얀색 문이오. 그것이 이 사건의 비밀을 푸는 열쇠요. 곧 그 이야기를 하게 될 겁니다.

그래서 이 두 사람은 소매에 감춰진 단검처럼 각자 비밀을 간직한 채 사람들 앞에서 얼굴을 찡그리고 거짓말을 했던 겁니다. 심지어 자기 자신들 앞에서도 말입니다. 은밀한 마녀 숭배의 희생자인 빅토리아 데일리는 그들이 결혼한 지 불과 석 달 뒤에 죽었소. 관리가 그때 어떤 생각을 했을지 우리는 알고 있소. 내가 그럴 수 있는 입장이라면…… 그는 혐오하면서도 억제하게 됐던 거요. 그가 터놓고 말할 수 없는 한 그녀는 안전했소. 1년 이상 안전했다 이겁니다.

하지만 그때 주장자가 영지에 나타나는 청천벽력 같은 사건이 일어났던 거요. 그 때문에 다음과 같은 명백하고 필연적인 사건이 그녀 앞에 나타나게 됐소. 이런 식으로 말이오.

316

그녀가 알고 있는 대로 그는 진짜 상속자가 아니었다.

주장자가 진짜 상속자로 판명될 것 같았다.

주장자가 진짜 상속자로 판명된다면 그녀의 남편은 권리를 박탈당하게 된다.

권리를 박탈당하게 되면 그는 더 이상 그녀에 대해 털어놓지 말아야 할 이유가 없으므로 그녀의 비밀을 거리낌 없이 이야기하게 될 것이다.

그러므로 그는 죽어야 했다.

신사 숙녀 여러분, 그처럼 간단하고 확실한 사건이었던 겁니다."

케넷 머레이는 눈을 가리고 있던 손을 치우고 의자에서 방향을 바꿔 앉았다.

"이보게, 잠깐만. 그럼 이게 오래전부터 계획된 범죄였나?"

"아닐세!"

펠 박사는 대단히 진지한 어조로 말했다.

"아니, 아니야, 아니지! 내가 강조하고 싶은 게 바로 그 점이네. 그저께 밤에 필사적인 심정으로 즉석에서 기막히게 계획되어 실행된 거라네. 자동인형을 아래층으로 밀었던 것처럼 급히 움직였던 거지.

그럼 그것에 대해 설명해 볼까요. 레이디 판리가 처음 주장자에 대해 들었다고 생각했을 때, 그녀가 인정한 때보다 더 오래전이 아닌가 생각되지만, 그녀는 아직 아무것도 걱정할 것이 없었습니다. 그녀의 남편이 그 주장에 맞서 싸울 테니까요. 그녀는 남편이 꼭 싸우게 해야 했고, 얄궂게도 그를 위해 싸울 생각이었소. 증오하는 사람이 쫓겨나는 꼴을 보고 싶기는커녕 오히려 그 전보다 더 그를 움켜잡아야 했던 거요. 그가 권리 주장에서 이길 가능성은 컸소. 법이라는 게 그런 것인데다 법정에선 기정 상황에 대한 주장자들의 주장을 아주 신중하게 다루게 될 테니까요. 여하튼 소송이 지연되는 동안 그녀는 한숨 돌리고 생각할 기회를 얻을 수도 있었단 말이죠.

그러나 그녀가 모르고 있었던 건, 그저께 밤까지 상대측이 신중히 감추고 있었던 지문의 존재였소. 확실한 증거가 있었던 거요. 여기 확실한 사실이 있었던 거요. 더 없이 정확한 지문을 사용하여 모든 문제가 30분 내에 해결될 수 있었단 말이오. 그녀는 남편의 생각을 알았소. 너무 정직해서 자신이 가짜라는 것이 입증되자마자, 마음속에서 자신이 존 관리가 아니었다는 것을 알자마자, 그것을 인정하리라는 것을.

이런 수류탄이 폭발하게 되면 위험이 곧 닥쳐오리라는 것을 그녀는 깨달았던 거요. 그날 밤 관리의 분위기가 기억나시오? 내게 정확하게 전해 준 것이라면, 그가 한 모든 말에서 그리고 그가 한 모든 행동에서 무모하리만치 확고한 기색이 느껴졌잖소. '자, 테스트가 있단 말이지. 내가 살아남는다면 좋겠지. 그렇지 않다고 해도 모든 것을 감수할 수 있는 보상이 한 가지 있지. 내가 결혼한 저 여자에 대하여 털어놓고 이야기할 수 있잖아.' 으흠, 음. 내가 그 분위기를 정확히 설명했소?"

"네."

페이지가 인정했다.

"그래서 그녀는 궁여지책을 취했던 겁니다. 그녀는 즉시 행동해야 했소. 즉시, 즉시 말이오! 그녀는 지문 비교가 끝나기 전에 행동해야 했던 겁니다. 그녀는 바로 어제도 다락에서 이런 수단을 취했소. 내 입에서 이 말이 나오기 전에 내게 반격을 가했지요. 그녀는 당당히 행동했소. 그렇지만 그녀는 자신의 남편을 죽였소."

버로스는 창백한 안색에 진땀을 흘리며 자신의 차례를 요청하려고 헛되이 탁자를 탕탕 두들기고 있었다. 지금 그의 태도에는 한 줄기 희망의 빛이 보였다.

버로스가 말을 꺼냈다.

"박사님을 중지시킬 방법이 없는 것 같군요. 경찰이 나서서 중지시키지 않는다면 이의를 신청할 수밖에 없겠지요. 하지만 제 생각엔 지금 이 그럴듯한 억측이 도움이 되지 않는 경우인 것 같은데요. 증거가 전혀 없다는 사실은 말할 것도 없고. 잘 들으세요, 근처에 아무도 없이 그는 혼자 있었습니다. 존 경이 어떻게 살해됐는지 설명할 수 있을 때까지, 그것을 설명할 수 있을 때까지……"

그는 목이 메어 말을 잇지 못했다. 단지 입속에서 중얼거리며 과장된 몸짓을 할 뿐이었다.

"그렇지만 박사님, 박사님은 설명하실 수 없을 겁니다."

"천만에, 설명할 수 있소."

펠 박사가 말했다.

"첫 번째 확실한 단서가 어제 심리에서 나왔소."

그는 생각에 잠겨 계속 말했다.

"증언이 기록되어 있어 다행이오. 그 후 우리는 처음부터 바로 코앞에 있던 어떤 증거들을 그저 줍기만 하면 됐소. 기적이 우리에게 굴러들어왔다고 봐요. 구술로 교수형에 처할 만한 증언을 받은 셈이니. 그것을 사용할 겁니다. 각각의 증언을 차례대로 정리해서 검사에게 넘겨줄 거요. 그러면……"

그는 손짓을 했다.

"교수대 올가미를 잡아당길 수 있을 테지요."

"심리에서 증거를 얻었다고?"

머레이는 그를 빤히 바라보며 되풀이 말했다.

"누구한테서 증거를 얻었단 말인가?"

"놀스한테서."

펠 박사가 말했다.

흐느낌 같은 소리가 집사에게서 흘러나왔다. 그는 한 걸음 앞으로 나와서는 손으로 얼굴을 가렸다. 하지만 입을 열지는 않았다.

펠 박사는 그를 응시했다.

"아, 알고 있소."

박사는 딱딱거리듯 말했다.

"시큼한 약과 같지. 하지만 어쩔 수 없소. 역설적으로 압박을 가하게 된 셈이지. 하지만 어쩔 수 없소. 이봐요, 놀스, 당신은 그 여인을 귀여워하지. 그녀는 당신에겐 귀여운 어린아이요. 그런데 아주 단순하게 사실을 말하자면, 심리에서 한 당신 증언으로 당신 자신이 올가미를 당기는 것처럼 확실히 그녀를 목매달게 됐다는 거요."

여전히 그의 시선은 집사에게 고정되어 있었다.

박사는 기분 좋게 이어 말했다.

"한데 아마 어떤 사람들은 당신이 거짓말을 한다고 생각했을 거요. 나는 당신이 거짓말하지 않았다는 것을 아오. 당신은 존 판리 경이 자살했다고 말했소. 그가 칼을 던지는 것을 보았다고 당신의 잠재의식에 기억된 것을 말함으로써 이야기에 결말을 지었소. 당신은 공중에서 그 칼을 보았다고 말했지.

나는 당신이 거짓말을 하고 있지 않다는 것을 알았소. 당신은 그 전날 엘리엇과 내게 이야기할 때도 정확히 똑같은 문제를 드러냈었으니까. 당신은 머뭇거리며 말했지. 확신이 없는 기억을 더듬느라 말이오. 엘리엇이 대답을 강요하자 당신은 당황해서 어쩔 줄 몰라했소. '그건 칼의 크기에 달렸을 거예요. 저 정원에 라켓들이 있어요. 그런데 경위님, 때때로 테니스공이 보이지 않죠……'라고 말했지. 단어의 선택이 암시적이잖소. 바꿔 말하면 범죄가 일어난 때에 당신은 공중을 날아가는 뭔가를 보았던 거요. 살인 직후보다는 살인 직전에 본 것이라 당신의 잠재의식이 혼란스러웠던 것이지."

그는 두 손을 활짝 폈다.

"아주 놀랄 만한 라켓이네요."

날카로운 소리로 비꼬듯이 버로스가 말했다.

"더욱 더 놀랄 만한 테니스공이고요."

"바로 테니스공 같은 어떤 것이었소."

펠 박사는 진지한 어조로 동의했다.

"하지만 물론 훨씬 작은 거요. 상당히 더 작은 거요.

그 이야기로 돌아가 볼까요. 계속해서 상처의 특징을 생각해 봅시다. 이미 우리는 그 상처들에 관한 놀랍고 감정적인 의견을 많이 들었습니다. 여기 머레이 씨는 그것들이 육식 동물의 엄니나 발톱에 의해 난 상처와 비슷하다고 주장했소. 그리고 울타리에서 찾은 핏자국이 있는 접칼로는 그런 상처를 낼 수 없다고도 주장했소. 당신들이 그의 말을 정확하게 인용한 거라면, 패트릭 고어 씨도 아주 비슷한 말을 했소. 그럼 그가 뭐라고 했을까요? '표범에게 죽은 미시시피 강 서쪽 최고의 동물 조련사 바니 풀 이후로 이런 걸 본 적이 없어요.'

발톱 모양의 상처라는 요소가 사건 전반에 영향을 미치고 있소. 심리에서 킹 선생이 한 의학적 증언에선 그것이 이상하리만치 신중하고 대단히 암시적인 방식으로 나타나고 있단 말이죠. 여기 그의 증언을 적어둔 게 있소. 으흠! 허허! 어디 볼까요.

의사 선생은 이렇게 말합니다. '꽤 얕은 상처가 세 개 나 있었습니다'."

여기서 펠 박사는 그의 청중들을 지그시 바라보았다.

"'목의 왼쪽에서 시작해서 오른쪽 턱 아래 귀퉁이에서 끝난, 약간 위쪽 방향으로 뚜렷이 난 꽤 얕은 상처 세 개였습니다. 상처 두 개는 서로 교차되어 있었습니다.' 그리고 곧 더욱 더 아주 불리한 진술이 나옵니다. '찢어진 조직이 많이 있어서요.'

찢어진 조직이라고요? 그 흉기가 엘리엇 경위가 지금 보여 주고 있는 매우 날카로운 칼이었다면, 아무리 이가 빠졌다고 하더라도 확실히 이상하지 않습니까, 여러분. 목에 난 찢어진 상처는……

음, 어디 보자. 발톱 모양의 상처 문제로 되돌아가서 검토해 볼까요. 발톱 모양의 물건이 남긴 상처의 특성은 어떠하며 존 판리 경의 죽음에서는 그것들이 실제로 어떻게 나타났을까요? 발톱 모양의 물건이 남긴 상처의 특성은 다음과 같소.

첫째. 상처가 얕다.

둘째. 날카롭고 끝이 뾰족한 것에 의해서 찌르기보다는 잡아 찢거나 긁거나 할퀴어서 난 상처이다.

셋째. 개별적으로 난 상처가 아니라 모두 동시에 난 것이다.

이 특징들 모두는 판리의 목에 난 상처의 묘사에 따른 것임을 우리는 알고 있소. 그럼 킹 선생이 심리에서 한 다소 기묘한 증언에 주의를 기울여 볼까요. 그는 뻔뻔스런 거짓말을 하지는 않지만, 아무리 보아도 판리의 죽음을 자살로 만들기 위해서 맹렬히 노력하고 지나치게 말을 하고 있소! 왜일까요? 놀스와 마찬가지로 그 역시 자신을 '네드 아저씨'라고 부르는 아주 오랜 친구의 딸인 몰리 판리에 대하여 착한 아이라는 생각을 품고 있고, 그리고 십중팔구는 그녀의 성격 특성을 알고 있기 때문일 겁니다. 하지만 킹 선생은 그녀를 감싸는 것이 놀스와는 다르오. 그는 교수형 밧줄 끝에서 그녀의 목이 두 동강 나게 그녀를 내몰지는 않을 거요."

놀스는 애원하는 것처럼 두 손을 내밀었다. 그의 이마가 땀으로 얼룩져 있었다. 하지만 그는 여전히 입을 열지는 않았다.

펠 박사가 계속 이야기했다.

"머레이 씨가 며칠 전에 우리에게 사건의 근거를 제시했고, 그때 그는 공중을 날아간 것에 관하여 말하면서 그것이 정말로 살인 도구였다면, 왜 요령 있게 연못에 떨어뜨리지 않았는지 물었습니다. 그런데 지금 우리가 알고 있는 게 뭡니까? 어둠 속에서 뭔가 판리를 공격했다는 겁니다. 뭔가 테니스공보다 더 작은 것이 말입니다. 뭔가 발톱 같은 상처를 내는 갈고리나 뾰쪽한 끝이 달린 것이 말입니다."

너대니얼 버로스는 희미하게 낄낄 웃는 소리를 냈다.

"비행하는 발톱이라."

그는 비아냥거렸다.

"정말입니까, 박사님! 그럼 그 비행하는 발톱이 무엇인지 말해 주실 수 있습니까?"

"그보다 더 좋은 게 있소. 그것을 보여드리죠. 여러분이 어제 보았던 겁니다."

펠 박사가 말했다.

큼지막한 호주머니에서 그는 커다란 붉은색 손수건에 싼 뭔가를 꺼냈다. 손수건에 바늘 같이 날카로운 끝이 걸리지 않도록 펼쳐서 물건을 내놓았을 때 페이지는 그것을 곧 알아보고 충격에 싸였다. 비록 어리둥절한 충격이긴 했지만 말이다. 그것은 펠 박사가 벽장에서 옮긴 나무 상자에서 발견한 물건들 중 하나였다. 정확하게 말하자면 때때로 호전적인 심해어를 포획하는 데 사용되는 아주 큰 네 개의 고리가 달린 작지만 묵직한 납 봉돌이었다.

"이 기묘한 도구의 용도에 놀랐습니까?"

박사는 상냥하게 물었다.

"도대체 그것이 누군가에게 어떤 목적으로 사용됐을까 궁금하지 않소? 중부 유럽의 집시들 사이에서, 다시 말하지만 집시들 사이에서 이것은 매우 효과적이고 위험한 용도를 가지고 있소. 자, 그로스의 이야기를 들어 볼까요. 책을 좀 주겠나, 경위?"

엘리엇은 서류가방을 열고서 잿빛 커버로 싸인 너비가 넓고 두께가 얇은 책 한 권을 꺼냈다.

"자 여기……"

펠 박사는 책을 떨어뜨릴 뻔하다가 다시 잡으며 계속 했다.

"지금까지 수집된 가장 완벽한 범죄 교본이 있소.4 여기 언급된 내용을 확인하기 위해서 간밤에 런던으로 이 책자를 가지러 보냈답니다. 249~250쪽에서 이 납 봉돌에 대한 자세한 묘사를 확인할 수 있을 거요.

이것은 집시들에 의해서 투척 무기로 사용되는데 그들의 불가사의하고 거의 신기에 가까운 절도 행각 중 얼마간은 이것을 사용하기 때문이오. 이 봉돌의 반대편 끝에 아주 가볍지만 몹시 질긴 긴 낚싯줄을 고리에 끼워서 단단히 고정합니다. 그리고 봉돌을 던지는 거요. 그러면 봉돌을 어떻게 던지든 고리들이 배의 닻처럼 어떤 방향

---

4 〈범죄 수사 편람(Criminal Investigation)〉 : 치안 판사, 경찰관, 그리고 변호사를 위한 실용 교본으로 프라하 대학의 범죄학 교수 한스 그로스 박사(Dr. Hans Gross)의 〈범죄 예방법(System der Kriminalistik)〉을 문학사이자 변호사 존 애덤(John Adam)과 변호사 J. 콜리어 애덤(J. Collyer Adam)이 개작. 런던 경찰국 형사부 국장보 노멀 켄달(Normal Kendal) 편.(London, Sweet & Maxwell, 1934) –J.D.C.

으로 떨어지더라도 손쉽게 잡아챌 수 있소. 납 봉돌은 투척에 필요한 무게를 보태고, 낚싯줄은 노획물과 함께 봉돌을 끌어당기는 작용을 합니다. 그로스가 그것의 이용법에 대해 말한 것을 들어보시오.

'투척에 관해서는 집시들, 특히 어린아이들이 매우 솜씨가 좋다. 모든 인종에 공통으로 아이들은 돌팔매질을 즐기는데, 그들이 그렇게 하는 특별한 목적은 가능한 한 멀리 그것들을 던지는 것이다. 그러나 집시 아이는 그렇지 않다. 그는 대략 견과(堅果) 크기의 돌을 한 무더기 모아 놓고서 10~12 걸음쯤 떨어져서 꽤 큰 돌멩이나 작은 널빤지, 혹은 낡은 천과 같은 표적을 선택한다. 그 다음에 모아 놓은 투사물을 던진다…… 몇 시간 동안 계속 반복하다 보면 이 연습에서 곧 자신의 손보다 더 큰 것을 빗맞히는 법이 없는 그런 기술을 습득하게 된다. 이 단계에 도달하면 그는 갈고리바늘을 던질 수 있게 된다……

집시 아이는 갈고리바늘을 던져서 나무들 중 한 그루의 나뭇가지에 걸쳐진 넝마 조각을 꿰뚫어서 채어갈 수 있을 때 도제 신분을 벗어나게 된다.'

나무에서요, 알겠습니까! 이렇게 해서 기막힐 정도로 솜씨 있게 그는 방범창을 덧댄 창문을 통해서 혹은 둘러막힌 안마당에서 내의나 옷가지 등을 채 갈 수 있는 거요. 자, 투석 무기로서 그것의 끔찍한 효과를 상상할 수 있겠지요. 사람의 목을 잡아 찢고 되돌아올 수 있는 거다 이 말이오."

머레이는 신음소리 같은 것을 냈다. 버로스는 잠자코 있었다.

"흠, 그겁니다. 자, 우리는 집시들 속에서 배운 기술인, 몰리 관리의 초인적이고 놀라운 던지기 솜씨에 대한 이야기를 들어 알고 있소. 데인 양이 알려 주었지요. 우리는 그녀에게 몹시 빠른 결정력과 일격을 가할 수 있는 민첩성이 있다는 것을 알고 있소.

그러면 살인사건이 일어난 때 몰리 판리는 어디 있었소? 말할 필요도 없이 그녀는 연못이 내다보이는 침실 발코니에 있었소. 이것 참! 연못 바로 위에 말이오. 알다시피 그녀의 침실은 식당 위에 있소. 바로 밑에 있던 웰킨과 마찬가지로 그녀는 연못에서 6미터도 떨어져 있지 않았고 바로 그 위에 있었단 말이지요. 아주 높은 곳일까요? 천만에요. 여기 놀스가, 그녀를 교수형에 처할 수 있는 매우 귀중한 방법을 암시해 준 놀스가 우리에게 말한 바와 같이 저택의 새 부속 건물은 '인형의 집처럼 천장이 조금 낮은 곳'이므로 그 발코니는 아마 정원에서 2~3미터 정도밖에 위에 있지 않을 거요.

어스름 속에서 그녀는 그곳에서 아래쪽의 남편을 향해 서서 팔에 힘을 줄 수 있을 만큼 높이 들어 올렸소. 그녀가 인정한 대로 그녀 뒤편의 방 안은 어두운 상태죠. 그녀의 하녀는 옆방에 있었고요. 그녀는 무슨 이유로 즉석에서 그런 결정을 할 마음이 났을까요? 남편이 쳐다보게 하려고 뭔가를 속삭였을까요? 아니면 그는 이미 긴 목을 위로 향한 채 별을 바라보고 있었을까요?"

두 눈에 공포의 빛이 퍼지면서 매들린이 되풀이해서 말했다.

"별을 바라보고 있었다고요?"

"당신의 별 말이오, 데인 양."

펠 박사가 우울한 어조로 말했다.

"이 사건으로 다양한 사람들과 많은 이야기를 나눴는데 그게 당신의 별인 것 같더군요."

페이지는 다시 기억이 떠올랐다. 살인사건이 일어난 날 밤에 연못가에서 정원을 거닐 때 그는 '매들린의 별'을 생각하고 있었다. 그 것은 그녀가 시적인 이름을 지어 준 동쪽 하늘의 외로운 별로, 연못에서는 목을 길게 빼야지 새 부속 건물의 굴뚝 꼭대기 너머로 볼 수 있었다……

"그렇소, 그녀는 당신을 미워했소. 자신의 남편이 당신에게 관심을 가져서 그랬던 거요. 아마 그가 고개를 쳐들고 당신의 별을 응시하느라 무심히 자신을 향하고 있는 모습을 보고는 그런 감정 상태에서 살인을 저질렀을지도 모르오. 한 손에는 낚싯줄을, 다른 손에는 납 봉돌을 들고서 팔을 들어 올렸다가 일격을 가했던 거요.

여러분, 뭔가가 그를 붙잡았을 때 그 가엾은 사람의 기묘하고 이상한 행동에 주의를 환기시켜 보시오. 그 장면을 묘사하려던 사람은 왠지 누구나 애를 먹었잖습니까. 그는 연못으로 고꾸라지기 전에 발을 질질 끌고 숨 막혀하다가 갑자기 몸을 홱 움직였소. 이 얘기를 들으면 무엇이 떠오릅니까? 아아! 알았군요? 분명히 보여주고 있지요? 낚싯줄에 걸린 물고기를 말이오. 바로 그랬던 거요. 그런데 갈고리바늘들이 깊이 꽂히지 않았소. 하지만 그녀는 그것을 잘 처리했소. 모두가 진술한 대로 상당히 거칠게 다루는 것으로 말이오. 분명히 상처의 방향이 왼쪽에서 오른쪽으로 위쪽을 향해 나 있잖습니까. 그가 균형을 잃고 당겨지면서 그렇게 된 거요. 그렇게 해서 그는 고개를 살짝 새 부속 건물 쪽으로 향하고 연못에 빠졌던 거요. 기억이 나시오? 그가 연못에 빠지자 그녀는 그 무기를 도로 잡아당겼소."

펠 박사는 엄격한 표정을 띤 채 납 봉돌을 들어 올렸다.

"조그맣지만 대단한 물건이죠?

아, 당연히 이것을 끌어당길 때 핏자국이나 어떤 흔적도 남기지 않았소. 연못에 떨어졌을 때 말끔히 씻겼으니까. 연못물이 너무 출렁거려서 주위에 모래밭으로 몇 미터 정도 넘쳐흘렀던 것을 기억하지요. 당연히 그가 몸부림을 쳤기 때문이죠. 하지만 이 봉돌은 한 가지 흔적을 남겼소. 관목에서 옷 스치는 것 같은 소리를 냈던 거요.

곰곰이 생각해 보시오. 그 기묘한 소리를 들은 유일한 사람이 누구였소? 아래쪽 식당에 있던 웰킨 씨였소. 그 소리를 들을 수 있을 만큼 가까이 있었던 유일한 사람이었죠. 그 소리가 호기심을 일으킨 핵심 요소였소. 그것은 분명히 어떤 사람이 낸 소리가 아니란 말이지요. 넓은 막처럼 빈틈이 없는 주목 울타리를 헤치는 실험을 한번 해 보면 내가 말하는 게 무슨 뜻인지 알게 될 거요. 버턴 경사가 안성맞춤으로 죽은 사람의 지문이 나 있는, 그곳에 '찔러 놓은' 칼을 나중에 발견했을 때 깨달은 것처럼 말이오.

자세한 이야기는 하지 않겠소. 하지만 본질적으로 이런 식으로 그녀는 내 경험상 가장 사악한 살인 중 하나를 계획하고 실행한 거요. 모두 쾌감과 혐오감 때문이었소. 그리고 성공을 했지요. 그녀는 늘 하던 대로 사람들을 끌어내서는 자신의 제물을 낚아챘던 거요. 당연히 그녀는 도망칠 수 없소. 그녀가 통과하는 첫 번째 지점에서 경찰에게 체포될 테니까. 그 다음에는 교수형을 받게 되겠죠. 그리고 모든 것은 다행히 정의를 위해서 놀스가 해질 무렵의 테니스공의 빠른 움직임에 관해 기꺼이 우리에게 말할 마음이 났기 때문이오."

놀스는 버스를 세우려는 것처럼 손을 살짝 흔들었다. 그의 얼굴이 기름 먹인 종이 같아서 페이지는 그가 실신을 하지나 않을까 조마조마했다. 그는 여전히 입을 열지 않았다.

버로스는 눈을 빛내며 숨을 들이쉬었다.

"창의력이 풍부하시네요. 독창적이에요. 하지만 그건 거짓말이니 법정에서 당신을 굴복시킬 수 있습니다. 잘 아시겠지만 전부 거짓이에요. 다른 사람들이 증언한 것도 있단 말입니다. 웰킨이 있잖습니까! 당신은 그가 말한 것을 설명하지 못하잖습니까! 웰킨은 누군가 정원에 있는 것을 봤습니다! 그는 봤다고 했습니다! 그것에 대해 하실 말이 있으십니까?"

버로스가 말했다.

페이지는 펠 박사의 안색이 다소 창백해지는 것을 불안한 마음으로 주목했다. 아주 천천히 펠 박사는 몸을 일으켰다. 그는 그들 위로 우뚝 서서 문 쪽을 향해 손짓을 했다.

"자, 웰킨 씨가 있네요."

그가 대답했다.

"바로 당신 뒤에 서 있소. 그에게 물어봐요. 그가 정원에서 본 것을 지금 확신하고 있는지 물어봐요."

그들 모두가 돌아보았다. 그들은 웰킨이 얼마 동안이나 문간에 서 있었는지 알지 못했다. 변함없이 청결하고 단정한 차림에 지나치게 통통한 얼굴에 불안한 표정을 띠고서 웰킨은 아랫입술을 오므렸다.

"저어……"

그는 헛기침을 하고 말문을 열었다.

"자, 거리낌 없이 말해 보시오!"

펠 박사가 큰 소리로 말했다.

"내 말을 들었잖소. 이야기해 봐요. 정말 당신을 보고 있는 뭔가를 봤소? 정말 그곳에서 보고 있는 뭔가가 있었소?"

"곰곰이 생각하고 있었습니다."

웰킨이 말했다.

"그래서요?"

"나는…… 에…… 여러분."

그는 잠시 멈췄다.

"어제의 일을 상기해 주시길 바랍니다. 당신들 모두 다락에 올라 갔고 그곳에서 발견한 어떤 기묘한 물건들을 조사했다는 이야기를 들었습니다. 유감스럽게도 나는 함께 올라가지 못했죠. 오늘까지 나는 그 물건들 중 어느 것도 보지 못했는데 펠 박사님이 내 주의를 환기시켜 주었어요. 나는…… 에…… 당신들이 그곳에 있던 나무 상자에서 발견한 야누스 얼굴을 한 검정색 가면을 언급하는 겁니다."

다시 그는 헛기침을 했다.

"이건 음모예요."

버로스가 말하고는 도로의 무질서한 차량 앞에서 머뭇거리는 사람처럼 좌우를 재빨리 둘러보았다.

"가벼운 벌만으론 안 될 겁니다. 이건 다 계획적인 음모예요, 당신이 전부 꾸민 거예요."

"부디 내가 이야기를 끝마칠 수 있게 해주십시오, 버로스 씨."

웰킨이 퉁명스럽게 대꾸했다.

"나는 아래쪽 유리문 틈에서 나를 보고 있는 얼굴을 봤다고 증언했습니다. 그런데 이제 그것이 무엇이었는지 알겠어요. 그건 바로 야누스 가면이었습니다. 그것을 보자 곧 생각이 났습니다. 펠 박사님 말씀대로 불운한 레이디 판리가 정원에 실제로 누군가 있다는 것을 내게 입증하기 위해서 단지 그 가면을 다른 길이의 낚싯줄에 매달아 아래로 내려뜨렸다는 생각이 드네요. 그런데 유감스럽게도 창문에서 너무 낮게 내려 보냈고, 그래서……"

그때 놀스가 마침내 입을 열었다.

그는 탁자로 성큼성큼 걸어와서 탁자에 손을 짚었다. 그는 울고 있었다. 그리고 잠시 동안 눈물 때문에 조리 있게 말을 하지 못했다. 그의 입에서 말이 튀어나왔을 때 듣는 사람들은 가구가 말을 하기라도 하는 것처럼 모두 깜짝 놀랐다.

"말도 안 되는 거짓말이에요."

놀스가 말했다.

그는 늙고 처량한 몰골에 당혹스런 얼굴을 하고서 손으로 탁자를 치기 시작했다.

"버로스 씨가 말씀하신 것과 같습니다. 그건 전부 거짓말이에요, 거짓말, 거짓말, 거짓말이에요. 박사님 말씀은 다 거짓이에요."

그는 극도의 흥분상태에서 목소리가 떨리며 높아졌고 손으로는 미친 듯이 탁자를 두드려댔다.

"당신들은 마님에게 적대적이에요, 틀림없이 적대적이에요. 당신들 중 아무도 마님에게 기회를 주려고 하지 않아요. 마님이 좀 분별 없는 짓을 한들 무슨 상관이에요? 마님이 그 책들을 읽고 한두 명의 친구들과 어리석은 짓을 한들 무슨 상관인가요? 그게 그들이 어렸을 적에 하던 게임과 무슨 차이가 있죠? 그들은 모두 아이들이에요. 마님은 악의로 한 일이 아니었어요. 절대 악의로 한 일이 아니었어요. 그러므로 마님을 교수형시킬 수는 없어요. 맹세코, 그럴 수는 없어요. 아무도 우리 아가씨를 해칠 수 없어요, 제가 못 하게 할 겁니다."

그의 목소리는 눈물에 잠긴 절규가 되었고 그는 그들을 향해 손가락을 흔들었다.

"거창한 억측과 추측에도 불구하고 박사님은 바보짓을 하시는 겁니다. 마님은 조니 주인님인 체하고 이곳에 온 그 바보 같은 미친 거지를 죽이지 않았어요. 조니 주인님이라니 어림없는 소리지! 그 거지가 관리라고요? 그 거지가? 자업자득이에요. 그자를 다시 죽일 수 없는 게 유감이네요. 그자는 돼지우리에서 왔어요. 그의 출신지가 바로 거기예요. 어쨌든 그 인간에 대해선 신경 쓰지 않아요. 정말로 우리 아가씨를 다치게 해서는 안 됩니다. 마님은 그를 죽이지 않았어요. 마님은 절대 죽이지 않았어요. 제가 증명할 수 있어요."

엄청난 침묵 속에서 그들은 펠 박사가 놀스에게 걸어가서 그의 어깨에 손을 얹을 때 박사의 지팡이가 바닥을 가볍게 두드리는 소리와 헐떡이는 놀스의 숨소리를 들었다.

"그녀가 그러지 않았다는 걸 알고 있소."

박사는 조용히 말했다.

놀스는 극도의 흥분으로 흐릿해진 눈길로 그를 노려보았다.

"그러니까 당신은 여기 앉아서 우리한테 동화 같은 이야기를 한 거로군요. 오로지--"

버로스가 소리쳤다.

"나라고 내가 하고 있는 일이 마음에 들 것 같소?"

펠 박사가 물었다.

"나라고 내가 한 말과 내가 취해야 한 행동이 마음에 들 것 같으냐 말이오? 그 여인과 그녀의 은밀한 마녀 숭배, 그리고 관리와의 관계에 대해 내가 말한 모든 것이 사실이었단 말이오. 모든 것이. 그녀는 살인자를 격려했고 살인을 지휘했단 말이오. 다른 점이 있다면 그녀가 자신의 남편을 죽이지 않았다는 거요. 그녀가 자동인형을 작동시키지도 않았고 정원의 그 사람도 아니었단 거요. 하지만……"

그의 손이 놀스의 어깨를 꽉 움켜쥐었다.

"당신도 법을 알 거요. 법이 어떻게 움직이고 어떻게 밀어붙이는지 알 거요. 내가 그것을 추진하고 있지. 그러므로 당신이 진실을 말하지 않는다면 레이디 관리는 하만(Haman : 페르시아 왕 아하수

에로의 재상으로 유대인의 적―옮긴이)보다 더 높이 매달리게 될 거요. 당신은 누가 살인을 했는지 알고 있지?"

"당연히 알고 있지요. 당연히요."

놀스가 소리 질렀다.

"그럼 그 살인자가 누구요?"

"그거야 간단하죠. 그 바보 같은 거지는 제가 저지른 일의 결과를 받은 것뿐이었어요. 그 살인자는……"

놀스가 말했다.

IV

8월 8일 토요일
떨어진 경첩

플랑보(Flambeau)가 그 솜씨 좋은 변장술로도 가릴 수 없는 한 가지가 있다면
유별나게 큰 그의 키였다.
발렝탱(Valentin)의 날카로운 눈은 키 큰 사과장수 아낙네나 키다리 보병조차도
그냥 통과시키지 않을 만반의 태세를 갖추고 있었다.
유별나게 키가 큰 상대가 설사 공작부인이었다 해도
발렝탱은 그 자리에서 상대를 조사했을 것이다.
하지만 기차 안을 아무리 살펴보아도
변장을 한 플랑보일 것 같은 인물은 눈에 띄지 않았다.

－G. K. 체스터턴(G. K. CHESTERTON)의 〈푸른 십자가 The Blue Cross〉 중에서

제21장

패트릭 고어(존 판리로 태어난)로부터 기드온 펠 박사에게 온 편지.

모일에
외항선에서.

친애하는 박사님께.

예, 제가 범인입니다. 저 혼자서 그 사기꾼을 죽였고 박사님을 놀라게 한 모든 사건을 일으켰습니다.

여러 이유 때문에 박사님께 이 편지를 씁니다. 첫째, 진심으로부터 박사님을 좋아하고 존경하는 마음을 갖게 됐기 때문입니다(하지만 어리석게도). 둘째, 그 이상 사건을 잘 처리할 수 없으셨기 때문입니다. 모든 방에서 모든 문에서 한 걸음 한 걸음 저를 끌어내서는 집을 나와 달아날 수밖에 없도록 만든 방식에 감탄한 나머지 제가 박사님의 추론을 정확히 따랐는지 확인하고 싶은 정도가 된 겁니다. 지금껏 제 허를 찔렀던 사람은 박사님이 유일하다는 말로 경의를 표합니다. 하지만 저는 선생님들과 싸울 최선의 상태가 아니었습니다. 셋째, 정말로 완벽하게 자신의 의도를 숨기는 사람을 찾았다고 생각하기 때문입니다. 그 점에 있어서는 저 자신도 자랑할 만하지만 이제는 더 이상 쓸모가 없습니다.

이 편지에 답장을 기다리고 있겠습니다. 박사님이 이 편지를 받으실 즈음에는 저와 제가 열렬히 사랑하는 몰리는 영국과 범인 인도 조약이 없는 나라에 가 있을 겁니다. 꽤 더운 나라지만 몰리나 저나 둘 다 더운 나라를 좋아해서요. 새로운 보금자리에 정착하게 되면 그 주소로 연락드리겠습니다.

한 가지 부탁이 있습니다. 저희의 도주에 뒤따라 신문과 판사 그리고 대중의 시각을 왜곡하는 사람들에게서 쏟아질 어이없는 소문에서 저는 의심할 바 없이 악마나 괴물, 늑대 인간 등등으로 나타나게 될 겁니다. 그런데 박사님은 제가 그런 녀석이 아니라는 걸 잘 알고 계시잖습니까. 저는 살인을 좋아하지 않습니다. 그 비열한 놈의 죽음에서 어떤 회한도 느낄 수 없지만 그건 제가 위선자가 아니기 때문이라고 생각합니다. 어떤 사람들은, 이를테면 몰리와 저 같은 사람들은 어떤 방식이 몸에 배어 있습니다. 우리의 노력과 공상으로 세상을 좀 더 흥미진진한 곳으로 만들고 싶다면, 교외 거주자에게 영감을 주고 더 나은 상황에 대하여 넌지시 암시하는 거라고 생각합니다. 그러므로 누군가 악마와 그의 마녀 신부에 대해 감상적인 연설에 빠지면 부디 박사님이 그 사람에게 저희 두 사람과 차를 마셨지만 뿔이나 성흔의 표지를 보지 못했다고 알려 주십시오.

그럼 이제 제 비밀을 말씀드릴 텐데, 이것은 박사님이 그토록 열심히 조사하시던 그 사건의 비밀이기도 합니다. 이것은 아주 간단한 비밀이고 다음의 네 어절로 나타낼 수 있습니다.

저는 두 다리가 없습니다.

저는 두 다리가 없습니다. 타이타닉 승선 중에 벌어진 한 사건에서 그 야비한 녀석 때문에 완전히 으스러져서 두 다리 모두 1912년 4월에 절단했는데 그 이야기는 곧 설명드리겠습니다. 그 이후로 착용하고 있는 훌륭한 의족이 이 불구 상태를 완전히 위장하지 못하는 것 같아 걱정입니다. 박사님이 제 걸음걸이에 주목하는 것을 알았습니다. 엄밀히 말해 절름거리는 것은 아니지만 늘 어색해 보이고, 이따금 빨리 움직이려고 하는 경우에는 걸음이 부자연스러워 보여서 충분히 그 비밀이 드러날 수도 있습니다. 사실상 저는 빨리 움직일 수 없습니다. 이 이야기 또한 곧 다룰 겁니다.

변장의 목적으로 의족이 놀랄 만한 기회를 제공할 수 있다는 것을 생각해 본 적이 있으십니까? 사람들은 가발이나 수염, 그리고 메이크업과 같은 겉치레로 변장을 해 왔습니다. 또 점토로 얼굴을 바꾸고 패드를 넣어서 몸매를 바꿨습니다. 솜씨 있게 모양을 바꿔서 교묘하게 착각을 일으켰습니다. 그런데 깜짝 놀랄 만한 말이지만 사람들은 가장 간단한 방법으로 사람들의 눈을 속여 본 적이 없었습니다. 그래서 줄곧 이런 말이 있었던 겁니다. '이런저런 것은 바꿀 수 있지만 감출 수 없는 한 가지가 있다. 그건 바로 키다'. 실례지만 저는 얼마든 원하는 대로 키를 바꿀 수 있고, 게다가 상당히 오랫동안 그렇게 해 왔습니다.

저는 키가 크지 않습니다. 좀 더 정확히 말하자면, 제 키였던 것을 제거하면 키가 크지 않다고 생각합니다. 가령 타이타닉에서 그 비열한 친구의 방해만 없었다면, 제 키는 165센티미터쯤 됐을 겁니다. 받침대(신중하게 말해서)를 제거하면 내 실제 몸은 91센티미터가 채 되지 않습니다. 이것이 의심스러우시면 벽에 서서 박사님의 신장을 측정하고 다리라고 부르는 이 신비한 부속물이 차지하는 비율을 관찰해 보십시오.

제가 서커스에서 맨 처음 한 일은 다리 몇 세트를 주문하여 만든 일이었습니다. 그 다음에 의족을 착용하는 고통스러운 연습을 수없이 반복해서 제가 마음에 드는 키를 만들게 된 겁니다. 얼마나 쉽게 사람들의 눈을 속일 수 있는지 아시게 되면 흥미로울 겁니다. 예를 들어 자그맣고 마른 친구가 박사님 앞에 180센티미터 장신의 사나이로 나타난다고 상상해 보세요. 박사님의 머리는 그 상황을 눈여겨 보려 하지 않을 것이고, 다른 부분에서 교묘하게 최소한의 위장을 하면 그 친구를 전혀 인지할 수 없을 겁니다.

제 키는 몇 가지가 있습니다. 저는 키가 185센티미터인 적도 있었습니다. 게다가 유명한 점쟁이 '아리만' 역할에서는 거의 난쟁이에 가까웠습니다. 나중에 제가 패트릭 고어로 그의 앞에 나타났을 때 친절한 해럴드 웰킨 씨를 완벽하게 속일 만큼 성공적이었지요.

아마 타이타닉에서의 사건 이야기를 먼저 시작하는 게 좋을 것 같군요. 자, 일전에 제 상속권을 주장하러 돌아갔을 때 서재에서 입을 벌리고 멍하니 바라보던 사람들에게 제가 한 이야기는 사실이었습니다. 약간 왜곡되고 중대한 생략이 있었지만 말입니다.

말씀드렸듯이 저희는 신원을 바꿨습니다. 말씀드렸듯이 그 온화한 소년은 실제로 저를 죽이려고 했습니다. 하지만 그 당시에는 그가 더 강했기 때문에 그는 목을 조르는 것으로 그 일을 하려고 했던 것입니다. 이 희비극적인 장면은 심각한 비극이 일어날 기둥들 사이에서 벌어졌습니다. 그곳의 배경을 짐작하셨겠지요. 그 배경에는 하얀색 페인트칠이 된 커다란 강철문, 즉 격벽문 중 하나가 있었습니다. 그것은 칸막이벽에 덧쇠를 입힌 것이므로 250~300킬로그램 정도의 묵직한 쇠붙이가 서서히 다가오는 물살에 맞서 흔들리는 셈입니다. 배가 갑자기 기울어지면서 경첩이 비틀리며 힘을 잃었는데 일찍이 본 적이 없는 끔찍한 광경이었던 것 같습니다. 정돈된 모든 것이 파괴되고 가드(Gath : 고대 팔레스타인에 있던 필리스티아의 도시로 거인 골리앗이 태어난 곳―옮긴이)의 성문이 무너지는 것 같았습니다.

제 친구의 계획은 그리 복잡하지 않았습니다. 의식을 잃을 때까지 제 숨통을 누른 뒤에 물이 가득 찬 방수 격실에 저를 가둬 놓고 무사히 도망칠 계획이었습니다. 저는 손이 닿는 곳에 있는 건 무엇이든 가지고서 저항했습니다. 이 경우에는 문에 매달려 있던 나무 망치였습니다. 몇 번이나 그를 때렸는지 기억할 수는 없지만, 뱀춤을 추는 댄서의 아들은 신경 쓰지 않는 것 같았습니다. 저 자신을 위해선 불운한 일이지만, 저는 문 밖으로 날쌔게 몸을 피할 수 있었습니다. 뱀춤을 추는 댄서의 아들은 몸을 문에 부딪쳤고, 배가 기울면서 경첩들이 휘어져 버렸습니다. 말할 필요도 없지만 저는 다리를 제외한 제 몸 전부가 그곳을 피할 수 있었습니다.

영웅적 면모를 보일 때였습니다, 박사님. 하지만 영웅적 행위에는 음악도 흐르지 않았고 나중에 웅얼거리는 소리 외에는 어떤 말도 없었습니다. 누가 저를 구했는지, 승객이었는지 아니면 승무원 중 한 명이었는지 모르겠습니다. 강아지처럼 집어 올려져서 보트에 옮겨진 것만이 기억납니다. 뱀춤을 추는 댄서의 아들은 피로 물든 머리에 혼란스런 눈빛을 한 채 뒤에 남겨져서 죽었다고 생각했습니다. 제가 죽지 않았던 것은 틀림없이 소금물 덕분인 것 같습니다. 하지만 제게는 유쾌한 시간이 아니었고, 그 후 일주일 동안 무슨 일이 일어났는지 아무것도 기억나지 않습니다.

며칠 전에 판리 클로스에서 사람들에게 이야기를 하면서 저는 서커스단 소유자 보리스 엘드리치가 죽고 없기 때문에 '패트릭 고어'로 제 평판을 알려드렸던 겁니다. 어느 정도는 제 심경을 설명했습니다. 제가 심경을 전부 말씀드리지 않았다면 박사님은 그 연유를 아실 겁니다. 보리스는 서커스에서의 제 효용성을 쉽게 발견했습니다. 저는 고향에서 배운 운수를 점치는 솜씨를 가진, 노골적으로 말하자면 진기한 구경거리였잖습니까. 정말 고통스럽고 치욕적인 시간이었습니다. 특히 손을 사용해서 '걷는 것'을 배울 때가 그랬습니다. 이 부분에 대해선 자세히 설명하지 않을 겁니다, 제가 연민과 동정을 구하는 거라고 박사님이 생각하게 하고 싶지는 않아서 말입니다. 그런 생각은 저를 몹시 화나게 합니다. 아무래도 저는 연극에 안성맞춤인 사람 같습니다. 가능하면 당신이 저를 좋아하게 만들 겁니다. 저는 당신의 존경을 받을 겁니다, 그렇지 않으면 당신을 죽일 겁니다. 하지만 당신의 동정심은? 건방진 수작 마세요!

어쨌든 거의 잊고 있었던 것에 대해서 제가 비극 배우 같은 태도를 취하고 있다는 생각이 드는군요. 우리가 바꿀 수 없는 것을 유쾌하고 즐겁게 생각해 볼까요. 제 직업을 아실 겁니다. 저는 점쟁이, 가짜 심령술사, 신비술사, 그리고 요술쟁이였습니다. 지난번 밤에 판리 클로스에 갔을 때 경솔하게도 저는 이것을 넌지시 비췄습니다. 하지만 저는 각각 다른 사람의 역할을 했었고, 그것도 아주 많은 갖가지 별명 아래서 '모든 것을 아는 자'의 역할을 했기 때문에 신분이 탄로 날까 봐 크게 염려하지는 않았습니다.

사실 두 다리가 없는 것은 제 일에서는 행운이었다고 기꺼이 말씀드릴 수 있습니다. 그렇지 않았다면 저는 성공하지 못했을 겁니다.

하지만 의족은 언제나 거치적거리는 존재였습니다. 그래서 그것을 제대로 다룰 수 없게 될까봐 두려워한 겁니다. 초기에는 손을 사용해서 돌아다니는 법을 배웠습니다. 엄청난 속도로 재빠르게 움직일 수 있었다고 감히 생각합니다. 이 재주가 가짜 심령술사로서의 제 일에서 얼마나 많은 면에서 유용하게 작용했는지, 또 그 자리에 참가한 사람들에게 어떤 놀라운 효과를 일으킬 수 있었는지 말씀드릴 필요도 없을 겁니다. 잠시 생각해 보세요. 그러면 아시게 될 겁니다.

그런 요술을 부릴 때는 언제나 저는 의족과 평범한 바지 밑에 가죽 패드를 댄, 몸에 꼭 맞는 반바지를 입는 습관이 있습니다. 그것이 다리의 역할을 하고 어떤 바닥에든 흔적을 남기지 않기 때문입니다. 빠르게 의족을 신고 벗는 것이 가장 중요한 문제기 때문에 저는 정확히 30초 안에 의족 장비를 벗었다가 다시 착용하는 것을 몸에 익혔습니다.

그리고 당연히 이 방법이 제가 자동인형을 작동한 너무도 간단한 비밀인 겁니다.

역사가 되풀이되기 때문에 그런 말도 있는 겁니다. 이전에 일어날 수 있었을 뿐만 아니라 정말 있었던 일인 겁니다. 박사님, 이것이 켐펠렌과 멜첼의 체스를 두는 자동인형이 움직인 방법이라는 것을 알고 계시죠?5 피규어가 앉은 상자 안에 들어가 있는 저 같은 사

---

5 고어 씨는 진실을 말하는 것이다. 나는 이 설명을 〈브리태니커 백과사전(Encyclopaedia Britannica)〉(1983년 출간된 제9판)의 구판(舊版)에서 처음 발견했다. 저자 J. A. 클라크(J. A. Clarke)는 다음과 같이 말한다. "첫 번째 조작자는 전투에서 두 다리를 잃은 폴란드의 애국자 보로스키(Worousky)였다. 그는 사람들 앞에 있을 때는 의족을 착용하고 있었기 때문에 그의 외관상 캠펠렌 회사에서 난쟁이나 어린아이와 함께 여행하지 않는다는 증거였으므로 누군가 그 기계 안에 있는 것이 아닌가 하는 의구심을 없앨 수 있었다. 이 자동인형은 유럽의 도시와 궁정을 각기 한 차례 이상 순회했는데 잠깐 동안 나폴레옹 1세의 소유 아래 있다가 1819년에 캠펠렌이 사망한 뒤에는 멜첼에 의해서 공개됐지만, 결국 1854년에 필라델피아에서 잿더미로 사라졌다." -Vol. XV, p.210.) -J.D.C.

람의 간단한 도움으로 그들은 유럽과 미국을 50년 동안이나 당황케 할 수 있었던 겁니다. 그 짓궂은 장난으로 나폴레옹 보나파르트나 피니스 바넘(Phineas Barnum : 19세기 말 미국의 유명한 흥행사—옮긴이)처럼 다른 기질을 가진 사람들을 속일 수 있었다면 박사님이 속았다고 해서 낙담하실 필요는 없습니다. 하지만 사실 박사님은 속지 않으셨지요. 다락에서 넌지시 하신 말씀으로 저는 그것을 분명히 알 수 있었습니다.

의심할 여지없이 이것이 17세기에 황금 마녀를 작동하는 독창적인 비법이었습니다. 이제 존경받는 내 선조님이신 토머스 판리 어르신께서 엄청난 가격에 그것을 구입한 뒤 그 진실을 알게 됐을 때 자동인형이 왜 그토록 평판이 나빠졌는지 아시겠지요? 그분은 내부의 비밀을 들었습니다. 그리고 내부의 비밀을 알게 된 많은 사람들처럼 노하여 펄펄 뛰셨을 겁니다. 그분은 기적이 일어나리라 생각했을 테니까요. 특별한 조작자가 없는 한 자신의 친구들을 골탕 먹일 수도 없는 교묘한 수단을 쓰는 대신에 말이지요.

처음에 그 기계를 조작한 방식은 이렇습니다. 관찰하신 대로 안쪽 공간은 저 같은 사람이 들어갈 정도로 충분히 넓습니다. 일단 상자나 '소파'에 들어간 뒤에 문이 닫히면 상자 꼭대기에 피규어의 장치와 통해 있는 작은 패널을 엽니다. 여기에 간단한 동력에 의해 작동되는, 피규어의 손과 몸에 이어져 있는 12개의 막대가 있습니다. 조작자는 안쪽에서 열 수 있도록 자동인형의 무릎에 감춰진 구멍을 통해서 바깥을 내다볼 수 있습니다. 그래서 멜첼의 인형이 체스를 둘 수 있었던 겁니다. 그리고 황금 마녀가 100년도 전에 시턴을 연주할 수 있었던 것이고요.

한데 황금 마녀의 경우에는 최고의 특징 중 하나가 조작자를 상자 안에서 보이지 않게 운반할 수 있는 장치였습니다. 그 점에서 황금 마녀의 발명가가 캠펠렌보다 한수 위였던 것 같습니다. 공연 초반에 담당 마술사는 상자를 열고 사람들이 안쪽을 세밀히 조사할 수 있게 해서 내부가 비어 있다는 것을 보여줍니다. 그러면 조작자는 어떻게 감쪽같이 숨어 있을 수 있었을까요?

박사님께 말씀드릴 필요는 없을 겁니다. 살인사건 다음 날 다락에서 신중히 저를 겨냥하여 흥행사가 입은 의상에 관해 하신 말씀으로 박사님이 알고 계시다는 것을 입증하셨으니까요. 그래서 제 계획이 수포로 돌아갔다는 것을 확신하게 됐던 겁니다.

모두가 알고 있듯이 마법사의 전통적 복장은 상형문자로 뒤덮인 낙낙한 긴 겉옷으로 이루어져 있습니다. 최초의 발명자는 훗날 다소 어설픈 인도의 고행자들이 사용한 원리를 적용했던 것뿐입니다. 즉 그 낙낙하고 긴 겉옷이 뭔가를 감추는 데 사용되었던 겁니다. 고행자들의 경우에는 눈에 보이지 않게 바구니에 올라가는 어린아이였습니다. 그리고 황금 마녀의 흥행사의 경우에는 커다란 긴 겉옷을 입은 마술사가 어둑한 불빛에서 공연히 법석을 떠는 동안 그 기계로 살며시 들어가는 조작자였던 겁니다. 저는 저 자신의 많은 쇼에서 성공적으로 그 속임수를 사용했습니다.

제 파란 많은 인생 이야기로 다시 돌아가겠습니다.

저의 가장 성공적인 역할이라면 런던의 '아리만'이었을 겁니다. 이집트인에게 붙인 조로아스터교 악의 신의 이름을 너그럽게 봐 주시면 좋겠습니다. 제가 한 더러운 일에 웰킨이 관여하지 않았을까 그를 의심해서는 안 됩니다. 가엾은 웰킨은 오늘까지도 제가 자신이 그토록 잘 돌봐주었던 그 수염 난 난쟁이였다는 것을 모르고 있습니다. 그는 그 명예훼손 소송에서 저를 당당히 변호했습니다. 그는 제 심령력을 믿었던 겁니다. 그래서 제가 행방불명된 상속자로 다시 나타났을 때, 그를 제 법적 대리인으로 선임하는 것이 당연하다고 생각했던 겁니다.

(박사님, 그 명예훼손 소송을 생각하면 지금도 웃음이 납니다. 저는 법정에서 심령력을 실연할 수 있기를 간절히 바랐습니다. 실은 제 아버지가 재판관과 동창이셨습니다. 그래서 저는 증인석에서 가사 상태에 빠져들어서 재판관에게 그 자신에 관한 정확한 이야기를 들려주었던 겁니다. 사실 저희 아버지는 1890년대에 런던의 사교계에서 잘 알려진 분이셨습니다. 그러므로 그 사실은 상대의 마음을 꿰뚫는 아리만의 무시무시한 통찰력에 대한 증거라기보다는 오히려 그가 얻은 정보의 힘에 대한 증거였습니다. 하지만 극적인 효과라면 사족을 못 쓰는 건 언제나 제 특징 중 하나였답니다)

저는 '존 관리'가 살아 있으며, 더군다나 그가 지금 준남작 존 판리 경이라는 것을 전혀 짐작하지 못했습니다. 어느 날 그가 하프문 가에 있는 제 상담실에 걸어 들어와서 자신의 문제를 말할 때까지는 말입니다. 사실대로 말씀드리지만 나는 그를 맞대놓고 비웃지는 않았습니다. 몽테크리스토라도 그런 상황을 꿈에도 생각지 못했을 겁니다. 하지만 그의 불안정한 마음을 진정시키면서 저는 일부러 그에게 불유쾌한 낮과 밤을 넘겨주었던 것 같습니다.

그렇지만 중요한 일은 그를 만난 것이 아니라 제가 몰리를 만났다는 겁니다.

이 문제에 관해선 제 생각이 너무나 열정적이어서 세련되게 문장을 만들어 낼 수 없습니다. 저희가 서로 닮았다고 생각지 않으십니까? 일단 서로를 찾아내면 몰리와 제가 땅 끝에서라도 함께 했을 거라고 생각지 않으십니까? 그것은 눈을 멀게 하는 갑작스럽고 완벽한 로맨스였습니다. 송진이 활활 불타고 있는 것 같았습니다. 그것은 레드 도그(Red Dog : 카드 게임의 일종－옮긴이)라는 미국인의 놀이 용어로 '하이 로 잭팟의 놀라운 게임'이었습니다. 이로 인해 저는 틀림없이 소리 내어 웃을 겁니다. 또 앞뒤가 맞지 않는 말로 시를 만들고 불경스런 말로 사랑의 말을 만들고 있는 저 자신을 발견하게 될 겁니다. 사실을 알게 됐을 때 그녀는 제 불구의 몸을 기묘하다거나 불쾌하다고 생각지 않았습니다. 그녀 앞에서 저는 콰시모도(Quasimodo : 빅토르 위고의 〈노트르담의 꼽추〉의 주인공. 에스메랄다라는 집시 소녀를 사랑하는 꼽추의 이야기－옮긴이)와 **뺨 맞는 남자**(He Who Gets Slapped : 1914년에 출간된 러시아 극본을 1922년에 영어로 번역해 출간한 책. 자신을 후원하던 남작의 부인과 불륜으로 부인에게 버림받고 서커스의 광대가 되어 **뺨 맞는** 연기를 하는 한 과학자의 이야기－옮긴이)의 후렴구를 읊지 않아도 됐습니다. 천국의 관대함보다 지옥에서 영감을 받은 로맨스를 얕보지 마시기 바랍니다. 플루토(Pluto : 지하세계 왕 하데스의 호칭－옮긴이)는 올림포스(Olympus)의 지배자와 마찬가지로 진정한 애인이었지만 대지를 비옥하게 하는 데도 힘썼습니다. 그에 반해 가련한 철면피 조브(Jove : 고대 로마 최고의 신으로 하늘의 지배자. 그리스의 제우스에 해당－옮긴이)는 그저 백조나 황금 소나기(바람둥이 제우스는 여자의 마음을 얻기 위해 백조, 황소, 여자의 남편, 심지어는 황금 소나기로도 변신했음－옮긴이)가 돼서 동분서주할 줄만 알았습니다. 이 이야기를 경청해 주셔서 감사합니다.

당연히 몰리와 제가 모든 것을 계획했습니다. 클로스에서 저희가 지나치게 논쟁적으로 말을 주고받을 때 그런 생각이 떠오르지 않으셨나요? 그녀가 너무 성급하게 노골적으로 무례한 언동을 하고 제가 교묘하게 가시 돋친 말을 할 때는요?

아이러니한 건 저는 진짜 상속자였지만 저희가 한 일 외에는 할 수 있는 일이 아무것도 없었다는 겁니다. 그곳에 돌아온 그 비열한 놈은 이른바 그녀의 은밀한 마녀 숭배에 대해 알게 됐습니다. 그놈은 자신의 신분을 유지하기 위해서 그것을 순전히 날카로운 발톱이 있는 공갈로 그녀에게 이용했습니다. 그러므로 자신이 쫓겨나면 그놈은 그녀도 쫓아낼 겁니다. 제가 영지를 되찾는다면(그렇게 결심했을 때), 저희가 서로의 관심을 감추지 않고서 살 수 있도록 그녀를 제 법적인 아내로 되찾는다면(역시 그렇게 결심했을 때), 저는 그놈을 죽이고서 자살로 보이게 만들 수밖에 없었습니다.

그 점에 있어 박사님은 알고 계실 겁니다. 몰리는 살인을 할 마음이 없었습니다. 반면에 저는 적당한 집중력을 발휘해서 무엇이든 할 마음이 있었습니다. 제가 그에게 뭔가를 빚지고 있다고는 말하지 않을 겁니다. 위선적인 어린 시절 뒤에 그가 어떻게 성장했는지 봤을 때 저는 왜 청교도들인지 왜 그들이 지상에서 사라졌는지 알 수 있었습니다.

그 범행은 언제고 사건이 일어난 그날 밤에 일어나야 했습니다. 제 계획을 시간적으로 그보다 더 일찍 준비할 수는 없었습니다. 제가 클로스에 나타나서도, 위험을 무릅쓰고 너무 이르게 제 모습을 나타내서도 안 됐기 때문에 그 전에 사건이 일어날 수는 없었습니다. 자신에게 불리한 중대한 증거를 알게 될 때까지 그 친구가 자살을 해서는 안 됐기 때문입니다. 지문을 비교하는 동안 그가 정원에 들어갔을 때 제게 훌륭한 기회가 주어졌다는 것을 아실 겁니다.

자, 축하의 말씀을 드려야겠군요. 박사님은 불가능한 범죄를 맡았습니다. 그리고 놀스를 자백하게 하기 위해서 막대기와 돌멩이, 넝마, 그리고 뼈에서 더할 나위 없이 논리적이고 조리 있는 믿기 어려운 설명을 만들어냈습니다. 예술적으로 그렇게 하실 수 있어서 기쁩니다. 그런 설명이 없었다면 박사님의 청취자들은 속았다는 생각에 격분했을 겁니다.

하지만 잘 아시다시피 사실은 불가능한 범죄가 아니었다는 겁니다.

저는 그저 그 친구에게 가까이 다가가서 그를 쓰러뜨렸을 뿐입니다. 그리고 당신들이 나중에 울타리에서 찾은 그 접칼로 연못가에서 그를 죽였습니다. 그것으로 끝입니다.

운이 좋은 건지 나쁜 건지 놀스가 그린룸 창가에서 그 사건을 다 목격했습니다. 그래도 제가 한 가지 큰 실수로 사건 전체를 망치지만 않았다면 그 계획은 두 배로 안전했을 겁니다. 놀스는 자살이었다고 사람들에게 단언했을 뿐만 아니라 저를 적잖이 놀라게 한 엉뚱한 알리바이를 제게 마련해 주는 비상한 노력도 했습니다. 관찰하신 바와 같이 그는 줄곧 그 죽은 소유자를 싫어하고 불신했습니다. 그는 그 남자가 관리 가의 한 사람이라는 것을 절대 믿지 않았습니다. 그러므로 그는 진짜 존 관리가 세습 재산을 훔친 사기꾼을 살해했다고 고백하기보다는 차라리 교수대로 갔을 겁니다.

물론 저는 의족을 벗고서 그 친구를 죽였습니다. 가죽 패드만 착용한 상태에서 신속하고 용이하게 움직일 수 있으니까 그건 그저 상식적인 행동일 뿐이었습니다. 또 의족을 착용한 상태에서는 누군가의 눈에 띄지 않도록 허리 높이의 울타리 뒤에서 몸을 구부릴 수도 없었으니까요. 울타리는 위험이 닥친 경우에 달아날 수 있는 수많은 오솔길뿐만 아니라 훌륭한 차폐물도 제공했습니다. 만일 누군가 저를 볼 경우에 대비해 저는 다락에서 가져온 야누스 가면을 재킷에 끼고 갔습니다.

저는 실제로 저택의 북쪽에서, 즉 새 부속건물 쪽에서 그에게 돌진했습니다. 충분히 겁나는 광경이었을 겁니다. 우리의 사기꾼은 그 광경에 아주 무력해졌고 저는 그가 움직이거나 말을 하기 전에 그를 끌어 넘어뜨렸습니다. 박사님, 수년에 걸쳐 고도로 발달된 팔과 어깨의 힘을 무시하지는 못할 겁니다.

나중에 이 부분, 그에게 공격을 가한 부분에 관해서 너대니얼 버로스의 증언을 듣는 순간 저는 잠시 불안했습니다. 버로스는 9미터 남짓 떨어진 정원으로 난 문에 서 있었잖습니까. 그런데 그가 인정한 것처럼 어스름 속에서 그의 시력은 좋지 않습니다. 그는 마음속으로도 설명할 수 없는 생소한 사건을 목격했던 겁니다. 허리 높이의 울타리가 중간에 있어서 그는 저를 보지 못했습니다. 그럼에도 희생자의 행동이 걱정스러웠던 겁니다. 그의 증언을 다시 읽어보면 제 말뜻을 아실 겁니다. 그는 이렇게 증언을 끝맺습니다.

"그의 움직임을 정확히 묘사할 수도 없습니다. 마치 무언가 그의 발을 붙잡고 있는 것 같았습니다."

그래서 다소 불안했던 겁니다.

그렇지만 이 위험성도 살인이 일어난 후 몇 초 뒤에 웰킨이 식당에서 목격한 것과 비교해서는 하찮은 것이었습니다. 의심할 여지 없이 박사님은 프랑스식 창의 하단 유리창 중 한 개를 통해서 웰킨이 본 것이 당신의 충실한 종복이었다는 것을 곧 아셨습니다. 누군가 저를 어렴풋이 보게 하다니 무모했습니다. 아시다시피 그 당시에 저는 계획이 쓸모없게 될까 봐 당황했습니다. 그런데 다행히도 저는 가면을 쓰고 있었습니다.

사실 그가 저를 흘끗 본 것은 다음 날 진술을 검토할 때 이 사건을 판단할 수 있는 약간의 의견과 막연한 느낌을 더하는 정도로 위험할 것이 없었습니다. 그런데 이때 글자 그대로 영원한 음모가인 제 가정교사 머레이가 악인으로 나선 겁니다. 그 장면에 대한 웰킨의 진술에서 머레이는 웰킨이 더듬거리며 자신 없이 전달하려고 한 말에서 어떤 것을 간파했던 겁니다. 그리고 머레이는 제게 이렇게 말했습니다.

"귀향날에 자네는 정원에서 다리가 없는 기어 다니는 어떤 것에게서 환영을 받고……"

그건 완전히 재난이었습니다. 아무도 의심해서는 안 되는 것이었고 마음에 새겨서도 안 되는 암시였습니다. 표정이 경직되면서 엎질러진 물병처럼 제 얼굴에서 핏기가 사라지는 것을 알았습니다. 그리고 박사님이 절 쳐다보고 있는 것도 알았습니다. 어리석게도 저는 가엾은 머레이에게 박사님을 제외하고는 모두가 이해할 수 없는 이유 때문에 불끈 화를 내면서 그를 비난했습니다.

그럼에도 아무튼 이야기를 끝낼 때까지 저는 불안했습니다. 애초에 제가 저지른 큰 실수를 언급했는데, 그 때문에 이야기를 조작해 내려다가 외려 사건을 망치고 말았습니다. 그것은 이렇습니다.

저는 칼을 잘못 사용했습니다.

제가 사용할 작정이었던 건 그 목적을 위해 구입한 평범한 접칼이었습니다. 다음 날 이 칼을 주머니에서 꺼내서 제 자신의 칼인 양 박사님께 보여 드렸지요. 당시에 저는 그 칼에 그의 지문을 찍어서 연못가에 남겨놓는 것으로 자살 상황을 완성할 작정이었습니다.

되돌리기엔 너무 늦어 버렸을 때, 실제로 제 손에서 발견한 것은 어렸을 때부터 제 것이었고 미국에서 수많은 사람이 제 손에 있는 것을 본, 매들린 데인의 이름이 칼날에 새겨진 저 자신의 접칼이었습니다. 아무리 애써 노력해도 그 칼이 사기꾼의 손에 들어오게 된 경위를 추적할 수 없었다는 것을 기억하실 겁니다. 하지만 박사님은 제 이야기를 더듬어서 곧바로 저를 찾아내셨을 겁니다.

살인사건이 있던 바로 그날 밤 서재에서 사람들에게 이 칼을 언급했기 때문에 상황이 더 나빠졌던 겁니다. 타이타닉에서의 일을 얘기하면서 저는 진짜 패트릭 고어를 어떻게 만났으며 보자마자 우리가 어떻게 싸웠는지 그리고 제가 접칼을 가지고 그를 공격하는 것을 어떻게 간신히 피했는지 얘기했습니다. 아마 흉기의 특성에 대해 더 확실하게 암시했다면 극복하기 어려웠을 겁니다. 그것은 정교하게 거짓말을 하려고 했고 감추고 싶은 부분 말고는 모두 진실을 말하고자 했던 것의 결과였습니다. 음모를 꾸미지 마시라고 말씀드리는 겁니다.

그래서 그의 지문을 찍고 나서 장갑 낀 손에 그 흉악한 것을 들고 연못가에 있었던 겁니다. 그때 사람들이 제 쪽으로 달려왔습니다. 저는 즉석에서 결정을 내려야 했습니다. 그 칼을 남겨놓을 용기가 없었습니다. 그래서 손수건에 싸서 주머니에 넣었습니다.

의족을 다시 착용하러 저택의 북쪽으로 갔을 때 웰킨이 저를 봤던 겁니다. 그러므로 제가 저택의 남쪽에 있었다고 말하는 게 최선이라고 생각했던 겁니다. 그 칼을 지니고 다닐 용기가 나지 않아서 발견되지 않도록 없애 버릴 기회를 찾을 때까지 그것을 감춰야 했습니다. 그리고 이론적으로는 결코 찾아 낼 수 없는 은닉처를 선택했다고 단언합니다. 당신네 버턴 경사가 인정한 것처럼 천재일우의 기회가 없었다면, 정원 전체 울타리를 밑 부분까지 조직적으로 찾지 않는 한 울타리에서 절대 그 칼을 발견할 수 없었을 겁니다.

운명의 여신들이 제게 특히 감당하기 어려운 기회를 주었다고 생각하십니까? 글쎄, 잘 모르겠습니다. 처음부터 어쩔 수 없이 모든 계획을 바꿔서 살인사건을 믿는다고 말해야 했던 게 사실입니다. 하지만 숭고한 희생 본능을 지닌 놀스가 제 알리바이를 즉시 제공하고 나섰습니다. 그리고 그날 밤 제가 집을 떠나기 전에 넌지시 귀띔까지 해 주었습니다. 그래서 다음 날 박사님에 대해 대비할 수 있었던 겁니다.

나머지는 아주 간단히 말씀드릴 수 있습니다. 몰리는 제가 개인적으로 살인사건이 틀림없다고 말했다면 섬오그래프를 훔치는 것이 더 유리하다고 주장했습니다. 아시다시피 제가 저 자신의 신원을 확인할 수 있는 증거인 섬오그래프를 훔친 혐의를 받지는 않을 테니까요. 그런데 그것이 가짜라는 것을 알았을 때 저희는 황급히 돌려놓을 생각이었습니다.

몰리가 사건 내내 연기를 잘했다고 생각지 않으십니까? 정원에서 시체를 발견한 직후의 그 장면("허, 그가 옳다는 건가!")은 미리 신중히 연습된 행동이었습니다. 설명드리자면 제가 모든 사람들 앞에서 그녀가 실제로 남편과 사랑에 빠지지 않았고(또 하나의 연습된 장면이었습니다), 줄곧 제 이미지와 사랑에 빠져 있었던 거라고 말했을 때 제가 옳았다는 것을 암시할 작정이었습니다. 아시다시피 저희는 미망인이 너무 슬픔에 잠기게 할 수는 없었습니다. 그녀가 비탄에 잠겨 쓰러져서 저를 향한 증오를 영원히 간직하게 할 수는 없었단 말입니다. 저희의 계획은 장차 증오가 가라앉게 되면 저희가 맺어지는 방향으로 나간다는 현명한 것이었습니다. 그런데 어찌 그것이 엉망이 돼 버렸는지!

다음 날 일어난 결정적인 불운한 그 사건 때문이었습니다. 그때 베티 하보틀이 다락에서 제가 자동인형을 만지작거리는 것을 발견했습니다. 다시 한 번 제 과실을 인정해야겠군요. 사실 저는 다락에 섬오그래프를 가지러 올라갔습니다. 그런데 황금 마녀를 봤을 때 드디어 제가 그녀를 소생시킬 수 있다는 생각이 문득 떠올랐던 겁니다. 어렸을 적에 저는 그녀의 비밀을 알았습니다. 하지만 그 당시에는 그 상자 안에 들어갈 정도로 몸이 작지 않았습니다. 그래서 품위 있는 다락에서 훌륭한 태엽 장치를 가진 존경할 만한 남편인 양 그것을 만지작거리는 것 외에는 아무것도 할 수 없었습니다.

몰리는 제가 다락에서 터무니없이 오래 있다는 것을 깨닫고서 위층으로 올라왔습니다. 몰리는 때마침 베티 하보틀이 책 벽장을 조사하려는 찰나에 그녀를 발견했던 겁니다. 그리고 이 시간에 저는 사실 자동인형 안에 있었습니다.

정직하게 말해서 몰리는 제가 그 어린 하녀를 다른 사람을 처리했던 것처럼 처리할 거라고 생각했던 모양입니다. 몰리는 베티가 안에 있는 것을 보고서 문을 잠갔습니다. 하지만 저는 그녀를 다치게 하고 싶지 않았습니다. 당연히 그 하녀는 저를 볼 수 없었습니다. 하지만 그녀가 기계 뒤쪽 구석에 기대어 세워 놓은 제 의족을 볼까 봐 몹시 걱정이 됐습니다. 무슨 일이 있었는지는 아실 거라고 생각합니다. 다행히 그녀를 다치게 할 필요는 없었습니다. 몇 번 움직이는 것으로 충분했으니까요. 하지만 그녀가 자동인형의 들여다보는 구멍을 통해서 제 눈을 본 게 분명했습니다. 나중에 몰리와 저는 큰 위험에 빠지지는 않았습니다. 만약에 박사님이 그 시간에 저희의 소재에 관해 집요하게 추궁했다면, 저희는 그저 마지못해하며 억지로 서로의 알리바이를 제공했을 겁니다. 그래도 역시 저희가 그곳을 떠나면서 황금 마녀의 손짓으로 찢어진 그 하녀의 앞치마를 잊고 남겨 놓은 것은 실수였습니다.

음, 저는 어리석었습니다. 그렇지만 어쩔 수 없습니다. 간단히 말해서 살인사건이 일어난 다음 날이 되자 제가 죄를 면할 수 없다는 것을 알게 됐습니다. 당신들이 그 칼을 찾아냈으니까요. 여러 해 전에 그 사기꾼이 제게서 가져간 것이라고 가볍게 넘겼지만, 또 머레이가 진짜 흉기로 그 칼을 의심하도록 부지중에 도움이 되는 의견을 말해서 거들었지만, 박사님을 지켜보고서 저는 박사님이 다리가 없는 존재를 간파하고 있다는 것을 알았습니다.

박사님은 이집트인 아리만 문제를 꺼냈습니다. 그리고 그 뒤를 이어서 엘리엇 경위는 정원에서 돌아다닌 것에 대해 웰킨에게 질문을 했습니다. 박사님은 마법 주제에 대한 진지한 몇 가지 질문에 대답하면서 교묘하게 몰리를 끌어들였습니다. 제가 답변에 이의를 제기했고 박사님은 몇 가지 암시를 넌지시 말했습니다. 다음에 박사님은 빅토리아 데일리를 시작으로 죽은 패트릭 고어의 살해된 날 밤의 행동으로 넘어갔다가 베티 하보틀을 추적해 다락에 책 벽장으로 옮겼는데 이 모든 것들 사이의 관련성을 강조했습니다.

자동인형을 보고서 박사님이 하신 말은 결정적인 증거가 됐습니다. 박사님은 살인자가 그곳에서 자동인형을 가지고 자신을 드러낼 어떤 일을 하고 있었지만, 그럼에도 베티 하보틀이 그를 보지 못했다는 것을 넌지시 비췄습니다. 살인자가 그녀를 죽일 필요가 없었다는 점에서 말입니다. 그래서 제가 박사님께 맞서 자동인형의 작동법을 설명했던 겁니다. 하지만 박사님은 건성으로 듣고는 단지 최초의 흥행사가 전통적인 마술사 복장을 입었을 거라는 말만을 하셨습니다. 그리고 몰리의 은밀한 마녀 숭배가 이미 밝혀지지 않았다면 곧 밝혀질 거라는 몇 마디 말로 이야기를 끝냈습니다. 그래서 제가 자동인형을 아래층으로 밀었던 겁니다. 정말로 박사님을 다치게 할 생각은 추호도 없었습니다. 그것의 작동법에 대하여 누가 추측하든 간에 결국은 추측에 불과하도록 수리가 불가능하게 자동인형을 확실히 파괴하고 싶었던 것뿐입니다.

다음 날 심리에서 두 가지 핵심이 더 드러났습니다. 놀스는 명백히 거짓말을 하고 있었고, 박사님은 그것을 알고 있었습니다. 그리고 매들린 데인은 우리가 말할 수 있는 것보다 몰리의 행실에 대해서 더 많이 알고 있었습니다.

몰리가 매들린을 좋아하지 않아서 유감입니다. 그녀의 계획은 위협에 의해서, 필요하다면 정말로 소동을 일으켜서 매들린의 입을 막으려는 것이었습니다. 그런데 몰리는 매들린에게서 왔다는, 몬플레이서로 자동인형을 가져다 달라고 요청하는 거짓 전화와 같은 계책을 전혀 마음먹고 있었던 게 아닙니다. 그녀는 그 기계에 대한 매들린의 뿌리 깊은 공포를 알고서 그녀를 교화하기 위해서 그것을 다시 한 번 소생시키겠다고 제게 약속하게 했습니다. 하지만 저는 그러지 않았습니다. 그보다 더 중요한 일이 있었으니까요.

몰리와 저 자신을 위해서 다행스럽게도, 저는 박사님과 경위가 매들린과 페이지와 함께 저녁식사를 할 때 몬플레이서의 정원에 있었습니다. 저는 당신들의 대화를 엿들었습니다. 그래서 박사님이 알고 있는 모든 것에 대해서 알게 됐습니다. 문제는 박사님이 그것을 어떻게 증명할 수 있느냐는 것이었습니다. 박사님과 경위가 집을 나왔을 때 저는 숲 속을 통해 뒤따라가면서 대화를 엿듣는 게 도움이 될 거라고 생각했습니다.

무해한 낡은 황금 마녀를 창문 옆에 밀어 놓은 것에 만족하고서 저는 당신들 뒤를 쫓아갔습니다. 당신들 대화를 정확히 이해하고서 박사님의 태도에서 제가 우려했던 것이 옳았다는 것을 알게 됐습니다. 그 당시에는 어렴풋이 알았지만 이제는 박사님이 한 일을 잘 알고 있습니다. 박사님의 목표를 알았습니다. 놀스였습니다. 제 취약한 고리를 알았습니다. 놀스였습니다. 제 목을 매달 수 있는 목격자가 있다는 것을 알았습니다. 놀스였습니다. 놀스가 단지 상투적인 압력 때문에 흉행을 저지른 사람을 고백하기보다는 차라리 고문을 받으리라는 것을 알고 있었습니다. 하지만 그에게는 괴롭힘을 받거나 헐뜯는 얘기를 듣는 것조차 볼 수 없는 한 사람이 있었습니다. 몰리였습니다. 그의 입을 열게 할 방법이 딱 한 가지 있었습니다. 그건 그녀의 목을 조르면서 그가 더 이상 보는 것조차도 견딜 수 없을 때까지 점차 압력을 가하는 것이었습니다. 그게 바로 박사님이 하시려는 일이었습니다. 저는 박사님뿐만 아니라 증언도 이해할 수 있을 만큼 영리했습니다. 그리고 현실적으로 이제 저희가 가망이 없다는 것이 머리에 떠올랐습니다.

저희에게는 한 가지 방법만이 남아 있었는데, 그것은 떠나는 것이었습니다. 제가 인정머리 없고 전혀 믿기 힘든 사람이었다면, 의심할 바 없이 박사님은 아마 제가 양파 껍질을 벗기는 것처럼 자연스럽게 놀스를 죽였어야 했다는 말을 들으셨을 겁니다. 하지만 누가 놀스를 죽일 수 있겠습니까? 누가 매들린 데인을 죽일 수 있을까요? 누가 베티 하보틀을 죽일 수 있나요? 이들은 일련의 사건을 부풀리기 위한 인형이 아니라 제가 알고 있는 진짜 사람들인데요. 그러므로 그들은 이동 유원지에 있는 봉제 고양이들처럼 다뤄져서는 안 되는 겁니다. 솔직히 말씀드리면 저는 마치 미로에 갇혀서 다시는 나올 수 없는 것처럼 피로하고 마음이 좀 편치 않았습니다.

박사님과 경위를 따라서 저는 클로스에 가서 몰리를 만났습니다. 저는 그녀에게 우리가 떠나는 것밖에 방법이 없다고 말했습니다. 기억하시겠지만 저희에게는 충분한 시간이 있다고 생각했습니다. 박사님과 경위는 그날 밤 런던에 갈 작정이었고, 그래서 저희는 몇 시간동안은 발각되지 않을까 걱정하지 않아도 됐습니다. 몰리는 도망치는 것이 유일한 방법이라는 데 동의했습니다. 박사님이 그린룸 창가에서 내려다보실 때, 손에 여행 가방을 들고 클로스를 떠나는 그녀를 목격하셨다는 이야기를 들었습니다. 그러나 재빨리 도망치는 것으로 스스로 파멸하도록 일부러 저희를 달아나게 한 건 현명하지 못한 처사였던 것 같습니다. 박사님, 그런 방식은 사냥물을 손에 넣고 싶을 때는 언제든 그것의 체포를 확신할 수 있는 경우에만 현명한 겁니다.

이 이야기의 결론을 말하자면 한 가지 점에서 몰리와 저는 말다툼을 했습니다. 그녀는 매들린에게 마지막 말을 하지 않고 가는 것이 마음이 편치 않았던 겁니다. 저희가 차를 몰고 갈 때 그녀는 몬플레이서의 '심술궂은 여자'에게 보복을 해야 한다는 터무니없는 생각들로 가득 차 있었습니다(제가 그녀를 좋아한다는 것을 몰리가 알기 때문입니다).

저는 그녀를 막을 수 없었습니다. 저희는 수분 내에 그곳에 도착했고 마데일 대령의 낡은 집 뒷길 가에 차를 세웠습니다. 요컨대 저희는 도착했고 멈춰 선 채 귀를 기울였습니다. 왜냐하면 아주 명료한 설명으로 저희에 대해 이야기하고 있었기 때문입니다. 반쯤 열린 식당 창문을 통해서 저희는 빅토리아 데일리의 죽음과 그 사건의 책임자인 마녀에 대한 거의 확실한 특성에 대해 이야기하는 것을 들었습니다. 페이지 씨가 의견을 말하고 있더군요. 자동인형은 아직 그곳에 있었습니다. 몰리가 창문을 통해 그것을 매들린에게 밀어붙이고 싶어 했기 때문에 저는 그것을 되밀어서 석탄 창고에 넣었습니다. 확실히 그런 행동은 유치한 짓이잖습니까. 하지만 제 여인과 매들린의 불화는 인간의 본능 때문입니다. 저와 죽은 패트릭 고어처럼 말입니다. 그리고 그 사건에서 그때까지 일어났던 어떤 일도 몬플레이서 식당에서의 그 이야기만큼 그녀를 격분시킨 건 없었다는 것을 말씀드려야겠군요.

그때엔 그녀가 판리 클로스에서 권총을 가지고 왔다는 사실을 몰랐습니다. 그녀가 핸드백에서 권총을 꺼내서 창문을 톡톡 두드렸을 때야 알았습니다. 박사님, 그것을 안 뒤에 다음의 두 가지 이유 때문에 저는 즉각적인 행동을 취해야 했습니다. 첫째, 그때 여자들의 격렬한 싸움이 벌어지는 것을 원하지 않았기 때문이고, 둘째, 자동차 한 대(버로스의)가 집 앞에 막 멈춰 섰기 때문입니다. 저는 한 팔로 몰리를 잡고는 황급히 그녀를 몰아냈습니다. 다행히 안쪽에 라디오가 켜져 있어서 저희는 들키지 않고 몸을 피할 수 있었습니다. 저희가 막 떠나려는 참에 그녀가 제 경계를 피해서 식당을 향해 총을 쏠 수 있었던 건 단지 창가에서 벌어진 장면, 대단히 논리가 맞지 않는 사랑의 장면 때문이었다고 확신합니다. 제 여인은 훌륭한 사수이지만 아무도 쏠 의사가 없었습니다. 그녀는 자신이 단지 가엾은 매들린의 품행에 대한 비평으로 그렇게 했으며 반드시 다시 시도할 거라고 말해 주기를 바랍니다.

끝으로 충분한 한 가지 이유 때문에, 제가 시작한 그 이유 때문에 이런 중요하지도 않고, 심지어 우스꽝스럽기까지 한 행위를 강조하는 겁니다. 저희가 비관적인 말을 중얼거리며 몹시 비극적인 분위기에서 떠났다고 생각하지 않으셨으면 합니다. 저희가 저지른 악행에 자연도 숨을 죽였다는 식으로 생각하지 않으셨으면 합니다. 박사님, 놀스를 자백시키기 위해서 박사님이 틀림없이 일부러 몰리의 성격을 매우 위험한 충동을 가진 실제보다 훨씬 독한 사람으로 묘사하셨을 것 같아서 드리는 말입니다. 아무래도 그런 생각이 들어서 말입니다.

그녀는 교활하지 않습니다. 교활한 것과는 정반대입니다. 그녀의 은밀한 마녀 숭배는 사람들이 몸부림치며 괴로워하는 것을 지켜보는 데 흥미가 있는 냉정하게 지적인 여인의 역작이 아니었습니다. 그녀는 냉정하게 지적인 것과는 정반대이고, 박사님도 그것을 잘 아시잖습니까. 그녀는 좋아하기 때문에 그 일을 했던 겁니다. 확신하건대 그녀는 그것을 계속 좋아할 겁니다. 마치 그녀가 빅토리아 데일리를 죽인 것처럼 그녀에 대해 말하는 것은 말도 안 되는 소립니다. 그리고 턴브리지웰스 근방의 여인에 관해선 무엇이든 너무 애매하기 때문에 증명할 수도 없고, 심지어 비난할 수도 없습니다. 그녀의 천성에는 제가 마음에 품고 있는 것과 같은, 제가 부여한 수준 낮은 면이 많이 있습니다. 그 밖에 또 뭐가 있을까요? 저희가 켄트에서 그리고 영국에서 떠난 것은 제가 간단히 말한 것처럼 권선징악극의 끝이 아니었습니다. 평범한 가족이 어수선한 가운데 해변으로 급히 달려가고, 거기서 아버지는 승차권을 어떻게 했는지 기억할 수 없고 어머니는 욕실에 불을 켜 놓고 왔다는 것을 확신하는 것과 아주 똑같은 상황이었습니다. 그와 유사한 조급함과 혼란 속에 아담과 이브 부부가 좀 더 넓은 정원에서 떠난 것이 아닌가 생각됩니다. 그리고 앨리스가 반박하는 말을 듣지 않고 왕이 말한 대로 이것은 법전에서 가장 오래된 규칙인 겁니다(〈이상한 나라의 앨리스(Alice in Wonderland)〉 중 '누가 파이를 훔쳤나?'라는 카드 나라의 재판에서 재판장인 왕이 앨리스에게 규칙 제42조 : 키가 1,600미터가 넘는 사람은 법정에서 나가야 한다고 말하면서 이것이 법전에서 가장 오래된 규칙이라고 말한다. 앨리스는 자신의 키가 1,600미터가 넘지 않는다고 말하고 가장 오래된 규칙이 왜 제1조가 아닌지 묻고서 방금 만들어 낸 규칙이므로 따르지 않겠다고 말한다.—옮긴이).

그럼 안녕히 계십시오.

존 관리(패트릭 고어였던).

거장이 들려주는 선악과 혼돈의 정원 이야기

장경현

거장이 들려주는 선악과 혼돈의 정원 이야기

장경현(추리소설 평론가, 싸이월드 화요추리클럽 운영자)

추리소설 애호가들에게 존 딕슨 카는 오랫동안 기대와 그리움의 대상이었다. 코넌 도일, 모리스 르블랑, G.K. 체스터턴, 애거서 크리스티, 레이먼드 챈들러 등 과거 거장들의 전작이 출간되는 커다란 기쁨을 맛보고 나서 다음 주자는 소위 본격 추리소설의 거장이자 밀실 추리의 1인자인 카일 것이라고 믿고 있었던 것이다. 그렇지만 그 믿음은 오랫동안 보답을 받지 못했다. 그도 그럴 것이, 전통적인 거장들의 작품들이 계속 소개되기보다는 최근 일본 소설과 팩션이 큰 인기를 얻으면서 편향된 성향의 작품들이 폭주하여 영미 쪽의 '고전'은 외면당했던 것이다. 이런 현실 속에서 카의 대표적인 걸작이자, 국내 추리소설 애호가들 사이에서 읽고 싶은 미번역서 중 일순위로 꼽히던 〈구부러진 경첩〉을 소개할 수 있게 되어 기쁘기 그지없다. 이 작품은 해외 추리소설 사이트에서도 대개 카의 베스트 5위 안에 드는 명편이다.

존 딕슨 카(John Dickson Carr, 1906~1977)의 생애와 작품 세계

존 딕슨 카는 미국 펜실베니아 주 유니언타운에서 태어났다. 변호사이자 민주당 하원의원을 지냈던 아버지 우다 니콜라스 카 밑에서 자란 그는 아버지의 서재에서 환상소설과 모험소설을 탐독하며 어린 시절을 보냈다. 〈오즈의 마법사〉를 쓴 프랭크 바움, 공포소설의 대가 러브크래프트, 〈삼총사〉의 알렉산더 뒤마 등을 특히 좋아했고 추리소설 작가로는 코넌 도일, G.K. 체스터턴, 잭 푸트렐 등을 선호했다. 이런 성향은 그의 저작에서 쉽게 찾아볼 수 있다. 여담이지만 어린 시절 대통령인 우드로 윌슨을 만나 무슨 일을 해서 먹고 사냐고 물었다는 일화도 있다.

그는 고교 시절부터 단편 추리소설을 써서 교지에 발표했고 대학 시절에도 역사소설과 추리 단편을 발표하였다. 1927년 파리에 머물면서 역사소설을 집필했다가 파기했다고 한다. 미국에 돌아와서 벵 콜렝이 주인공으로 나오는 〈Grand Guignol〉을 썼고 이를 개작하여 1930년 첫 장편 〈It Walks By Night〉으로 출간하였다. 1931년 귀국길의 배 안에서 만난 영국 여성과 결혼한 카는 1933년 영국으로 건너가 영국에 애정을 가지고 47년까지 그곳에 머물며 소설가와 라디오 방송 작가로서 활동했다. 1934년부터는 카터 딕슨이라는 필명으로 헨리 메리베일 경 시리즈와 마치 대령 시리즈를 쓰기도 했으며 로저 페어번이라는 필명을 사용하기도 했다. 카터 딕슨이라는 필명을 사용하게 된 데는 이유가 있다. 1년에 네 편의 장편과 단편, 라디오 극본을 쓰는 왕성한 생산력을 하나의 출판사(하퍼 사)가 감당할 수 없어 아버지의 이름을 따 니콜라스 우드라는 필명으로 다른 출판사와 계약했는데 〈Bow string Murders〉(1933)의 작가 이름이 실수로 '카 딕슨'으로 나오고 말았다. 하퍼 사와 카 모두 분노했지만 결국 카터 딕슨이라는 필명을 사용하게 된 것이다.

1947년에는 미국으로 돌아왔고 1949년 코넌 도일 유족의 의뢰를 받아 코넌 도일의 전기를 집필하여 큰 성공을 거두었다. 그는 60년대까지 꾸준히 창작 활동을 했으나 50년대 이후 작품의 대부분은 역사 미스터리로, 본격 미스터리의 수작은 더 이상 나오지 않았다는 것이 중론이다. 이것은 63년 뇌졸중으로 몸이 불편하게 된 탓도 있을 것이다. 그래도 1964년에는 1934년 로저 페어번 명의로 발표했지만 그다지 빛을 보지 못한 〈Devil Kinsmere〉를 개작하여 역사추리소설 〈Most Secret〉으로 발표하였고 1969년부터는 EQMM에 〈The Jury Box〉라는 고정 칼럼을 죽기 직전까지 연재하는 의욕을 보였다. 1977년 폐암으로 별세하였다.

미국 작가로서는 최초로 영국 추리소설 작가들의 모임인 'Detection Club'에 가입한 것으로도 알 수 있듯이 태생은 미국이지만 그의 정신은 매우 영국적이라 할 수 있다. 따라서 작품의 배경도 영국이 대부분이고 음산한 분위기와 전설, 고풍스러운 대저택 등 매우 영국적인 요소가 많이 나타난다. 그 결과 카의 작풍은 밀실, 오컬트와 유머로 요약할 수 있다. 이는 본 작품 〈구부러진 경첩〉에서도 잘 나타난다.

특히 밀실 트릭에 있어서는 카를 넘볼 작가가 없는데 이것이 때로는 약점으로 인식되기도 한다. 헤이크래프트나 줄리언 시먼스 같은 평론가들이 지적한 것처럼 지나치게 복잡하고 기발한 트릭이 작위적으로 느껴질 때가 종종 있기 때문이다. 〈구부러진 경첩〉의 트릭도 해외 팬들 사이에서는 찬반양론이 많은 편이다. 하지만 카의 진정한 매력은 사실, 트릭보다는 중세 전설을 잘 요리하여 독자를 공포와 호기심의 세계로 빠져들게 하는 서술의 힘에 있다.

딕슨 카는 하드보일드의 거장 레이먼드 챈들러를 신랄하게 비판한 적이 있다. 챈들러가 유명한 에세이 〈살인의 단순한 예술(The Simple art of murder)〉에서 퍼즐 미스터리의 대표적인 작가인 애거서 크리스티, 도로시 세이어스, 반다인, A.A. 밀른 등을 맹렬하게 비판한 것에 대해 격한 반론을 펼친 것이다. 카는 챈들러가 추리소설의 기본인 플롯에 서툴다는 점을 지적하면서 퍼즐 미스터리 작가들 중에는 플롯과 문장 모두 뛰어난 이들이 있다고 주장했다. 어쨌든 카야말로 퍼즐 미스터리 작가 중에서 '이야기'를 매우 맛깔나게 만들고 정교한 플롯과 트릭을 창조할 수 있는 능력과 동시에 인간 사고의 맹점을 들추어낼 수 있는 혜안을 갖춘 몇 안 되는 작가 중 하나임은 부인할 수 없다. 영국 추리소설의 거장 도로시 세이어스는 카에 대해 '한마디로, 그는 쓸 줄 안다'고 평했다.

50년대 이후 카는 주로 역사 미스터리에 주력했는데, 어릴 적부터 갖고 있던 영국식 로맨틱한 모험담에 대한 동경을 실현시킨 셈이다. 이 사실은 국내에는 거의 알려지지 않았지만, 카야말로 역사 미스터리라는 장르의 개척자라는 것이 중론이다. 이 시기의 대표작으로는 앞으로 소개될 〈벨벳의 악마〉와 〈불이여 타올라라〉, 〈뉴게이트의 신부〉, 〈목 자르기 대장〉 등으로, 특히 앞의 두 작품은 국내와 달리 해외에서는 카의 베스트 목록에 당당히 올라가곤 한다. 카의 역사 미스터리는 타임슬립, 애틋하면서도 에로틱한 로맨스, 피가 튀기는 폭력 등의 다채로운 요소가 풍부하다.

구부러진 경첩

이 작품은 특이한 요소가 상당히 많다. 작품 소재라든가 맥거핀 역할을 하는 자잘한 것들이 모두 그렇지만, 무엇보다 범죄 동기가 이색적이라는 사실을 지적하고 싶다. 보통 고전 퍼즐 미스터리에서 범죄 동기는 몇 가지 유형으로 단순화할 수 있다. 복수, 탐욕, 실수, 쾌감 정도를 꼽을 수 있을 것이다. 그러나 이 작품은 이 모든 것이 뒤섞여서 일종의 화학 작용을 하고 있다. 사건 전개의 초반만 보면 복수 또는 현재의 신분 유지가 중요한 동기가 될 듯하지만 결말까지 가면 오히려 그런 것은 중요하지 않음을 알 수 있다. 궁극적으로 작가는 선악 자체에 대한 의문을 제기하고 있다는 생각까지 든다. 범인은 극도로 혼란스러운 가치관을 가지고 있고 그것이 행동과 말에 고스란히 나타난다. 그런데 범인뿐 아니라 주변 사람들도 뚜렷한 도덕 관념이 별로 없음을 보게 된다. 이런 환경 속에서 살인은 기묘하게 뒤틀린 방식으로 일어날 수밖에 없는 것이다. 게다가 이 때문에 더 이상의 살인이 일어나지 않는다는 사실도 역설적이다. 선악의 연약한 경계를 보여주려고 했던 것이 아닐까. 또한 그리 자세히 묘사되지도 않던 범인의 인상이 마지막에 가면 매우 강렬하게 다가오는데, 이러한 범인의 개성에 눌려서인지 다른 작품에서 유머 감각과 시원스러운 카리스마를 보여주던 펠 박사조차도 이 작품에서는 다소 움츠러든 느낌도 있다. 지금까지 추리소설에 등장한 범인들 가운데서도 몇 손가락 안에 꼽을 만한 인상적인 범인이다.

한편, 여타 작품이라면 한두 가지만으로도 하나의 작품을 구성할 수 있을 만한 흥미로운 요소들이 잔뜩 들어 있다. 타이타닉 침몰로 인해 신분이 바뀐 두 사람의 정체(이 상황은 요코미조 세이시의 〈이누가미 일족〉을 떠올리게도 한다), 20년 전 과거에 일어난 사건의 진상, 의외의 피해자, 흉기의 비밀, 공개된 밀실, 중심 사건과 관계없어 보이는 1년 전의 살인사건, 오컬트적 분위기를 주는 자동인형의 비밀(이 부분은 오구리 무시타로의 〈흑사관 살인사건〉을 떠올리게도 하지만 '흑사관'이 앞선 작품이다), 등장인물에 대한 심리적 분석, 궁극의 변장, 남녀의 로맨스 등. 어찌 보면 매우 난삽하고 서로 무관해 보이는 요소들이 종국에 가서 교묘하게 연결이 되는데, 이 과정이 상당히 짧고 속도감 있으면서 교묘하게 배치된 단서들로 인해 강한 설득력을 갖게 된다. 카의 전매특허인 불가능 범죄를 다룬 작품 중에는 진상이 밝혀져도 그 개연성이 잘 와 닿지 않는 작품들도 꽤 있다. 그런데 이 작품은 가지각색의 자극적인 요소들을 무책임하게 늘어놓은 것처럼 보이다가 한 지점에서 질서정연하게 조직하는 뛰어난 성과를 거두었다.

최근에는 '의외의 진상'이 그저 독자의 뒤통수를 치는 데에만 급급해서 진상 추적 과정이나 심지어 사건 자체마저도 매력이 없으면서 마지막에 '사실은 이걸 말하고 있었어, 속았지?'라는 작가의 쾌재만 남는 작품이 많다. 고전 걸작이라고 할 수 있는 본 작품은 단순히 '속았지' 하는 반전이 아닌, 정연한 논리로 독자를 휘어잡다가 또 한 번 진상을 뒤집어 미심쩍어하던 독자마저 경탄하며 납득하게 만드는 묵직한 반전을 보여주어 반갑다. 이런 재미는 현대 작품에서 발견하기 어려운 것이라 더욱 반갑다. 해외 독자들 가운데는 마지막 반전 이전의 진상이 더 마음에 든다는 이들도 꽤 있는 듯하지만.

아무튼 처음부터 끝까지 유지되는 팽팽한 긴장감, 마지막 부분 전까지는 도통 이해할 수 없는 진상, 정교한 플롯, 음험하고 그로테스크한 분위기, 이국적인 장치들이 어우러져 완벽한 즐거움을 주는 이 작품은 카의 대표작으로서 손색이 없다. 결말에 불만이 좀 있을 수 있겠지만 그렇다 하더라도 그런 논란마저도 즐거움의 일부가 될 것이다.

작품 목록

국내에 알려진 카의 작품은 많지 않지만 상당한 다작가였다. 그의 시리즈 탐정별로 목록을 제시하면 다음과 같다. 역사 미스터리의 목록은 여기에 싣지 않고 곧 출간될 〈벨벳의 악마〉 해설에 제시할 예정이다. 국내 출간작은 옆에 명기했다.

기드온 펠 박사 시리즈

1. HAG'S NOOK (1933: 〈마녀의 은신처〉)
2. THE MAD HATTER MYSTERY (1933: 〈모자 수집광 사건〉)
3. THE EIGHT OF SWORDS (1934)
4. THE BLIND BARBER (1934)
5. DEATH-WATCH (1935)
6. THE THREE COFFINS/The Hollow Man (1935: 〈세 개의 관〉)

7. THE ARABIAN NIGHTS MURDER (1936)

8. TO WAKE THE DEAD (1938: 〈죽은 자는 다시 깨어난다〉)

9. THE CROOKED HINGE (1938: 본서)

10. THE PROBLEM OF THE GREEN CAPSULE / THE BLACK SPECTACLES (1939)

11. THE PROBLEM OF THE WIRE CAGE (1939)

12. THE MAN WHO COULD NOT SHUDDER (1940)

13. THE CASE OF THE CONSTANT SUICIDES (1941: 〈연속 살인 사건〉)

14. DEATH TURNS THE TABLES / THE SEAT OF THE SCORNFUL (1942)

15. TILL DEATH DO US PART (1944)

16. HE WHO WHISPERS (1946)

17. THE SLEEPING SPHINX (1947)

18. BELOW SUSPICION (1949)

19. THE DEAD MAN'S KNOCK (1958)

20. IN SPITE OF THUNDER (1960)

21. THE HOUSE AT SATAN'S ELBOW (1965)

22. PANIC IN BOX C (1966)

23. DARK OF THE MOON (1967)

앙리 방콜렝(Henri Bencolin) 시리즈

1. IT WALKS BY NIGHT (1930: 〈밤에 걷다〉, 〈감미로운 초대〉)

2. THE LOST GALLOWS (1931)

3. CASTLE SKULL (1931: 〈해골성〉)

4. THE CORPSE IN THE WAXWORKS / THE WAXWORKS MURDER
   (1932)

5. THE FOUR FALSE WEAPONS (1937)

헨리 메리베일 경(Sir Henry Merrivale) 시리즈

1. THE PLAGUE COURT MURDERS (1934: 〈흑사장 살인사건〉)

2. THE WHITE PRIORY MURDERS (1934)

3. THE RED WIDOW MURDERS (1935)

4. THE UNICORN MURDERS (1935)

5. THE PUNCH AND JUDY MURDERS / THE MAGIC LANTERN
   MURDERS) (1936)

6. THE PEACOCK FEATHER MURDERS / THE TEN TEACUPS
   (1937)

7. THE JUDAS WINDOW/THE CROSSBOW MURDER (1938)

8. DEATH IN FIVE BOXES (1938)

9. THE READER IS WARNED (1939)

10. AND SO TO MURDER (1940)

11. NINE-AND DEATH MAKES TEN/MURDER IN THE SUBMARINE
    ZONE (1940)

12. SEEING IS BELIEVING/CROSS OF MURDER (1941)

13. THE GILDED MAN (1942)

14. SHE DIED A LADY (1943)

15. HE WOULDN'T KILL PATIENCE (1944)

16. THE CURSE OF THE BRONZE LAMP (1945)

17. MY LATE WIVES (1946)

18. THE SKELETON IN THE CLOCK (1948)

19. A GRAVEYARD TO LET (1949)

20. NIGHT AT THE MOCKING WIDOW (1950)

21. BEHIND THE CRIMSON BLIND (1952)

22. THE CAVALIER'S CUP (1953)

기타

1. POISON IN JEST (1932)

2. THE BOWSTRING MURDERS (1933)

3. THE BURNING COURT (1937: 〈화형법정〉)

4. THE THIRD BULLET (1937) (단편집)

5. FATAL DESCENT / FALL TO HIS DEATH (1939, John Rhode 와의 공저)

6. THE EMPEROR'S SNUFF BOX (1942: 〈황제의 코담뱃갑〉)

7. DR. FELL, DETECTIVE, AND OTHER STORIES (1947, 단편집)

8. THE LIFE OF SIR ARTHUR CONAN DOYLE (1949) (코넌 도일 전기)

9. THE 9 WRONG ANSWERS (1952)

10. THE EXPLOITS OF SHERLOCK HOLMES (1952, 코넌 도일의 아들 Adrian Conan Doyle과의 공저)

11. THE THIRD BULLET AND OTHER STORIES (1954) (단편집)

12. PATRICK BUTLER FOR THE DEFENSE (1956)

13. THE MEN WHO EXPLAINED MIRACLES (1964, 단편집)

14. THE DOOR TO DOOM AND OTHER DETECTIONS (1980, 단편집)

15. THE DEPARTMENT OF QUEER COMPLAINTS (1981, 단편집)

■(주)고려원북스는 우리들의 가슴속에 영원히 남을 지혜가 넘치는 좋은 책을 만들겠습니다.

구부러진 경첩

초판 1쇄 | 2009년 1월 30일
초판 2쇄 | 2009년 7월 31일

지 은 이 | 존 딕슨 카
옮 긴 이 | 이정임
펴 낸 이 | 이용배
펴 낸 곳 | (주)고려원북스
편집주간 | 설응도
책임편집 | 박종훈
마 케 팅 | 김홍석, 이종진
판 매 처 | 북스컴, Bookscom, inc.

출판등록 | 2004년 5월 6일(제16-3336호)
주   소 | 서울시 광진구 능동 279-3 길송빌딩 7층
전화번호 | 02-466-1207
팩스번호 | 02-466-1301

ISBN 97889-91264-83-0 03840

잘못 만들어진 책은 구입처나 본사에서 교환해 드립니다.